O QUE O RIO SABE

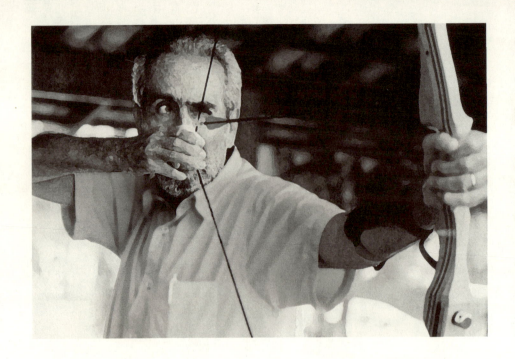

O Arqueiro

GERALDO JORDÃO PEREIRA (1938-2008) começou sua carreira aos 17 anos, quando foi trabalhar com seu pai, o célebre editor José Olympio, publicando obras marcantes como *O menino do dedo verde*, de Maurice Druon, e *Minha vida*, de Charles Chaplin.

Em 1976, fundou a Editora Salamandra com o propósito de formar uma nova geração de leitores e acabou criando um dos catálogos infantis mais premiados do Brasil. Em 1992, fugindo de sua linha editorial, lançou *Muitas vidas, muitos mestres*, de Brian Weiss, livro que deu origem à Editora Sextante.

Fã de histórias de suspense, Geraldo descobriu *O Código Da Vinci* antes mesmo de ele ser lançado nos Estados Unidos. A aposta em ficção, que não era o foco da Sextante, foi certeira: o título se transformou em um dos maiores fenômenos editoriais de todos os tempos.

Mas não foi só aos livros que se dedicou. Com seu desejo de ajudar o próximo, Geraldo desenvolveu diversos projetos sociais que se tornaram sua grande paixão.

Com a missão de publicar histórias empolgantes, tornar os livros cada vez mais acessíveis e despertar o amor pela leitura, a Editora Arqueiro é uma homenagem a esta figura extraordinária, capaz de enxergar mais além, mirar nas coisas verdadeiramente importantes e não perder o idealismo e a esperança diante dos desafios e contratempos da vida.

SEGREDOS DO NILO – LIVRO 1

O QUE O RIO SABE

ISABEL IBAÑEZ

Traduzido por Raquel Zampil

Título original: *What the River Knows*
Copyright © 2023 por Isabel Ibañez
Copyright da tradução © 2024 por Editora Arqueiro Ltda.

Direitos de tradução obtidos junto à Taryn Fagerness Agency e à Sandra Bruna Agencia Literaria, SL.

Todos os direitos reservados. Nenhuma parte deste livro pode ser utilizada ou reproduzida sob quaisquer meios existentes sem autorização por escrito dos editores.

Trecho de *Antônio e Cleópatra*, de William Shakespeare: Nova Fronteira, 2022, trad. Bárbara Heliodora (e-book).

coordenação editorial: Gabriel Machado
produção editorial: Guilherme Bernardo
ilustrações de miolo: Isabel Ibañez
preparo de originais: Jana Bianchi
revisão: Milena Vargas e Pedro Staite
diagramação: Gustavo Cardozo
capa: Micaela Alcaino
adaptação de capa: Natali Nabekura
ilustrações do verso da capa: Alice Blake
impressão e acabamento: Lis Gráfica e Editora Ltda.

CIP-BRASIL. CATALOGAÇÃO NA PUBLICAÇÃO
SINDICATO NACIONAL DOS EDITORES DE LIVROS, RJ

I21q

    Ibañez, Isabel
        O que o rio sabe / Isabel Ibañez ; tradução Raquel Zampil. - 1. ed. - São Paulo : Arqueiro, 2024.
        448 p. : il. ; 23 cm.   (Segredos do Nilo ; 1)

        Tradução de: What the river knows
        ISBN 978-65-5565-679-4

        1. Romance americano. I. Zampil, Raquel. II. Título. III. Série.

24-92506   CDD: 813
                      CDU: 82-31(73)

Gabriela Faray Ferreira Lopes - Bibliotecária - CRB-7/6643

Todos os direitos reservados, no Brasil, por
Editora Arqueiro Ltda.
Rua Artur de Azevedo, 1.767 – Conj. 177 – Pinheiros
05404-014 – São Paulo – SP
Tel.: (11) 2894-4987
E-mail: atendimento@editoraarqueiro.com.br
www.editoraarqueiro.com.br

Para Rebecca Ross,
que se apaixonou pelo Egito desde o meu primeiro rascunho,
que me incentivou, mesmo quando eu entrava em becos sem saída,
e que se encantou quando Whit surgiu pela primeira vez no papel.

MAPA DO EGITO

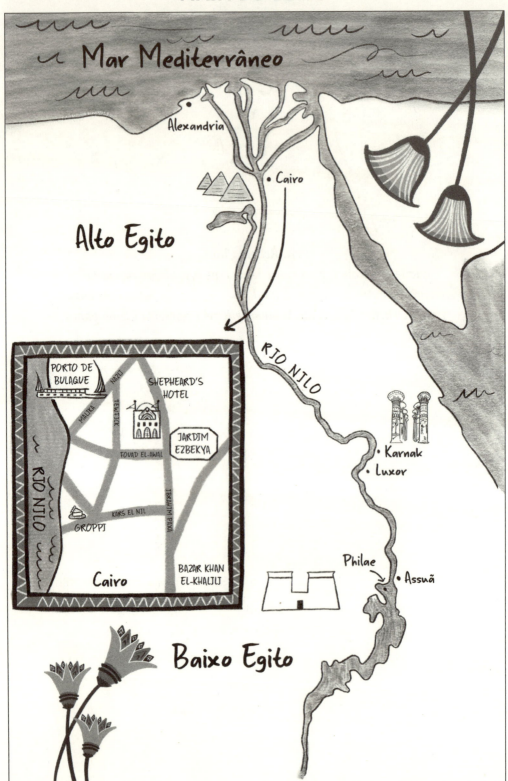

LINHA DO TEMPO (APROXIMADA)
DO EGITO

2675–2130 a.C.	Antigo Império
1980–1630 a.C.	Médio Império
1539–1075 a.C.	Novo Império
356 a.C.	Nascimento de Alexandre, o Grande
332–305 a.C.	Dinastia macedônica
69 a.C.	Nascimento de Cleópatra VII
31 a.C.	Batalha de Áccio (mortes de Cleópatra e Marco Antônio)
31 a.C.	Início do Egito romano
639	Conquista muçulmana do Egito
969	Estabelecimento do Cairo como capital
1517	Egito absorvido pelo Império Turco-Otomano
1798	Expedição de Napoleão ao Egito (descoberta da Pedra de Roseta)
1822	Champollion decifra hieróglifos
1869	Abertura do Canal de Suez
1870	Primeira viagem de Thomas Cook pelo Nilo
1882	Bombardeio da Alexandria e destruição de fortalezas por parte da frota inglesa
1922	Protetorado Britânico abolido; descoberta do túmulo de Tutancâmon
1953	Independência do Egito

PRÓLOGO

*Nunca se sabe qual é a última palavra quando
se trata do coração humano.*
– Henry James

AGOSTO DE 1884

Uma carta mudou minha vida.

Eu havia esperado por ela o dia todo, escondida no galpão do oleiro, longe de tia Lorena e suas duas filhas, a que eu amava e a que não gostava de mim. Meu esconderijo, velho e caindo aos pedaços, mal se mantinha de pé; um vento forte poderia muito bem pôr tudo abaixo. A luz dourada da tarde forçava a entrada pelas vidraças embaçadas da janela. Franzi a testa, batendo o lápis no lábio inferior, e tentei não pensar nos meus pais.

A carta deles ainda levaria uma hora para chegar.

Se é que chegaria.

Olhei para o bloco de desenho apoiado em meus joelhos e me acomodei melhor dentro da banheira de porcelana antiga. Os vestígios de uma magia ancestral envolviam meu corpo, embora mal fossem perceptíveis. O feitiço fora lançado havia muito tempo, e um número excessivo de mãos manuseara a banheira para que eu conseguisse me esconder por completo. Aquele era o problema com a maioria das coisas tocadas pela magia: quaisquer particularidades do feitiço original enfraqueciam, esvaindo-se aos poucos conforme o objeto trocava de mãos. Mas isso não impedia meu pai de colecionar o máximo possível de objetos contaminados por magia. A mansão estava repleta de sapatos desgastados de cujas solas cresciam flores, espelhos que cantavam quando alguém passava por eles e baús que lançavam bolhas sempre que eram abertos.

Lá fora, minha prima mais nova, Elvira, berrava meu nome. O agudo nada feminino certamente desagradaria a tia Lorena. Ela incentivava tons moderados – a menos, é claro, que fosse *ela* quem estivesse falando. Sua voz era capaz de atingir um volume surpreendente.

Muitas vezes, direcionada a mim.

– *Inez!* – gritava Elvira.

Eu estava mal-humorada demais para querer conversar.

Então me afundei mais na banheira, a voz da minha prima ecoando fora da construção de madeira, gritando meu nome outra vez enquanto me procurava no exuberante jardim, debaixo de alguma samambaia frondosa ou atrás do tronco de um limoeiro. Eu me mantive quieta para o caso de Elvira estar com a irmã mais velha, Amaranta – minha prima não favorita, que nunca tinha uma mancha no vestido ou um cacho de cabelo fora do lugar. Que nunca gritava nem dizia nada em tom agudo.

Pelas frestas das tábuas de madeira, avistei Elvira pisoteando canteiros inocentes. Reprimi uma risada quando ela pisou em um vaso de lírios, gritando uma imprecação que eu sabia que sua mãe também não apreciaria.

Tons moderados e *nada* de xingamentos.

Eu precisava dar logo as caras, antes que ela sujasse mais um par de seus delicados sapatos de couro. Mas, até o carteiro chegar, eu não seria boa companhia para ninguém.

A qualquer momento, ele apareceria com a correspondência.

Aquele poderia ser o dia em que eu *enfim* teria uma resposta de Mamá e Papá. Tia Lorena quis me levar à cidade, mas eu dera uma desculpa e passara a tarde toda escondida, para o caso de ela querer me tirar de casa. Meus pais escolheram a ela e minhas duas primas para me fazer companhia durante suas viagens de meses, e minha tia tinha boas intenções, mas às vezes seu punho de ferro me irritava.

– Inez! *¿Dónde estás?*

Elvira adentrou ainda mais o jardim, o som de sua voz se perdendo entre as palmeiras.

Ignorei, o espartilho muito justo em torno do meu peito, e apertei mais forte o lápis. Olhei para a ilustração que eu havia terminado, estreitando os olhos. Os rostos esboçados de Mamá e Papá me encaravam. Eu era uma mistura perfeita dos dois. Tinha os olhos cor de avelã e as sardas dela, seus lábios cheios e o queixo pontudo. Herdei do meu pai o cabelo preto – agora o dele estava inteiramente grisalho –, cacheado e rebelde, assim como a pele bronzeada, o nariz reto e as sobrancelhas. Ele era mais velho do que Mamá, mas era quem mais me entendia.

Mamá era muito mais difícil de impressionar.

Eu não fora até a banheira com a intenção de desenhá-los, não queria pensar neles de jeito algum. Porque, se eu pensasse, contaria os quilômetros entre nós. Se pensasse neles, lembraria que estavam a um mundo de distância de onde eu me encontrava, escondida em um cantinho da propriedade.

Eu lembraria que estavam no Egito.

Um país que adoravam, um lugar que chamavam de lar durante metade do ano. Até onde eu me lembrava, as malas deles sempre estavam prontas, e os adeuses eram tão constantes quanto o nascer e o pôr do sol. Durante dezessete anos, eu os vi partir com um sorriso corajoso, mas, depois que suas explorações passaram a se estender por meses, meus sorrisos se tornaram frágeis.

A viagem era muito perigosa para mim, eles diziam. A jornada era longa e árdua. Para alguém que havia permanecido em um só lugar a maior parte da vida, a aventura anual dos dois parecia divina. Apesar dos problemas que enfrentavam, nunca deixavam de comprar outra passagem em um navio a vapor partindo do porto de Buenos Aires a caminho de Alexandria. Mamá e Papá nunca me convidaram para ir com eles.

Na verdade, *não deixavam* que eu fosse.

Virei a folha de cara fechada e encarei uma página em branco. Meus dedos apertavam o lápis enquanto eu desenhava linhas e formas familiares de hieróglifos egípcios. Eu praticava os glifos sempre que podia, forçando-me a lembrar todos que conseguia junto com seus valores fonéticos mais próximos ao alfabeto romano. Papá sabia centenas deles, e eu queria estar à altura. Ele sempre me perguntava se eu havia aprendido novos, e eu odiava decepcioná-lo. Devorei os vários volumes de *Description de L'Egypte* e os diários que Florence Nightingale escrevera enquanto viajava pelo Egito, até *History of Egypt*, de Samuel Birch. Eu sabia de cor o nome dos faraós do Novo Império e era capaz de identificar inúmeros deuses e deusas egípcios.

HIERÓGLIFOS EGÍPCIOS

	abutre	A		peneira	Kh
	junco	ii/y		barriga de animal	Kh
	braço	a		ferrolho de porta	s/z
	pinto	u/w		tecido dobrado	s
	perna	b		lago	sh
	banco	p		morro	k/q
	víbora	f		cesto	k
	coruja	m		suporte para jarra	g
	água	n		pão	t
	boca	r		corda	ch
	abrigo	h		mão	d
	pavio	h		cobra	j

Deixei cair o lápis no colo quando terminei e, distraída, girei o anel dourado no dedo mínimo. Papá o enviara em sua última remessa, em julho, sem bilhete algum, somente seu nome e endereço no Cairo numa etiqueta na caixa. Era típico dele esquecer o bilhete. O anel cintilava à luz suave, e lembrei a primeira vez que o coloquei no dedo. No instante que o toquei, meus dedos haviam formigado, uma corrente ardente me subira pelo braço e minha boca se enchera com o sabor de rosas.

A imagem de uma mulher passara diante dos meus olhos, desaparecendo quando pisquei. Naquele momento intenso, eu tivera uma saudade profunda, uma emoção aguda, como se *eu* a estivesse vivendo.

Papá me enviara um objeto tocado pela magia.

Era intrigante.

Nunca contei a ninguém o que ele fez ou o que havia acontecido. A magia do mundo antigo havia se *transferido* para mim. Era raro, mas possível, desde que o objeto não tivesse sido manuseado demasiadas vezes por pessoas diferentes.

Papá uma vez me explicou assim: há muito tempo, antes que as pessoas construíssem suas cidades, antes de decidirem se fixar em áreas específicas, gerações passadas de Feiticeiros no mundo todo criavam magia com plantas raras e ingredientes difíceis de encontrar. A cada feitiço realizado, a magia liberava uma faísca, uma energia extraordinária que era literalmente bem *pesada*. Como resultado, ela se impregnava em objetos próximos, deixando em seu rastro uma marca do feitiço.

Um subproduto natural da prática da magia.

No entanto, ninguém mais a praticava. Aqueles que detinham o conhecimento para criar feitiços já tinham desaparecido havia muito. Todos sabiam dos perigos de deixar qualquer registro da magia por via escrita, então seus métodos eram ensinados oralmente. E, quando mesmo essa tradição se tornou uma arte perdida, as civilizações foram obrigadas a abraçar as criações do homem.

Práticas antigas foram esquecidas.

Mas toda aquela magia criada, aquele *algo* intangível, já havia se alojado por aí. Essa energia mágica foi afundando no solo ou mergulhando em lagos e oceanos profundos. Agarrou-se a objetos, ordinários e obscuros, e às vezes foi transferida ao entrar em contato com outra coisa, ou outra *pessoa*. A magia possuía vontade própria, e ninguém sabia por que ela se transferia ou se agarrava a alguns objetos ou pessoas e não a outros. Seja como for, toda vez que uma transferência acontecia, o feitiço enfraquecia em graus mínimos, até desaparecer por completo. Compreensivelmente, as pessoas odiavam pegar ou comprar coisas aleatórias que pudessem conter magia antiga. Imagine adquirir uma chaleira que destilasse inveja ou invocasse um fantasma irascível.

Incontáveis artefatos foram destruídos ou escondidos por organizações especializadas em rastrear magia, e grandes quantidades foram enterradas, perdidas e esquecidas de modo geral.

O mesmo ocorreu com os nomes de gerações passadas, ou com os próprios criadores originais da magia. Quem eram, como viviam e o que faziam. Eles deixaram toda essa magia para trás, como tesouros ocultos – a maioria dos quais manuseada com bem pouca frequência.

Mamá era a filha de um fazendeiro da Bolívia, e em seu pequeno povoado – como certa vez ela me contou – a magia estava mais próxima da superfície, era mais fácil de encontrar. Presa em gesso ou em sandálias de couro desgastadas, ou em um antigo *sombrero*. Isso a deixara empolgadíssima, a noção de resquícios de um feitiço poderoso agora capturados no ordinário. Ela adorava a ideia de que sua cidade descendia de gerações de talentosos Feiticeiros.

Virei a página do bloco de desenhos e recomecei, tentando não pensar na Última Carta que enviara para eles. Eu tinha escrito a saudação em um trêmulo hierático – escrita cursiva hieroglífica – e mais uma vez pedira a eles que, *por favor*, me deixassem ir para o Egito. Havia feito aquele mesmo pedido de inúmeras maneiras diferentes, mas a resposta era sempre a mesma.

Não, não, não.

Daquela vez, porém, talvez a resposta fosse diferente. A carta deles devia chegar em breve, *naquele dia* – e talvez, apenas talvez, ela contivesse a palavra que eu estava esperando.

Sim, Inez, você finalmente pode vir para o país onde vivemos metade de nossa vida, longe de você. Sim, Inez, você finalmente pode ver o que fazemos no deserto e por que amamos tanto isso – mais do que ficar com você. Sim, Inez, você enfim vai entender por que a deixamos, repetidas vezes, e por que a resposta sempre foi "não".

Sim, sim, sim.

– Inez! – voltou a gritar minha prima Elvira, e me sobressaltei.

Não tinha percebido que ela se aproximara do meu esconderijo. A magia que se prendia à antiga banheira poderia obscurecer meu vulto de longe, mas, se chegasse perto, Elvira me veria sem qualquer dificuldade. Quando voltou a me chamar, sua voz se elevou e percebi um toque de pânico:

– Você recebeu uma *carta*!

Ergui o rosto do bloco de desenho e me sentei, empertigada, com um movimento brusco.

Finalmente.

Prendi o lápis atrás da orelha e saí da banheira. Abrindo apenas uma fresta na pesada porta de madeira, espiei lá fora com um sorriso envergonhado no rosto. Elvira estava a menos de dez passos de mim. Por sorte, Amaranta não estava à vista. Ela ficaria horrorizada com o estado da minha saia amassada e denunciaria meu crime hediondo à mãe.

– *¡Hola, prima!* – gritei.

Elvira soltou um berro, dando um pulo. Depois, revirou os olhos.

– Você é incorrigível.

– Só na sua frente.

Olhei para as mãos vazias dela, à procura da carta.

– Cadê?

– Minha mãe me mandou vir te buscar. Isso é tudo que sei.

Seguimos de braços dados pelo caminho de paralelepípedos que levava à casa principal. Eu andava rápido, como de hábito. Nunca entendi a lentidão com que minha prima caminhava. Qual era o sentido em não chegar logo aonde se quer ir? Elvira apressou o passo, seguindo no meu encalço. Aquela era uma representação precisa do nosso relacionamento: ela estava sempre tentando me acompanhar. Se eu gostasse da cor amarela, ela declarava que aquela era a tonalidade mais bonita do mundo. Se eu quisesse carne assada para o jantar, ela já começava a afiar as facas.

– A carta não vai sair correndo – disse Elvira com uma risada, jogando para o lado o cabelo castanho-escuro.

Seus olhos eram calorosos, a boca carnuda se estendia num amplo sorriso. Éramos parecidas, exceto pelos olhos. Os dela eram mais verdes do que os meus, que estavam sempre mudando de cor.

– Minha mãe disse que o carimbo é do Cairo.

Meu coração teve um sobressalto.

Eu não tinha contado à minha prima sobre A Última Carta. Ela não ficaria feliz com meu desejo de me juntar a Mamá e Papá. Minhas primas e minha tia não entendiam a decisão dos meus pais de desaparecer por metade do ano, indo para o Egito. Elas *adoravam* Buenos Aires, uma cidade glamourosa com sua arquitetura de estilo europeu, suas avenidas amplas e seus cafés. A família do meu pai era da Espanha e chegara à Argentina quase cem anos antes; a jornada tinha sido penosa, mas eles enfim haviam alcançado sucesso na indústria ferroviária.

O casamento deles fora um acordo que uniu o bom sobrenome de Mamá e a grande riqueza de Papá, mas se transformara em admiração mútua e respeito ao longo dos anos – e, na época do meu nascimento, em um amor profundo. Papá nunca teve a família numerosa que desejava, mas meus pais gostavam de dizer que já ficavam ocupados demais comigo.

Embora eu não tenha certeza de *como* algo assim era possível se eles ficavam ausentes por tanto tempo.

A casa surgiu no meu campo de visão, linda e espaçosa, com pedras brancas e janelas grandes, o estilo ornamentado e elegante, reminiscente de uma mansão parisiense. Uma cerca de ferro dourado nos engaiolava, obscurecendo a vista do bairro. Quando eu era pequena, costumava subir até a barra superior do portão, esperando vislumbrar o oceano, que permanecia fora de vista, e eu tinha que me contentar em explorar os jardins.

Mas a carta poderia mudar tudo.

Sim ou não. Eu ficaria ou iria embora? Cada passo que eu dava em direção à casa talvez me aproximasse mais de um país diferente. Outro mundo.

Um lugar à mesa com meus pais.

– Aí está você – disse tia Lorena da porta do pátio.

Amaranta estava parada ao lado dela, com um grosso livro encadernado em couro em uma das mãos. *A Odisseia*. Uma escolha curiosa. Se eu bem lembrava, o último clássico que ela tentou ler havia mordido seu dedo. O sangue manchara as páginas, e o livro tocado pela magia escapou pela janela para nunca mais ser visto – embora às vezes eu ainda ouvisse ganidos e rosnados vindos dos canteiros de girassóis.

O vestido verde-menta da minha prima se agitava ao sabor da brisa morna, mas, ainda assim, nenhum fio de cabelo se atrevia a escapar de seu penteado preso na nuca. Ela era tudo o que minha mãe queria que eu fosse. Seus olhos escuros encontraram os meus, e os lábios se contorceram de reprovação quando ela viu meus dedos sujos. Os lápis de carvão sempre deixavam sua marca, quase como fuligem.

– Lendo de novo? – perguntou Elvira à irmã.

A atenção de Amaranta se voltou para Elvira, e sua expressão suavizou. Ela avançou e entrelaçou o braço no da irmã.

– É uma história fascinante! Se tivesse ficado comigo, eu teria lido minhas partes favoritas para você.

Ela nunca usava aquele tom doce comigo.

– Onde você estava? Não importa – disse tia Lorena quando fiz menção de responder. – Seu vestido está sujo, sabia?

O linho amarelo estava amarrotado e cheio de manchas medonhas, mas aquele era um dos meus vestidos favoritos. O modelo permitia que eu o colocasse sem a ajuda de uma criada. Eu havia encomendado em segredo vários trajes com botões de fácil acesso, o que tia Lorena detestava. Ela achava que aquilo tornava os vestidos escandalosos. Minha pobre tia se esforçava ao máximo para me manter apresentável – mas, infelizmente para ela, eu tinha a habilidade singular de arruinar bainhas e amassar babados. Eu adorava meus vestidos, mas eles precisavam ser tão delicados?

Notei suas mãos vazias e reprimi um lampejo de impaciência.

– Eu estava no jardim.

Elvira apertou ainda mais meu braço com a mão livre, correndo em minha defesa.

– Ela estava praticando sua arte, Mamá, só isso.

Minha tia e Elvira adoravam minhas ilustrações (Amaranta dizia que eram muito infantis) e sempre se certificavam de que eu tivesse material para pintar e desenhar. Tia Lorena achava que meu talento era suficiente para que eu vendesse meu trabalho nas muitas galerias que estavam surgindo na cidade. Ela e minha mãe tinham toda uma vida planejada para mim. Além das aulas de inúmeros tutores do meio artístico, eu havia sido educada em francês e inglês, ciências gerais e história – com ênfase especial, é claro, na do Egito.

Papá fazia de tudo para que eu lesse os mesmos livros sobre o assunto que ele, além de suas peças preferidas. Shakespeare era um dos favoritos, em especial, e citávamos os versos um para o outro, um jogo que só nós sabíamos vencer. Às vezes, fazíamos apresentações para os funcionários, usando o salão de baile como nosso teatro doméstico. Como ele era um patrono da ópera, recebia um constante suprimento de trajes, perucas e maquiagem cênica, e algumas das minhas lembranças mais preciosas eram de nós experimentando novos figurinos, planejando o próximo espetáculo.

O rosto da minha tia desanuviou.

– Bom, venha, Inez. Você tem visita.

Lancei um olhar questionador a Elvira.

– Achei que você tinha dito que recebi uma carta...

– Sua visita trouxe uma carta dos seus pais – esclareceu tia Lorena. – Deve ter encontrado os dois durante suas viagens. Não consigo pensar em mais ninguém que pudesse ter escrito para você. A menos que haja um *caballero* secreto do qual eu não saiba...

– A senhora espantou os últimos dois.

– Vagabundos, ambos. Nenhum sabia identificar um garfo de salada.

– Não sei por que se dá ao trabalho de me apresentar – eu disse. – Mamá já decidiu. Acha que Ernesto seria um marido adequado para mim.

Os lábios de tia Lorena se curvaram para baixo.

– Não há nada de errado em ter opções.

Eu a encarei, achando graça. Minha tia se oporia até mesmo a um príncipe se minha mãe o indicasse. Elas nunca tinham se dado bem. Ambas eram muito obstinadas, muito firmes em suas opiniões. Às vezes, eu achava que minha tia era a razão para minha mãe optar por me deixar para trás. Ela não suportava dividir espaço com a irmã do meu pai.

– Tenho certeza de que a riqueza da família dele é um ponto a favor – disse Amaranta, com sua voz seca. Eu reconhecia aquele tom. Ela se ressentia, mais do que eu, das tentativas de lhe arranjarem um casamento. – Isso é o mais importante, não é mesmo?

Minha tia dirigiu um olhar furioso à filha mais velha.

– Não é, só porque...

Me desliguei da conversa, fechando os olhos, a respiração presa no fundo da garganta. A carta dos meus pais estava ali, e eu enfim teria uma resposta. Naquela noite, talvez eu estivesse planejando meu guarda-roupa, arrumando minhas malas, quem sabe até convencendo Elvira a me acompanhar na longa jornada. Abri os olhos a tempo de ver uma leve ruga surgir entre as sobrancelhas da minha prima.

– Eu estava esperando notícias deles – expliquei.

Ela franziu a testa.

– Você não está *sempre* à espera de notícias deles?

Um ótimo argumento.

– Perguntei se poderia encontrar com eles no Egito – admiti, lançando um olhar nervoso para minha tia.

– Mas... mas *por quê*? – gaguejou tia Lorena.

Entrelacei meu braço no de Elvira e fui com ela para dentro da casa. Formávamos um grupo encantador, percorrendo o longo saguão de azulejos, as três de braços dados, minha tia nos conduzindo como uma guia turística.

A casa ostentava nove quartos, uma sala de café da manhã, duas salas de estar e uma cozinha digna do hotel mais elegante da cidade. Tínhamos até um salão para fumantes – mas, desde que Papá comprara um par de poltronas voadoras, ninguém mais entrara lá. Elas causaram estragos terríveis, batendo nas paredes, quebrando os espelhos e abrindo buracos nas pinturas. Meu pai ainda lamentava a perda de seu uísque de duzentos anos no armário de bebidas.

– Porque ela é a *Inez* – disse Amaranta. – Boa demais para atividades como costura ou tricô, ou qualquer outra tarefa para damas respeitáveis. – Lançou um olhar reprovador na minha direção. – Um dia sua curiosidade vai te colocar em apuros.

Abaixei o queixo, sentida. Eu não estava *acima* de costurar ou tricotar: não gostava de fazer nenhuma das duas atividades porque era horrível em ambas.

– Isso é por causa do seu *cumpleaños* – disse Elvira. – Só pode ser. Você está magoada porque eles não estarão aqui, e entendo. De *verdade*, Inez. Mas eles vão voltar, e teremos um grande jantar para celebrar e convidar todos os rapazes bonitos do *barrio*, inclusive Ernesto.

Em parte, ela estava certa. Meus pais iriam perder meu aniversário de 19 anos. Outro ano sem eles na hora de apagar as velinhas.

– Seu tio é uma péssima influência para Cayo – disse tia Lorena, torcendo o nariz. – Não consigo entender por que meu irmão financia tantos dos planos descabidos de Ricardo. A tumba de Cleópatra, pelo amor de Deus!

– *¿Qué?* – perguntei.

Até Amaranta pareceu surpresa. Seus lábios se abriram de espanto. Ambas éramos ávidas leitoras, mas eu não sabia que ela havia lido algum dos meus livros sobre o Egito Antigo.

O rosto de tia Lorena corou ligeiramente e, nervosa, ela prendeu uma mecha de cabelo castanho mesclado de prata atrás da orelha.

– A última aventura de Ricardo. Alguma bobagem que ouvi Cayo discutindo com o advogado, só isso.

– Sobre a tumba de Cleópatra? – insisti. – E o que exatamente quer dizer com *financiar*?

– Quem é Cleópatra? – perguntou Elvira. – E por que você não me deu um nome assim, Mamá? Muito mais romântico. Em vez disso, me chamou de *Elvira*.

– Pela última vez, Elvira é um nome imponente. Elegante e apropriado. Assim como Amaranta.

– Cleópatra foi a última faraó do Egito – expliquei. – Papá não falava de outra coisa quando estiveram aqui da última vez.

Elvira franziu a testa.

– Os faraós podiam ser... mulheres?

Assenti.

– Os egípcios eram bastante progressistas. Embora, em teoria, Cleópatra não fosse egípcia de verdade. Ela era grega. Ainda assim, eles estavam à frente do *nosso* tempo, se querem saber.

Amaranta me lançou um olhar reprovador.

– Ninguém quer saber.

Mas a ignorei e olhei de maneira incisiva para minha tia, erguendo a sobrancelha. A curiosidade queimava na minha garganta.

– O que mais a senhora sabe?

– Não tenho mais detalhes – disse tia Lorena.

– Não é o que parece – repliquei.

Elvira, do meu outro lado, se inclinou para a frente e virou a cabeça para olhar a mãe.

– Eu também quero saber. Na verdade...

– Ora, claro que quer. Você faz tudo que Inez diz ou quer – murmurou minha tia, exasperada. – O que eu falei sobre senhoras intrometidas que não conseguem cuidar apenas do que é da sua conta? Amaranta nunca me dá trabalho assim.

– Era a senhora quem estava bisbilhotando – disse Elvira. Depois se virou para mim, um sorriso ansioso nos lábios. – Você acha que seus pais mandaram algum pacote junto com a carta?

Meu coração acelerou enquanto minhas sandálias batiam no piso de azulejos. A última carta deles veio com uma caixa cheia de coisas bonitas, e, nos minutos que levei para desembalar tudo, parte do meu ressentimento se dissipou enquanto eu olhava os presentes. Lindas sapatilhas amarelas com borlas douradas, um vestido de seda rosa com bordados delicados e um excêntrico quimono em uma profusão de cores: amora, oliva, pêssego e um verde-mar clarinho. E não era tudo: no fundo da caixa, encontrei copos de cobre e um prato de bugigangas feito de ébano com pérolas incrustadas.

Eu amava cada presente, cada carta que me enviavam, embora fossem metade das que eu enviava para eles. Não importava. Parte de mim entendia que era tudo o que eu teria dos dois. Eles haviam escolhido o Egito, e tinham se entregado de corpo e alma. Eu aprendera a viver com o que sobrava, mesmo que aquilo me pesasse como pedras no estômago.

Eu estava prestes a responder à pergunta de Elvira, mas viramos a esquina e parei abruptamente, a resposta esquecida.

Um cavalheiro mais velho, de cabelo grisalho e rugas profundas entalhadas no cenho de pele escura, esperava junto à porta da frente. Era um estranho para mim. Toda a minha atenção se concentrou na carta que via nas mãos enrugadas do visitante.

Então me afastei de minha tia e das primas e fui depressa na direção dele, meu coração palpitando enlouquecido contra as costelas, como um pássaro ansiando por liberdade. Ali estava. A resposta que eu esperava.

– Señorita Olivera – disse o homem, em um barítono profundo. – Sou Rudolpho Sanchez, procurador dos seus pais.

Não registrei as palavras. Eu já havia arrancado o envelope das mãos dele. Com dedos trêmulos, virei o papel, me preparando para a resposta dos meus pais. Não reconheci a caligrafia no lado oposto. Virei a missiva novamente, estudando o selo de cera cor de morango que fechava a aba. Havia no centro dele um minúsculo besouro – não, escaravelho –, junto com palavras distorcidas demais para serem chamadas de legíveis.

– O que está esperando? Precisa que eu leia para você? – perguntou Elvira, olhando por cima do meu ombro.

Eu a ignorei e me apressei a abrir o envelope, os olhos disparando para as letras borradas. Alguém devia ter molhado o papel, mas eu mal percebi, porque enfim me dei conta do que estava lendo. As palavras nadavam pelo papel à medida que minha visão se turvava. De repente, ficou difícil respirar, e a sala se tornou gélida.

Elvira soltou um arquejo agudo perto do meu ouvido. Um arrepio frio percorreu minha espinha, um dedo gelado de pavor.

– E então? – instou tia Lorena, com um olhar inquieto para o procurador.

Minha língua inchou na boca. Eu não tinha certeza se conseguiria falar – mas, quando falei, minha voz saiu rouca, como se eu tivesse gritado por horas:

– Meus pais morreram.

PARTE UM

A UM MUNDO DE DISTÂNCIA

CAPÍTULO UNO

NOVEMBRO DE 1884

Pela misericórdia de Deus, eu mal podia esperar para desembarcar daquele navio infernal.

Espiei pela escotilha da minha cabine, os dedos pressionados contra o vidro como se eu fosse uma criança encantada diante da vitrine de uma padaria, desejando alfajores e um balde de *dulce de leche*. Não se via uma só nuvem no céu azul sobre o porto de Alexandria. Uma longa plataforma de madeira se estendia, indo ao encontro do navio, como uma mão oferecida em cumprimento. A prancha de desembarque havia sido acoplada, e vários membros da tripulação entravam e saíam do porão do navio a vapor carregando baús de couro, caixas redondas de chapéus e caixotes de madeira.

Eu havia chegado à África.

Depois de um mês navegando, percorrendo milhas de correntes oceânicas temperamentais, eu havia chegado. Vários quilos mais leve – o mar me *odiava* – e após inúmeras noites me revirando na cama, chorando no travesseiro e jogando os mesmos jogos de cartas com meus companheiros de viagem, eu estava ali de verdade.

Egito.

O país onde meus pais tinham vivido por dezessete anos.

O país onde morreram.

Girei o anel dourado num tique nervoso. Havia meses que ele não saía do meu dedo. Ter o item comigo me dava a sensação de que eu tinha convidado meus pais para irem comigo na viagem. Pensei que sentiria a presença deles no momento que visse o litoral. Uma profunda sensação de conexão.

No entanto, não foi o que aconteceu. Não de imediato.

A impaciência me afastou da janela, me forçou a caminhar de um lado para outro, meus braços se agitando loucamente. Eu andava para cima e para baixo, cobrindo cada centímetro da minha imponente cabine. Uma energia nervosa circulava ao meu redor como um furacão. Empurrei com a bota meus baús cheios, tirando-os do caminho e abrindo uma passagem mais ampla. Minha bolsa de seda repousava sobre a cama estreita e, ao passar marchando, eu a puxei em minha direção para pegar a carta do meu tio mais uma vez.

A segunda frase ainda me matava, ainda fazia meus olhos arderem, mas me forcei a ler o texto todo. O balanço sutil do navio dificultava a leitura, mas, apesar do súbito solavanco no estômago, segurei o bilhete e o reli pela centésima vez, tomando cuidado para não rasgar sem querer o papel ao meio.

Julho de 1884

Minha querida Inez,

 Mal sei por onde começar, ou como escrever o que preciso. Seus pais desapareceram no deserto e foram declarados mortos. Procuramos durante semanas e não encontramos rastro algum deles.

 Eu sinto muito. Mais do que jamais poderei expressar. Saiba que estou à sua disposição e, caso precise de alguma coisa, estou a apenas uma carta de distância. Acho que o melhor é você realizar o funeral deles em Buenos Aires sem demora, de modo que possa visitá-los sempre que desejar. Conhecendo minha irmã, não tenho dúvidas de que o espírito dela está de volta com você em sua terra natal.

 Como você na certa já deve saber, agora sou seu tutor e administrador dos seus bens e da sua herança. Como você já tem 18 anos e, pelo que todos dizem, é uma jovem brilhante, enviei uma carta ao Banco Nacional da Argentina autorizando você a retirar fundos conforme sua necessidade – dentro do razoável.

 Apenas você e eu teremos acesso ao dinheiro, Inez.

 Tenha muito cuidado com aqueles em quem confia. Tomei

*a liberdade de informar ao advogado da família sobre as cir-
cunstâncias presentes e sugiro que o procure caso precise de
algo. Se me permite, recomendo que contrate um assistente
para supervisionar a casa, de modo que você tenha tempo e
espaço para chorar por tal terrível perda. Perdoe-me por esta
notícia, e realmente lamento não estar aí com você para compartilhar sua dor.*

Por favor, avise se precisar de alguma coisa.

Seu tio,
Ricardo Marqués

Desabei na cama, tombando para trás de um jeito nada feminino, ouvindo o tom de bronca de tia Lorena ecoar em meus ouvidos. *Uma dama deve
sempre ser uma dama, mesmo quando ninguém está olhando. Então nada de
se largar pelos cantos nem xingar, Inez.* Fechei os olhos, afastando a culpa que
sentia desde que deixara a propriedade. Aquele sentimento era uma companhia insistente; por mais que eu viajasse, ele não podia ser esmagado ou
sufocado. Nem tia Lorena nem minhas primas sabiam dos meus planos de
ir embora da Argentina. Dava para imaginar a cara delas ao lerem o bilhete
que eu deixara em meu quarto.

A carta do meu tio tinha destroçado meu coração. Tenho certeza de que
a minha havia partido o delas.

Sem acompanhante. Eu mal havia completado 19 anos – celebrados no
meu quarto, enquanto chorava desconsolada até Amaranta bater na parede
com força – e já estava viajando sozinha sem guia ou qualquer experiência,
nem mesmo uma criada pessoal para lidar com os aspectos mais complica-
dos do meu guarda-roupa. Agora já estava feito. Mas aquilo não importava.
Eu estava ali para descobrir os detalhes do desaparecimento dos meus pais.
Estava ali para saber por que meu tio não os protegera, e por que tinham ido
para o deserto sozinhos. Meu pai era distraído, é verdade, mas não imprudente a ponto de levar minha mãe para uma aventura sem os suprimentos
necessários.

Mordi o lábio inferior. Aquilo não era de todo verdade. Ele podia ser
inconsequente, sim, sobretudo quando estava correndo de um lugar para

outro. Apesar disso, havia lacunas no que eu sabia, e eu odiava perguntas sem resposta. Eram uma porta aberta que eu queria fechar atrás de mim.

Esperava que meu plano desse certo.

Viajar sozinha era um aprendizado. Descobri que não gostava de comer sozinha, ler no navio me deixava enjoada e eu era péssima no carteado. Mas também descobri que tinha um talento para fazer amigos. A maioria deles eram casais mais velhos, viajando para o Egito por causa do clima agradável. No início, se mostravam hesitantes por eu estar viajando sozinha, mas eu estava preparada para aquilo.

Fingia ser uma viúva, me vestindo de acordo.

Minha história pregressa foi ficando mais elaborada a cada dia. Casada muito jovem com um *caballero* bem mais velho que poderia ser meu avô. Ao fim da primeira semana, eu havia conquistado a simpatia da maioria das mulheres, e os cavalheiros aprovavam meu desejo de ampliar os horizontes viajando de férias para o exterior.

Olhei pela escotilha e fiz uma careta. Com um movimento impaciente da cabeça, abri a porta da cabine e olhei para os dois lados do corredor. Nenhum progresso ainda no desembarque. Fechei a porta e voltei a andar.

Meus pensamentos se voltaram para meu tio.

Eu lhe enviara uma carta escrita às pressas depois de comprar a passagem. Sem dúvida, ele estaria esperando por mim no cais, impaciente para me ver. Em questão de horas, estaríamos reunidos após dez anos. Uma década sem nos falar. Ah, sim, eu incluíra desenhos para ele em algumas cartas que enviara aos meus pais, mas na época estava apenas sendo educada. Além disso, ele *nunca* me mandava nada. Nem uma carta, nem um cartão de aniversário, nem um pequeno objeto enfiado na bagagem dos meus pais. Éramos estranhos, familiares apenas no nome e no sangue. Eu mal me lembrava da visita dele a Buenos Aires, mas isso não importava, porque minha mãe se certificara de que eu nunca esquecesse o irmão favorito dela – e também o único.

Mamá e Papá eram fantásticos contadores de histórias, fiando contos com palavras, tecendo obras-primas envolventes e inesquecíveis. Tio Ricardo parecia uma pessoa exuberante. Uma montanha de homem, sempre carregando livros e ajustando os óculos de aros finos, os olhos cor de avelã fixos no horizonte, surrando mais um par de botas. Ele era alto e robusto, o que não combinava com suas paixões acadêmicas e sua busca por conhecimento. Ele florescia na academia, inteiramente à vontade em uma biblioteca, mas era combativo o suficiente para sobreviver a uma briga de bar.

Não que eu soubesse o mínimo que fosse sobre brigas de bar ou como sobreviver a elas.

Meu tio vivia para a arqueologia. Sua obsessão começara em Quilmes, no norte da Argentina, cavando com a equipe e manejando a pá quando tinha minha idade. Depois de aprender tudo que podia, ele partiu para o Egito. Foi lá que se apaixonou e se casou com uma egípcia chamada Zazi – que, após apenas três anos de matrimônio, morreu no parto junto com a bebê. Ele nunca mais se casou ou voltou à Argentina, exceto por uma única visita. O que eu não entendia era o que ele de fato *fazia*. Era um caçador de tesouros? Um estudioso da história egípcia? Um amante da areia e de dias abrasadores sob o sol?

Talvez fosse um pouco de tudo isso.

A única coisa que eu tinha de fato era aquela carta. Duas vezes ele escrevera que, se eu precisasse de alguma coisa, bastava lhe dizer.

Bem, eu precisava de uma coisa, tio Ricardo.

De respostas.

Tio Ricardo estava atrasado.

Eu me encontrava no cais, o nariz cheio do ar salgado do mar. Lá do alto, o sol desferia um ataque incandescente, o calor me tirando o fôlego. Meu relógio de bolso dizia que eu estava esperando fazia duas horas. Meus baús jaziam empilhados de forma precária ao meu lado enquanto eu procurava um rosto que se assemelhasse ao da minha mãe. Mamá me dizia que a barba do irmão havia fugido do controle, espessa e grisalha, longa demais para a sociedade civilizada.

Pessoas se aglomeravam à minha volta logo após o desembarque, tagarelando alto, empolgadas por estar na terra das majestosas pirâmides e do grandioso rio Nilo, que divide o Egito em dois. Mas eu não sentia nada daquilo, concentrada demais nos meus pés doloridos, excessivamente preocupada com minha situação.

O pânico começou a abrir uma fenda nos meus nervos.

Eu não podia ficar ali por muito mais tempo. A temperatura esfriava à medida que o sol avançava pelo céu, a brisa que vinha da água era enregelante, e eu ainda tinha muitos quilômetros pela frente. Até onde me lembrava, meus pais embarcavam em um trem em Alexandria e, cerca de quatro horas depois, chegavam ao Cairo. De lá, contratavam um traslado até o Shepheard's Hotel.

Meu olhar pousou em minha bagagem. Comecei a pensar no que poderia ou não deixar para trás. Lamentavelmente, eu não era forte o suficiente para carregar tudo. Talvez pudesse encontrar alguém para ajudar, mas eu não conhecia o idioma além de algumas frases soltas, nenhuma das quais equivalia a *Olá, você pode me ajudar com todos os meus pertences, por favor?*

Gotas de suor se formavam em minha testa, e eu ia ficando cada vez mais inquieta. Meu vestido de viagem azul-marinho tinha várias camadas, e sobre ele eu usava um casaco de botões duplos que parecia um punho de ferro ao redor das costelas. Ousei desabotoar o casaco, sabendo que minha mãe teria suportado aquela provação com uma firmeza silenciosa. O barulho ao meu redor aumentava: pessoas tagarelando, cumprimentando parentes e amigos, o som do mar batendo na costa, a buzina dos navios soando no volume máximo. Em meio à cacofonia, alguém chamou meu nome.

A voz atravessou o pandemônio, um barítono profundo.

Um jovem se aproximava a passos largos e descontraídos. Ele parou à minha frente, as mãos enfiadas nos bolsos da calça cáqui, dando a impressão de alguém que estava passeando pelo cais, admirando a vista do mar e provavelmente assobiando. A camisa azul-clara estava por dentro da calça, um pouco amarrotada sob os suspensórios com pontas de couro. Suas botas iam até a metade da panturrilha; dava para ver que haviam percorrido muitos quilômetros e estavam cheias de terra, o couro marrom agora cinza.

Os olhos do estranho encontraram os meus, as linhas que ladeavam sua boca repuxadas. Sua postura era descontraída, os modos, despreocupados, mas, observando melhor, notei a tensão que ele deixava transparecer no maxilar cerrado. Algo o incomodava, mas não queria que ninguém percebesse.

Cataloguei o restante de seus traços. Um nariz aristocrático sob sobrancelhas retas e olhos azuis, do mesmo tom da camisa. Lábios cheios formando um arco perfeito que se estendia em um sorriso torto, um contraponto à linha pronunciada do maxilar. Cabelo espesso e despenteado, oscilando entre o ruivo e o castanho. Com impaciência, ele os afastou da testa.

– Olá! Señorita Olivera? Sobrinha de Ricardo Marqués?

– Eu mesma – respondi em inglês.

Seu hálito cheirava de leve a bebida alcoólica. Franzi o nariz.

– Graças a Deus – disse ele. – Você é a quarta mulher a quem pergunto.

– Sua atenção se voltou para minha bagagem, e ele soltou um assobio baixo.

– Espero sinceramente que não tenha esquecido nada.

Ele não parecia nem um pouco sincero.

Estreitei o olhar.

– E quem é você, exatamente?

– Trabalho para o seu tio.

Olhei atrás dele, esperando avistar meu parente misterioso. Não havia ninguém parecido com meu tio por perto.

– Achei que ele viria me encontrar aqui.

O rapaz negou com a cabeça.

– Receio que não.

Levou um momento para que eu absorvesse as palavras. Enfim veio a compreensão, e o sangue subiu às minhas bochechas. Tio Ricardo não se dera ao trabalho de aparecer. Sua única sobrinha havia viajado por *semanas* e sobrevivido às repetidas provações do enjoo marítimo. E ele enviara um estranho para me receber.

Um estranho que estava *atrasado*.

E, como seu sotaque deixava claro, era *britânico*.

Apontei na direção dos prédios desmoronados, os montes de pedras irregulares, os construtores tentando restaurar o porto depois do que a Grã-Bretanha havia feito.

– Obra dos seus compatriotas. Suponho que se orgulhe do triunfo deles – acrescentei, amarga.

Ele piscou.

– Como?

– Você é inglês – falei, indiferente.

O garoto ergueu uma sobrancelha.

– O sotaque – expliquei.

– Correto – replicou ele, as linhas no canto da boca se aprofundando. – Você sempre presume conhecer a mente e os sentimentos de um completo estranho?

– Por que meu tio não está aqui? – contra-ataquei.

O jovem deu de ombros.

– Ele tinha uma reunião com um agente de antiguidades. Não podia ser adiada, mas ele mandou suas sinceras desculpas.

Tentei evitar que o sarcasmo manchasse minhas palavras, mas falhei:

– Ah, tudo bem, já que mandou suas *sinceras desculpas*. Mas ele poderia ter tido a decência de ao menos mandá-las pontualmente.

O homem contorceu os lábios. Sua mão deslizou pelo cabelo espesso, mais uma vez afastando as mechas despenteadas da testa. O gesto o fez parecer infantil, mas apenas por um momento fugaz. Seus ombros eram largos demais, as mãos muito calosas e ásperas para refutar a aparência de rufião. Parecia ser do tipo que sobreviveria a uma briga de bar.

– Bem, nem tudo está perdido – disse ele, apontando para minha bagagem. – Agora, estou a seu serviço.

– Que gentil – rebati a contragosto, ainda sem superar a decepção pela ausência do meu tio. Então ele não queria me ver?

– Não sou do tipo gentil – disse ele, num tom lânguido. – Vamos embora? Tenho uma carruagem esperando.

– Vamos direto para o hotel? O Shepheard's, não é? É lá que eles… – minha voz falhou – … sempre ficavam.

A expressão do estranho mudou para algo mais cuidadosamente neutro. Notei que, sob os cílios densos, seus olhos estavam um pouco avermelhados.

– Na verdade, somente *eu* vou para o Cairo. Reservei para *você* uma passagem de volta para casa no vapor do qual acabou de desembarcar.

Pisquei, certa de que tinha ouvido errado.

– *¿Perdón?*

– Foi por isso que me atrasei. Havia uma fila infernal no guichê de passagens. – Diante do meu olhar vazio, ele continuou: – Estou aqui para despachá-la de volta – disse ele, parecendo quase gentil. Ou assim teria sido se *também* não estivesse tentando parecer severo. – E para garantir que você esteja a bordo antes da partida.

Cada palavra caía entre nós em pancadas impiedosas. Eu não conseguia compreender o significado delas. Talvez meus ouvidos estivessem cheios de água do mar.

– *No te entiendo.*

– Seu tio – começou ele devagar, como se eu tivesse 5 anos – gostaria que você voltasse para a Argentina. Tenho uma passagem com seu nome.

Mas eu havia acabado de chegar. Como ele poderia me mandar embora tão depressa? Minha confusão ferveu até transbordar, transformada em raiva.

– *Miércoles.*

O estranho inclinou a cabeça e sorriu para mim, achando graça.

– Isso não significa *quarta-feira*?

Assenti. Em espanhol, soava semelhante a *mierda*, palavra imprópria que eu não podia falar. Mamá fazia meu pai usar aquele arremedo quando eu estava por perto.

– Bem, precisamos acomodar você no navio – disse ele, remexendo nos bolsos. Tirou dele um bilhete amassado e me entregou. – Não precisa me reembolsar.

– Não precisa… – repeti estupidamente, sacudindo a cabeça para desanuviar os pensamentos. – Você não me disse seu nome. – Outra coisa me ocorreu. – Você entende espanhol.

– Eu disse que trabalho para seu tio, não disse? – Seu sorriso retornou, encantadoramente juvenil e destoante da constituição robusta. Ele parecia capaz de me matar com uma só mão.

Eu não estava nem um pouco encantada.

– Pois bem – falei em espanhol. – Então vai entender quando eu disser que não vou embora do Egito. Se vamos viajar juntos, preciso saber seu nome.

– Você vai embarcar de novo nos próximos dez minutos. Uma apresentação formal parece desnecessária.

– Ah – retruquei, fria. – Pensando bem, parece que você não entende espanhol. Eu não vou entrar naquele navio.

O estranho não abandonou o sorriso, mostrando os dentes.

– Por favor, não me faça obrigá-la.

Meu sangue gelou.

– Você não faria isso.

– Ah, acha que não? Estou me sentindo *otimista* – replicou ele, o desdém gotejando de sua voz.

Ele deu um passo à frente e tentou me alcançar, os dedos roçando no meu casaco antes que eu me esquivasse.

– Se tocar em mim de novo, vou gritar. E vão me ouvir da Europa, juro.

– Acredito em você.

Ele deu meia-volta e se afastou, indo até uma área onde uma dúzia de carrinhos vazios esperava. Puxou um deles e, em seguida, começou a empilhar meus baús, sem meu consentimento. Para um homem que claramente tinha bebido, ele se movia com uma graça preguiçosa que me lembrava um gato indolente. Manejava os baús como se estivessem vazios, e não cheios com uma dúzia de blocos de desenho, vários diários em branco e tubos novos de tinta. Sem falar nas roupas e sapatos para várias semanas.

Turistas usando chapéus com penas e sapatos de couro caros nos rodeavam, observando com curiosidade. Ocorreu-me que deviam ter presenciado a tensão entre mim e aquele estranho irritante.

Ele olhou para trás, me fitando e arqueando a sobrancelha ruiva.

Não o impedi porque seria mais fácil transportar minhas coisas naquele carrinho, mas, quando ele começou a arrastar toda a minha bagagem para o cais, indo direto para a fila de embarque, gritei:

– ¡*Ladrón!* Ladrão! Socorro! Ele está roubando minhas coisas!

Os turistas bem-vestidos olharam para mim alarmados, afastando os filhos do espetáculo. Eu os olhava, boquiaberta, esperando que alguém me acudisse derrubando o estranho no chão.

A ajuda não veio.

CAPÍTULO DOS

Eu o fulminava com o olhar enquanto ele seguia andando, a risada o acompanhando como se fosse um fantasma travesso. Um formigamento de irritação percorreu todo o meu corpo. O estranho estava com todas as minhas coisas, exceto a bolsa contendo meu dinheiro egípcio, vários maços de cédulas e piastras que eu havia encontrado depois de vasculhar a mansão, e pesos de ouro argentinos para emergências. Isso, suponho, era o mais importante. Eu poderia tentar tomar o carrinho dele, mas suspeitava seriamente que sua força bruta impediria qualquer sucesso da minha parte. Aquilo era frustrante.

Considerei minhas opções.

Não havia muitas.

Eu poderia segui-lo obedientemente de volta ao navio que tinha como destino final a Argentina. Mas como seria viver lá sem meus pais? Sim, eles passavam metade do ano longe de mim, mas eu sempre aguardava com ansiedade sua chegada. Os meses com eles eram maravilhosos, com passeios a vários sítios arqueológicos, visitas a museus e conversas noturnas sobre livros e arte. Mamá era rigorosa, mas me adorava, me permitia praticar meus hobbies livremente e nunca reprimia minha criatividade. Sua vida sempre fora estruturada e, embora fizesse de tudo para que eu fosse bem-educada, ela me dava liberdade para ler o que eu quisesse, expressar minha opinião e desenhar o que bem desejasse.

Papá também me incentivava a estudar muito, sobretudo o Egito Antigo, e discutíamos com entusiasmo, à mesa do jantar, o que eu aprendera. Minha tia preferia que eu fosse serena, dócil e obediente. Se eu voltasse, podia prever como seria minha vida, em todos os detalhes. As manhãs seriam destinadas a lições sobre administração de propriedades, seguidas pelo almoço e depois o chá – o evento social do dia –, e então, em casa, as visitas com vários pretendentes durante o jantar. Não seria uma vida ruim, mas não era a vida que eu queria.

Eu queria uma vida com meus pais.

Meus pais.

Lágrimas ameaçavam escorrer pelas minhas bochechas, mas fechei os olhos com força e respirei fundo várias vezes para me acalmar. Aquela era a minha chance. Eu havia chegado ao Egito por conta própria, apesar de tudo. Nenhum outro país fascinara tanto meus pais, nenhuma outra cidade parecera a eles um segundo lar – e, pelo que eu sabia, talvez o Cairo fosse mesmo o seu lar. Mais do que Buenos Aires.

Mais do que eu.

Se eu fosse embora, nunca entenderia o que os levava até ali, ano após ano. Nunca saberia melhor quem eram, de modo que eu *jamais* os esquecesse. Se eu fosse embora, nunca descobriria o que acontecera com eles. A curiosidade queimava em mim, abrindo caminho até meu coração e o fazendo bater descontrolado.

Mais do que qualquer coisa, eu queria saber o que valia, para eles, pôr a vida em risco.

Se eles pensavam em mim. Se sentiam minha falta.

A única pessoa que tinha respostas vivia *ali*. E, por alguma razão, queria que eu fosse embora. Dispensada. Cerrei os punhos. Eu não voltaria a ser descartada, jogada de lado como um pensamento sem importância. Tinha ido até lá por um motivo, e iria até o fim. Mesmo que doesse, mesmo que a descoberta partisse meu coração.

Nada nem ninguém me impediria de ficar longe dos meus pais.

O estranho se afastava com meus pertences, avançando pelo cais. Ele virou o rosto, olhando por cima do ombro, os olhos azuis encontrando os meus em meio ao turbilhão de pessoas. Ele fez um movimento com o queixo na direção do barco, como se fosse inquestionável a conclusão de que eu o seguiria como uma cachorrinha obediente.

Não, senhor.

Dei um passo para trás, e seus lábios se abriram em surpresa. Seus ombros ficaram tensos, de forma quase imperceptível. Ele empurrou minha bagagem alguns centímetros adiante, conseguindo de algum modo evitar que batesse na pessoa à sua frente na fila do embarque. O estranho sem nome me chamou com um dedo curvo.

Uma risada de surpresa explodiu dos meus lábios.

Não, articulei, sem emitir som algum.

Sim, ele articulou de volta.

Ele não me conhecia o suficiente para entender que, uma vez que eu tomava uma decisão, não havia como me demover dela. Mamá chamava aquilo de teimosia; meus tutores consideravam esse traço uma falha. Mas eu o chamava do que era de fato: persistência. Ele pareceu reconhecer a decisão no meu rosto, pois balançou a cabeça, o alarme tensionando as linhas nos cantos dos seus olhos. Dei meia-volta, me misturando à multidão, sem me importar com os meus pertences. Tudo era substituível, menos aquela chance.

Era uma oportunidade única na vida.

E eu a agarrei com as duas mãos.

A turba me serviu como guia, levando-me para longe dos rebocadores alinhados ao longo do cais. O estranho gritou, mas eu já estava distante demais para entender suas palavras. Ele que se virasse com a minha bagagem. Se fosse um cavalheiro, dificilmente a abandonaria ali. E se não fosse… Não, aquilo não combinava com ele. Havia algo em seu comportamento. Confiante, apesar do sorriso irreverente. Equilibrado, apesar do hálito de álcool.

Ele parecia aristocrático, nascido para dizer aos outros o que fazer.

Conversas eclodiam em diferentes idiomas, cercando-me em todas as direções. Árabe egípcio, inglês, francês, holandês e até português. Egípcios usando tarbuches e ternos sob medida contornavam os turistas, seguindo apressados para seus locais de trabalho. Meus companheiros de viagem cruzavam a ampla avenida, desviando de carruagens puxadas por cavalos e burros carregados com sacolas de lona. Eu tomava cuidado para não pisar nos excrementos dos animais que enchiam a rua. O cheiro de perfume caro misturado a suor pairava no ar. Senti o estômago embrulhar ao ver os prédios desmoronados e montes de destroços, lembrete do bombardeio britânico dois anos antes. Lembrava-me de ter lido sobre os danos extensos, sobretudo na cidadela onde alguns egípcios tentaram defender Alexandria.

Ver ao vivo o porto devastado era muito diferente de ler sobre o assunto nos jornais.

Uma multidão vinda do cais se aventurava até o grande prédio de pedra adornado por quatro arcos diante de uma longa linha férrea que se estendia por quilômetros. A estação de trem. Segurei a bolsa com mais força e atravessei a rua, olhando por cima do ombro para ver se o estranho tinha decidido me seguir.

Não havia sinal dele, mas ainda assim não diminuí o passo. Eu tinha a sensação de que ele não me deixaria escapar com tanta facilidade.

Mais à frente, um pequeno grupo conversava em inglês, língua que eu falava bem melhor do que o francês. Segui a multidão até a estação, o suor fazendo meu cabelo grudar na nuca. As janelas quadradas forneciam iluminação suficiente. Havia pilhas de bagagens espalhadas por toda parte. Viajantes gritavam, aumentando a confusão, chamando seus entes queridos ou correndo para embarcar no trem enquanto outros empurravam carrinhos cheios de montes de malas prestes a desabar. Minha pulsação acelerou. Eu nunca tinha visto tantas pessoas em um só lugar, vestidas com variados graus de elegância, de chapéus emplumados a gravatas simples. Dezenas de egípcios com túnicas compridas ofereciam ajuda com as malas em troca de gorjeta.

Com um susto, percebi que havia perdido os ingleses de vista.

– *Miércoles* – murmurei.

Ficando na ponta dos pés, tentei freneticamente me orientar no meio da massa. Um deles usava um chapéu de copa alta – *ali*. Contornei a multidão, atenta, e eles me levaram direto ao guichê de passagens. A maioria das placas estava escrita em francês, que eu não conseguia ler com facilidade. Como poderia comprar uma passagem para o Cairo? Meus pais me advertiam a não falar com estranhos, mas eu claramente precisava de ajuda.

Então me aproximei deles e quebrei uma das regras de Mamá.

Recostei-me na almofada felpuda e inspirei o ar estagnado. Uma camada de poeira cobria tudo, dos assentos aos compartimentos de bagagem sobre os bancos. O trem parecera elegante por fora, com grossas linhas pretas adornadas de vermelho e dourado, mas o interior não era reformado havia décadas. Mas eu não me importava. Teria atravessado o deserto montada em um burro se isso significasse chegar ao Shepheard's.

Até o momento, eu tinha a cabine só para mim, apesar dos montes de viajantes embarcando, efêndis indo para o Cairo tratar de seus negócios e turistas tagarelando loucamente em várias línguas.

A porta de madeira do meu compartimento deslizou, e um cavalheiro com um bigode verdadeiramente espetacular e bochechas redondas se deteve na entrada. Sua mão esquerda segurava uma maleta de couro, com as iniciais *BS* gravadas em dourado. Ele se surpreendeu ao me ver e, em seguida, abriu um amplo sorriso, erguendo o chapéu escuro em uma saudação educada e galante. Um elegante terno cinza com calça de corte reto e camisa Oxford branca e engomada compunham seu traje. A julgar pelos sapatos de couro lustrosos e pelo corte refinado das roupas, tratava-se de um homem de recursos.

Apesar da cordialidade do seu olhar, um arrepio de apreensão percorreu minha espinha. A viagem até o Cairo durava cerca de quatro horas. Muito tempo para passar em um espaço pequeno e fechado com um homem. Nunca na minha vida eu me vira em uma situação daquelas. Minha pobre tia lamentaria tal mácula na minha reputação. Viajar sozinha, sem uma acompanhante, era um escândalo. Se alguém na sociedade "educada" algum dia descobrisse...

– Boa tarde – disse ele, colocando a maleta em um dos compartimentos superiores. – Primeira vez no Egito?

– Sim – respondi em inglês. – O senhor é da... Inglaterra?

Ele sentou-se bem à minha frente, estendendo as pernas de modo que as borlas dos sapatos roçaram minha saia. Movi os joelhos em direção à janela.

– Londres.

Outro inglês. Eu estava cercada. Tinha encontrado muitos desde o desembarque. Soldados e homens de negócios, políticos e comerciantes.

O homem contratado por tio Ricardo com a intenção de me expulsar do país.

Meu companheiro olhava para a porta fechada, sem dúvida esperando que alguém mais se juntasse a nós. A porta permaneceu fechada, então ele tornou a voltar a atenção para mim.

– Viajando sozinha?

Endireitei-me no assento, sem saber direito o que responder. Ele parecia inofensivo e, embora eu não *quisesse* contar a verdade, ele teria aquela confirmação quando o trem chegasse ao Cairo.

– Na verdade, estou. – Eu me encolhi com a nota defensiva na voz.

O inglês me fitou.

– Perdão, não é minha intenção ofender a senhorita, mas precisa de ajuda? Vejo que está sem uma criada ou acompanhante. Bastante incomum, ousaria dizer.

Eu teria que continuar usando o traje de luto que eu usara durante a maior parte da viagem para manter a farsa. Embora desfrutasse da liberdade que ele propiciava, sentia falta de minhas cores favoritas – amarelo-manteiga e verde-oliva, azul-pervinca e lavanda-claro.

– Não que seja da conta do senhor, mas sou viúva.

Seu semblante se suavizou.

– Ah, sinto muito. Perdoe minha pergunta, foi invasiva.

Seguiu-se uma pausa breve e desconfortável, durante a qual tentei descobrir como preencher o silêncio.

Eu não conhecia o Cairo, e qualquer informação ou perspectiva seria incrivelmente útil, mas me incomodava passar a impressão de que eu estava indefesa.

– Perdi minha esposa – disse ele com a voz suave.

Parte da tensão que endurecia meus ombros se dissipou.

– Sinto muito.

– Tenho uma filha mais ou menos da sua idade – afirmou ele. – Meu orgulho e minha alegria.

O trem partiu com um solavanco, e eu me virei para a janela suja. A extensa cidade de Alexandria passava com suas amplas avenidas e pilhas de destroços lado a lado com construções imponentes. Momentos depois, deixamos a cidade para trás, e as edificações foram substituídas por extensos trechos verdes de terras agrícolas.

O inglês tirou do bolso um pequeno relógio dourado.

– Pontual, pelo menos desta vez – murmurou ele.

– Não costuma ser?

Ele zombou com um movimento arrogante do queixo.

– A ferrovia egípcia ainda tem um longo caminho a percorrer antes que qualquer pessoa em sã consciência a chame de eficiente. Mas assumimos há pouco a administração, e o progresso tem sido lamentavelmente lento. – Ele se inclinou para a frente, a voz se transformando em um sussurro. – Embora eu saiba de fontes seguras que a estação receberá trens mais novos vindos da Inglaterra e da Escócia.

– Quando o senhor diz *nós*, está querendo dizer que os britânicos são donos da estação?

Ele assentiu, pedindo desculpas.

– Perdoe-me, com frequência esqueço que as senhoras não estão atualizadas sobre as questões correntes. Tomamos o controle em 1882...

Qualquer compaixão que eu sentisse por sua situação de viúvo começou a escoar de mim, uma gota por vez.

– Sei tudo sobre como a Grã-Bretanha abriu caminho até Alexandria, bombardeando o país – interrompi, sem me dar ao trabalho de esconder a desaprovação. – Obrigada.

O homem fez uma pausa, comprimindo os lábios.

– Foi necessário.

– Ah, é mesmo? – perguntei, sarcástica.

O homem pestanejou, claramente chocado com meu tom enérgico.

– Estamos moldando o país de forma gradual e segura, até que esteja mais civilizado – afirmou ele, o tom de voz se elevando e assumindo certa insistência. – Livre dos braços demasiado longos dos franceses. Enquanto isso, o Egito se tornou um destino popular para muitos viajantes... como a senhora. – Os cantos de seus lábios se curvaram para baixo. – E para os americanos também. Devemos agradecer aos passeios de Thomas Cook por isso.

Papá andava furioso com a recente e contínua *remodelação* do Egito. Administrado por um país estrangeiro que olhava para a população local com desprezo e se horrorizava com a audácia de quererem governar o próprio país. Ele vivia preocupado com a possibilidade de estrangeiros depenarem e saquearem todos os sítios arqueológicos antes que pudesse visitá-los.

O que me irritou e muito foi a suposição daquele homem de que eu não estava atualizada sobre as questões recentes. E seu tom soberbo ao explicar as lentes horríveis pelas quais ele via o Egito. Um país cujos recursos e matérias-primas estavam à *sua* disposição. O sangue de Mamá fervilhava ao falar da mineração espanhola no Cerro Rico, a montanha cheia de prata em Potosí. Ao longo dos séculos, ela havia sido esgotada.

A cidade nunca se recuperou.

Fiz um grande esforço para manter o tom neutro:

– Quem é Thomas Cook?

– Um empresário da pior espécie – respondeu o sujeito com uma careta pronunciada. – Fundou uma empresa especializada em excursões pelo Egito, daquelas que entopem o Nilo com barcos espalhafatosos cheios de americanos barulhentos e embriagados.

Ergui uma sobrancelha.

– Os britânicos não falam alto nem bebem?

– Somos mais respeitosos quando estamos bêbados – disse ele, pomposo. Depois, mudou abruptamente de assunto, em um provável esforço para evitar discussões. Uma pena, pois eu estava começando a me divertir. – O que traz a senhora ao Egito?

Embora eu esperasse a pergunta e tivesse uma resposta preparada, mudei de ideia no último segundo.

– Um pouco de turismo. Reservei um passeio pelo rio Nilo. Até o senhor mencioná-lo, eu havia esquecido o nome da empresa – acrescentei, abrindo um sorriso dissimulado.

O rosto do homem ficou roxo, e mordi a bochecha para não rir. Ele abriu a boca para responder, mas desistiu quando seus olhos pousaram no anel dourado que cintilava, refletindo os raios de sol que entravam no compartimento escuro.

– Que anel incomum – disse ele devagar, inclinando-se para a frente a fim de examiná-lo melhor.

Papá não me dissera nada sobre a origem do anel. Não enviara sequer um bilhete junto com o pacote. Aquela fora a única razão para eu não cobrir o dedo anelar. Estava curiosa para saber se meu infeliz companheiro poderia me contar algo sobre o acessório.

– Por que é incomum?

– Parece bastante antigo. Pelo menos um século.

– É mesmo? – perguntei, na esperança de que ele pudesse me dar uma pista melhor.

Eu acreditava que o anel era uma peça antiga, mas nunca me ocorrera que fosse um *artefato*. Papá não teria realmente me enviado algo assim...teria? Ele nunca roubaria algo tão valioso de um sítio arqueológico.

Um mal-estar se instalou em meu estômago. Senti o medo da dúvida subindo como vapor em minha mente.

E se ele tivesse feito aquilo?

– Posso dar uma olhada mais de perto?

Hesitei, mas ergui a mão, aproximando-a do rosto dele. O homem curvou a cabeça para examinar o item. Uma expressão ávida surgiu em seu rosto. Antes que eu pudesse dizer qualquer coisa, ele arrancou o anel do meu dedo.

Meu queixo caiu.

– *Senhor!*

Ele ignorou meu protesto, estreitando os olhos para captar cada sulco e detalhe.

– Extraordinário – murmurou entre os dentes.

Ficou em silêncio, o corpo inteiro imóvel. Parecia até uma pintura. Por fim, desviou o olhar do anel e me encarou. Sua atenção febril me deixou desconfortável.

Um alarme soou em meu ouvido, me dizendo que pegasse minhas coisas e fosse embora.

– Por favor, devolva o anel.

– Onde conseguiu isso? – perguntou ele, autoritário. – Quem é a senhora? Qual o seu nome?

A mentira foi instintiva.

– Elvira Montenegro.

Ele repetiu meu nome, refletindo. Sem dúvida, vasculhando a memória e a revirando em busca de alguma conexão.

– Você tem parentes aqui?

Balancei a cabeça. Mentir era fácil para mim, e felizmente eu tinha muita prática. Havia contado um número assustador de mentiras para escapar de tardes cheias de costuras e bordados.

– Como eu disse, sou viúva e estou aqui para ver o grande rio e as pirâmides.

– Mas a senhora deve ter adquirido este anel em algum lugar – insistiu ele.

Meu coração batia alto contra o espartilho.

– Numa barraca de bugigangas perto do cais. Pode me devolver, por favor?

– A senhora encontrou este anel em *Alexandria*? Que... curioso. – Seus dedos se fecharam em torno do presente que eu havia recebido do meu pai. – Eu lhe pago dez soberanos por ele.

– O anel não está à venda. Devolva.

– Acaba de me ocorrer que não lhe contei o que faço – observou ele. – Sou agente do Serviço de Antiguidades.

Encarei o sujeito com o olhar mais frio e arrogante de que era capaz.

– Eu o quero de volta.

– Este anel seria uma aquisição maravilhosa para uma vitrine destacando joias egípcias. Agora, acho que é sua responsabilidade social renunciar a tal item para que ele receba o cuidado e a atenção adequados. Outros têm o direito de apreciar tal obra em um museu.

– O museu no Egito? – perguntei, arqueando uma sobrancelha.

– Naturalmente.

– E com que frequência egípcios são estimulados a visitar o museu que exibe sua herança? Não muita, suponho.

– Bom, eu nunca... – Ele se deteve, o rosto adquirindo a exata tonalidade de um rabanete. – Estou preparado para lhe pagar vinte soberanos por ele.

– Eram dez um minuto atrás.

– Está reclamando?

– Não – respondi, firme. – Porque ele *não está* à venda. E sei tudo sobre sua profissão, então agradecerei se não explicá-la para mim. O senhor não é melhor do que um saqueador de túmulos.

O homem corou. Ele respirou fundo, forçando os botões da camisa branca engomada.

– Alguém já roubou isso de uma tumba.

Eu me encolhi, porque aparentemente era *mesmo* verdade. Sem explicação alguma, meu pai havia tomado algo para si e enviado para mim. Papá já me explicara que cada descoberta era observada com cuidado. Mas o que ele havia feito ia muito além da observação. Ele agira contra seus princípios.

Agira contra os meus. Por quê?

– Olhe aqui... – Ele mostrou a face superior do anel para que eu a inspecionasse. – Sabe o que está gravado neste anel?

– É um cartucho – respondi, convencida. – Cercando o nome de um deus ou pessoa da realeza.

O homem abriu e fechou a boca. Parecia um peixe curioso. No entanto, recuperou-se logo e disparou outra pergunta.

– A senhora sabe ler hieróglifos?

Em silêncio, neguei com a cabeça. Embora fosse capaz de identificar alguns, nem de longe era proficiente. O antigo alfabeto egípcio era imenso, e seriam necessárias décadas de estudo para me tornar fluente.

– Veja aqui. – Ele ergueu o anel para olhar de mais de perto. – É um nome *real*. Aqui diz *Cleópatra*.

A última faraó do Egito.

Arrepios percorreram meus braços enquanto eu lembrava a conversa que tivera com tia Lorena e Elvira. Fora a última vez que ouvi o nome – e em conexão com meu tio e seu trabalho ali no Egito. Aquele anel era uma pista do que eles estavam fazendo no país. Do que – ou de *quem* – poderiam ter encontrado. Já estava farta de ser educada.

Então me pus de pé com um salto.

– Devolva o anel!

O inglês também ficou de pé, pousando os punhos nos quadris.

– Senhora…

A porta da cabine se abriu e um funcionário da companhia ferroviária, um jovem de uniforme azul-marinho, apareceu no batente.

– Passagens?

Revirei irada a bolsa de seda até encontrar o bilhete amassado.

– Aqui está.

O funcionário alternou o olhar entre mim e o britânico, franzindo as sobrancelhas escuras.

– Está tudo bem?

– Não – falei entre os dentes. – Este homem roubou um anel do meu dedo.

O queixo do funcionário caiu.

– Como assim?

Apontei o inglês com o indicador.

– Esta pessoa… que não posso chamar de cavalheiro… pegou um objeto meu, *e eu o quero de volta.*

O inglês se empertigou em toda a sua altura, endireitando os ombros e erguendo o queixo. Estávamos em confronto direto, as linhas de batalha traçadas.

– Meu nome é Basil Sterling, e sou um agente de antiguidades do Museu Egípcio. Eu estava apenas mostrando a esta jovem senhora uma de nossas últimas aquisições, e ela ficou excessivamente alterada, como pode ver.

– O que… – engasguei. – Meu pai confiou este anel aos meus cuidados! Devolva-o.

O olhar do Sr. Sterling se estreitou, e percebi meu erro. Antes que pudesse corrigi-lo, o homem pegou a maleta de couro no compartimento, sacou dela um documento e a passagem e entregou ambos ao funcionário.

– Você encontrará provas da minha posição detalhadas nesta folha.

O atendente mudou o peso de um pé para o outro.

– Perfeito, senhor. Tudo parece em ordem.

A fúria queimava minhas bochechas.

– Isso é um absurdo.

– Como pode ver, esta senhora está prestes a ficar histérica – interrompeu o Sr. Sterling, sem pestanejar. – Eu gostaria de mudar de cabine.

– Não até o senhor devolver meu anel!

O Sr. Sterling sorriu com frieza, um brilho sagaz nos olhos claros.

– Por que eu daria o *meu* anel para você? – Ele caminhou até a porta.

– Espere um minuto… – pedi.

– Sinto muito – disse o funcionário, devolvendo minha passagem.

No segundo seguinte, ambos haviam ido embora, e aquele homem odioso guardava no bolso a última coisa que Papá me deu.

 ## WHIT

Que diabos.

Fiquei olhando a fedelha se afastar, cada vez mais frustrado. Eu não tinha tempo para sobrinhas geniosas, mesmo que fossem parentes do meu patrão. Que não ficaria nem um pouco satisfeito quando descobrisse que eu não conseguira controlar uma adolescente. Corri a mão um pouco trêmula pelo cabelo, a atenção se voltando para os grandes baús empilhados no carrinho. Ela se fora sem nenhum pertence.

Atitude ousada, Olivera. Atitude ousada.

Pensei em deixar tudo ali no cais; quando minha consciência protestou, porém, deixei escapar um suspiro melancólico. Minha mãe me criou para ser melhor do que isso, infelizmente. Eu precisava devolver tudo a Olivera. Ela ganhara a batalha, mas eu não a deixaria vencer de novo. Seria irritante. Eu não gostava de perder, assim como não gostava de receber ordens.

Tais dias tinham ficado muito para trás.

Ainda assim...

Ela tivera o atrevimento de se vestir como uma *viúva*. Cruzara oceanos sem acompanhante. Me enfrentara com as mãos nos quadris. Um sorriso relutante ergueu o canto da minha boca enquanto eu estudava o botão de latão que tinha arrancado de seu casaco. Ele brilhava ao sol, uma liga de cobre e zinco semelhante a bronze. A expressão indignada dela me fizera querer rir pela primeira vez em meses.

A garota tinha personalidade, eu era obrigado a admitir.

Meus dedos se fecharam em torno do botão, mesmo sabendo que seria melhor jogar essa coisa no mar Mediterrâneo. Em vez disso, no entanto, enfiei a lembrança no bolso. Empurrei o carrinho de volta para a via, onde a carruagem que eu contratara esperava. Eu sabia que tinha cometido um erro.

O botão, porém, permaneceu a salvo do meu bom senso.

Uma forte dor de cabeça pressionava minhas têmporas; com a mão livre, peguei o frasco roubado do meu irmão mais velho e tomei um longo gole de uísque, a ardência descendo pela garganta como uma chama tranquilizadora. A que horas eu havia chegado em casa na noite anterior?

Não conseguia lembrar. Passara horas no bar do Shepheard's, sorrindo e rindo com falsidade, fingindo que estava me divertindo. Deus, eu *odiava* agentes de antiguidades.

Mas, depois de uns quatro dedos de *bourbon*, descobri o que precisava.

Ninguém sabia quem Abdullah e Ricardo estavam procurando.

Nem um rumor.

Agora, tudo o que eu tinha a fazer era lidar com a fedelha.

CAPÍTULO TRES

A exaustão ia tomando conta de mim pelas beiradas, me sugando para baixo feito areia movediça. Quando a carruagem parou em frente ao Shepheard's, meu elegante vestido de linho não parecia mais elegante nem limpo. O corpete engomado exibia manchas de poeira e vincos, e, de alguma forma, eu tinha perdido um botão do casaco. A raiva me acompanhou por toda a jornada, fervilhando sob a pele como se meu sangue estivesse em ebulição. O cocheiro abriu a porta da carruagem, e tropecei nos degraus. Ele estendeu o braço na minha direção para evitar que eu caísse.

– *Gracias* – falei com a voz rouca. – Desculpe, eu quis dizer *shokran*.

Minha garganta estava irritada de tanto discutir. Ninguém me dera ouvidos sobre o roubo do anel. Nem o condutor, nem os outros funcionários ou mesmo outros passageiros. Eu pedira a todos em quem pude pensar que me ajudassem, certa de que a discussão fora ouvida pelas cabines que ladeavam a nossa.

Paguei o cocheiro e voltei a atenção para o que havia à minha volta. O estilo arquitetônico era tão semelhante às largas avenidas de Paris que eu literalmente poderia estar na França. Carruagens douradas passavam apressadas para cima e para baixo na rua Ibrahim Paxá, e palmeiras exuberantes margeavam a avenida. Os prédios tinham todos a mesma altura, quatro andares, cravejados de janelas arqueadas com cortinas tremulando ao sabor da brisa. Era familiar, mesmo não devendo ser. Exatamente como em Buenos Aires, onde as ruas eram largas como as avenidas pavimentadas da Europa. Ismail Paxá quisera modernizar o Cairo; para ele, aquilo significava trabalhar com um arquiteto francês e modelar partes da cidade a fim de parecer uma rua parisiense.

O Shepheard's ocupava quase todo o quarteirão. Degraus levavam à entrada grandiosa coberta por um fino telhado de metal com delicadas aberturas, permitindo que manchas de crepúsculo beijassem o chão de pedra embaixo dele. Uma varanda comprida, guarnecida com dezenas de mesas e cadeiras de vime, adornada por várias árvores e plantas, ficava ao lado das portas duplas de madeira. O hotel era mais elegante e ornamentado do que eu poderia ter imaginado, e as pessoas que saíam pela porta principal, vestidas com trajes caros, combinavam com a opulência ao redor.

Subi os degraus, tentando ignorar meu estado desgrenhado. Os porteiros, vestidos em cafetãs que iam até as canelas, abriram um sorriso largo e, juntos, me convidaram a entrar. Aprumei os ombros, ergui o queixo e recompus meu semblante para parecer serena, a imagem do decoro.

O efeito se perdeu quando deixei escapar um sonoro arquejo.

– Ah, *cielos*.

O saguão ostentava a grandiosidade dos palácios mais luxuosos da Europa, lugares dos quais eu só ouvira falar. Colunas de granito se estendiam até o teto, como nas entradas de templos antigos que eu só vira em livros. Cadeiras confortáveis em uma variedade de materiais – couro, vime e madeira – encontravam-se posicionadas sobre suntuosos tapetes persas. Lustres feitos de bronze escuro, com treliças florais e saiotes rendados, iluminavam o interior sombrio, envolvendo tudo em uma névoa de calidez. O saguão se abria para outro ambiente, igualmente ornamentado, com piso de ladrilhos e nichos escuros onde se viam várias pessoas sentadas lendo o jornal.

Eu podia visualizar meus pais nesta sala, entrando apressados depois de um dia no deserto, prontos para o chá e o jantar.

Talvez aquele fosse o lugar onde haviam sido vistos pela última vez.

Engoli o nó na garganta e pisquei para afastar a súbita ardência nos olhos. Observei o espaço à minha volta, cercada por pessoas de diversas nacionalidades, idades e classes sociais. Elas falavam em diferentes idiomas, o barulho abafado pelos grandes tapetes dispostos sobre os ladrilhos do piso. Senhoras inglesas idosas lamentavam os horrores enfrentados para encontrar um barco adequado à jornada Nilo acima enquanto tomavam chá gelado de hibisco, inconfundível por sua tonalidade roxo-escura. Oficiais britânicos marchavam pelo corredor, vestidos em seus uniformes vermelhos, sabres presos às cinturas – com um sobressalto, lembrei que o hotel também servia como quartel-general do Exército. Franzindo a testa, desviei os olhos deles.

Um grupo de empresários egípcios se reunia em torno de uma mesa, fumando cachimbo enquanto travavam uma discussão acirrada, as borlas dos chapéus do tipo fez roçando nas bochechas. Ao passar por eles, fragmentos da conversa sobre os preços do algodão chegaram aos meus ouvidos. Minha mãe muitas vezes voltava para Buenos Aires com roupas de cama novas, o tecido espesso parecendo seda. A planta crescia nas margens ao longo do Nilo, e sua produção era um empreendimento altamente lucrativo para os proprietários de terras egípcios.

Eu me virei, procurando a recepção, no momento em que um americano extravagante com sua maleta robusta e voz retumbante, maravilhado com a decoração, trombou com outros. Alguém gritou "Burton! Aqui!" e o americano tomou um grande susto antes de se juntar ao restante do seu grupo, onde foi recebido com tapinhas nas costas. Observei a reunião com nostalgia.

O número de pessoas que me receberiam em casa depois de uma longa jornada havia diminuído.

Os funcionários da recepção me olharam. Um dos atendentes interrompeu o que fazia, a mão pairando no ar, quando me aproximei. Seus olhos escuros se arregalaram, e ele abaixou o braço a meio caminho de carimbar um livreto.

– *Salaam aleikum* – falei, hesitante. A forma como ele me encarava era enervante. – Gostaria de um quarto, por favor. Bem, na verdade, creio que devo confirmar se Ricardo Marqués está hospedado neste hotel…

– A senhorita é muito parecida com sua mãe.

Tudo em mim parou.

O recepcionista afastou o carimbo e o livreto com um sorriso suave.

– Meu nome é Sallam – disse ele, alisando o cafetã verde-escuro. – Sinto muito pela perda de seus pais. Eles eram pessoas boas, e gostávamos de tê-los aqui.

Mesmo após meses, eu ainda não estava acostumada a ouvir falar deles no passado.

– *Gracias. Shokran* – corrigi mais que depressa.

– *De nada* – replicou ele em espanhol, e sorri surpresa. – Seus pais me ensinaram algumas frases. – Ele olhou por cima do meu ombro, e segui a direção do seu olhar. – Eu esperava ver o jovem Whit com você.

– Quem?

– O Sr. Whitford Hayes – explicou Sallam. – Ele trabalha para seu tio, que de fato está hospedado neste hotel esta noite, mas no momento não se encontra aqui. Acredito que tinha negócios a tratar no museu.

Então aquele era o nome dele, do estranho que eu tinha dispensado no cais. Fiz uma nota mental para evitá-lo a todo custo.

– Sabe dizer quando meu tio volta?

– Ele fez reservas para o jantar em nosso salão. A senhorita acabou de chegar?

– Cheguei esta manhã em Alexandria. O trem infelizmente quebrou a meio caminho do Cairo. Não fosse isso, eu teria chegado mais cedo.

As sobrancelhas espessas e grisalhas de Sallam subiram até quase onde o cabelo começava.

– A senhorita veio para o Cairo de trem? Achei que Whit teria mais bom senso que isso. O trem está sempre atrasado e quebra com frequência. Seria melhor ter vindo de carruagem.

Decidi me abster de contar a Sallam a história completa. Em vez disso, peguei a bolsa e a coloquei sobre o balcão.

– Bem, eu gostaria de um quarto, por favor.

– Não há necessidade de pagamento – disse ele. – A senhorita ficará na suíte de seus pais. Está paga até… – Ele olhou para baixo a fim de conferir suas notas – … 10 de janeiro. O quarto está intocado, de acordo com os desejos do seu tio. – Sallam hesitou. – Ele disse que cuidaria dos pertences deles no novo ano.

Minha mente girou. Nunca sonhei que dormiria no quarto dos meus pais, aquele que dava para os Jardins Ezbekieh. Papá falava longamente sobre sua costumeira suíte, os cômodos luxuosos e a linda vista. O lugar tinha a aprovação até mesmo da minha mãe. Nenhum dos dois se dava conta do quanto eu queria vê-lo com meus próprios olhos. Agora, ao que tudo indicava, eu veria. Aquela viagem marcaria muitas primeiras vezes, coisas que eu pensava que vivenciaria com eles. Senti o coração repuxar, como se tivesse se prendido em uma farpa.

Minha voz soou pouco mais alta do que um sussurro.

– Está ótimo.

Sallam me fitou por um momento e se inclinou para a frente a fim de escrever uma nota rápida em um papel novinho em folha, decorado com o símbolo do hotel. Em seguida assobiou, chamando um garoto que usava tarbuche, calça verde-floresta e camisa amarelo-clara.

– Por favor, entregue isto.

O menino lançou um olhar para o bilhete dobrado, viu o nome e sorriu. Em seguida se afastou, ziguezagueando entre a multidão de hóspedes.

– Venha, vou levar a senhorita pessoalmente até a suíte 302.

Outro funcionário, vestido com a mesma libré verde e amarela do hotel, assumiu a recepção.

Sallam estendeu a mão, fazendo sinal para que eu o acompanhasse.

– Lembro-me de quando seus pais vieram ao Egito pela primeira vez – continuou o homem. – Seu pai se apaixonou no momento em que chegou ao Cairo. Sua mãe demorou um pouco mais; depois daquela primeira temporada, porém, nunca mais foi a mesma. Eu sabia que eles voltariam. E olhe só! Eu estava certo. Faz dezessete anos desde aquela primeira visita, acho.

Eu não tinha condição alguma de responder. As viagens deles coincidiam com algumas das minhas lembranças mais terríveis. Recordava muitíssimo bem um inverno em que meus pais tinham ficado um mês inteiro a mais no Egito, e eu ficara doente. A gripe havia se espalhado por toda Buenos Aires, e no entanto meus pais não voltaram a tempo de ver o perigo que corri. Chegaram quando eu estava me recuperando, o pior já passara. Eu tinha 8 anos. Claro que minha tia dissera algumas palavras sinceras à minha mãe – várias. Depois disso, Mamá e Papá passaram todos os dias comigo. Fizemos todas as refeições juntos, explorando a cidade, nos deliciando em concertos e passeios frequentes ao parque.

Estávamos juntos, até não estarmos mais.

Sallam me guiou por uma grande escadaria em cujo centro corria um tapete azul. Eu estava familiarizada com as estampas, pois meus pais levavam todo tipo de decoração para a Argentina. Preferiam azulejos turcos, luminárias marroquinas e tapetes persas.

Chegamos ao terceiro andar e Sallam me entregou uma chave de latão com um disco do tamanho de uma moeda com as palavras SHEPHEARD'S HOTEL, CAIRO e o número do quarto estampados. Introduzi a chave na fechadura e a porta se abriu, revelando uma sala de estar de onde saíam dois quartos adicionais, um em cada extremidade. Entrei, admirando o sofá de veludo verde e as cadeiras de couro charmosamente agrupados em frente às janelas da sacada. Paredes revestidas de seda e ornamentadas em dourado e uma pequena escrivaninha de madeira com uma cadeira de couro de espaldar alto enfatizavam a imponente elegância. Quanto à decoração, havia várias belas pinturas, um espelho dourado e três grandes tapetes em um esquema de cores azul e verde-menta, adicionando toques sofisticados por todo o ambiente.

– Aqui é onde seus pais dormiam. – Sallam indicou o quarto à direita. – O da esquerda é um espaço para convidados.

Mas nunca para mim. A única filha deles.

– Durante o inverno, o Egito não é tão quente quanto se pensa. Sugiro um xale sobre o casaco – disse Sallam atrás de mim. – Se estiver com fome, desça para jantar no restaurante. Temos uma comida deliciosa no estilo francês. Seu tio vai querer vê-la, tenho certeza.

Não pude evitar o tom de ressentimento na voz.

– Duvido muito.

Sallam retornou à entrada.

– Há algo que eu possa providenciar para a senhorita?

Neguei com a cabeça.

– *La shokran.*

– Belo sotaque – disse ele em tom de aprovação, depois abaixou o queixo e fechou a porta ao sair.

Eu estava sozinha.

Sozinha no quarto onde meus pais viviam durante quase metade do ano. O último lugar onde haviam dormido, onde estavam algumas das últimas coisas tocadas por eles. Cada superfície chamava minha atenção, suscitava uma pergunta. Teria minha mãe usado aquela escrivaninha? Sentado na poltrona de couro? Teria sido com aquela pena que ela escrevera pela última vez? Vasculhei as gavetas e encontrei uma pilha de folhas em branco, exceto por uma. A de cima tinha duas palavras escritas com uma caligrafia delicada.

Querida Inez.

Ela não pôde terminar a carta. Fui roubada das últimas palavras da minha mãe para mim. Inspirei bem fundo, estremecendo. Enchi os pulmões com o máximo de ar que pude e depois expirei, lutando para não desmoronar. Aquela era uma oportunidade única de estudar o quarto como deixado por eles, antes de entulhá-lo com minhas coisas.

A lixeira continha inúmeras folhas amassadas, e me perguntei se Mamá fizera várias tentativas de começar a carta pensando no que me dizer. Um soluço subiu pela minha garganta, e me virei abruptamente, afastando-me da escrivaninha. Reprimi a onda de emoção que avançava como uma maré forte. Mais uma respiração e eu já me sentia mais calma, com os olhos mais límpidos. Continuei a exploração, determinada a fazer algo produtivo. Meu olhar se dirigiu para o quarto dos meus pais.

Assenti para mim mesma e endireitei os ombros.

Respirando fundo, abri a porta – e arquejei.

Os baús de Papá estavam abertos em cima da cama, com roupas espalhadas e sapatos e calças empilhados por toda parte. As gavetas de uma bela cômoda de carvalho jaziam escancaradas, com os itens em seu interior bagunçados, como se ele estivesse fazendo as malas com pressa. Franzi a testa. Aquilo não fazia sentido – a última mensagem deles dizia que ficariam mais tempo no Cairo. Os lençóis estavam embolados no pé da cama, e a bagagem de Mamá se encontrava em uma cadeira perto da ampla janela.

Entrei no quarto, examinando os vestidos jogados sobre o encosto da cadeira. Estilos de roupas que eu nunca tinha visto minha mãe usar em casa. Tecidos mais leves, mais joviais, enfeitados profusamente com babados e contas. Os trajes de mamãe na Argentina, embora elegantes, nunca chamavam a atenção. Ela se comportava de modo reservado, sempre com um sorriso educado e boas maneiras. E estava me criando para ser igual. No interior do guarda-roupa, me deparei com fileiras de vestidos cintilantes e sapatos de couro de salto alto.

Toquei os tecidos com curiosidade, a melancolia se apoderando de mim. Minha mãe era alguém que sabia se comportar da maneira certa; sempre falava com eloquência e tinha uma ótima noção de como dar grandes festas e receber convidados na propriedade. Mas ali suas roupas sugeriam que era mais despreocupada, menos rígida e refinada.

Eu gostaria de ter conhecido aquele lado dela.

Uma batida forte na porta interrompeu meus devaneios. Provavelmente era Sallam querendo se certificar de que eu estava acomodada. Ele parecia o tipo de pessoa de quem meus pais gostavam. Educado e competente, um bom ouvinte e inteligente.

Atravessei o quarto e abri a porta, um sorriso nos lábios.

Mas não era Sallam.

O estranho do cais se encontrava encostado na parede oposta, pernas cruzadas na altura do tornozelo, com meus baús empilhados ao lado. Os braços estavam dobrados sobre o peito largo, e ele me fitava com um sorriso sardônico. Parecia achar uma leve graça da situação.

– Sr. *Hayes*, presumo…

CAPÍTULO CUATRO

O homem em questão tomou impulso, afastando-se da parede, e entrou no quarto.

— Você é mais esperta do que imaginei — disse ele, animado. — Isso foi devidamente registrado, então não tente essa merda comigo outra vez.

Abri a boca, mas o Sr. Hayes continuou, sem desfazer o sorriso irônico:

— Antes que emita qualquer opinião sobre minha linguagem, vou arriscar a suposição de que uma jovem que atravessou o oceano se passando por viúva provavelmente mandou as regras sociais para o inferno. — Ele dobrou os joelhos, os olhos azuis fixos nos meus. — Que é o lugar delas, eu poderia acrescentar.

— Eu não ia emitir opinião alguma — falei com frieza, embora fosse verdade.

Mamá esperava que eu observasse as regras sociais, ainda que eu mesma não acreditasse nelas. Às vezes, porém, a rebelião me chamava como o canto de uma sereia e eu não conseguia resistir.

Por isso, a minha presença ali.

— Ah, não? — perguntou ele com um sorriso irritante. Em seguida, avançou pelo quarto, deixando a porta aberta às suas costas.

— Muito bem, *Sr.* Hayes — eu disse, virando o corpo para mantê-lo na minha linha de visão.

Ele parecia o tipo de pessoa com quem se deve lidar de imediato, enquanto ainda se está de pé. No cais, eu não lhe dera satisfação, mas havia algo diferente na maneira como ele se portava ali. Talvez fosse a força física ou o leve sorriso sarcástico. Ele parecia perigoso, apesar da conversa informal. Começou a perambular pelo quarto, pegando objetos aleatórios e os devolvendo ao lugar sem qualquer cuidado.

– Obrigada por trazer minhas malas. – E então, sem conseguir me conter, acrescentei: – Foi muita gentileza da sua parte.

Ele me fulminou, de cara feia.

– Eu estava fazendo o meu trabalho.

– Então você trabalha para o meu tio – afirmei. – Deve ser empolgante.

– Decerto é – replicou ele.

Seu sotaque elegante contrastava com o toque de irreverência em sua voz. Ele soava como um aristocrata esnobe, exceto por aquela sutil ponta de hostilidade sob a superfície e a linguagem vulgar.

Devia ter sido contratado recentemente. Meus pais nunca o tinham mencionado.

– Há quanto tempo trabalha para ele?

– Algum tempo.

– Quanto é "algum tempo"?

– Uns dois anos, mais ou menos.

O Sr. Hayes me olhava nos olhos de vez em quando para me distrair de sua contínua bisbilhotice. Deixei que satisfizesse sua curiosidade, pensando que talvez aquilo o deixasse mais calmo. Tínhamos começado com o pé esquerdo, e se ele trabalhava tão próximo do meu tio – e se eu não quisesse que ele *me* arrastasse para o cais, como tinha feito com minha bagagem mais cedo –, seria sábio estabelecer uma interação amigável com o sujeito. Porém, mais do que isso, eu tinha perguntas e o Sr. Hayes sem dúvida tinha respostas.

Fiz um gesto indicando o sofá.

– Por que não nos sentamos? Adoraria falar sobre o seu trabalho e a escavação mais recente do meu tio.

– Ah, é mesmo?

O Sr. Hayes se sentou e esticou as longas pernas, pegando despreocupadamente uma garrafa no bolso. Tomou um longo gole e a estendeu para mim.

Eu me acomodei em uma das poltronas disponíveis.

– O que é isso?

– Uísque.

– No meio do dia? – Balancei a cabeça. – Não, obrigada.

– Isso significa que você só bebe à noite?

– Significa que eu não bebo, nunca.

Fiz o possível para manter um tom desinteressado na voz. Mamá nunca me permitira tomar sequer um golinho de vinho. Aquilo, porém, não significava que eu não tivesse experimentado: conseguira provar furtivamente álcool durante uma de suas muitas festas, bem debaixo do nariz dela.

O Sr. Hayes sorriu e rosqueou a tampa.

– Escute, por mais bonita que você seja, não sou seu amigo, não sou seu guarda-costas e definitivamente não sou sua babá. Quantos problemas você vai me causar?

A pergunta quase me fez rir, mas me contive a tempo. Pensei em mentir, mas o instinto me dizia que ele me desmascararia de qualquer maneira.

– Não sei dizer – respondi com sinceridade. – Talvez sejam muitos.

Ele soltou uma risada surpresa.

– Era para você ser esnobe e entediante. Uma dama bem-educada, toda comportada, sem um amarrotado sequer no vestido.

– Eu *sou* uma dama bem-educada.

O rapaz se pôs a me avaliar, o olhar se demorando nas minhas botas cheias de terra e no meu casaco sujo da viagem. Por alguma razão, o que viu pareceu irritá-lo.

– Mas nem sempre – murmurou ele. – Isso é muitíssimo inconveniente para mim.

Inclinei a cabeça, a testa franzida em confusão.

– De que forma, exatamente?

Agora sua boca era uma linha fina e séria. Ele permaneceu em silêncio, pensativo, o olhar fixo no meu rosto.

Endireitei-me na cadeira, desacostumada a um olhar tão direto.

– Eu deveria pedir desculpas? – perguntei por fim, com um muxoxo exasperado. – Não sou problema seu. Deixe que meu tio lide comigo.

– Na verdade, o fato de você estar aqui *é* problema meu. Pelo menos, é assim que seu tio vai enxergar as coisas.

– Não vou pedir desculpas pelo que fiz.

O Sr. Hayes se inclinou para a frente, um brilho malicioso espreitando nos olhos lupinos.

– Não achei que pediria. Por isso você é uma imensa inconveniência para mim. Teria sido melhor se eu te achasse esnobe e entediante.

Ainda estávamos falando sobre o cais? Um sentimento que eu não conseguia identificar surgiu dentro de mim.

Poderia ser de alarme.

– Bom, não creio que passaremos muito tempo juntos – falei, rígida. – Mas me considero avisada, Sr. Hayes. Desde que não me contradiga, nos daremos bem.

Não fora minha intenção fazer as palavras soarem como um desafio, mas por instinto entendi que era assim que ele as recebeu. Parecia estar visivelmente em conflito consigo mesmo. Seu corpo foi relaxando aos poucos. Quando voltou a falar, sua expressão estava fechada e distante, o tom de voz quase reservado.

– Você será despachada em breve; dificilmente vai fazer diferença.

E relaxou no sofá como se não tivesse preocupação alguma no mundo – ou talvez fosse a impressão que ele *queria* passar. Estreitei os olhos. Havia franqueza em seu semblante, mesmo enquanto os olhos avermelhados vagavam pelo quarto.

– Voltamos àquela mesma discussão?

– Até onde sei, nunca a interrompemos – disse ele, lançando um olhar na minha direção. – Isso não está em debate. Seu tio quer você de volta em casa e longe daqui.

– Por quê, afinal?

O Sr. Hayes arqueou uma sobrancelha e permaneceu irritantemente em silêncio.

– O que exatamente você faz para meu tio?

– Um pouco de tudo.

Considerei dar um chute no sujeito.

– É o secretário dele?

O rapaz riu.

O timbre da risada me fez hesitar.

– Seu trabalho é perigoso?

– Pode ser.

– Está dentro da lei?

Seu sorriso me deixou perdida.

– Às vezes.

– Sr. Hayes, seja lá o que você e meu tio estejam…

– O que é legal e ilegal neste país é muito fluido, señorita Olivera.

– Bem, o que *eu* quero saber é o que aconteceu com meus pais – afirmei, em voz baixa. – Por que estavam vagando pelo deserto? O que estavam procurando? E por que tio Ricardo não estava com eles?

– Seus pais eram livres para fazer o que quisessem – respondeu ele com suavidade. – Eram o dinheiro por trás de toda a operação, e raramente recebiam ordens. A única pessoa que tinha alguma influência sobre eles era Abdullah. – O Sr. Hayes fez uma pausa. – Você sabe quem ele é, certo?

Eu tinha ouvido esse nome centenas de vezes. Abdullah era o cérebro por trás de toda a escavação. O sócio dos meus pais, o homem brilhante que sabia tudo que se podia saber sobre os antigos egípcios. Ao longo dos anos, meus pais às vezes deixavam escapar onde a equipe de Abdullah estava escavando, mas não tinham dito uma só palavra sobre a última escavação.

Aquela que tinha a ver com Cleópatra.

– Fale mais sobre a operação.

O Sr. Hayes se levantou de repente, e me assustei. Ele se aproximou do quarto dos meus pais, cuja porta estava aberta, espiou lá dentro e soltou um assobio baixo. Eu me pus de pé e parei ao lado dele na soleira da porta, mais uma vez impressionada com a dissonância da cena.

– Eles não eram pessoas bagunceiras. Bom, Papá é… era… incrivelmente distraído. Mas isto está em outro patamar.

– Sim, está – concordou ele, e pela primeira vez parecia sério. – Ricardo também não é bagunceiro.

– Isso eu não sei – repliquei, fria. – Estive em sua presença uma única vez, dez anos atrás.

O Sr. Hayes não fez comentário algum, mas avançou em silêncio enquanto recolhia com cuidado as roupas jogadas. Não me agradava ver um estranho mexendo nas coisas dos meus pais, e quase disse isso, mas me calei ao me dar conta de uma coisa.

Ele não era o estranho – *eu era*.

O Sr. Hayes conhecia um lado dos meus pais que eu nunca tinha visto. Ele os conhecia de uma maneira que eu nunca conheceria. Tinha lembranças deles das quais eu nunca faria parte. Trabalhara ao lado deles, compartilhara refeições e dormira no mesmo acampamento.

– Você já esteve neste quarto antes?

Ele assentiu.

– Muitas vezes.

Então ele tinha com eles um relacionamento mais do que profissional. Era provável que convidassem um amigo aos seus aposentos particulares, mas não um colega de trabalho.

– Esteve aqui depois que eles desapareceram?

Seus ombros ficaram tensos. Ele me dirigiu o olhar e ficou me encarando por alguns segundos em silenciosa contemplação. Por incrível que pareça, a linha dura de sua boca se suavizou.

– Você entende que eles se foram, não entende?

– Que tipo de pergunta é essa?

– Quero que compreenda que não ganhará nada com suas perguntas.

Engoli um nó doloroso que se formara em minha garganta.

– Eu vou descobrir o que aconteceu com eles.

Com todo o cuidado, o rapaz dobrou uma das camisas de Papá e a colocou em um dos baús.

– É seu tio que desenterra coisas para viver. Não você, señorita Olivera.

– Ainda assim, esse é o meu objetivo.

Ele manteve a atenção voltada para mim, e lutei contra o impulso de mudar de posição. Se ele queria me intimidar, teria que se esforçar mais. Apesar do seu tamanho, apesar da arma que pendia frouxa ao lado do corpo. No cabo, viam-se gravadas as letras CGG. Eu não tinha notado antes, mas ao observá-lo com mais atenção – das botas de couro rústico até a linha reta dos ombros –, a desagradável verdade me atingiu em cheio.

– Militar?

Ele baixou as sobrancelhas em um gesto ameaçador.

– Como?

– Você é um militar britânico?

– Não – respondeu ele.

– Essas não são suas iniciais. – Apontei a arma em sua cintura. – Até onde sei, seu nome é Whitford Hayes…

– E é. – Depois ele mudou abruptamente de assunto. – Vista algo minimamente requintado e decente e desça para o jantar.

Primeiro, o sujeito tentara me mandar embora do Egito. Agora, estava me mandando ir jantar.

– Pare de tentar me dizer o que fazer.

Ele deu a volta na cama e parou diante de mim, um brilho travesso escondido no poço profundo de seus olhos azuis. O sutil cheiro de bebida alcoólica em seu hálito espiralava entre nós.

– Prefere que eu flerte com você?

Sua confiança, beirando a arrogância, devia vir de nunca ter ouvido um *não* em toda a sua vida. Minha expressão permaneceu impassível.

– Eu não perderia meu tempo.

– Certo. Você está fora de questão.

Ele sorriu, covinhas ladeando a boca como parênteses. Eu não confiava naquele sorriso.

– Desça e me encontre lá. Por favor.

Neguei com a cabeça.

– Fiz toda essa viagem me fingindo de viúva e, embora eu provavelmente tenha me saído bem, duvido que consiga continuar a farsa aqui. Jantar com você não seria adequado... Não sem o meu tio.

– Ele está lá embaixo.

– Por que não disse logo? – perguntei.

Ele saiu do quarto num ímpeto, falando por cima do ombro:

– Acabei de dizer.

Com um ganido indignado, fui às pressas atrás dele, mas encontrei apenas a sala vazia. O Sr. Hayes havia feito uma bagunça sem que eu percebesse. Tirara sutilmente as coisas do lugar; as almofadas do sofá não estavam mais no canto, e sim no meio, e a ponta do tapete estava virada. Deliberadamente levantada com o pé. Do fundo da garganta, deixei escapar um som irritado.

Ele já havia percorrido metade do longo corredor.

– Ah, Sr. Hayes? – chamei.

Ele se virou com elegância e, sem mudar o passo, começou a caminhar de costas.

– O que foi?

Segui em seu encalço.

– Gostaria de saber o que estava procurando, por favor.

O homem se deteve.

– O que a faz pensar que eu estava procurando alguma coisa?

Seu tom era um pouco indiferente demais. Sua familiaridade fácil parecia um tanto treinada, com os modos típicos de alguém que sabia o quanto era bonito. Ele estava me manipulando, mas tentando não demonstrar. A desconfiança ficou mais forte.

– O tapete estava virado; as almofadas, mexidas.

– E...?

Fiquei em silêncio, a mentira dele pairando entre nós, criando uma tensão palpável no ar.

Ergui a sobrancelha e esperei.

Ele não fez nenhum comentário, mas me observou, pensativo. Quando ficou claro que não me daria uma resposta, soltei um longo suspiro de frustração.

– Pode esperar um momento? – perguntei. – Preciso me trocar.

Ele olhou para o meu vestido, achando graça.

– Não me lembro de *você* ter esperado quando pedi – retrucou com um sorriso.

Depois *piscou* para mim antes de retomar seus passos longos pelo corredor.

Era naquele sorriso que eu não confiava – eu simplesmente sabia que estar perto dele traria consequências. Era o tipo de pessoa dissimulada que poderia encantar alguém ao mesmo tempo que o roubava.

Virei-me, arrastei minha bagagem para o quarto (um homem cortês teria me ajudado) e me pus a revirar várias opções de vestidos. Do que lembrava de tudo que meus pais falavam do Shepheard's, o salão de jantar se tornava o centro da sociedade à noite. Viajantes abastados, turistas de toda a América e das áreas metropolitanas da Europa estariam se misturando no grande salão. Para aquele primeiro encontro com meu tio, eu precisava estar apresentável. Tinha que parecer respeitável e capaz.

Assim, ele talvez mudasse de ideia sobre me mandar embora.

Escolhi um vestido listrado em azul-marinho e creme, de manga comprida, com a cintura ajustada e um laço no pescoço combinando. Nos pés, calcei botas de couro justas que chegavam até o meio da panturrilha, seu único ornamento uma fileira de minúsculos botões de metal. Eu não tinha tempo para arrumar o cabelo ou mesmo lavar o rosto, e por isso xinguei silenciosamente o irritante Sr. Hayes. Tranquei a porta atrás de mim e disparei pelo corredor, tomando cuidado para não tropeçar na saia volumosa. Quando cheguei ao pé da escada, minha respiração saía em arquejos altos e constrangedores.

Ali, parei. Não fazia ideia de qual direção tomar. O hotel cobria quase um quarteirão; de onde eu estava no saguão, via vários corredores levando para sabe-se lá onde. Poderia acabar nos jardins ou na lavanderia.

Olhei ao redor, procurando Sallam, mas não encontrei sinal dele. Meus olhos se fixaram no americano extravagante que eu tinha visto antes. Ele estava sentado em um nicho, absorto em seu jornal. Fui até lá. Ele não percebeu minha presença até eu estar a um passo de distância.

Foi quando ergueu os olhos, pestanejando. Olhou para a esquerda e depois para a direita, hesitante.

– Olá?

– *Buenas tardes* – respondi em espanhol. – Estou procurando o salão de jantar. Importa-se de me dizer onde é?

As rugas na testa dele se desfizeram. Ele dobrou o jornal e se levantou, oferecendo-me o braço numa cortesia.

– Será um prazer ajudar a senhorita!

Aceitei o braço, e ele me conduziu por um dos corredores. Era um homem alto, mas mantinha os ombros curvados de um jeito que o fazia parecer desconjuntado. Aparentava uns 30 anos, a julgar pelo rosto sem rugas e o cabelo louro e espesso.

– Sou Thomas Burton – disse, olhando para mim de canto de olho. Um rubor profundo surgiu em suas bochechas. – Seu sotaque é encantador. Posso perguntar seu nome?

Fiquei surpresa por me ouvir dizer novamente:

– Elvira Montenegro. – Pigarreei, desconfortável. – O senhor é dos Estados Unidos, suponho…

Ele assentiu.

– Nova York. Já teve o prazer de visitar a cidade?

Balancei a cabeça.

– Ainda não.

Ele sorriu, tímido.

– Talvez eu a veja lá um dia.

Retribuí o sorriso, sabendo de alguma forma que, se ele tivesse ido à nossa propriedade, minha tia o teria recebido de braços abertos. Pensando bem, minha mãe faria o mesmo. Ele era modesto e amigável, com olhos castanhos e gentis. Suas roupas contavam uma história de riqueza e sucesso.

Chegamos à entrada do salão de jantar. Ele baixou o braço e me fitou. Mudei o peso de um pé para o outro, a consternação pairando no estômago. Eu reconhecia aquele olhar.

– Gostaria... Gostaria de jantar comigo, Srta. Montenegro?

– Obrigada, mas não. Estou indo encontrar alguns familiares. – Mantive o sorriso no rosto para amenizar a rejeição. – Obrigada por me acompanhar.

Entrei no salão de jantar antes que ele pudesse responder. O espaço era decorado de cima a baixo no estilo renascentista. Janelas em arco permitiam que um generoso fluxo de luar tocasse cada mesa de madeira, todas cobertas por toalhas alvas. O teto, pintado de um tom creme, tinha os quatro cantos cobertos por um motivo grego, enquanto as paredes eram adornadas com painéis de carvalho e guirlandas esculpidas.

Quase todas as mesas estavam ocupadas; hóspedes e clientes conversavam entre si, bebericando vinho e degustando seus pratos. Como o saguão, o salão fervilhava com pessoas de todas as nacionalidades. Turistas franceses maravilhados com a oferta de vinhos. Paxás e beis vestindo roupas ocidentais combinadas com os tarbuches em forma de cilindro sobre a cabeça, falando árabe egípcio. Soldados ingleses uniformizados, com seus botões de metal brilhando à luz suave das velas.

Avancei alguns passos hesitantes e o burburinho geral se transformou de repente em um murmúrio. Algumas pessoas me olhavam com curiosidade, sem dúvida notando meu cabelo desarrumado e meus olhos cansados. Prendi alguns fios atrás das orelhas. Endireitando os ombros, dei mais alguns passos, correndo o olhar de uma mesa a outra à procura do meu tio.

Acabei encontrando o Sr. Hayes, sentado perto de uma das imensas janelas. Dali, eu tinha uma visão livre de seu perfil, a linha firme do maxilar quadrado e do queixo forte. Seu cabelo parecia mais ruivo do que castanho na iluminação suave. Quatro pessoas se encontravam sentadas à mesa e, embora eu não reconhecesse os dois senhores que eu conseguia ver, havia algo familiar no sujeito à esquerda do Sr. Hayes.

Meus pés me conduziram na direção deles como se tivessem vida própria. Contornei o mar de mesas de jantar e hóspedes exibindo seus vestidos de noite e ternos caros. O trajeto me pareceu ter quilômetros, cada passo uma escalada íngreme até um cume desconhecido. A preocupação cravou fundo as garras na minha barriga, criando raízes. Tio Ricardo poderia se recusar a falar comigo. Poderia me mandar embora na frente de todas aquelas pessoas – na frente do Sr. Hayes, que claramente pertencia a um mundo que não me cabia.

Continuei avançando.

O Sr. Hayes me viu primeiro.

Seus olhos encontraram os meus, e os cantos de sua boca se curvaram. Ele parecia prestes a rir. Os outros dois cavalheiros observaram minha aproximação, interrompendo o gesto de levar a bebida à boca. Não pareciam hostis, mas surpresos. Um deles me examinou, notando o estado do meu cabelo em contraste com os elaborados detalhes do vestido de noite. Era um homem mais velho, com cabelo e barba brancos, o ar majestoso que o cercava quase palpável. Usava sua respeitabilidade como um manto de fino corte. O outro cavalheiro tinha um rosto amigável e olhos de pálpebras pesadas. Eu não estava nem de perto tão interessada neles quanto no homem cujo rosto eu não conseguia ver.

Ele continuava falando, a voz grave e profunda. Arrepios percorreram meus braços. Eu reconhecia aquele barítono, mesmo depois de tantos anos.

– Sir Evelyn, o senhor é tolo demais – disse tio Ricardo em tom duro.

Qual dos dois era sir Evelyn, eu não conseguia adivinhar. Nenhum dos cavalheiros nem o Sr. Hayes estavam prestando atenção ao meu tio, apesar de um deles ter acabado de ser insultado. Os companheiros tinham a atenção voltada para mim, fascinados com a visão de uma jovem desacompanhada em um salão de jantar lotado, claramente aguardando para abordá-los.

Mas eu estava farta de esperar.

– *Hola*, tio Ricardo – falei.

CAPÍTULO CINCO

Os ombros do meu tio se contraíram. Ele sacudiu a cabeça de forma quase imperceptível e se virou ligeiramente na cadeira. Ergueu o queixo e me olhou nos olhos. Vê-lo, com os familiares olhos cor de avelã que compartilhava com minha mãe, me fez perder o fôlego. Eu havia esquecido o quanto eles se pareciam. O cabelo escuro cacheado, o punhado de sardas espalhado pelo nariz. Ele tinha mais rugas, mais fios grisalhos do que Mamá, mas a forma das sobrancelhas e a curva das orelhas eram idênticas às dela.

Isso significava que eu também parecia com ele.

Por um segundo em que prendi a respiração, a fúria explodiu em seu rosto. Os olhos se estreitaram em fendas, sua respiração se tornou ruidosa. Pisquei, e sua expressão passou a acolhedora, um sorriso estendendo os lábios.

Mestre das próprias emoções. Que conjunto de habilidades útil.

– Minha querida sobrinha – disse ele em um tom agradável, ficando de pé. – Sente-se nesta cadeira. Vou pedir outra ao... Ah, vejo que já se anteciparam.

Tio Ricardo se aproximou de mim para dar espaço a um atendente que avançava carregando uma cadeira. Eu não conseguia acreditar que, depois de todo esse tempo, após as longas semanas para chegar ao Cairo, meu tio estava ali, a pouquíssimos centímetros de distância. Ele se avultava sobre mim; embora sua idade transparecesse em cada linha do rosto, e sua postura denotava uma força sutil.

Ainda sorrindo, ele deu tapinhas no meu ombro de uma maneira quase afetuosa.

– Você já não é mais a menina de que me lembro, com os joelhos sujos e os cotovelos ralados.

– Já faz um bom tempo – concordei. – O senhor parece ótimo, tio.

– E você – observou ele, em tom suave – parece muito com minha irmã.

Os sons do salão praticamente silenciaram. Eu senti, mais do que vi, os olhares de todos na sala. O Sr. Hayes e os outros cavalheiros se levantaram, os dois últimos me observando com uma curiosidade escancarada.

– Sua sobrinha – disse um dos homens, com forte sotaque francês. – *Incroyable!* Esta deve ser a filha de Lourdes, então. – O francês se calou logo em seguida, um rubor profundo manchando as bochechas pálidas. A cabeça calva brilhava à luz suave das velas. – Perdoe-me, *je suis désolé*. Fiquei muito triste ao saber o que aconteceu com seus pais.

– Monsieur Maspero, sir Evelyn, permitam-me apresentar minha sobrinha, Srta. Inez Olivera. Ela veio para uma visita rápida… – Fiquei rígida, mas não protestei. – … para apreciar os pontos turísticos. Minha querida, acredito que já tenha conhecido o Sr. Hayes, não?

Como meu tio o enviara ao cais, ele sabia que sim, mas segui com a encenação.

– Sim, conheci. *Gracias.*

Sir Evelyn inclinou a cabeça e ficamos de pé enquanto os garçons dispunham mais um lugar à mesa. Sentamo-nos depois que tudo foi arranjado para cinco pessoas. Meu tio e eu estávamos apertados de um lado, com os cotovelos se tocando, enquanto o Sr. Hayes se encontrava à cabeceira da mesa, do meu outro lado. Eu estava cercada pelas duas pessoas que queriam me despachar para casa.

O Sr. Hayes olhou para o espaço apertado.

– Posso trocar de lugar com um de vocês.

Tio Ricardo olhou para mim.

– Estou confortável, se você estiver também…

Havia um levíssimo tom de desafio em sua voz.

– *Perfectamente.*

O garçom trouxe cardápios impressos em folhas de cor creme, o papel grosso e luxuoso. A conversa diminuiu enquanto examinávamos as opções, o único som vindo de monsieur Maspero, que murmurava em aprovação as opções. Eram extravagantes: robalo cozido, galinha glaceada em vinho branco com arroz na manteiga, pato selvagem assado acompanhado de uma salada sazonal, e café turco, com bolo de chocolate e frutas frescas de sobremesa. Eu queria experimentar de tudo, mas me contive e pedi a galinha preparada à moda portuguesa. Todos os outros escolheram o peixe, o que me fez pensar que sabiam de algo que eu não sabia. O garçom se afastou, prometendo trazer várias garrafas de vinho francês.

– Da próxima vez, peça o peixe – disse monsieur Maspero. – Pescado fresco no Nilo diariamente.

– Parece delicioso. Desculpe se estou interrompendo – falei. – Cheguei a tempo de ouvir o senhor sendo insultado, sir Evelyn.

O Sr. Hayes soltou uma risada abafada. Os olhos claros de monsieur Maspero se moveram do meu tio para sir Evelyn. Tio Ricardo cruzou os braços, virando o rosto na minha direção, um ar divertido espreitando em seus olhos cor de avelã. Eu só podia imaginar os pensamentos que giravam em sua mente enquanto ele tentava me entender. Mas a verdade era simples: eu detestava conversa fiada, e meu tio claramente tinha um motivo para jantar com pessoas das quais parecia não gostar. Eu não deixaria minha presença distraí-lo de seu objetivo.

Aquilo não me colocaria em uma posição favorável.

Antes que alguém pudesse responder, o vinho chegou e foi logo servido em lindas taças de haste longa. O Sr. Hayes tomou um gole prolongado. Não era fã apenas de uísque, então. Sir Evelyn continuou sentado onde estava, mergulhado em um silêncio frio.

– Está certa, *mademoiselle* – disse monsieur Maspero. – Seu tio queria ofender, e conseguiu. Como isso ajudará sua causa, não faço ideia. Mas talvez seja um ardil inteligente para conseguir o que ele quer.

– E qual é a causa dele? – perguntei.

– Vai responder, Sr. Marqués? – perguntou sir Evelyn em tom gélido. – Até agora, o senhor dominou a conversa.

Os dois homens se encararam, sem mover músculo algum além dos necessários para respirar. Segui o exemplo do Sr. Hayes, que permaneceu em silêncio, os dedos brincando com a borda da faca ao lado do prato. Por fim, meu tio se virou para mim.

– O Egito vem sendo tomado por pessoas que passam a maior parte da vida em grandes hotéis, visitando muitas terras, mas sem se preocupar em aprender idiomas. Gente que olha para tudo, mas não vê nada. Elas arruínam o planeta com seus passos e desrespeitam os egípcios ao levar objetos históricos de valor inestimável e vandalizar monumentos. Estes dois homens têm os meios para melhorar a situação aqui.

– Bem, o senhor acabou de dizer – replicou sir Evelyn. – Somos apenas dois homens. Como podemos impedir turistas de danificar sítios arqueológicos? Impedir que contrabandeiem artefatos em suas malas? É impossível.

Tio Ricardo ajustou os óculos de armação de arame.

– Vocês dão o exemplo ao permitir que réplicas saiam do país. Quase nada está sendo registrado, estudado ou disponibilizado para as pessoas aqui. Milhares e milhares de objetos relacionados à história egípcia estão desaparecendo...

– Ora, seja justo – protestou monsieur Maspero. – Sou o curador do Museu Egípcio...

– Ah, eu sei tudo sobre sua *sala de audição* – replicou meu tio. – Estou chocado que as múmias que desembrulharam ao longo dos anos não estejam todas com uma etiqueta de preço.

Apesar do tom ameno de tio Ricardo, de seus sorrisos educados, eu sentia a profunda aversão dele pelos dois homens. Estava na maneira como segurava com força os talheres, na forma como os cantos de seus olhos se apertavam sempre que monsieur Maspero ou sir Evelyn falavam.

Monsieur Maspero ficou vermelho, o bigode tremendo freneticamente.

– Você foi longe demais, Ricardo!

Fui me inclinando devagar para perto do Sr. Hayes. Seu cheiro me fazia lembrar da névoa matinal que envolvia nossa propriedade: amadeirado, com um leve toque de sal e almíscar. Quando cheguei perto o suficiente, pigarreei de leve. Ele inclinou o queixo para baixo, compreendendo, sem desviar a atenção dos homens que discutiam.

– Sim? – perguntou, discreto.

– Sala de audição?

A expressão do rapaz permaneceu neutra e cautelosa, exceto pela tensão no maxilar.

– Em seu museu, Maspero permite que turistas comprem artefatos escavados. Estatuetas, joias, cerâmica, coisas do tipo.

Pestanejei.

– Ele coloca à venda objetos históricos importantes?

– Correto.

– Para *turistas*?

– Correto novamente.

Elevei o tom de voz.

– E o dinheiro vai para *onde*, exatamente?

A conversa deles cessou de forma abrupta. Os três homens se viraram para me olhar. A expressão do meu tio expressava uma admiração relutante.

– De volta para o governo, é claro – respondeu sir Evelyn, os lábios rígidos mal se movendo.

Ao me sentar com eles, ele me olhara com curiosidade, mas agora me encarava com óbvio desagrado. Como eu havia caído rápido em desgraça.

Eu me aprumei, afastando-me do Sr. Hayes com tanta dignidade quanto possível.

– E o dinheiro no fim acabará na Grã-Bretanha. Não é assim que funciona, sir Evelyn? – perguntou tio Ricardo, com um brilho consciente nos olhos. – Acho justo dizer que está se tornando um homem rico.

A expressão de sir Evelyn ficou gélida.

Meu tio riu, mas me soou falso. Como se não achasse engraçado de verdade – longe disso. A tensão se acumulava em seus ombros.

– O senhor diz que são apenas dois homens, quando sei que inúmeros artefatos valiosos são vendidos naquela sala para compradores estrangeiros. Entre eles, o pior é o Sr. Sterling – falou tio Ricardo. – Aquele homem é um trapaceiro deplorável.

Deixei escapar um arquejo, que encobri tossindo alto. Ninguém notou. Ninguém, exceto o Sr. Hayes.

– Está tudo bem, señorita Olivera? – Ele se inclinou para a frente, estudando com atenção meu rosto. – Reconheceu o nome?

Meu tio me entregou um copo d'água e tomei um gole demorado, ganhando tempo para pensar com cuidado na resposta. Deveria admitir que conhecera o vil Sr. Sterling? Mas, para fazer isso, teria que revelar o que Papá tinha feito. Ele me enviara um anel egípcio antigo, que contrabandeara para fora do país, sem nunca explicar suas razões. Tio Ricardo dificilmente aprovaria, tampouco Abdullah. Sem mencionar o que eu achava do que ele fizera. Papá tinha perdido o juízo.

Baixei o copo.

– Ele não parece alguém que eu gostaria de conhecer.

– E não deveria – disse tio Ricardo. – O homem deveria estar na prisão.

– Opa, espere aí. Ele é meu amigo... – interrompeu sir Evelyn.

Meu tio resmungou.

– Porque gera ao senhor uma quantia obscena de dinheiro...

– Que segue a lei à risca... – interveio sir Evelyn.

– Lei que o senhor, como cônsul-geral do Egito, criou – replicou tio Ricardo, a mão se fechando em torno do guardanapo de tecido. – O senhor supervisiona as finanças do país. Foi quem privou o Egito de todo o progresso iniciado por Ismail Paxá. Quem fechou universidades, impedindo egípcios de obter educação superior e oportunidades para mulheres.

– Percebo que o senhor não menciona como Ismail Paxá afundou o Egito em dívidas – disse sir Evelyn, seco. – Ele é a razão de a Europa se envolver nos assuntos deste país. O Egito deve pagar o que deve.

Meu tio esfregou as têmporas, a exaustão gravada em cada linha que cruzava sua testa em sulcos profundos.

– Nem comece. O senhor está deliberadamente fugindo do assunto.

– Ei, *bien*. E o que você quer? – perguntou monsieur Maspero.

– Cavalheiros – começou tio Ricardo depois de inspirar bem fundo. – Estou pedindo que coloquem meu cunhado Abdullah no comando do Serviço de Antiguidades. Ele merece um assento à mesa.

– Mas esse é o *meu* trabalho – gaguejou monsieur Maspero.

– Ele não é qualificado, Sr. Marqués – replicou sir Evelyn, frio. – Qual foi a última vez que sua equipe descobriu alguma coisa? Toda temporada o senhor e Abdullah voltam de mãos vazias. Perdoe-me se não estou exatamente impressionado.

– Se não permitíssemos que objetos fossem escavados e removidos do Egito de forma legal, teríamos o retorno desenfreado dos leilões ilegais – refletiu monsieur Maspero. – O senhor precisa reconhecer que, na minha gestão, vimos uma nítida diminuição de objetos deixando o país. Precisamos todos aprender a ceder um pouco, acredito.

– Pergunte ao meu cunhado como ele se sente e talvez eu fique inclinado a ouvir o senhor – disse tio Ricardo. – Sabe tão bem quanto eu que é impossível determinar a quantidade de objetos que cruzam as fronteiras do Egito, já que muitos são roubados. E o senhor *pessoalmente* concedeu licenças ao Fundo de Exploração do Egito.

– Eles precisam *pedir* permissão antes de tirar qualquer coisa do país – replicou monsieur Maspero, tomado pela indignação. – Está tudo sob a supervisão do Serviço de Antiguidades.

Isso suscitava a questão: o Serviço de Antiguidades empregava egípcios? Olhei para tio Ricardo e seu maxilar cerrado. Ele parecia uma chaleira cheia de água fervente, prestes a assobiar. Deveria ser Abdullah sentado ali, apresentando seus argumentos. Mas eu entendia as palavras anteriores do meu tio, sua frustração por Abdullah nem sequer ter permissão para sentar-se à mesa de discussão.

– Esqueceu o que faz da vida, Sr. Marqués? – perguntou sir Evelyn. – O senhor é um caçador de tesouros como todos os outros; e, por sinal, um muito ruim. Drena dinheiro do sistema todo mês. Ouvi falar sobre como o senhor e Abdullah administram seus locais de escavação, pagando somas exorbitantes aos trabalhadores...

Tio Ricardo exibiu uma expressão de escárnio.

– Está se referindo a um salário digno? Ninguém trabalha de graça para mim...

– O senhor é um tolo vestido de arqueólogo! – berrou sir Evelyn, a voz ecoando acima da do meu tio.

Monsieur Maspero soltou um ruído de protesto. O Sr. Hayes estreitou os olhos em fendas perigosas. Os nós de seus dedos roçaram o cabo da faca ao lado do prato. Eu me remexi na cadeira, o coração batendo descontroladamente. Estava com o olhar fixo no meu tio, na linha obstinada de seu maxilar, nas mãos cerradas. Apesar da minha frustração inicial, apesar de ele não me querer no Egito, minha admiração pelo sujeito crescia. Eu concordava com suas palavras, e até com as que ele não tinha dito.

Todo mundo merecia um salário digno. Nenhum ser humano devia ser tratado como se seu trabalho não importasse – ou suas escolhas, ou seus sonhos.

– O senhor não é um tolo – sussurrei para ele.

Tio Ricardo baixou os olhos para mim, meio surpreso, como se tivesse esquecido que eu estava sentada a seu lado, quase roçando o cotovelo no dele.

– Um *tolo*! – repetiu sir Evelyn, e dessa vez suas palavras foram dirigidas a mim.

Eu o fulminei com os olhos, os dedos buscando a taça. Minha vontade era jogar o conteúdo no seu rosto.

– Whitford – advertiu tio Ricardo em um sussurro urgente.

O Sr. Hayes soltou o cabo da faca e ergueu a taça, esvaziando-a em um único gole. Depois se recostou na cadeira, as mãos cruzadas calmamente sobre o abdome reto, o rosto exibindo uma expressão serena – como se não estivesse contemplando a possibilidade de um assassinato um segundo antes.

Alguém se aproximou da nossa mesa, um egípcio mais velho de postura régia e olhar sagaz. Meu tio percebeu que eu observava alguma coisa e olhou por cima do ombro, levantando-se de imediato para cumprimentar o homem. O Sr. Hayes fez o mesmo, mas sir Evelyn e monsieur Maspero permaneceram sentados. Eu não sabia qual era a etiqueta apropriada, então continuei na minha cadeira também.

– Juiz Youssef Paxá – disse tio Ricardo, abrindo um amplo sorriso. Em seguida, baixou a voz e disse algo que apenas o juiz pôde ouvir.

Depois de trocarem mais algumas palavras, meu tio e o Sr. Hayes retornaram aos seus lugares. O clima à mesa azedou ainda mais. O rosto de sir Evelyn tinha ficado vermelho como um tomate.

– Aquele homem é um nacionalista – disse sir Evelyn, soando severo.

– Estou ciente – disse tio Ricardo, alegre. – É um ávido leitor do jornal dirigido por Mostafa Paxá.

– É com essas pessoas que o senhor está convivendo? – perguntou sir Evelyn. – Eu seria cuidadoso, Ricardo. Não vai querer ficar do lado errado.

– Está falando de guerra, sir Evelyn? – interrompeu o Sr. Hayes.

Pisquei, atônita. Até ali, o rapaz parecia satisfeito em deixar tio Ricardo conduzir a conversa. Agora, a fúria irradiava de seus ombros tensos.

Meu tio estendeu o braço, passando por mim para pousar a mão no braço do Sr. Hayes.

– Sir Evelyn preferiria que todos nós nos comportássemos como Teufique Paxá, tenho certeza.

Teufique Paxá, filho de Ismail Paxá. Eu sabia pouco sobre o quediva atual, exceto que apoiava as políticas atrozes de sir Evelyn, desmantelando qualquer progresso que seu pai tivesse feito no Egito. Lembrei-me de Papá lamentando a dócil submissão do homem à política britânica.

Sir Evelyn jogou o guardanapo de linho na mesa e se levantou.

– Para mim, chega desta conversa. E se eu estivesse no seu lugar, Sr. Marqués, teria cuidado com suas ideias. É possível que acabe sem licença para escavar em qualquer lugar no Egito, não é verdade, monsieur Maspero?

– Bem, eu... – atrapalhou-se o francês.

As narinas de sir Evelyn se dilataram e ele se foi, as costas rígidas. Não olhou para trás uma só vez ao deixar o salão de jantar.

– Há muito trabalho a fazer – disse monsieur Maspero em voz baixa. – Nem tudo é ruim, acho. – Ele suspirou e se levantou, indo atrás de sir Evelyn.

A julgar pela maneira como a conversa transcorrera, aquela noite teria repercussões duradouras. Eu não tinha lembrado antes, mas agora recordava que era monsieur Maspero quem permitia que os escavadores trabalhassem no Egito. Ele concedia licenças a quem bem lhe aprouvesse.

Meu tio talvez não conseguisse renovar sua licença.

– Parece que correu tudo bem – ironizou o Sr. Hayes.

– Você poderia, por favor...? – começou meu tio.

– Claro – murmurou o Sr. Hayes.

E, a passos rápidos, abriu caminho entre as numerosas mesas e cadeiras, sussurros abafados e hóspedes do hotel que nos olhavam de modo rude, e desapareceu pela entrada em arco.

– Para onde o Sr. Hayes está indo? – perguntei.

Tio Ricardo cruzou os braços diante do peito musculoso e me observou. Qualquer traço de sua polidez anterior desapareceu no espaço de um piscar de olhos. Ficamos nos encarando com cautela. Quaisquer que fossem as suposições que ele havia feito sobre mim, eu não iria embora só porque ele queria.

– O senhor está com raiva? – perguntei em espanhol.

– Bem, eu preferia que você não tivesse me desobedecido. Quando penso na maneira como viajou até aqui, a um *continente diferente*... O que acha que sua mãe teria dito, Inez?

– Estou aqui por causa deles.

Algo mudou em sua expressão, um leve puxão nos cantos da boca. Um olhar ligeiramente desconfortável.

– Eles também não gostariam que você estivesse aqui.

Suas palavras abriram um abismo profundo dentro de mim. A conversa ao nosso redor pareceu distante. Lutei para encontrar algo a dizer, mas minha garganta estava apertada.

Sua expressão se tornou impiedosa.

– Em todos esses anos no Egito, alguma vez eles convidaram você para vir?

Eu só conseguia encarar meu tio. Ele sabia a resposta.

– Não, não convidaram. O testamento deles me nomeou seu guardião. Como tal, você está sob meus cuidados, e pretendo seguir como eles gostariam.

– Sua carta me deixou insatisfeita.

Ele arqueou as sobrancelhas escuras.

– *¿Perdón?*

– Fui bem clara. O que aconteceu com eles? Por que estavam viajando pelo deserto? Eles não tinham guardas ou assistência? Um guia?

– Foi uma tragédia indescritível – disse ele através de lábios rijos. – Mas nada pode ser feito. O deserto devora pessoas vivas e, depois de alguns dias sem água, sombra ou transporte confiável, a sobrevivência é impossível.

Inclinei o corpo para a frente.

– Como o senhor sabe que eles não tinham nada disso?

– É simples, Inez – replicou ele com a maior calma. – Se tivessem, ainda estariam vivos.

Dois garçons vieram até a mesa, carregando pratos fumegantes. Colocaram a comida à nossa frente, lembrando-se corretamente de quem pedira o quê, e depois nos deixaram para desfrutar a refeição.

– Devemos esperar pelo Sr. Hayes?

Tio Ricardo negou com a cabeça.

– Coma enquanto ainda está quente.

Dei várias garfadas e, embora tudo tivesse um sabor divino, mal liguei para a comida. O comportamento de meu tio me cortara fundo a carne. Enquanto viajava no navio que me levava da Argentina para a África, eu havia sonhado com um encontro em que ele me receberia de braços abertos. Era *família*, afinal. Juntos, entenderíamos e superaríamos o que havia acontecido, e em seguida ele poderia me acolher da mesma maneira que acolhera meus pais. Sua recusa me atingiu em cheio. Ele não queria falar comigo, não me queria ali. Tomei um gole de vinho, com os pensamentos a mil. Como poderia convencer meu tio a responder às minhas perguntas sobre meus pais?

Pensei no anel dourado que Papá enviara, e na maneira como o Sr. Sterling o olhara como se fosse um diamante. Uma ideia surgiu, brilhante como um fósforo aceso em meio às sombras.

– Mamá mencionou que o senhor tem um barco.

Meu tio inclinou a cabeça.

– Uma aquisição recente.

– E qual faraó escolheu homenagear ao nomear o barco?

– Escolhi o nome *Elephantine* – respondeu ele. – Em homenagem à ilha Elefantina, que fica perto de Assuã.

– Que curioso! – exclamei, tomando outro gole. O vinho tinha um sabor intenso. – Achei que o senhor escolheria algo como... Cleópatra.

Tio Ricardo abriu um leve sorriso.

– Sou um pouco mais criativo do que isso.

– Um personagem fascinante na história egípcia, não acha?

Ele levava o garfo à boca, mas fez uma pausa.

– O que você sabe sobre ela?

Pesei com cuidado as próximas palavras. Minha ideia parecia frágil; um deslize e ele continuaria me dispensando. Mas, se eu pudesse surpreender meu tio, mostrar que estava familiarizada com o trabalho de sua vida e de alguma forma insinuar que meus pais haviam me contado mais do que ele acreditava, talvez tio Ricardo me permitisse ficar.

Então apostei todas as minhas fichas.

– Ela amou dois homens poderosos e teve filhos com eles. Era uma estrategista brilhante, sabia como organizar uma frota, e falava egípcio antigo quando nenhum de seus antepassados havia se dado ao trabalho de aprender. – Depois me inclinei para a frente e sussurrei: – Mas isso não é tudo, não é mesmo, tio Ricardo?

– Do que você está falando, querida?

Debrucei-me ainda mais, inclinando a cabeça. Ele reagiu à minha postura revirando os olhos, achando graça. Bem devagar, coloquei a mão em forma de concha em torno da boca e sussurrei em seu ouvido:

– O senhor está procurando o túmulo de Cleópatra.

WHIT

Segui os dois homens até o saguão, tomando cuidado para me manter longe o suficiente para que não me vissem, mas perto o bastante para que ainda estivessem no meu campo de visão. Não que um ou outro esperasse ser seguido. Saíram para a noite e pararam na varanda aberta do Shepheard's, com vista para uma movimentada rua do Cairo. Carruagens de quatro rodas carregavam turistas pela noite, enquanto burros com crinas tingidas de hena abarrotavam o caminho. Escondi-me nas sombras, perto de uma palmeira plantada em um vaso, mantendo os alvos em meu campo auditivo. Nenhum dos dois decepcionou meus esforços.

Sir Evelyn estalou os dedos e um dos atendentes do hotel correu até ele. O homem pediu uma carruagem e o jovem funcionário saiu apressado para cumprir sua ordem.

– Ele está ainda mais intolerável – resmungou sir Evelyn. – Não sei como consegue suportar a arrogância dele.

– O Sr. Marqués em geral é bastante agradável, e não se pode negar sua competência, ou a de seu sócio...

– Que é um egípcio inculto.

Monsieur Maspero produziu um som de protesto com a garganta.

– Acredito que ele estudou extensivamente no exterior...

– Mas não onde realmente importa – retrucou sir Evelyn em tom monótono.

– O senhor quer dizer na Inglaterra – esclareceu monsieur Maspero, com um toque de desaprovação na voz.

O inglês não percebeu.

– O senhor deveria seguir meu conselho e barrar o trabalho deles no Egito. São imprevisíveis e não podem ser controlados. Se houver outra Revolta de Urabi, não tenha dúvidas de que Ricardo e Abdullah estarão a favor dela. Eles e o dissimulado do Sr. Hayes.

Cerrei os punhos e me forcei a respirar devagar, embora o sangue tivesse começado a formar um turbilhão em minhas veias. A revolta fora liderada por nacionalistas egípcios, mas eles haviam perdido a batalha contra a Grã-Bretanha dois anos antes. Agora, o país estava sob o pulso firme dos britânicos.

– Não posso fazer isso sem fundamentos – disse monsieur Maspero.

– Mas o senhor tem muitos! – disparou sir Evelyn. – A recusa dele em agir em conformidade com nossos métodos, o insucesso em relatar qualquer de suas descobertas, as explicações vagas e insatisfatórias sobre os planos de escavação de Abdullah. Ele é descontrolado, e não seguirá nossas regras.

– Não estou convencido de que os métodos dele sejam tão inapropriados assim.

Sir Evelyn se virou para encarar o companheiro com uma expressão de incredulidade. Parecia fazer um esforço imenso para não gritar, a boca se abrindo e fechando.

– Se precisa de provas, posso conseguir.

Monsieur Maspero mudou de posição e torceu nervosamente o bigode.

– Aqui! Acho que a carruagem está chegando.

Sir Evelyn, porém, estendeu a mão e segurou o braço dele, o rosto coberto de placas vermelhas. Ele era como acetona se aproximando de uma chama, pronto para explodir. Suas próximas palavras saíram em um grito:

– O senhor não ouviu o que eu disse?

– Ouvi – respondeu monsieur Maspero, baixinho. Depois falou algo mais que não entendi por causa do barulho de outro grupo saindo para a varanda.

– Tenho o homem perfeito no lugar certo, além de agentes em Assuã para ajudá-lo. Ele pode reunir o que o senhor precisar – disse sir Evelyn.

As palavras me fizeram ficar de cabelo em pé. Assuã ficava perto demais de Philae para o meu gosto. Mudei de lugar, deixando as sombras, tentando ter uma visão melhor do rosto do francês, mas perdi qualquer que tenha sido sua resposta. Os dois avançaram e desceram os degraus, e enfim subiram em uma carruagem. Sir Evelyn virou um pouco a cabeça, como se por fim percebesse que poderiam ter sido ouvidos. Não importava, ele não me veria. E, além disso, eu já tinha ouvido o suficiente.

Sir Evelyn tinha um espião pronto, à sua disposição.

CAPÍTULO SEIS

Tio Ricardo se recostou lentamente no espaldar acolchoado da cadeira, sem nunca desviar os olhos dos meus. Uma corrente elétrica percorreu meu corpo ao conseguir toda a sua atenção, ao ver o sujeito surpreendido de alguma forma. Meus pais passavam todo o tempo possível com ele, e eu ouvira as histórias. Seu temperamento indomável, sua inesgotável ética profissional, seu amor pelo Egito. Ele exalava competência em cada palavra que pronunciava.

Na minha mente, ele havia se tornado uma lenda – uma lenda da qual eu me ressentia.

Fora ele quem atraíra Mamá e Papá para o outro lado do oceano, feito uma sereia persistente e problemática. Mas, ao encontrá-lo em pessoa, já adulta, enfim entendi por que meus pais o haviam apoiado financeiramente e o ajudado em cada uma de suas escavações.

Meu tio inspirava a lealdade deles.

– Você acredita que estou procurando Cleópatra. – Tio Ricardo avaliou minha expressão em busca de sinais de fraqueza. Devia pensar que eu estava blefando. – O que a faz acreditar nisso?

– Vamos fazer uma troca adequada de informações – propus. – O senhor faz uma pergunta e eu respondo, e vice-versa. Acho que é mais do que justo. *¿Te parece bien?*

– Eu sou seu tutor – lembrou-me tio Ricardo, afável. – Não lhe devo nada além de cuidar do seu bem-estar.

A raiva pulsou por trás dos meus olhos.

– O senhor está errado. Deve mais do que isso, e o senhor sabe. Há…

– Ah, graças a Deus – disse o Sr. Hayes, aproximando-se da mesa e me interrompendo. Eu o olhei de cara feia, mas ele não percebeu. – Estou morto de fome – disse, e se deixou cair na cadeira com um suspiro satisfeito antes de olhar para meu tio. – O senhor estava certo.

Tio Ricardo aceitou a afirmação sem pestanejar.

– É mesmo? Que interessante.

– Bom, *o senhor* talvez ache – disse o Sr. Hayes. – Mas isso significa muito mais trabalho para mim. – Ele apontou com o garfo na minha direção. – O que ela ainda está fazendo aqui?

Aquilo me irritou.

– *Ela* está sentada bem aqui e pode falar por si mesma.

– Eu não poderia mandar a garota embora sem jantar – disse tio Ricardo, alisando a barba grisalha. – Inez acha que estou procurando a tumba da última faraó do Egito.

O Sr. Hayes virou a cabeça na minha direção. Uma mecha de cabelo castanho caiu em diagonal sobre sua testa.

– É mesmo?

– Vamos parar com toda essa encenação – propus. – Detesto isso, ainda mais do que odeio ser enganada. Tenho informações que lhe são úteis, tio. Fico feliz em compartilhá-las com o senhor, mas *apenas* se responder a algumas das minhas perguntas.

Os olhos do Sr. Hayes se voltaram para meu tio.

– De acordo – disse tio Ricardo.

Por fim, algum progresso.

Tirei uma caneta-tinteiro da bolsa. Sempre levava uma comigo. O anel dourado podia ter sido roubado, mas eu tivera meses para estudá-lo em detalhes. Conhecia cada linha, cada hieróglifo. Poderia desenhá-lo em segundos: o leão deitado, o falcão e a pena, o cajado e o anel *shen* cercando os símbolos, oferecendo proteção eterna para a pessoa nomeada dentro dele. Meu guardanapo daria uma tela adequada, então o peguei do colo, desdobrei e alisei o tecido sobre a mesa. Rascunhei depressa os símbolos que tinham sido gravados na superfície da joia mil anos atrás, se não mais. Depois mostrei o pano para meu tio.

Ambos estudaram o cartucho e, simultaneamente, voltaram os olhos para mim bem devagar. Tio Ricardo estava silencioso e atônito, e as sobrancelhas quase alcançavam a linha do cabelo. O Sr. Hayes ficou ali sentado com uma expressão intensa, até que uma risadinha a substituiu. Seus olhos azuis se enrugavam nos cantos quando ria.

O anel tem lápis-lazúli no topo. Falta uma pedra.

CARTUCHO DE CLEÓPATRA

– Macacos me mordam! – O Sr. Hayes tomou um gole de seu frasco. O olho do meu tio tremia.

Empurrei a cesta de pão na direção do Sr. Hayes.

– Coma um pedaço de pão com sua bebida.

Os cantos da boca do Sr. Hayes se curvaram para baixo. Ele estava tentando não rir de mim. Voltei a atenção para tio Ricardo.

– E onde você viu esse anel? – perguntou ele, admirado.

– O senhor vai responder às minhas perguntas? – questionei.

Meu tio agarrou meu braço. Seu polegar se enterrou na minha pele, e, embora não doesse, me deixou nervosa. Seu rosto exibia um brilho febril. Ele me puxou, me trazendo para mais perto.

– *¿Dónde?*

O Sr. Hayes logo ficou sério, os olhos baixando para a mão de tio Ricardo. Minha intuição estava certa. O anel era importante, talvez até tivesse pertencido à própria Cleópatra. E em vez de entregá-lo a tio Ricardo, Papá o enviara para mim.

Sem que nenhum deles soubesse.

O Sr. Hayes chutou a cadeira do meu tio, que piscou, sacudindo a cabeça como se estivesse acordando lentamente de um sonho. Depois afrouxou a mão em meu braço. Tive vontade de me desvencilhar, mas permaneci imóvel, pensando no melhor curso a seguir. Não queria desonrar Papá, mas como poderia esperar que meu tio fosse sincero se eu não fosse?

– Seu pai lhe mostrou um desenho deste anel quando estava na Argentina? – perguntou o Sr. Hayes após outro momento de silêncio, a atenção ainda voltada para a mão do meu tio.

Ergui o queixo e tomei minha decisão.

– Meses atrás, Papá me enviou um pacote. Dentro havia um único item. – Bati com o dedo na toalha de pano. – Este anel dourado.

Nenhum dos dois deixou transparecer nada em sua expressão, esperando que eu continuasse.

– Eu não acredito em coincidências. – Respirei fundo e prossegui com a história. – Minha tia havia mencionado algo sobre Cleópatra quando eu ainda pensava que meus pais estavam vivos. Ela insinuou que o senhor estava procurando pela faraó, tio. Depois que cheguei ao Egito, descobri que o anel tem algo a ver com a própria Rainha do Nilo. – Levantei as sobrancelhas, em expectativa. – E então?

– Onde está o anel? – perguntou tio Ricardo. Ele me soltou e se recostou na cadeira.

Eu não responderia, não até que ele me desse mais informações.

– O senhor encontrou a tumba de Cleópatra?

Meu tio revirou os olhos.

– Claro que não. Existem artefatos espalhados por vários sítios de escavação. Os saqueadores de túmulos fazem um desserviço a todos espalhando seus *tesouros*… – Ele cuspiu a palavra – … em vários mercados. Encontrei itens pertencentes a várias famílias nobres fora dos locais do descanso final. – A partir daquele momento, a voz do meu tio se elevou, virando quase um grito. – Seu pai nunca deveria ter enviado o item para fora do Egito, muito menos confiado no serviço postal. O que teria acontecido se o correio se perdesse no mar?

Era uma boa pergunta, e o comportamento de Papá tinha sido tão incomum que chegava a ser desconcertante. Eu só podia concluir que ele acreditava ter uma razão muito boa para tal.

– Mas não se perdeu – falei de imediato. – Onde acha que ele encontrou o anel?

– Pode ter sido em qualquer lugar. Em outro túmulo, enterrado sob um vaso. Ele pode ter comprado essa droga em Khan el-Khalili, até onde sabemos – disse tio Ricardo, vago. – Deus sabe que artefatos roubados aparecem no bazar *o tempo todo*.

O sangue pulsava na minha garganta. Se ele comprara o anel no bazar, poderia haver um registro. Alguém podia ter visto Papá, podia se lembrar dele.

– Mas chega de perguntas – continuou tio Ricardo. – Cayo deveria tê-lo entregado a mim, e, se não se importa, gostaria que você fizesse isso. Pode ser uma pista.

– Uma pista? – repeti enquanto me empertigava na cadeira aveludada de espaldar alto. – Como assim?

– Você não faz parte da equipe, querida – lembrou-me tio Ricardo.

– Eu poderia fazer, se o senhor permitisse – argumentei. – Estudei os livros que meus pais me deram. Tenho um conhecimento razoável da história egípcia e estou familiarizada com hieróglifos. O calor não me incomoda, tampouco a areia ou ficar suja. Cheguei até aqui sozinha…

– Apesar de eu estar incrivelmente orgulhoso de suas conquistas, minha resposta ainda é a mesma – interrompeu meu tio. – Preciso que confie essa decisão a mim, Inez.

– Mas…

– Já estou cansado disso. Me dê o anel.

Tentei não demonstrar minha frustração. Qualquer emoção da minha parte poderia transmitir histeria ou algo igualmente ridículo.

– Bom, eu também estou cansada, tio. Tenho tantas perguntas… Por que meus pais estavam no deserto? Onde *o senhor* estava quando precisavam de ajuda? Por que meu pai me enviou o anel? E quero saber por que ele é uma pista para encontrar a tumba de Cleópatra. Vou continuar perguntando até ter todas as informações de que preciso.

Tio Ricardo esfregou os olhos.

– Agora não é o momento.

– Você conhece as histórias antigas sobre magia?

Os olhos do meu tio se arregalaram de repente.

– *Whitford.*

– Claro que sim – respondi, mais do que rápido. – Meu pai me contou.

– A magia está desaparecendo aos poucos em todos os lugares – disse o Sr. Hayes. – Aqui no Egito, os resquícios de energia mágica se manifestam em padrões climáticos curiosos: fome, tempestades no deserto e assim por diante… Mas descobrimos que alguns itens, fragmentos de potes e até mesmo uma sandália também trazem as marcas da magia do mundo antigo. Foi incrivelmente interessante que a magia *parecesse* a mesma entre vários objetos encontrados no mesmo local.

– Entendo. Você está sugerindo que o anel de Cleópatra é tocado pela magia antiga, e concordo com você. Desde o início, senti um estranho formigamento, ou pulsação, sempre que o usava. Sentia o *gosto* dele na boca – contei, e as sobrancelhas do Sr. Hayes se ergueram um pouco. Esperei que falasse, mas ele permaneceu pensativo. Continuei, decidindo não mencionar que também estava vendo algumas das lembranças dela. Pareciam… anotações em um diário. Uma janela para a sua alma que era particular demais para ser dita em voz alta. – No entanto, ainda não entendo como pode ser uma pista para encontrar sua tumba.

– A magia impregnada ao anel pode nos guiar até outros itens com o mesmo tipo de encantamento, exatamente igual ao que foi originalmente lançado. Objetos que têm o mesmo feitiço se atraem. Por isso é uma pista – explicou o Sr. Hayes. – Quanto ao motivo que fez seu pai enviá-lo para você, não sei.

– Você já tem suas respostas – disse tio Ricardo. – Quero o anel.

– Eu também. – Respirei fundo. – Ele foi roubado.

O Sr. Hayes sem dúvida sabia lidar com meu tio e seus humores tempestuosos. Tio Ricardo enfiou a mão no bolso do paletó e jogou um punhado de moedas na mesa antes de se levantar abruptamente. Sua cadeira tombou, atraindo a atenção de todos enquanto ele deixava às pressas o salão de jantar, e nós dois corremos para acompanhar suas passadas longas e rápidas. Observei suas costas fortes e sua postura orgulhosa enquanto nos dirigíamos ao terceiro andar.

O Sr. Hayes enterrou as mãos nos bolsos e seguiu meu tio, assobiando. Quando alcançamos a porta do meu quarto, tio Ricardo havia se acalmado um pouco. Talvez tivesse sido a melodia breve e alegre do Sr. Hayes. Meu tio estendeu a mão na minha direção.

Sem dizer uma palavra, revirei a bolsa em busca da chave e lhe entreguei. Ele entrou primeiro.

O Sr. Hayes deu um passo para o lado e fez um gesto em direção à porta aberta.

– Primeiro a *señorita*.

Passei depressa por ele e me detive ao ver meu tio mudar as coisas de lugar na mesa. Ele folheava papéis, vasculhava livros. Depois se virou, o olhar se demorando nas portas da sacada. Ficou parado ali, como se capturado por alguma lembrança.

– Eles sempre tomavam chá no dia anterior à partida para um sítio arqueológico – disse o Sr. Hayes em voz baixa. – Ali na sacada.

Várias emoções me atingiram de uma só vez. Uma tristeza profunda por meu tio, que tinha perdido a irmã e o amigo próximo. Seus maiores apoiadores, que acreditavam em seu sonho da vida toda – uma carreira como arqueólogo. Amargura por não poder compartilhar daquele luto, de uma memória que tão claramente me excluía. E raiva de meus pais, vagando pelo deserto, sem dúvida após alguma pista que os levaria a outro mistério egípcio.

Como podiam ter sido tão descuidados?

Eles sabiam, melhor do que ninguém, dos perigos do deserto. Iam para o Egito fazia dezessete anos. Não eram levianos em relação às areias áridas, não com tempestades se formando o tempo todo, não com o risco de desidratação.

Tio Ricardo desviou o olhar bruscamente para mim, como se entendesse o que eu estava sentindo. Sua atenção se voltou para meus dedos sem adornos. Uma ruga atravessou suas feições envelhecidas, e ele começou a andar pelo quarto. O Sr. Hayes se jogou em um dos sofás, e me sentei diante dele enquanto puxava sua garrafa e tomava um longo gole. Em seguida, ficou olhando para o vazio e tampou, distraído, o frasco de bebida, que em seguida tornou a desaparecer em seu bolso.

– Acho que o senhor deveria olhar as coisas pelo lado positivo – disse o Sr. Hayes, afável. – O anel não está mais perdido.

– Whitford, use a cabeça – replicou meu tio. – Você sabe como Sterling é.

– Eu sei – concordou o Sr. Hayes com frieza. – E agora posso ir e...

Tio Ricardo balançou a cabeça.

– Ele não vai ficar andando com o artefato por aí.

Minha atenção se voltou para o misterioso Sr. Hayes. Ele esticou as pernas compridas, cruzando-as nos tornozelos, a cabeça apoiada em uma das almofadas excessivamente acolchoadas. Repousava naquele sofá como se, a qualquer momento, alguém fosse chegar para servi-lo.

– O anel deve estar escondido em algum lugar – continuou tio Ricardo, arrancando-me dos meus devaneios.

– Não é impossível – disse o Sr. Hayes, displicente.

Eu observava a troca deles em silêncio, em parte porque não tinha nada de útil para contribuir, e em parte porque toda vez que abria a boca, o Sr. Hayes me lançava um olhar de advertência. Mas uma ideia acabara de me ocorrer, e achei que valia a pena pelo menos expô-la.

– Posso fazer uma queixa formal à polícia daqui. Se pudermos registrar em papel, oficialmente, que o anel foi roubado...

– O Sr. Sterling tem muitos amigos na polícia. Sem mencionar o incorrigível sir Evelyn – disse tio Ricardo, impaciente. – Se você aparecer lá, só será dispensada.

– E provavelmente seguida – acrescentou o Sr. Hayes.

– O que nós fazemos, então? – perguntei.

– Nós? *Nós?* – perguntou tio Ricardo, o horror transparecendo na voz. – Não há nenhum *nós*, minha querida sobrinha. Você vai embora do Egito amanhã.

Meu sangue gelou.

– O senhor *ainda* vai me mandar para casa?

Meu tio me encarou, as mãos nos quadris.

– Você veio sem permissão. Sou seu responsável legal e controlo seu dinheiro. Seja lá no que acredite, só estou pensando no seu bem. Vou reservar uma passagem de trem para Alexandria na primeira oportunidade. Provavelmente será amanhã à tarde, portanto espero que esteja de malas prontas, preparada para partir. – Ele respirou fundo, o tecido da camisa engomada se esticando sobre o peito largo. – Dadas as suas artimanhas, acho que o melhor é você ficar neste quarto. Ele é bastante confortável, e a comida aqui é excelente.

Permaneci em total silêncio, os ouvidos tomados por um zumbido alto. Ele ia me *trancar* naquela suíte?

– Inez? – chamou meu tio.

– Entendi as palavras que o senhor disse, mas mal consigo acreditar nelas. Vou ser mantida aqui como uma prisioneira?

– Não seja dramática – disse ele, agitando a mão no ar com displicência. – Você não conhece a cidade. Não fala a língua local. Não tenho nem tempo nem disposição para ser seu guia turístico. Mas vou fazer o possível para que seja mantida razoavelmente entretida.

Aquilo estava acontecendo rápido demais, e o pânico se apossou de mim. Tive vontade de falar mais alto, persuadir meu tio de alguma forma.

– Mas, tio…

Tio Ricardo se voltou para o Sr. Hayes.

– Na verdade, você pode ficar de vigia.

O rosto do Sr. Hayes se fechou.

– Deus do céu.

– Se o senhor simplesmente me escutar… – comecei, desesperada.

Meu tio ergueu a mão.

– Acho que já fez o bastante, Inez. Não acha? Graças a você, uma relíquia inestimável está nas mãos do pior tipo de ser humano possível. Está na hora de dormir. Sua criada a acordará pela manhã para ajudá-la a se vestir e fazer as malas.

– Não tenho criada alguma.

– Posso providenciar uma sem problemas.

O Sr. Hayes se levantou e passou por mim sem olhar em minha direção, saindo do quarto sem dizer uma só palavra. Meu tio e eu ficamos a sós.

– Então isto é um adeus. – Dei um passo em sua direção. – Se o senhor ao menos...

Meu tio se inclinou e me deu um beijo em uma bochecha, depois na outra. Fiquei olhando para ele, atordoada, enquanto ele marchava em direção à porta, as pernas compridas devorando o chão a cada passo.

– Tio...

– Boa viagem, querida *sobrina* – disse por cima do ombro antes de fechar a porta com um clique comedido.

Fiquei encarando a porta feito uma tola, convencida de que meu tio voltaria no segundo seguinte. O silêncio no quarto era estrondoso como um disparo de canhão. Um minuto se passou.

Abri as mãos, perplexa e irritada.

– O que acabou de *acontecer*?

Mas, obviamente, não havia ninguém para responder.

CAPÍTULO SIETE

A aurora chegou vestida com raios rosados de luz, o espesso véu do mosquiteiro envolvendo minha cama. Ouvi vagamente os últimos sons da oração do Fajr entrarem no quarto pela sacada aberta. Eu me encontrava enterrada sob um cobertor espesso. Escapar do mosquiteiro provou ser um exercício de paciência; foram várias tentativas. Por fim consegui me desembaraçar dele e me fui até minha bagagem. Vasculhei os vestidos até encontrar meu robe de algodão favorito, depois o vesti e fui para a varanda.

Palmeiras majestosas se estendiam diante de mim, as folhas delicadas balançando ao vento. O jardim parecia parte de um conto de fadas sob a luz dourada da manhã, extenso e repleto de tâmaras cor de âmbar, os corvos voando de árvore em árvore. Mais adiante, mil minaretes adornavam o horizonte antigo do Cairo, belos e elaborados. E, ainda mais além, as grandes pirâmides assomavam no horizonte enevoado. Aquela vista, mais do que qualquer outra coisa, me lembrou que eu estava longe do lar que conhecia. Olhando a cidade, tracei meu plano para o dia.

Fosse lá o que tio Ricardo pensasse ou quisesse, de modo algum eu passaria um dia inteiro dentro daquele quarto. Estava em um país estrangeiro, inteiramente sozinha, e sentia um imenso orgulho de ter chegado tão longe. Já que tinha apenas mais um dia no Egito, eu o aproveitaria ao máximo e descobriria tudo que pudesse. Graças ao meu tio, sabia por onde começar. Na noite passada, durante o jantar, ele me dera uma pista: Khan el-Khalili.

Não era grande coisa como pista, mas já era um começo. Se eu conseguisse localizar a loja, talvez pudesse ter uma conversa com o vendedor, talvez até mesmo com o proprietário, e perguntar sobre Papá. Existia a possibilidade de haver mais artefatos que tinham pertencido a Cleópatra, ou pelo menos objetos que poderiam ter sido tocados pela mesma magia do anel dourado. E, graças a Mamá, eu sabia sobre o lendário bazar. Um destino frequente para turistas que queriam fazer algumas compras.

Minha mente se acalmou assim que defini meus planos.

Só havia um problema.

O insuportável Sr. Hayes.

Eu teria que descobrir como evitar que ele notasse minha saída do hotel. Para realizar esse feito, seria necessário planejamento. E eu não tinha tempo para isso.

Uma batida suave na porta interrompeu o silêncio da manhã. Olhei por cima do ombro, franzindo a testa. Apertei mais o robe sobre a camisola comprida enquanto me dirigia à área de estar da suíte e abri a porta, revelando o Sr. Hayes e uma jovem. Ele estava apoiado na parede oposta, em uma posição tão semelhante à do dia anterior que precisei lembrar a mim mesma que não deveria confundir os dias. Um jornal, escrito em árabe, estava enfiado sob o braço dele, que usava calça de lã cinza-escuro com colete combinando. A camisa de algodão parecia azul-clara na penumbra do corredor, e o laço da gravata estava desfeito. Assim como no dia anterior, suas roupas estavam muito amassadas e cheiravam levemente a álcool.

– Você é madrugadora – comentou o Sr. Hayes. – E está encantadora de *déshabillé*.

Um rubor aqueceu minhas bochechas, apesar do meu esforço para parecer indiferente ao elogio ultrajante.

– *Gracias* – repliquei. – Mas não estou *despida*.

O Sr. Hayes arqueou a sobrancelha.

– Você sabe muito bem o que eu quis dizer.

– Você por acaso chegou a ir para a cama?

Ele sorriu.

– Consegui dormir várias horas. Obrigado pela preocupação.

Olhei para a jovem a seu lado.

– Não vai me apresentar a moça?

Ele inclinou a cabeça.

– Esta é Colette. Ela será sua criada pelo dia de hoje.

Ela inclinou a cabeça e murmurou:

– *Bonjour, mademoiselle.*

Meu francês era péssimo, mas consegui retribuir a saudação.

– Ricardo reservou sua passagem de trem para esta tarde, às cinco – informou o Sr. Hayes. – Você passará a noite em Alexandria, e o navio que parte para a Argentina sairá bem cedo na manhã seguinte. Ele ainda está tentando conseguir uma dama para acompanhá-la durante toda a jornada. – Os cantos de sua boca se aprofundaram, e em seus olhos azuis pairava um brilho divertido. – Nada de vestir preto e se fingir de viúva, receio.

– Parece que está tudo resolvido, então – falei, seca. – Mas não precisava vir me contar isso assim tão *cedo*.

– Eu já falei – disse ele, observando as próprias unhas. – Sua engenhosidade foi devidamente notada. Não vou correr risco algum.

Agarrei a maçaneta da porta e cerrei os lábios, obstinada.

– Colette vai ajudar você a fazer as malas, se vestir e tudo mais – acrescentou o Sr. Hayes em meio a um grande bocejo.

Arqueei uma sobrancelha.

– Noite longa?

Seus lábios se repuxaram para a direita, num charmoso sorriso torto. Como a sua consciência, provavelmente.

– Não ouviu falar do bar do Shepheard's? É lendário. A nata da humanidade se reúne para fofocar, negociar, manipular e se embriagar. – O Sr. Hayes soltou uma breve e cínica risada. – Meu tipo preferido de pessoa.

– Que aventura! Mas, como vocês estão me empacotando feito uma caixa para ser despachada pelos correios, acho que não vou poder viver essa experiência.

– Jovens damas não são convidadas – disse ele. – Justo por causa das fofocas, das negociações, das manipulações e da embriaguez mencionadas. Ao que tudo indica, a sensibilidade das senhoritas não é capaz de lidar com tamanha devassidão.

Achei intrigante a sutil nota de sarcasmo em seu tom. Abri a boca para responder, mas ele olhou na direção da minha nova criada. Colette ficou me observando com curiosidade quando tentei dizer a ela em francês que não precisava de seus serviços. O Sr. Hayes soltou uma risada abafada perante a minha pronúncia provavelmente ruim.

– Não preciso de uma criada para me vestir ou me ajudar a fazer as malas – repeti. – Por que se incomodar, já que nem posso sair deste quarto?

– Colette fica – disse o Sr. Hayes.

Virando-se para ela, falou algo num francês célere. Parecia até estar recitando uma poesia, e senti vergonha por ter pensado naquilo.

– Você é fluente em francês – falei, resignada. – Claro que é… O que falou?

O Sr. Hayes abriu um sorriso sarcástico.

– Avisei sobre sua costumeira astúcia.

Colette passou por mim, entrando no quarto. Permiti, porque não queria discutir no corredor movimentado. Ao que parecia, todos naquele hotel acordavam cedo. Hóspedes passavam entre nós durante a conversa com um educado "Com licença".

– Agora, sossegue aqui, Olivera.

Como chegamos a termos tão informais? Minha mãe teria ficado chocada. Acho que *eu* estava chocada.

– Não gosto nada de receber ordens de você.

– Eu sei. Por que acha que faço isso? – Ele enfiou as mãos bem fundo nos bolsos, sem dúvida planejando algo mais para me irritar.

– Você é desprezível.

O Sr. Hayes riu, e bati a porta na cara dele.

Um segundo depois, reabri a porta e arranquei o jornal de sua mão, só para irritar. Ele riu mais alto quando bati a porta pela segunda vez. Quando voltei para o quarto, Colette já havia apanhado um dos meus vestidos de linho. Ela o examinou, assentiu e então o sacudiu para desfazer o amassado. A jovem tinha uma postura confiante. Sua presença não era inesperada – meu tio tinha me alertado que encontraria alguém. Vendo a criada ali, porém, entendi que ela seria uma pessoa difícil de subornar. Parecia alguém que levava o trabalho muito a sério.

Admirável da parte dela, mas inconveniente para mim.

Eu iria para Khan el-Khalili, nem que precisasse roubar uma carruagem para tal.

Primeiro, porém, precisava descobrir uma forma de escapar do Sr. Hayes e de suas irritantes piscadelas. Por trás dos sorrisos fáceis, eu sentia que ele prestava atenção especial ao ambiente, disfarçando uma habilidade intuitiva e perspicaz para ler pessoas. E, como ele tinha feito questão de mencionar, havia notado minha habilidade de escapar de situações complicadas.

Colette murmurou algo em francês enquanto pegava várias opções de sapatos.

– Obrigada.

Ela sorriu para mim.

– *De rien.*

Depois, prendeu a anquinha em torno da minha cintura e abotoou o vestido já no meu corpo. Ela havia escolhido um dos meus trajes favoritos, perfeito para um clima mais quente e não tão volumoso a ponto de dificultar minha locomoção. A única coisa que eu odiava nele era a gola alta, que fazia meu pescoço coçar. Não pela primeira vez, desejei a liberdade de movimento concedida aos homens por suas calças confortáveis. Meu vestido era feito de linho na tonalidade mais suave de azul, o que fazia lembrar um delicado ovo de pássaro. Tinha um guarda-sol combinando, franzido e inútil, exceto para proteger minha pele do sol. Colette me ajudou a amarrar as botas de couro e depois me fez sentar para ajeitar meus cabelos. Como de costume, o processo levou boa parte da manhã. Os cachos não se deixavam domar, e, por fim, Colette decidiu fazer uma trança grossa e a enrolou no alto da minha cabeça.

– Acho que está pronta, *mademoiselle* – disse em inglês em uma voz clara, com forte sotaque.

Ela me estendeu um espelho de mão e estudei meu reflexo. Em algum momento durante a travessia, eu tinha amadurecido. Havia depressões sob as maçãs do meu rosto. Olhos cor de avelã que não escondiam o luto que eu carregava. Lábios que não sorriam nem riam havia meses. Devolvi o espelho à criada, sem querer ver mais, e me levantei, sentindo-me inquieta, ansiosa para sair e explorar.

Eu estava pronta.

Cruzando o quarto, com Colette logo atrás, abri a porta da suíte e encontrei o Sr. Hayes reclinado numa estreita cadeira de madeira, lendo um livro. Ele levantou os olhou das páginas com minha súbita aparição.

– Estou com fome – expliquei. – Acha que tenho permissão para receber comida ou um pedaço de pão?

– Quanto drama... – disse ele, revirando os olhos. – Eu não deixaria você morrer e me causar um transtorno. Tenho alguns escrúpulos.

– O que você sabe sobre escrúpulos, exceto talvez como soletrar a palavra?

Ele soltou uma gargalhada.

– Vou pedir o desjejum e chá. Ou prefere café?

– Café, por favor.

– Tudo bem – disse ele, ficando de pé. Olhou por cima do meu ombro e mudou para o francês. Não entendi nada do que ele disse, mas deduzi que havia ordenado a Colette que não me perdesse de vista. – Volto logo.

E se afastou, assobiando alegremente. Depois que desapareceu por completo, fechei a porta. Eu tinha apenas alguns minutos para fugir. Meu sangue latejava nas veias. Peguei minhas coisas: bolsa cheia de piastras, lápis e bloco de notas, sombrinha e a chave do quarto. Colette me observava, as sobrancelhas subindo até a linha do cabelo e o queixo caindo diante de meus movimentos rápidos. Antes que ela pudesse dizer ou fazer qualquer coisa, saí do quarto e a tranquei lá dentro em movimentos rápidos.

Ela batia com força na porta, mas não olhei para trás.

O saguão fervilhava com os hóspedes se dirigindo para o salão de refeições. Felizmente, porém, não havia sinal do meu carcereiro. O Sr. Hayes talvez já tivesse entrado, ou talvez fora direto à cozinha a fim de fazer o pedido do meu desjejum. Não importava. Corri para o balcão de recepção, onde Sallam atendia um casal. Ele virou o rosto e encontrou meu olhar.

– Posso interromper por um instante, por favor?

O casal deu um passo afável para o lado e eu avancei, entregando a chave do meu quarto.

– Sei que isso vai parecer incrivelmente estranho, mas a fechadura da minha porta está com defeito, e minha pobre criada ficou trancada por dentro. Importa-se de tentar você mesmo abrir?

– Claro! – Sallam saiu de trás do balcão todo esbaforido, com a chave na palma da mão.

– *Shokran!* – agradeci.

Ele assentiu e disse algo a um atendente próximo, que foi seguir suas ordens.

Virei-me e atravessei correndo o grande saguão, saindo pelas portas duplas. A luz solar muito clara me atingiu em cheio no rosto, porém mal percebi. Havia pessoas sentadas em várias mesas ao longo da varanda da frente; lá embaixo, além dos degraus, na rua do Cairo era possível ver todo tipo de atividade. Burros passavam carregando viajantes e pacotes; cavalos puxavam carruagens variadas. Desci a larga avenida o mais rápido possível, a sombrinha balançando.

Um homem vestido com o cafetã verde-escuro do hotel viu minha rápida aproximação.

– Precisa de transporte, madame?

Assenti e ele logo providenciou uma carruagem, me ajudando a entrar. O cocheiro fechou a porta e esperou.

– Khan el-Khalili – anunciei, lançando um olhar nervoso para trás.

Uma figura familiar se materializou no vão das portas abertas do hotel. O Sr. Hayes.

Ele parou, examinando a varanda, os punhos cerrados. Meu coração batia forte contra as costelas enquanto eu me colava contra as almofadas, apenas em parte escondida pela janela. O cocheiro assentiu e se afastou, o veículo balançando enquanto ele se acomodava no assento, estalando a língua. As rédeas zuniram contra o dorso do cavalo.

Arrisquei um olhar na direção do Shepheard's.

O Sr. Hayes me olhava sem cerimônia. E estava *furioso*.

– Vá, por favor! *Yallah, yallah!* – gritei para o cocheiro. – Rápido!

A carruagem deu um solavanco, o impulso me lançando para trás. Avançamos depressa pelo tráfego que se intensificava, fazendo uma curva e depois outra. Olhei pela janela, a brisa soprando meus cachos enquanto meu estômago despencava até os pés.

O Sr. Hayes estava *correndo* em nosso encalço.

Ele se desviava habilmente de jumentos e carruagens, contornando pessoas que atravessavam a rua. Quando saltou sobre uma pilha alta de caixas, soltei um involuntário assobio impressionado. O homem sabia correr. Parecia que nenhum obstáculo podia detê-lo, nem mesmo jumentos teimosos e cães de rua latindo em seus calcanhares.

Miércoles.

Os olhos do Sr. Hayes encontraram os meus depois que ele quase se chocou contra um vendedor de frutas. Gritou algo para mim que não consegui entender. Mandei-lhe um beijo e ri quando ele respondeu com um gesto rude que eu só conhecia porque tinha obrigado o filho do nosso jardineiro a explicar seu significado depois de vê-lo usando com outra pessoa.

A carruagem fez outra curva e parou abruptamente.

Virei a cabeça. Uma longa fileira de veículos parados se estendia à nossa frente.

– Merda, droga, *merda*.

Um fluxo rápido de árabe chegou aos meus ouvidos. A qualquer momento…

A porta se abriu, e um ofegante Sr. Hayes surgiu no vão.

– Você dá… – Ele ofegou. – … mais trabalho… – Outro arquejo. – … do que vale!

– Já me disseram isso – repliquei. – Não, não entre…

O Sr. Hayes entrou e se sentou no banco diante de mim. Sua testa brilhava de tão suada.

– Troquei uma palavra com seu cocheiro. Ele vai nos levar de volta ao hotel…

– Como se atreve!

– … para seu próprio bem!

Ele me fulminou com o olhar, e correspondi à ferocidade da expressão. Cruzei os braços com força sobre o peito, ressentida por seu corpo ocupar tanto espaço no interior apertado.

– Retire-se. Não é apropriado para uma dama solteira…

Seu maxilar se fechou com um estalo audível.

– Está vendo alguma dama presente? Se minha irmã se comportasse como você vem fazendo, minha mãe…

– Minha mãe não está mais aqui!

O Sr. Hayes ficou em silêncio, a cor sumindo do rosto.

– Eu não tive a intenção…

– Eu não sou problema seu – continuei, como se ele não tivesse falado.

– Pela *centésima* vez: seu tio *fez* de você um problema meu.

Nosso veículo avançava bem devagar. Lancei um breve olhar para a porta, considerei minhas opções e enfim me levantei do assento.

– Não vá descer de uma carruagem em movimento – rosnou o Sr. Hayes. – Sente-se.

Abri a porta, segurando a bolsa, e desci cambaleando, tropeçando no vestido, girando os braços como cata-ventos para manter o equilíbrio na rua de terra.

Atrás de mim, o Sr. Hayes disse:

– Que *inferno*!

Eu ouvi, mais do que vi, quando ele saltou da carruagem e aterrissou perfeitamente ao meu lado. Com a mão forte, agarrou meu braço antes que eu caísse por causa da maldita saia comprida. Ele me segurou enquanto eu rearrumava o vestido, limpando a barra para livrá-lo da sujeira que havia grudado nele enquanto eu tropeçava. A carruagem, notei, continuou em frente, afastando-se de nós, levando minha sombrinha.

– Melhor correr se quiser pegá-la – falei.

– Não sem você – replicou o Sr. Hayes.

Desvencilhei-me com um movimento brusco e esperei um segundo para ver o que o Sr. Hayes faria. Ele se manteve por perto, mas não me tocou. Em vez disso, fez um gesto para que eu passasse para a calçada que margeava a via. Aquiesci porque era mais seguro não bloquear o tráfego.

Uma vez ali, me mantive firme.

– Não vou voltar para o hotel.

– Cuide da sua reputação – disse ele, avultando-se sobre mim.

– Como se você se importasse com isso – retruquei. – Sou apenas um trabalho para você.

O Sr. Hayes não piscou. Parecia feito de pedra.

– Vou para o bazar. Se quiser garantir minha segurança, venha junto e pronto. Mas não perca seu tempo tentando me levar de volta. – Bati com o dedo em seu peito muito largo. – Posso ser incrivelmente escandalosa e irritante quando quero.

– Ah, estou ciente disso – bufou o Sr. Hayes, os olhos azuis injetados de sangue.

Girei e continuei a andar, sem me importar com a direção em que estava indo, mas sentia o olhar maquinador do Sr. Hayes fixo entre minhas omoplatas a cada passo que eu dava.

CAPÍTULO OCHO

Eu estava terrivelmente perdida. O Khan el-Khalili estava decidido a se manter oculto, e vários dos prédios pareciam estranhamente familiares. Todos eram altos e estreitos, com recuos esculpidos que exibiam entradas ornamentadas e varandas. Cavalheiros de pele pálida usando chapéus de folha de palmeira atravessavam a multidão densa como se fossem donos da terra sob nossos pés. Um grandioso teatro de ópera acrescentava um toque de opulência à rua movimentada. Com um sobressalto, lembrei que Papá levara Mamá para ver *Aida*, e eles tinham reencenado a apresentação para mim meses depois. Mamá havia esquecido as falas, e Papá tentara corajosamente continuar sem ela, mas isso só me fez desejar ter estado lá com eles. Tudo que eu queria era compartilhar lembranças com os dois. No fim, havíamos nos sentado juntos no tapete felpudo diante da lareira e conversado até altas horas da noite.

O luto era como um guardião da memória. Mostrava-me momentos que eu tinha esquecido – e me sentia grata, ainda que um buraco se abrisse em meu estômago. Eu não queria esquecer meus pais, por mais doloroso que fosse lembrar. Enxuguei os olhos, fazendo de tudo para que o Sr. Hayes não visse, e continuei a andar em direção ao bazar.

Ou, pelo menos, para onde eu imaginava que ele ficasse.

O Sr. Hayes me seguiu sem dizer uma só palavra por um quarteirão, e depois outro. Quando dobrei em outra rua, ele quebrou o silêncio.

– Você não tem a menor ideia de para onde está indo – disse alegremente.

– Estou fazendo um passeio turístico. Creio que haja uma diferença significativa entre as duas coisas.

– Neste caso, nada provável.

Ele andava ao meu lado, mantendo uma distância cuidadosa enquanto, de alguma forma, ainda comunicava às pessoas que estávamos juntos.

– Eu posso ajudar – disse ele depois de outro momento.

– Não acreditarei em uma só palavra que sair da sua boca.

Ele bloqueou meu caminho e cruzou os braços sobre o peito largo. E esperou.

– Saia da minha frente – falei entre os dentes.

– Você vai ter que confiar em mim – replicou ele com um sorriso persuasivo.

Estreitei os olhos.

– Quer ver o Khan el-Khalili ou não quer? – continuou o rapaz.

Parte da sua raiva havia se dissipado, e um ar divertido curvava os cantos de sua boca, um segredo esperando para ser revelado. Seu jeito descontraído só inflamava minha desconfiança. Eu tinha a sensação de que ele estava me *manipulando* de novo. Que estava me tolerando apenas até que uma oportunidade se apresentasse.

Continuei de guarda alta.

– Claro que quero.

O Sr. Hayes inclinou a cabeça na direção de uma rua pela qual não tínhamos passado.

– Então venha comigo.

Ele se afastou sem conferir se eu o seguiria. Um vento suave acariciava minhas bochechas enquanto eu deliberava. Então, dando de ombros, parti atrás dele. Se tentasse me enganar, eu faria um escarcéu tão grande que ele se arrependeria. Ele ainda não vira meu lado mais escandaloso. Mas acabou desacelerando para coincidir com meu passo mais curto.

– A que distância fica?

– Não é longe – respondeu ele com um rápido olhar na minha direção. – Você vai adorar.

A rua ficou menor, e, a cada passo, o Sr. Hayes parecia se livrar da camada de aristocracia que se agarrava a ele como um manto feito sob medida. Seus movimentos ficaram mais soltos, os membros longos mais relaxados. Entramos em uma rua estreita, ladeada pelo que pareciam centenas de lojas. Casas altas e estreitas empoleiravam-se acima das pequenas lojas, os andares superiores projetando-se para fora salpicados com janelas emolduradas por venezianas de madeira esculpida em delicadas treliças.

– Ah – suspirei.

O Sr. Hayes sorriu.

– Eu avisei.

Estávamos cercados por uma multidão densa e em movimento, as vigas no alto vez ou outra permitiam a passagem dos raios de sol. Os proprietários dos vários estabelecimentos observavam as pessoas percorrendo o caminho não pavimentado, às vezes gritando os preços das suas mercadorias, às vezes fumando em silêncio. Os turistas, em sua maior parte, falavam em inglês – americano ou britânico. Por vezes, fragmentos de alemão, francês e holandês chegavam aos meus ouvidos. Estávamos no auge de uma temporada egípcia, e parecia que todo o mundo conhecido se reunira naquela mesma rua.

O Sr. Hayes abriu caminho pela multidão, tomando cuidado para que não fôssemos espremidos pela massa ruidosa e inquieta que passeava a pé ou a cavalo. Mulheres seguravam seus filhos, conduzindo-os ao mesmo tempo que faziam compras, pechinchavam e conversavam com seus acompanhantes. Oficiais britânicos em suas imponentes librés marchavam pelo espaço exíguo, mantendo a ordem.

Para minha surpresa, o Sr. Hayes os olhava com o mesmo nível de desconfiança que eu.

Eu o fazia parar a cada poucos metros – primeiro para comprar limonada de um vendedor com um jarro de estanho. Ele encheu um copo de latão até a borda e me entregou. O primeiro gole do líquido azedo explodiu em minha língua. Comprei também uma para o Sr. Hayes.

Ele ergueu as sobrancelhas inquisitivamente.

– Por me trazer aqui – expliquei. – *Gracias*.

– Agora você está sendo educada.

– Eu sempre sou educada.

Ele soltou um "Aham" baixinho, mas bebeu a limonada em silêncio e devolveu o copo ao vendedor. Foi então que percebi um homem me olhando abertamente. Usava um terno caro, e na mão esquerda segurava uma bengala. O Sr. Hayes seguiu minha linha de visão e fulminou o homem com o olhar. O sujeito deu um passo na minha direção com um sorriso malicioso.

– O que acharia de uma bota no estômago? – perguntou o Sr. Hayes.

Seu tom suave não me enganava. O Sr. Hayes era como uma arma explosiva. Ele se avultava acima de todos, com seus ombros largos e musculosos. O homem de negócios parou, olhando com cautela para meu acompanhante. Com um movimento frustrado das sobrancelhas, ele se afastou.

Corri os olhos pela rua cheia de pessoas fazendo compras.

– O que você teria feito com ele?

– Eu o teria chutado – disse ele, animado. – Vamos continuar.

– Não há necessidade de violência, não importa a situação.

Ele me lançou um olhar fulminante por cima do ombro.

Prosseguimos pela rua, e ele se posicionou mais perto de mim enquanto caminhávamos. Fazia muito tempo que eu não me sentia tão feliz, tão livre. Longe dos bem-intencionados sermões de tia Lorena, longe de uma rotina diária que me fazia bocejar. Longe da frieza de Amaranta. Minha prima Elvira adoraria as ofertas do bazar, amaria cada canto e recanto. Eu sentia uma saudade dolorosa dela, e de repente desejei tê-la incluído em minha jornada.

Mas tia Lorena e Amaranta nunca teriam me perdoado.

Todo mundo conhecia o Sr. Hayes; quando ele passava, compradores, vendedores e até crianças gritavam cumprimentos. Eu aguardava a alguns passos de distância, em silêncio, quando alguns se aproximavam. O Sr. Hayes esvaziou os bolsos, distribuindo piastras e doces. Naquela parte da cidade, ele era uma pessoa completamente distinta. Tentei identificar a diferença.

Para começar, ele não havia tentado flertar comigo. Além disso, não estava me dando ordens. Mas ia além: ele parecia mais leve, e a dureza em seus olhos tinha se suavizado. E, em vez de tentar me enganar, ele havia me levado exatamente aonde eu queria ir.

Muito gentil da sua parte – uma palavra que nunca achei que associaria ao Sr. Hayes.

Ele me pegou olhando-o.

– Tem alguma coisa no meu rosto?

Tamborilei o dedo na boca.

– Estou pensando.

O Sr. Hayes esperou.

Por fim, me ocorreu:

– Você abandonou o cinismo.

– O quê? – Ele me olhou com desconfiança. – Eu não sou cínico.

Dei um passo na sua direção, e ele ficou tenso com minha aproximação deliberada.

– Você não me engana. Nem por um minuto.

O Sr. Hayes se afastou, e sua postura foi se corrigindo sutilmente. Foi como se procurasse refúgio atrás do muro que usava para afastar os próprios demônios. A mão bronzeada apanhou sua garrafa, e ele tomou um longo gole.

– Não faço ideia do que está falando, querida – disse ele com a voz arrastada. Um sorriso se formou em sua boca, o olhar azul ficando vários graus mais frio.

Apontei para sua boca.

– Esse sorriso é tão vazio quanto seus termos afetuosos.

O Sr. Hayes riu. O som saiu oco, um pouco forçado.

– Sabe – comecei, suave –, havia um elogio em algo do que eu disse.

Ele arqueou uma sobrancelha.

– Havia, é?

Assenti.

Ele revirou os olhos e me puxou até um vendedor usando turbante e um longo cafetã que chegava aos pés calçados com sandálias. Sua túnica externa fez meus dedos coçarem para pegar meu pincel; o tecido trançado era maravilhoso e incrivelmente detalhado. Uma faixa, amarrada com capricho na cintura, completava o traje. Ele vendia lindos banquinhos e armários incrustados com madrepérola. Outro vendedor oferecia bacias e copos, bandejas e porta-incensos de cobre. Eu queria uma peça de cada, mas mantive minhas compras ao mínimo; para Elvira e tia Lorena, comprei chinelos bordados com contas cintilantes e fios dourados que encontrei com um vendedor que carregava vários pares pendurados na extremidade de uma longa vara. Para Amaranta, adquiri uma faixa rubi, mesmo sabendo que ela nunca a usaria.

Mas em lugar algum vi alguém vendendo joias como a peça que fora roubada de mim. Examinei as lojas com cuidado, mas nada me chamou a atenção. A frustração fazia meu estômago se revirar. Talvez fosse tolice tentar procurar. Meu tio podia ter feito um comentário descompromissado que eu não deveria ter levado a sério. Ele dissera que meu pai talvez tivesse encontrado o anel de ouro embaixo de um vaso, pelo amor de Deus.

– Está procurando algo em particular? – perguntou o Sr. Hayes, estudando meu rosto.

– Pensei em comprar para mim algo que substituísse o anel que perdi. Foi a última coisa que meu pai me deu.

A linha dura de seu maxilar amoleceu.

– É improvável que encontre outro igual. – Ele mordeu o lábio inferior, a testa franzida. Sua expressão se desanuviou quando um pensamento lhe ocorreu. – Venha comigo. Talvez haja algo mais.

Demos várias voltas, revelando uma rede de vielas que se abriam para mais lojas, mais pessoas, mais burros carregando turistas. Uma fila de camelos passou, mal-educados, lançando ocasionais cuspidas em seus donos. Logo ficou claro para mim que o Khan el-Khalili estava dividido em setores, e cada um deles vendia itens semelhantes. Se alguém quisesse utensílios domésticos, havia uma seção específica para isso. Um tapete? Era só tentar a rua seguinte.

O Sr. Hayes me levou a uma área que oferecia joias luxuosas, parcialmente iluminada e com um aroma doce de incenso. A avenida havia se estreitado, e logo se tornou impossível andar lado a lado. O Sr. Hayes se adiantou, e fui atrás. Em certo ponto, ele estendeu a mão para trás e pegou a minha. Baixei os olhos, atordoada com o gesto. Sua palma calosa envolveu a minha. Ocorreu-me que, no meio daquele pandemônio delicioso, ele era uma presença constante e tranquilizadora.

Passei por uma fachada em nada diferente das vizinhas, mas o sussurro de alguma coisa me alcançou. Uma explosão de energia realçada por um elemento sobrenatural que percorreu minha espinha e fez meus dedos formigarem. Meu corpo reconheceu o sabor distinto da magia, enchendo minha boca com o gosto de flores.

O Sr. Hayes sentiu a vibração em minha palma e se deteve.

– O que foi isso?

– Não sei – falei devagar. – O que tem ali?

O Sr. Hayes se virou um pouco, seguindo minha linha de visão.

– As bugigangas de sempre.

– Gostaria de comprar alguma coisa dali.

Ele soltou minha mão.

– Você primeiro, então.

A lojinha não passava de um armário aberto com dezenas de gavetas. O vendedor estava sentado em um banquinho dentro do pequeno espaço, a cabeça mal visível por cima do balcão. Ele nos olhou com um sorriso enorme que me fez querer comprar tudo o que havia ali.

Avancei para cumprimentar o comerciante.

– *Salaam aleikum.*

– O que está procurando? – perguntou o Sr. Hayes.

Fechei os olhos, a pulsação interna tiquetaqueando feito um relógio.

– Não sei bem.

O Sr. Hayes disse algo ao vendedor, que logo se levantou e começou a abrir gavetas, espalhando seus itens à venda pelo balcão. Braceletes, brincos, tornozeleiras de filigrana – absolutamente lindas, não havia dúvida de que eu as iria comprar –, pingentes em forma de presa e amuletos de vários graus de elaboração. Não havia anéis de ouro disponíveis, mas eu examinava tudo, tentando identificar de onde viera aquele sussurro fraco que eu sentira. Parecia que eu estava perseguindo o último resquício de luz do dia.

O comerciante exibia peça após peça; para cada uma, eu balançava a cabeça em uma negativa.

Foi quando senti mais uma vez. Um chamado muito suave.

Sob as pilhas de joias, havia uma pequena caixa de madeira completamente suja. Apontei para ela e o vendedor ergueu as sobrancelhas, murmurando algo entre os dentes. Depois, colocou a peça na minha mão em concha.

Um chiado de magia subiu pelo meu braço.

Uma pulsação não identificável se encaixou no lugar, num profundo reconhecimento. Na boca, o gosto era tal que parecia que eu havia comido um buquê de flores. Uma presença obscura pairava em minha mente – uma mulher que se encontrava sob um céu dividido, metade coberta por um milhão de estrelas cintilantes e um orbe leitoso tocando sua pele com um brilho prateado, a outra metade inflamada com o calor abrasador do sol. Ela usava pérolas e cheirava a rosas; em seus pés havia sandálias douradas adornadas com joias.

Eu tinha uma vaga consciência da proximidade do Sr. Hayes, mas não conseguia ver o rosto dele. Se estivesse falando comigo, eu não saberia. Minha existência inteira se concentrava em um único ponto focal, preciso como a ponta de uma faca. De alguma forma, eu tinha sido preenchida por uma corrente que pulsava com uma força mágica formada por uma única coisa.

Amor.

O vendedor me olhou perplexo quando peguei a bolsa. O Sr. Hayes olhou por cima do meu ombro, para a caixinha suja e enferrujada.

O dono da loja se dirigiu ao Sr. Hayes, falando depressa.

– O que ele disse?

– Perguntou se você tem certeza de que quer comprar essa bugiganga. Já foi devolvida uma vez.

– Tenho.

O dono da loja disse mais alguma coisa, e o Sr. Hayes franziu a testa em resposta.

Eu mal prestava atenção. A magia vibrava, saindo da caixa em círculos que se ampliavam. Cada centímetro da minha mão formigava, como se o sangue estivesse agitado em um nível febril. A sensação me dominava.

Eu nunca havia sentido nada parecido, e, no entanto, era algo brutalmente familiar.

O Sr. Hayes me observava de perto.

– Você está bem?

– *Estoy bien.*

Seus olhos azuis pareciam céticos.

– Quer mesmo comprar essa coisa suja?

– *Sí* – insisti. – E a tornozeleira bonita. Por favor.

O Sr. Hayes deu de ombros e perguntou o preço. Depois de pagar ao comerciante, segui o rapaz pela estreita avenida, mal tirando os olhos da minha compra. A impressão era que a caixa de madeira arranhada exibira no passado uma encantadora pintura em miniatura, havia muito raspada. Cabia na palma da minha mão, e, quando a virei de lado, notei uma longa emenda correndo longitudinalmente de uma ponta a outra. Com cuidado, coloquei os dois itens na bolsa, a magia rodopiando sob minha pele.

Por fim, emergimos das ruas estreitas do bazar. Quando meu estômago roncou alto, o Sr. Hayes me lançou um olhar significativo.

– Vamos voltar para almoçar no hotel.

A posição do sol me dizia que estava perto do meio-dia. Não era de se admirar que meu estômago estivesse roncando.

– Não faremos nada disso. Eu vou para o Groppi.

– Eles servem chá e bolos no hotel também, sabia?

Meus pais tinham falado maravilhas do estabelecimento, um dos favoritos entre os membros da sociedade do Cairo. E eu pretendia experimentar por mim mesma.

– Mas lá tem tâmaras cobertas de chocolate?

O Sr. Hayes sorriu, devagar, como se estivesse se deixando convencer contra a própria vontade.

– Seu tio nunca me perdoaria se algo acontecesse a você.

– O que ele vai fazer? – perguntei. – Me mandar para casa?

Então me virei, determinada a encontrar uma carruagem para me levar ao Groppi. Mas o Sr. Hayes soltou um longo assobio agudo, e um segundo depois o transporte estava assegurado. Ele me ajudou a entrar no veículo aberto e ergui uma sobrancelha, esperando para ver qual destino ele informaria ao cocheiro.

O olhar do Sr. Hayes pousou em minha mão, que segurava a maçaneta, deixando bem clara minha intenção. Eu pularia da carruagem em movimento se ele não me levasse para onde eu queria.

– Groppi – disse ele, com ar resignado.

Recostei-me na almofada e sorri, triunfante.

O Sr. Hayes me fitou.

– Você não faz isso com frequência.

– O quê?

– Sorrir.

Dei de ombros.

– A maioria dos seus sorrisos é falsa, então acho que estamos quites.

– *Falsa?*

– O senhor me ouviu muito bem.

– Ah, é aquela sua teoria de que sou cínico.

O homem nem teve a decência de me encarar enquanto eu revirava os olhos.

– Não é uma teoria.

– Por que não se limita a ficar sentada aí, exibindo sua beleza e admirando a cidade?

Esperei um momento, o coração palpitando no peito como uma borboleta desgarrada.

– Acha que sou bonita?

O Sr. Hayes me olhou preguiçosamente, os olhos semicerrados.

– Você sabe que é, señorita Olivera.

Disse aquilo com total descontração – um elogio para qualquer mulher, em qualquer lugar. Eu me perguntei como ele se sentiria se alguém o retribuísse.

– Bem, você também chama a atenção por onde passa. É muito bonito.

Seu rosto assumiu uma expressão de profunda desconfiança, como se eu fosse uma cobra enrodilhada prestes a dar o bote.

– Obrigado.

– É verdade – falei, abanando a mão na frente do rosto. – Sinto palpitações.

Ele chutou meu banco.

– *Pare* com isso.

Bati os cílios, a imagem de doçura e inocência.

– Não é isso que está procurando? Estou retribuindo seu flerte.

– Coisa nenhuma – retrucou ele. – Se me disser mais uma tolice, vou mandar o cocheiro nos levar de volta para o Shepheard's.

Relaxei no assento, rindo.

O Sr. Hayes não me dirigiu mais nenhuma palavra pelo restante do trajeto.

CAPÍTULO NUEVE

Toda vez que voltava para Buenos Aires, Mamá me levava para tomar chá na primeira oportunidade. Éramos apenas nós duas, sentadas uma diante da outra enquanto garçons serviam um bule fumegante em xícaras de porcelana combinando, junto com doces polvilhados com açúcar e flocos de coco. Ela me examinava, catalogava o quanto eu havia crescido, observava minhas boas maneiras. Queria saber tudo o que tinha acontecido enquanto estivera fora. Fofocas, notícias sobre nossos vizinhos, e sobretudo como minha tia me tratava.

Relutante, eu admitia que era tratada de forma amorosa.

Aqueles eram meus momentos favoritos com ela. Eu sabia que ela estava feliz em me ver, assim como eu ansiava por ela. Mamá sorria enquanto contava sobre a viagem, e eu sentia que poderia sorver cada palavra com uma colher. Mas, à medida que o tempo passava, que os dias se transformavam em meses, seus sorrisos desbotavam, e eu sabia que era porque a vida na Argentina, *nossa* vida, não era suficiente.

Ela sentia falta do Egito. Ambos sentiam.

Enquanto nos aproximávamos da confeitaria, o desejo pela companhia dos meus pais brotou em meu peito. Eu daria tudo para me sentar novamente diante da minha mãe, ouvir sua voz, ter seu cavalete ao lado do meu, nós duas pintando juntas.

A imponente entrada do Groppi, feita de pedra cinza e vidro imaculado, assomou em uma esquina movimentada. Lá dentro, ladrilhos coloridos dispostos em um padrão único decoravam o chão. O aroma amanteigado de croissants frescos e o cheiro do café se infiltravam em minhas narinas.

O Sr. Hayes conseguiu uma mesinha redonda no fundo do estabelecimento movimentado. Alguns dos mesmos rostos que eu tinha visto no saguão do hotel me encaravam. Lá estava o grupo de inglesas saboreando sorvete, e o americano extravagante sentado sozinho à mesa ao lado, acompanhado por sua fiel maleta. Efêndis conversavam entre amigos, bebericando café forte e beliscando biscoitos. Olhares curiosos se voltavam para nós enquanto nos sentávamos juntos. Eu não usava aliança no dedo, e nenhuma acompanhante vinha atrás de mim como a longa cauda de um vestido de noiva.

– Ouça! Creio que são os resquícios da minha reputação sendo reduzidos a pó.

– Foi você quem pediu isso. – O Sr. Hayes me olhou por cima do cardápio.

Estava sentado diante de mim, de frente para a porta. Sua atenção saltitava pela sala: do menu em suas mãos para a entrada e, em seguida, para os outros clientes comendo.

Dei de ombros.

– Não sou do lugar de onde você vem, embora eu certamente saiba tudo sobre a alta sociedade e suas regras rígidas para as jovens. Talvez os boatos viajem pelo oceano até chegar à Argentina, mas duvido muito. Ainda não faço parte da sociedade de fato. Ninguém aqui sabe quem sou.

– É muito fácil descobrir sua identidade – rebateu o Sr. Hayes. – As pessoas sussurram perguntas entre si o tempo todo. Cartas chegam aos quatro cantos do mundo.

– Então me permita repetir – falei com suavidade. – Desde o desaparecimento dos meus pais, não dou a mínima.

Ele se recostou na cadeira e me observou em silêncio.

– Eu já lhe disse o quanto lamento?

Neguei com a cabeça.

– Eles eram pessoas boas, e eu gostava deles de verdade. – Não havia um sorriso sarcástico escondido na linha de sua boca ou na profundidade de seus olhos.

Ele me olhava de trás do muro que erguera, inteiramente desarmado. Nunca imaginei que o veria parecer tão… sincero.

– Quando foi a última vez que os viu?

Minha pergunta desfez o momento. Ele se remexeu na cadeira, recuando visivelmente. Sua voz saiu entrecortada.

– Alguns dias antes de desaparecerem.

– O que achou deles nesse dia?

O Sr. Hayes cruzou os braços.

– Por que se torturar? Eles se foram, e não há nada que você possa fazer a respeito.

Estremeci. Nem um minuto antes, eu teria esperado seus comentários impertinentes. Estaria preparada para sua conversa evasiva que não levava a lugar algum. Mas depois ele me deixara ver o homem por trás do sorriso debochado e charmoso. Ele tinha sido gentil e solidário.

A mudança abrupta de comportamento me feriu.

– Se fosse sua família, você não gostaria de saber?

O Sr. Hayes baixou o olhar para a mesa.

– Sim, gostaria.

E não disse mais nada. O garçom veio até nossa mesinha e anotou os pedidos: café para mim, chá para o Sr. Hayes. Ele pediu as tâmaras cobertas de chocolate e dois croissants amanteigados recheados com chantili.

O Sr. Hayes começou a falar sobre o Groppi. Tinha muito a contar sobre o estabelecimento: que a maioria dos funcionários era poliglota, e que, nas cozinhas, era possível encontrar chefes confeiteiros de prestígio internacional. Ele apontou para vários clientes. Alguns eram políticos egípcios, ministros e afins; outros, turistas de renome. O lugar parecia abrigar a alta sociedade do Cairo: paxás, beis, efêndis, viajantes ricos e dignitários estrangeiros.

Enquanto falava, ele gesticulava intensamente as mãos. Era um contador de histórias nato, fazendo as pausas certas, me envolvendo mesmo a contragosto. Mantive o olhar fixo no rosto dele, um estudo de cavidades e linhas definidas. Suas bochechas desciam em um ângulo agudo, e a curva da boca insinuava alguém que sabia contar uma mentira. No geral, seu semblante exibia uma afabilidade externa que disfarçava uma amargura cautelosa escondida na profundidade dos olhos pálidos como os de um lobo.

Peguei meu bloco de desenho da bolsa. Meus dedos comichavam para capturar sua expressão naquele exato momento. O tamanho portátil possibilitava que eu o levasse aonde quer que fosse, e suas páginas estavam cheias de desenhos dos meus companheiros de viagem no navio e da vista da sacada do meu quarto, que dava para os jardins. Em segundos, desenhei o Sr. Hayes que eu conhecia melhor: um olhar firme que não escondia por completo a agitação que ele mantinha fora de alcance. Usei um guardanapo para borrar as linhas intensas de carvão, suavizando a tensão que ele exibia na testa.

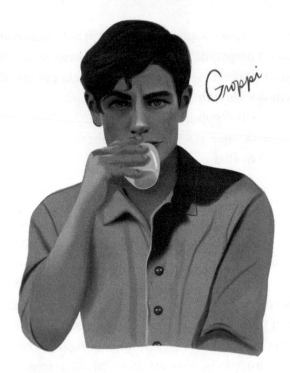

Quando terminei, o Sr. Hayes puxou meu bloco para seu lado da mesa e folheou as páginas.

– Nada mau – murmurou, um sorriso erguendo o canto da boca.

– "Nada mau" era *exatamente* o que eu estava buscando – falei.

– Pare de caçar elogios – disse o Sr. Hayes, ainda folheando meus desenhos. – Ainda assim, você só escolhe os errados.

Ergui uma sobrancelha, mas ele não percebeu. Foi então que me dei conta de que ele continuava esperando que eu agisse de determinada maneira, e minha recusa em fazê-lo o enfurecia. Jurei a mim mesma não mudar meu comportamento.

O rapaz soltou uma risada e ergueu uma das páginas.

– Este deveria ser eu? Você desenhou meu maxilar numa posição muito teimosa.

Observei a linha acentuada de seu maxilar quadrado.

– Não, não desenhei.

– Não há imagens suas aqui.

– Para quê? Gosto de desenhar pessoas que me interessam.

Ele ficou imóvel, e percebi o que tinha dito. Pensei freneticamente em uma maneira de me emendar, mas nada me ocorreu. Uma constatação foi escorrendo para dentro da minha mente, avançando feito mel. Eu dissera a verdade e, gostando ou não, o Sr. Hayes me interessava *de fato*. Por todas as coisas que ele não dizia, os pensamentos que mantinha escondidos atrás de um sorriso fugaz. Mesmo contra minha vontade, minha atenção era com frequência capturada por seus antebraços musculosos e os dedos robustos das mãos fortes. Seu lábio inferior me atraía, bem definido e desenhado com uma precisão imaculada.

– Quer dizer que você me acha interessante.

Eu não disse nada, curiosa para ver o jogo que proporia. Ele sempre estava jogando.

– O que *exatamente* lhe interessa? – Um brilho malicioso iluminou seus olhos. Ele se inclinou para a frente, curvando-se sobre a mesa, ocupando muito espaço para ser ignorado. Sua proximidade fez minha pulsação acelerar. – Já pensou em me beijar?

Ele pronunciou a pergunta impertinente com uma expressão franca.

Mas eu sabia que ele estava traçando linhas de batalha. Atirando onde podia e emitindo alertas para que eu me afastasse. Fiquei ainda mais resoluta. Ele escolhera o caminho do sedutor mascarado, querendo me irritar e provocar. Eu não seria enredada em seu plano, que ele usava para manter todos os outros continuamente à distância. Sua estratégia era simples e brilhante: flertando, ele mantinha a conversa longe de qualquer coisa significativa.

– Caso não tenha percebido, tenho muito mais em comum com meus pais do que você talvez pense – comecei baixinho. – Assim como eles, gosto de descobrir a verdade. Coisas ocultas sempre me fascinaram. E você, Sr. Hayes, tem um segredo. Está há muito tempo enterrado, mas sei que está lá. E um dia vou descobrir o que é. Anote minhas palavras.

Ele olhou para as unhas.

– Tem certeza de que é sensato?

– Viajei para cá inteiramente sozinha – falei. – Menti sem qualquer pudor para todo mundo que encontrei, desobedeci a meu tio a cada passo. O que o faz pensar que sou sensata?

O Sr. Hayes ergueu o rosto e me fulminou com os olhos.

– Estou dizendo para ficar fora dos meus assuntos. Não vai gostar do que encontrar, eu garanto.

– Sempre fui curiosa demais para meu próprio bem.

– Que bom que está indo embora em poucas horas.

Meu humor azedou, e mudei abruptamente de assunto.

– O que o trouxe ao Egito? Você nunca disse.

O Sr. Hayes fechou o meu bloco e o deslizou de volta para mim.

– O dever.

Fiz um gesto para que ele continuasse, mas nossa comida chegou, e o Sr. Hayes se ocupou em pegar um dos croissants e colocá-lo no prato. Com pouca cerimônia, deu uma mordida e gemeu.

– Você precisa começar por este.

Cortou metade de outro e a deslizou para meu prato. Dei uma mordida e me vi emitindo o mesmo som que ele. De alguma forma, a massa era doce e salgada ao mesmo tempo, cremosa e extravagante.

– Atendeu às suas expectativas?

– Tudo aqui atende. Posso entender por que meus pais nunca se cansavam. – Olhei ao redor com nostalgia, observando os vários clientes à nossa volta, desfrutando de sorvete e enormes fatias de bolo. – Queria que meu tio me desse mais tempo. – Coloquei outro pedaço da sobremesa na boca.

– Ele não tem nem um segundo a perder – disse o Sr. Hayes, limpando os dedos com um guardanapo de tecido. – Estamos partindo esta noite.

Engasguei com uma tâmara.

– Como assim?

Ele permaneceu imóvel, visivelmente pesando sua resposta. Depois de um instante, falou:

– Vamos embarcar no *Elephantine* esta noite, depois do jantar. Amanhã de manhã, bem cedo, partiremos de Bulaque para o sítio de escavação.

– Onde é isso? – Tentei manter o tom neutro, mas fiquei magoada diante da ideia de navegarem pelo Nilo sem mim.

Eu não tinha encontrado a loja onde Papá poderia ter comprado o anel dourado. Não havia descoberto nada de relevante sobre o desaparecimento dos meus pais.

– Do outro lado da cidade – disse o Sr. Hayes, a voz estranhamente gentil. – Agora, pare com isso. Não precisa ficar com essa cara de quem perdeu o cachorrinho. Vai poder voltar quando seu tio estiver mais calmo. Ele só quer mantê-la em segurança, e não se pode esperar que ele cuide de você enquanto comanda uma equipe de escavação.

– Por que você e meu tio insistem que estou correndo algum tipo de perigo? – perguntei, me empertigando. – Olhe à sua volta! Há muitos turistas aproveitando a cidade. A cidade do Cairo parece perfeitamente segura para mim.

Os olhos do Sr. Hayes cintilaram, revelando um azul gelado.

– Será?

– Já percebeu que você responde com uma pergunta quando quer evitar um assunto?

– Respondo?

– Sim. É indescritivelmente irritante.

O Sr. Hayes rearranjou seus traços bonitos em uma expressão de contrição, na qual não acreditei.

– Desculpe, señorita Olivera.

Ficamos nos encarando em um silêncio frio até ele dizer, de má vontade:

– A cidade é *perfeitamente* segura. Ricardo não está preocupado com isso. Ele tem outros motivos.

– E quais são?

– Você vai ter que falar com ele.

Tudo voltava ao meu tio. Eu não conseguia desviar os olhos do grande relógio pendurado na parede. Cada tique-taque significava um segundo perdido. Eu tinha apenas algumas horas para pensar no meu próximo passo. Caso contrário, tio Ricardo e sua equipe partiriam pelo Nilo sem mim. Minha atenção se desviou do meu irritante companheiro, passando para as pessoas que comiam ao nosso redor, ocupando todas as mesas disponíveis.

Um homem em particular me pareceu muito familiar. O cabelo penteado para trás, o corte do casaco. Olhei com mais atenção. O inglês virou a cabeça, levando café até a boca franzida. O perfil do homem me causou um profundo impacto. Meu olhar se desviou para o companheiro dele. Meu corpo o reconheceu antes da minha mente, um sentimento intenso de inquietação empoçando na barriga. Uma raiva fervente me subiu pela garganta.

O cavalheiro de cabelos brancos era sir Evelyn. O homem à sua direita era o Sr. Sterling.

E, no dedo mínimo, ele usava o anel dourado de Cleópatra.

CAPÍTULO DIEZ

Várias opções me ocorreram, e nenhuma delas era adequada. Eu poderia me pôr de pé e gritar *Ladrão!* a plenos pulmões ou ir até a mesa deles e exigir que o Sr. Sterling devolvesse o anel. A lógica me implorava que eu usasse a cabeça, que não chamasse atenção desnecessariamente. O Sr. Sterling não sabia meu nome verdadeiro, mas, se me visse ali, poderia me seguir, ou no mínimo perguntar sobre meu acompanhante.

O Sr. Hayes era bem conhecido naquela parte do mundo.

Discretamente, olhei na direção de sir Evelyn e da cara de sapo do Sr. Sterling. Naquela tarde, era sem dúvida isso que ele parecia, com seu paletó de veludo verde e colete combinando. O Sr. Hayes seguiu meu olhar e ergueu as sobrancelhas.

– Está vendo o mesmo que eu? – sussurrei.

O Sr. Hayes se levantou.

– Estou sempre ciente do que está ao meu redor.

– Bom, não quero que ele me veja, então é melhor irmos.

– Certo. – Ele deixou dinheiro na mesa e pegou meu braço, me conduzindo às pressas pelo grande espaço de refeições. – Hora de voltar para o hotel.

Saímos apressados, e o Sr. Hayes se dirigiu à calçada antes de soltar mais um assobio agudo. Uma carruagem parou no meio-fio e, depois de me ajudar a entrar, ele se acomodou no assento diante do meu. Deu instruções ao cocheiro, e assim partimos.

– Você vai tentar pegar o anel do Sr. Sterling? – sussurrei.

O Sr. Hayes continuou olhando para fora do veículo, um dedo batendo de leve na moldura da janela.

– Você se perguntou por que ele o está usando?

Fiz que não com a cabeça.

– Eu estava com raiva, incapaz de pensar. A maneira como ele o tirou de mim, sua arrogância, literalmente fizeram meu sangue ferver. Você deveria ter ouvido ele me descrevendo como *histérica*. Alguém a ser ignorado.

Os lábios do rapaz se transformaram em um traço pálido.

– Canalha.

Fiquei olhando para ele, surpresa. Aos poucos, estava se tornando alguém que eu poderia chamar de amigo. Eu não sabia muito bem como me sentia em relação àquilo. Seria mais fácil se eu não gostasse dele e pronto. Pigarreei.

– Você não respondeu à minha pergunta.

– Se ele o está usando, então pegá-lo pode ser impossível. Estou mais preocupado com o fato de ele estar *exibindo* o anel.

Não entendi a observação.

– Por que isso o preocupa?

– Estando de posse do anel, ele saberia que sua melhor chance de encontrar a tumba de Cleópatra seria deixar a magia lhe servir de guia, visto que cada tipo atrai e reconhece seus iguais. O Sr. Sterling deve ter contado a todos sobre suas descobertas, e vai garantir uma concessão…

– Concessão? – interrompi.

– Uma licença para escavar. Monsieur Maspero avalia os pedidos de todos e decide quem escava onde. Seu tio está sob constante ameaça de perder a dele esta temporada.

Balancei a cabeça, tentando entender a situação.

– Mas, tendo apenas o anel como guia, o Sr. Sterling teria que visitar todos os sítios de escavação, ao longo de todo o Nilo. Isso levaria meses.

– O que você sabe sobre a vida de Cleópatra? – perguntou ele.

– Muito pouco – admiti. – Eu li Shakespeare.

– "Repare bem, e poderá ver nele um dos pilares do mundo transformado em bobo de rameira" – citou o Sr. Hayes.

Pestanejei, em choque, encarando-o.

– Você leu isso?

Ele revirou os olhos e continuou:

– Cleópatra comandou uma frota, combateu insurreições, controlou a vasta riqueza do Egito e sobreviveu a períodos de fome. Fez tudo isso, mas a história gosta de retratá-la como uma mulher fisicamente pequena, uma megera atrevida que atraía os homens para a ruína. É uma pena que os romanos nunca tenham se dado ao trabalho de entendê-la. Foram culpados de coisas muito piores, como travar guerras, saquear o que encontravam e governar sem compromisso. – Qualquer vestígio de humor desapareceu de seu rosto, deixando em seu lugar uma sutil e cautelosa amargura. – E isso está acontecendo de novo no Egito. Todos querem algo: os franceses e holandeses, e a Grã-Bretanha imperial.

– Era horrível ler sobre isso – falei, lembrando-me de como costumava folhear alguns dos jornais que meus pais levavam de suas viagens. – Ainda pior ver algo assim em ação. Saber de uma coisa na teoria não é nada comparado à realidade.

O Sr. Hayes assentiu, os olhos fixos no meu rosto – que em seguida se arregalaram em choque.

– Acabamos de concordar em alguma coisa?

– Uma anomalia, tenho certeza – afirmei com uma risadinha. – Contanto que não falemos sobre seus compatriotas, acho que ficaremos seguros.

O Sr. Hayes retorceu os lábios em uma carranca. Eu estava acostumada a ver seu sorriso ou sua expressão de autoconfiança, o brilho malicioso mal escondido no seu olhar direto. O semblante retorcido em um desgosto verdadeiro me pegou de surpresa.

– Eles são meus compatriotas na acepção mais ampla da palavra. Tenho certeza de que adorariam me expulsar daqui. Não que eu fosse me queixar – sussurrou o Sr. Hayes.

– E ser um homem sem pátria? Sem família?

Ele ficou imóvel e depois me encarou com um sorriso sugestivo.

– Por quê? Quer me acolher?

Eu me recusei a deixá-lo mudar de assunto com um comentário frívolo. Ele podia tentar me distrair, mas tinha dito algo que despertara minha curiosidade.

– Por que a Grã-Bretanha quer expulsar você?

– Talvez eu tenha sido muito rebelde.

Olhei para sua camisa amarrotada, a gola desabotoada e o couro sem polimento das botas. Um contraste gritante com o uniforme impecável, o cabelo aparado e os sapatos lustrosos de um militar. Mas nada podia diminuir sua estrutura robusta, lapidada por anos de atividade e treinamento, o rosto bronzeado pelo ar livre. A arma em seu quadril, entalhada com iniciais que não eram suas. Ele podia ter deixado o Exército, mas a evidência de sua passagem pela corporação sem dúvida estava presente.

– Então, você desobedeceu a eles?

– Diga-me – replicou ele lentamente –, o que preciso fazer para você parar de me fazer perguntas?

– Responder a uma delas.

Ele riu.

– Sua curiosidade não tem qualquer decência.

Eu me inclinei para a frente, e os cantos de sua boca se curvaram com a invasão de seu espaço. O rapaz permaneceu imóvel, perfeitamente à vontade para ver até onde eu iria.

– Você não faz ideia, Sr. Hayes. Por quanto tempo esteve no Exército?

– Desde os 15 anos.

– Tem irmãos?

– Dois. Sou o mais novo.

– Destinado a ser soldado.

Era um assunto delicado para ele. A linha acentuada de seu maxilar endureceu.

– Parece que nos desviamos do assunto – disse ele. – Eu estava lhe falando sobre Cleópatra. A menos que queira me fazer mais alguma pergunta invasiva…

Eu já descobrira o suficiente. O Sr. Hayes era o reserva em sua família – provavelmente o segundo reserva, se a amargura cautelosa que surgira em seus olhos fosse alguma indicação. Ele havia abandonado o Exército, para desgosto das pessoas que contavam com ele para preservar a reputação e a honra.

– De acordo com os antigos historiadores Heródoto e Plutarco, ela passava a maior parte do tempo no palácio de Alexandria…

– Eu não sabia que havia um – interrompi.

– Ninguém sabe onde fica – disse ele, lançando-me um olhar astuto. – Cleópatra pode muito bem ter sido enterrada lá. No entanto, ela alegava um parentesco com a deusa egípcia Ísis, esposa de Osíris e senhora do céu.

Alguns templos existem até hoje e a veneram. O que quero dizer é que o Sr. Sterling não terá que pesquisar *todos* os sítios conhecidos.

Só então entendi o que ele queria dizer.

– Você está afirmando que há apenas uns poucos lugares onde ela pode estar.

Ele assentiu, sombrio.

– Ele pode muito bem encontrá-la. E, com o anel que roubou, seu caminho ficou muito mais fácil. Isso *se* a magia tiver se impregnado ao sujeito.

A carruagem diminuiu a velocidade, e me inclinei para olhar pela janela. O cocheiro parou em frente à grandiosa entrada do Shepheard's, cuja varanda estava ocupada por dezenas de hóspedes tomando o chá da tarde. As palmeiras proporcionavam muita sombra, um descanso do sol forte.

– Olhando pelo lado positivo, isso não é problema seu – murmurou o Sr. Hayes, perto do meu ouvido.

Virei a cabeça e encontrei seus olhos.

– É, sim, mas meu tio está me prestando um imenso desserviço ao me mandar embora.

Nossos rostos estavam próximos. A luz do sol salpicava seu cabelo ruivo, e os raios se cruzavam sobre o nariz aristocrático. O azul de seus olhos era o tom mais claro das centáureas. Eu não conseguia discernir a expressão peculiar em seu rosto. Nossas respirações compartilhavam o espaço mínimo entre sua boca e a minha. A dele cheirava a uísque. Eu me perguntei o que o levava a ter sempre a bebida consigo.

Mas ele se afastou, abriu a porta e saltou. Virou-se e me ajudou a saltar da carruagem, a mão segurando a minha por um tempo um pouco maior do que o necessário.

– Vou pagar o cocheiro, recolher suas compras e mandá-las para o seu quarto.

– *Gracias*.

– *De nada* – disse ele, em espanhol, com tanta educação que até pestanejei.

Ele me soltou e subi para a varanda. A carruagem partiu e dei uma boa olhada na larga avenida. No meu campo de visão, centenas de pessoas de todas as classes e nacionalidades estavam reunidas em busca de diversão, trabalho, algo para comer, algo para comprar. Homens vestidos com seus elegantes ternos sob medida e sapatos de couro polido, mulheres egípcias ricas cobertas com véus turcos, crianças correndo atrás de cães, trabalhadores a cavalo seguindo em direção aos estábulos anexos ao hotel usados pelo próprio Napoleão.

Aquela poderia ser minha última visão do Cairo.

O pensamento me fez sentir um aperto por dentro. Eu não tinha conseguido quase nada, exceto encontrar uma caixinha tocada por magia.

O Sr. Hayes se juntou a mim na varanda. As palmeiras farfalhavam com a brisa que atravessava a cidade, uma suave canção. No alto, o céu escureceu até adquirir um tom roxo de hematoma, e os chamados para a oração se elevaram sob a luz moribunda. Com grande relutância, virei as costas para a rua. O Sr. Hayes estava perto de mim, o cabelo ondulado despenteado; a cor dos fios era uma mistura de castanho e ruivo, como se não tivesse certeza do que queria ser. Como o próprio homem.

Ele estendeu a mão.

– Bem, señorita Olivera, foi um prazer acompanhar seu encanto por todo o Cairo.

Peguei sua mão, os calos ásperos contra minha pele, mas não me importei.

– Algum dia, seus elogios vão lhe causar problemas.

– Hoje não – disse ele, abrindo um leve sorriso.

Retribuí o gesto involuntariamente. Uma expressão peculiar tomou conta do seu rosto. Impossível decifrar. Seus olhos escureceram, e ele se abaixou para roçar os lábios na minha bochecha. Antes que eu pudesse dizer uma só palavra, antes que pudesse piscar, tinha acabado.

O Sr. Hayes deu um passo atrás e gesticulou para que eu passasse pela grande entrada do hotel.

– Ainda não confia em mim? – Eu deveria estar irritada, mas tive que impedir que meus lábios se estendessem em um sorriso.

Os próprios lábios do homem se contraíram, e suspeitei que ele também estivesse lutando contra um esgar.

– Nem um pouco.

Entramos juntos, separados por alguns metros de distância. Um dos atendentes do hotel se adiantou, como se estivesse à nossa espera.

– Senhor?

O Sr. Hayes arqueou as sobrancelhas.

– Sim, o que foi?

– O senhor recebeu outra carta – disse ele, as palavras marcadas por um sotaque alemão. – Está comigo.

Se eu não estivesse tão perto, o leve enrijecimento de seus ombros e os punhos quase cerrados teriam passado despercebidos. Mas ele se recompôs depressa, apanhando a carta.

– *Danke schön.*

– *Bitte schön* – respondeu o atendente do hotel antes de se afastar.

O Sr. Hayes se virou para mim.

– Espero que sejam boas notícias – falei.

– Nunca são – disse ele. – Este é um adeus, creio eu, señorita Olivera. – Apontou por cima do meu ombro, e segui a linha do seu dedo indicador. – Seu tio está ali adiante, do outro lado do corredor. Eu me comportaria, se fosse você.

Qualquer sentimento de estima por ele desapareceu. Então lhe dirigi um aceno rígido com a cabeça, que o homem retribuiu com uma expressão que não consegui interpretar direito. Talvez fosse de pesar. Ele se virou e seguiu o atendente. Minha última visão dele foram as costas fortes desaparecendo na multidão.

Meus dedos tocaram o local que ele havia beijado. Durante um tempo surpreendentemente longo, o olhar permaneceu fixo em nenhum ponto em particular, e a conversa ao meu redor silenciou. Sacudi a cabeça, dispersando o momento, e voltei o foco para o problema atual, a decepção nublando minha visão. Eu fora para o Egito na esperança de saber mais sobre meus pais, sobre a vida deles ali. Viajara na esperança de descobrir mais sobre o que havia acontecido com eles.

Eu tinha falhado. Miseravelmente.

Avistei tio Ricardo parado ao lado de vários baús malconservados. Ele olhou para o relógio de bolso com ar impaciente, sem dúvida esperando o Sr. Hayes para que pudessem enfim seguir seu caminho.

Sem mim.

Contemplei a ideia de fugir correndo do Shepheard's, mas a razão me impediu. Para onde eu iria sem dinheiro ou minhas coisas? Reprimindo uma onda de raiva, passei por tio Ricardo, tendo o cuidado de não olhar em sua direção. A grande escadaria estava à minha frente; a cada passo adiante, eu tinha a sensação de estar retrocedendo. Meu tio já se despedira de mim. Não havia mais nada a ser dito, nenhum progresso a ser feito – pelo menos por enquanto.

Eu mal havia subido alguns degraus quando ouvi meu nome sendo chamado. Assim que me virei, vi Sallam vindo em minha direção. Ele vestia o uniforme do hotel, com as cores dourado e verde, que me faziam lembrar as palmeiras que margeavam partes do Nilo.

– Ouvi dizer que a senhorita já está nos deixando – disse ele com um sorriso triste.

Foi preciso um esforço considerável para não lançar um olhar furioso na direção do meu tio. Parte de mim pressentia o olhar insistente dele cortando a multidão, tão focado em mim que me fez mudar de posição. Mas eu ainda não queria olhar para ele. Recusava-me a lhe dar essa satisfação.

– Infelizmente, é verdade. Pode agradecer ao meu tio por isso.

Sallam franziu a testa.

– Bom, eu gostaria de lhe desejar uma jornada segura de volta à Argentina. Vou enviar alguém para buscar sua bagagem. – Ele colocou a mão no bolso e tirou dele um bilhete amassado. – Por falar nisso, a senhorita recebeu uma carta.

Na frente do envelope, a mensagem ostentava a elegante caligrafia da minha tia. Justo o que eu precisava: um sermão que havia sobrevivido à travessia do oceano.

– Ah, não.

– Como? – perguntou ele.

– Deixe para lá. – Peguei a carta, agradeci a ele e subi para a suíte dos meus pais.

Afundei no sofá e passei as mãos pelo cabelo, puxando as mechas soltas. O silêncio era opressor. Sem dizer uma só palavra, joguei uma das almofadas do outro lado do quarto. Em seguida, atirei a outra.

Era isso. Eu não tinha mais opções. Meu tio se recusava a responder às minhas perguntas, se recusava a me ajudar a descobrir o que havia acontecido com Mamá e Papá, e agora estava me mandando embora.

Como se não se importasse.

Fechei os olhos e comecei a pensar freneticamente. Devia haver algo que eu pudesse fazer. Quando abri os olhos, olhei à minha volta, em desespero. Aquele era o lugar onde meus pais *viviam*. Levantei, fui até a escrivaninha e comecei a procurar. Eu não sabia o que estava buscando, mas me contentaria com qualquer coisa que me mostrasse o que meus pais estavam fazendo em seus últimos dias antes de partir para o deserto.

Era minha última chance.

Revirei as gavetas, vasculhando inúmeros livros e folhas de papel de carta soltas. Meus pais tinham pilhas de missivas não abertas; li todas, mas ali não havia nada. Saudações de amigos na Argentina, convites para jantar de meses antes. Frustrada, entrei no quarto deles e revirei as duas malas, jogando as roupas em um enorme monte no chão acarpetado. Arranquei os lençóis da cama e enfiei a mão dentro de ambos os travesseiros.

Nada.

Nem mesmo um diário, que eu sabia que meus pais mantinham.

Com um grunhido de frustração, me ajoelhei e olhei debaixo da cama. Havia uma carta sob um dos sapatos de Papá, somente o canto do papel visível. Puxei-a e me sentei nos calcanhares, soprando o cabelo para longe do rosto com um suspiro impaciente. Meu olhar pousou no verso do bilhete fechado.

Estava endereçado a monsieur Maspero, mas não havia selo.

O sujeito atarantado no jantar com meu tio. O chefe do Serviço de Antiguidades.

Tirei a carta do envelope.

Caro monsieur Maspero,
Foi maravilhoso jantar com o senhor. Por favor, permita-me pedir desculpas pelo comportamento surpreendente do meu irmão. Espero que saiba que meu marido e eu respeitamos seus esforços e seu trabalho no museu, apesar do que Ricardo possa insinuar. Receio imensamente que ele tenha se envolvido com indivíduos desonestos associados a atividades ilegais aqui no Cairo. Por favor, veja o cartão anexo.
Isso é de fato o que temo, correto?
Seria possível eu lhe fazer uma visita em seu escritório? Pre-

ciso falar mais a fundo sobre esse assunto com o senhor. Estou desesperada, precisando de orientação e assistência.

Atenciosamente,
Lourdes Olivera

Minha atenção concentrou-se em uma linha. Uma linha que me fez ter a sensação de que estava sendo atingida por um soco. As palavras nadavam diante dos meus olhos, cada letra uma faca cravada no estômago.

... envolvido com indivíduos desonestos associados a atividades ilegais...

Meu Deus, com que meu tio estava envolvido? Que indivíduos desonestos eram aqueles? Escorreguei para o chão, lágrimas fazendo os olhos arderem. Reli a carta e as palavras se embaralharam enquanto eu pegava um pequeno cartão quadrado, espesso e macio. Em um dos lados, havia a ilustração de um pórtico gravada em baixo-relevo no papel caro. Do outro, três linhas de texto impressas em tinta preta.

CLUBE ESPORTIVO GEZIRA
24 DE JULHO
3 HORAS DA MANHÃ

Mamá encontrara aquele cartão meses antes. Eu nunca tinha ouvido falar do clube esportivo, mas agendar um evento (uma reunião?) de madrugada parecia suspeito. Tornei a virar o cartão, estudando o design com bastante atenção. Meu bloco de desenho estava ao alcance, e rapidamente copiei o desenho do pórtico.

Parecia ser um simples esboço da entrada de um templo egípcio. Eu não o reconhecia, mas não significava que não existisse. Mais uma vez, fiquei sem fôlego quando a implicação do que li fez um calafrio percorrer o meu corpo.

Será que Mamá achava que tio Ricardo era um criminoso?

CAPÍTULO ONCE

Para o inferno que eu iria embora do Egito.

Não até saber o que acontecera com Mamá e Papá. Meu tio queria me despachar de volta para a Argentina, docilmente, com minhas perguntas sem resposta, enquanto ele se envolvia em atividades criminosas? A raiva percorreu meu corpo como se galgasse um vento hostil. Ele achava que podia me fazer desaparecer?

Eu não iria embora calada.

Não, eu precisava encontrar uma forma de embarcar no *Elephantine*. De preferência, antes que me jogassem em um trem rumo a Alexandria. Então me pus a pensar, descartando uma ideia após a outra, as palavras do Sr. Hayes nadando em minha mente. Ele tinha me dito que estavam seguindo para o *dahabeeyah* naquela noite, partindo do cais em… Franzi a testa. Qual era mesmo o nome do cais?

Bulaque.

Era isso.

Entrei em ação, a mente disparando com pensamentos sobre tudo o que eu poderia precisar para a jornada. Levar minha bagagem provavelmente me atrasaria, mas eu poderia enfiar algumas roupas e artigos na bolsa. Coloquei o vestido que estava usando por cima de um segundo, com um par de calças tipo odalisca por baixo. Não era exatamente confortável, mas eu precisaria de uma troca de roupa em algum momento.

Isso feito, parti para a próxima tarefa.

Colette sem dúvida trabalhara com eficiência. Minha cama estava feita, meus baús, empilhados com todo o cuidado. Eu tinha minutos preciosos para desfazer tudo o que ela havia feito. Às pressas, abri a bagagem e peguei uma bolsa de lona de tamanho médio. Eu a levara porque achei que seria útil caso fosse me instalar no acampamento enquanto meu tio escavava. Se alguém me visse carregando aquela mala com minha bolsa de mão, eu tinha a desculpa perfeita já preparada. Serviria como minha bolsa de pernoite em Alexandria.

Corri até a mesa e peguei uma folha em branco, fazendo uma lista rápida com tudo de que precisaria. Papá e eu éramos ambos fãs daquele tipo de lista.

BOLSA DE LONA

1. Camisola
2. Mosquiteiro
3. Escova de dentes, escova de cabelo, frasco pequeno de perfume. (Quem sabe não há uma banheira no acampamento?)
4. Um vestido de caminhar para usar no barco a vapor

PARA SER USADO SOB A ROUPA DE VIAGEM

1. Vestido de dia extra
2. Calça de odalisca
3. Sapatos de couro com solas resistentes

BOLSA

1. Fósforos e caixa de pederneira
2. Vela
3. Bloco de desenho e lápis de carvão
4. Espelho portátil
5. Canivete
6. Cantil

Eu tinha muito para arrumar, e esperava conseguir acomodar tudo de que precisava. Vasculhando os pertences dos meus pais, tinha visto vários itens úteis, sem dúvida destinados aos dias nas tendas no deserto. As coisas de que eu precisava estavam espalhadas pelo quarto deles, e corri para coletar e enfiar todos os itens na bolsa. No processo, meus dedos roçaram em uma superfície áspera.

O eco da magia pulsou, expandindo-se em uma grande ondulação invisível.

O objeto que eu comprara no bazar.

Enfiei a mão mais fundo na bolsa e tirei dela a caixinha, tendo o cuidado de não tocar na madeira. Ela oscilava na minha frente, o sussurro de algo me puxando adiante. Pisquei, me concentrei e vasculhei novamente a bolsa até encontrar o canivete de Papá. Com extrema cautela, corri a lâmina ao longo da emenda da caixinha, soltando a sujeira encrustada.

A magia ali dentro me chamava, e por instinto entendi que ela estava à procura de algo. Lembrei-me das palavras do Sr. Hayes, sobre a magia buscar algo semelhante. Respirei fundo e continuei a raspar a sujeira. Mais um centímetro e...

A caixinha de madeira se abriu.

Um sibilo frio me envolveu, roçando minha pele. Um arrepio percorreu meus braços. Instintivamente, fechei os olhos contra o frio. Na completa escuridão, uma mulher cruzou minha visão. Ela usava um vestido longo e etéreo; as sandálias brilhavam nos pés, elegantes e enfeitadas com joias. Pedaços do seu entorno foram aos poucos se tornando visíveis. Um longo divã em um aposento dourado ornamentado com vasos de flores. O perfume das flores surgiu com intensidade em minha mente. A mulher caminhou até a sacada com vista para a longa linha de uma costa azul.

Alguém atrás dela falou algo.

A alegria explodiu dentro da mulher. Ela deu meia-volta, o rosto majestoso e marcante, ainda que não exatamente bonito. Seu cabelo longo e escuro balançou na altura dos ombros enquanto ela saía às pressas do quarto.

O momento desapareceu e o frio se afastou de mim.

A caixa, inofensiva, jazia em minhas mãos. Nada havia mudado; ainda estava suja e velha. Os entalhes quase desaparecendo. Mas eu tinha visto algo. Uma memória pertencente a uma mulher do mundo antigo. Quem?

Talvez houvesse algo mais na bugiganga.

Examinei ansiosamente seu interior, mas não encontrei nada. Talvez guardasse algo no passado, e o que quer que fosse não estava mais ali havia muito tempo. Meus ombros se curvaram. Passei o dedo pelo interior da caixa e tive um sobressalto. Qualquer que fosse o objeto guardado ali dentro possuía uma magia poderosa. Ele me chamava, um rugido alto que ecoava nos meus ouvidos. Ele me atraía. Tinha um gosto familiar. Um sabor que me fazia pensar em coisas antigas. Templos erguidos em areias cor de âmbar. Uma mulher passeando em sua sacada, um falcão seguindo-a, vigiando-a. O perfume exuberante do jardim desabrochado. Flores explodindo em cores suntuosas. Em sua boca, o gosto de rosas.

O anel dourado me fizera sentir a *mesma* coisa.

Cleópatra.

Eu realmente a tinha visto? Soltei um longo suspiro. Fitei a caixinha de madeira, completamente chocada, os pensamentos disparando na mente. Talvez o anel dourado já tivesse estado ali dentro. Isso explicava por que a magia parecia tão familiar. Era bem improvável que eu encontrasse outro item pertencente à última faraó do Egito. Ainda assim, tinha acontecido.

Eu não entendia *por quê.*

Uma batida na porta interrompeu meus pensamentos. Pisquei, enquanto a vaga presença evaporava, deixando para trás um rastro como o de um perfume persistente. Uma mulher que preferia rosas, que usava pérolas no cabelo. Mais que depressa, guardei a caixa de madeira dentro da bolsa. Outra batida brusca. Devia ser o homem enviado por Sallam para ajudar com a minha bagagem. Mas, quando abri a porta, quem estava do outro lado não era um funcionário do hotel.

Agarrei a maçaneta e minhas palavras saíram quebradiças:

– Tio Ricardo.

– *¿Me permites entrar?*

Seus ombros eram largos e quase ocupavam todo o espaço do batente. Ele se avultava acima de mim, e uma grande parte minha queria bater a porta na sua cara. Não conseguia tirar da mente a carta de minha mãe para Maspero. Ela não confiava nele. Temia por sua segurança, pelo que ele poderia fazer. Pensei em como ele tinha falado com sir Evelyn, discutindo sobre salários justos e um assento à mesa para Abdullah.

Fora tudo encenação?

Eu nunca saberia se não conversasse com ele.

– Claro que o senhor pode entrar – falei com uma voz suave.

Ele avançou, o olhar pousando nas minhas malas prontas. Meu tio não falou, e esperei que me repreendesse por desobedecer à sua ordem de permanecer no quarto de hotel o dia todo. Eu achava que o Sr. Hayes tinha contado a ele cada detalhe das nossas incursões. A pressão se acumulava entre minhas omoplatas, e me preparei.

– Você está aborrecida comigo – disse ele, enfim.

Ergui as sobrancelhas.

Meu tio suspirou e enfiou a mão no bolso da calça.

– Apesar do que você possa acreditar, estou pensando no seu bem, Inez. Eu nunca tive a oportunidade... Não tenho... – Ele se deteve, hesitante. – O que quero dizer é que não sou pai. Mas sei o que Lourdes e Cayo teriam desejado: que você estivesse em casa, longe de tudo isso.

– Mas eles morreram – afirmei. Pela primeira vez, minha voz não falhou. – O senhor está tomando as decisões agora.

Ele sorriu, mas o sorriso não se refletiu em seus olhos.

– Não vou mudar de ideia.

– Bom, o senhor já se despediu – comentei. – O que faz aqui agora?

Ele pareceu perdido, me olhando de cima com uma expressão peculiar. Era difícil imaginar o envolvimento dele em atividades ilegais – quaisquer que fossem. O que ele fazia nas madrugadas? Não conseguia imaginar tio Ricardo agindo fora da lei. Naquele momento, ele parecia mais o tio do qual me lembrava. Aquele com voz retumbante e sorriso gentil. A camisa desabotoada no colarinho, revelando o pescoço bronzeado, o cabelo penteado para trás e escondido sob o chapéu de couro. As calças surradas, enroladas no tornozelo sobre um par de botas de trabalho desgastadas.

– Vi você no saguão. – Ele olhou brevemente para o quarto dos meus pais. – Quero que saiba que vou embalar as coisas de Lourdes e Cayo e lhe enviar tudo assim que a temporada terminar. Não muito depois do Ano-Novo, acho.

Passei a língua pelos lábios.

– Por favor... Mude de ideia, tio.

Tio Ricardo esfregou o maxilar.

– Inez... – Ele engoliu em seco. As palavras seguintes saíram como uma súplica aguda: – Não tenho tempo para cuidar de você. Não posso fazer meu trabalho enquanto me preocupo com sua segurança. Veja o que aconteceu com seus *pais*. E se algo acontecesse com você enquanto eu estivesse ocupado? Eu nunca me perdoaria. – Ele balançou a cabeça e mudou abruptamente de assunto. – Já separou tudo de que precisa?

Pensei nos itens secretos que eu tinha escondido e assenti. Ele olhou ao redor e pegou minha bolsa de lona. Meu coração deu um salto dentro do peito. Se ele resolvesse olhar lá dentro, encontraria algumas coisas dos meus pais. Coisas destinadas à sobrevivência no deserto.

– Vou ajudar a levar isso para baixo.

– Não precisa – falei mais que depressa. – Sallam já providenciou alguém para fazer isso.

– Ah. – Ele devolveu a mala ao chão e pigarreou. – Você tem dinheiro?

Eu estava prestes a assentir de novo, mas me contive. Provavelmente seria útil ter um pouco mais. Tio Ricardo enfiou a mão no bolso e sacou várias piastras egípcias. Sem dizer nada, entregou tudo para mim.

– A que horas vocês partem? – perguntei.

– Amanhã de manhã, mas vamos passar esta noite a bordo do *Elephantine*. Quero a tripulação reunida com antecedência para evitar atrasos ao amanhecer. – Ele brincou com o punho da camisa. – Providenciei para que sua acompanhante a encontre lá embaixo no saguão em dez minutos. É uma senhora idosa, mas está feliz em fazer a viagem com você, e literalmente é a única disponível assim de última hora. Ao que parece, ela tem amigos na América do Sul e vai encontrá-los depois que a deixar em casa. Também escrevi para sua tia com os detalhes da sua chegada.

– O senhor pensou em tudo. – Fiz mais uma última tentativa de persuadi-lo. Seria muito mais fácil espioná-lo se ele me deixasse ir junto. – Não entendo por que está fazendo isso.

– Um dia você vai entender – disse ele. – E aí talvez me perdoe.

Depois, inclinou a cabeça em um cumprimento e saiu. Fiquei olhando meu tio se afastar, incapaz de tirar da mente o que ele dissera – sua sinceridade me surpreendeu. Mordi o lábio, refletindo.

Mas, por mais que eu cismasse sobre suas palavras e como ele as pronunciara, ainda não conseguia entender o que tio Ricardo queria dizer.

Não fui uma criança fácil de educar. Sempre me escondendo quando não queria ser encontrada, explorando quando deveria ficar quieta. No começo, agia assim sobretudo quando Mamá e Papá estavam em casa. Pensava que, se vissem como eu estava ficando rebelde, talvez permanecessem por mais tempo. Mas Papá adorava a veia da independência e incentivava meus interesses variados. Era Mamá quem conseguia me controlar, sempre me lembrando de suas expectativas. E eram muitas. Assim, aprendi a me comportar – mas, tão logo eles partiam para o Egito... minhas tendências rebeldes explodiam.

Agradeci a Deus por isso.

A caminhada até o saguão me deu bastante tempo para pensar em cada movimento e contramovimento do meu plano elaborado às pressas. Por fora, eu controlava a expressão, torcendo para não transparecer sinais da minha agitação interna. Quando cheguei ao térreo, minhas mãos estavam úmidas de suor.

E se eu falhasse?

O Shepheard's fervilhava de convidados vestidos com elegância, esperando para entrar no salão de jantar. Eles se reuniam em grupos, e a conversa coletiva ecoava no saguão lotado. As mulheres usavam elaborados vestidos de noite; os homens, alguns deles fumando, usavam paletós elegantes e sapatos engraxados, além de gravatas habilmente atadas. Homens egípcios conversavam casualmente, as borlas dos tarbuches balançando com a conversa animada. Devia haver de cem a duzentas pessoas socializando, bloqueando um caminho reto até as portas da frente.

No meio da multidão, com cerca de trinta centímetros a mais que quase metade dos presentes, o Sr. Hayes se destacava, vestido com mais elegância do que eu acreditaria possível. Seu traje de noite preto contrastava com o rosto bronzeado, a roupa arrumada e bem passada. Não havia um só amarrotado à vista. Ele conversava com meu tio, franzindo a testa e gesticulando freneticamente. Um arquejo subiu pela minha garganta, mas o reprimi. O

Sr. Hayes provavelmente estava me entregando naquele momento. Para ser franca, eu o julgava bem capaz disso. Tio Ricardo ouvia as insatisfações do Sr. Hayes em um silêncio pétreo.

Foi quando o olhar errante do meu tio encontrou o meu, do outro lado do salão.

O Sr. Hayes se virou, seguindo a linha de visão do meu tio. Ele se empertigou ao me ver, o olhar azul se demorando no meu rosto e em seguida baixando devagar até meu impecável vestido de viagem e as bolsas que eu segurava em um braço. A linha de seu maxilar endureceu, ele se virou para meu tio, disse algo a ele e se dirigiu para o salão de jantar.

Por alguma razão inexplicável, meu estômago deu um salto ao ver o rapaz se afastando. Dei de ombros, como se quisesse me livrar da estranha sensação. Tio Ricardo se aproximou de mim, olhando para meus pertences.

– Pode entregar isso a Sallam. Ele vai colocar tudo com o restante das suas coisas.

Achei que ele estaria gritando comigo. Furioso.

– Isso é tudo o que o senhor vai dizer?

– Já disse tudo que preciso – respondeu ele.

Franzi a testa.

– Não, me refiro a… – Deixei a voz morrer ao me dar conta.

O Sr. Hayes não havia contado ao meu tio sobre o nosso dia juntos.

Minha suposição estava totalmente errada. O espanto tomou conta de mim. Aquela sensação estranha retornou, uma borboleta voejando no fundo do meu estômago. Deliberadamente, me virei na direção oposta ao salão de jantar.

– A quê?

– Eu mesma posso carregar minhas coisas – falei, respondendo à pergunta anterior dele. – Não é incômodo algum.

– Tudo bem – disse meu tio. – Venha, vou lhe apresentar à sua acompanhante de viagem.

Ele mal podia esperar para me passar para os cuidados de outra pessoa. Foi me guiando pela multidão que se diluía em direção a uma senhora idosa, que piscou, parecendo confusa. Ela usava um elegante vestido de seda listrado com a costumeira anquinha. Estimei que estivesse na casa dos 80 anos. O espartilho acentuava a cintura estreita, e do seu pulso pendia uma sombrinha combinando com o vestido. Tinha um semblante simpático, ainda que um pouco desatento, com um olhar arregalado e rugas profundas nos cantos dos olhos adquiridas com anos de risadas.

Gostei dela de imediato. Era uma pena que eu tivesse que enganá-la.

– Sra. Acton? – disse meu tio, sorrindo. – Vim lhe apresentar sua pupila.

– Minha pupila? Ah, certo. Claro, a jovem Irene, não é?

Meu tio abafou uma risada.

– Inez. A senhora tem tudo de que precisa? O dinheiro e as passagens?

Ela piscou, os lábios finos desenhando um "O" perfeito.

– Meu jovem, é absolutamente *vulgar* discutir tais coisas em público.

– Peço desculpas – disse tio Ricardo, sem conseguir conter o riso. – Mas a senhora está com as passagens? A recepção deve tê-las entregado à senhora.

– Sim, sim. São papeizinhos tão pequenos… Mal consigo ler o que está impresso.

Ela tateou a própria roupa, e apontei para a pequena bolsa de seda que pendia do seu pulso.

– Estão aí – sugeri, e um lampejo de inspiração me atingiu. Ela estava com dificuldade para ler as letras pequenas. Mordi o lábio, tentando manter a expressão neutra. – Obrigada por me acompanhar.

– E a senhora está pronta para partir? – insistiu meu tio.

A Sra. Acton assentiu, procurando distraída em sua bolsa.

– Estou com tudo arrumado.

– Excelente. – Ele se virou para mim. – Eu realmente preciso ir. Boa viagem, querida *sobrina*. Vou escrever, prometo.

E assim me deixou com uma estranha, sem olhar para trás. Nem uma única vez.

– Bem, Irina, acho que teremos uma grande aventura – disse a Sra. Acton. Sua voz soava ofegante, como se estivesse prestes a cair na risada. – Posso apresentá-la aos meus amigos? Estão em um nicho bem ali, resolvendo um quebra-cabeça. Eles gostam bastante dessas coisinhas bobas. Acho que temos alguns minutos antes de partir, e eu adoraria tomar uma xícara de chá.

O momento da minha encenação chegou.

Franzi a testa em uma confusão simulada.

– Bem, temos todo o tempo do mundo, Sra. Acton. Se quiser, pode se juntar a eles e até participar do jogo.

O aturdimento se instalou em seu rosto, fazendo-me lembrar de um travesseiro de seda amassado.

– Mas precisamos ir para a estação. O trem parte em uma hora, acho.

– Ah! Sra. Acton, acho que confundiu as datas da nossa viagem. Só partimos amanhã. – Estendi a mão. – Aqui, vou lhe mostrar. Posso ver as passagens, por favor?

Ela as puxou e desdobrou os papéis.

– Mas eu já fiz as malas. Seu tio me pediu para encontrar com ele aqui embaixo.

– Acho que ele só queria nos apresentar – falei em um tom descontraído. Peguei as passagens da mão dela e fingi examinar as informações. – Está vendo? Diz aqui que partimos amanhã. Que sorte que já está pronta. Eu ainda não fiz as malas.

– Não? – A Sra. Acton me encarou, boquiaberta. – Bem, eu gosto de me preparar para viagens com bastante antecedência. É uma prática que me tem sido útil. Posso enviar minha criada para ajudar você. Ela é uma joia.

Balancei a cabeça.

– Meu tio já contratou os serviços de uma criada, obrigada. Bem, estou tão feliz que a senhora vai poder aproveitar aquela xícara de chá... Diga olá aos seus amigos por mim.

A Sra. Acton me olhou com a testa ainda franzida, um tanto perplexa. Delicadamente, eu a empurrei na direção de seus amigos. Assim que ela virou as costas, deixei o saguão do hotel, saindo para um Cairo coberto pelo manto da noite.

Livre, livre, livre.

Tentei não parecer presunçosa.

 WHIT

Ricardo olhou para o relógio de bolso e fez uma careta. O homem que estávamos esperando não havia chegado para o jantar. Fiquei em silêncio e minha atenção vagou, catalogando o número de pessoas no salão que representavam uma possível ameaça para mim e meu empregador. Eram muito numerosas, e meus dedos coçavam para pegar a pistola. A gerência do hotel não aprovava que hóspedes fossem armados ao salão de jantar. Mexi o uísque no copo e tomei um longo gole, ouvindo a voz desaprovadora do meu pai enquanto o líquido descia queimando pela garganta. O homem só bebia chá e limonada adoçada. Meu pai achava que somente homens fracos tomavam bebidas alcoólicas.

– Ele está atrasado – grunhiu Ricardo.

– Tem certeza de que precisamos dele?

– Não, mas pensei que tinha tudo sob controle antes e claramente estava errado. Não posso me dar ao luxo de cometer mais erros. Ele é como uma apólice de seguro. – Ricardo olhou para mim. – Algum problema hoje com minha sobrinha?

Um garçom passou com uma bandeja de vinho tinto e branco. Peguei uma taça, pouco me importando com qual era, e bebi tudo de um gole só. Meus pensamentos se voltaram para mais cedo, quando acompanhara a señorita Olivera pelo Cairo. Sua desobediência estava na ponta da minha língua, mas as palavras permaneceram dentro da boca, presas atrás dos dentes. Lembrei, em vez disso, de sua expressão cautelosa quando estávamos parados na varanda, os sons da cidade se elevando à nossa volta como uma multidão em movimento. Ela não chegava nem aos meus ombros; para me olhar nos olhos, tinha que levantar o queixo e inclinar a cabeça para trás quase completamente.

Cachos escuros emolduravam seu rosto, e um punhado de sardas lhe pontilhava o nariz, as bochechas, as pálpebras. Eu havia fitado seus olhos instáveis, indo do verde ao castanho e então ao dourado, olhos que continham magia alquímica, e um pensamento se cristalizara em minha mente.

Ah, merda.

Fora um impulso absurdo que me fizera inclinar para beijá-la. Era irritante ainda sentir a curva macia da sua bochecha, lembrar do seu perfume doce rodopiando em meu nariz.

Graças a Deus ela estava indo embora.

– E então?

Pisquei, afastando a lembrança. Mantive a expressão neutra enquanto mentia para ele.

– Ela não é problema algum.

Ricardo resmungou, e sua atenção se fixou em algum lugar além do meu ombro. Segui o olhar dele e encontrei um homem corpulento de cabelo claro e olhos azuis vindo na nossa direção, uma mulher pequena e mais jovem logo atrás. Ela se vestia segundo a última moda, a cintura estreita apertada, o pescoço adornado por rendas extravagantes, me fazendo lembrar de um galo territorialista. Seus olhos encontraram os meus, friamente divertidos, um sorriso reservado moldando a boca cor-de-rosa. Ela me encarou como se eu fosse alguém a conquistar.

O Sr. Fincastle e a filha haviam chegado.

CAPÍTULO DOCE

As piastras em minha bolsa tilintavam alto enquanto eu saía apressada do Shepheard's, a sacola de lona batendo na parte de trás da minha coxa. Vasculhei a rua com o olhar, procurando um atendente que pudesse convencer a não divulgar meu paradeiro caso alguém perguntasse. Eu estava preparada para pagar o que fosse necessário por seu silêncio. Um garoto de uns 13 anos sorriu quando me aproximei, e enfiei a mão na bolsa.

– Para onde?

– Bulaque, por favor – falei. – E ficaria agradecida se mantivesse minha saída em segredo.

A testa dele se franziu.

– Mas...

Pressionei mais duas moedas na palma da sua mão, e o rapaz se calou.

– Não se preocupe.

Com grande relutância, o jovem atendente conseguiu um cocheiro enquanto embolsava o dinheiro. Depois de me ajudar a entrar na carruagem, pediu ao homem que me levasse ao cais. Durante o dia, a cidade do Cairo era movida pelos turistas que percorriam suas ruas, comprando bugigangas e comendo em vários estabelecimentos que serviam pratos tradicionais. Mas à noite, a cidade pulsava com vida, transbordando de música ao vivo, pessoas fumando nos degraus das varandas, comendo em carrocinhas onde os vendedores serviam um pão quente achatado em forma de disco. Cada quarteirão que atravessávamos era uma cena diferente, com vida e pulsação próprias. Pressionei os dedos contra a borda da janela, mal conseguindo respirar, de tão maravilhada. A lua prateada se erguia sobre o rio, bem alta, a água cintilando e se movendo devagar.

Eu queria explorar cada centímetro daquela versão do Cairo.

Aquilo era a noite egípcia.

Então nos aproximamos do Nilo, escuro e vasto em ambas as direções. Como o restante da cidade, a área era animada por sua própria e intensa energia. Desci da carruagem e fiquei olhando, boquiaberta, a paisagem à minha frente. Centenas de barcos e *dahabeeyahs* estavam ancorados, balançando suavemente na água. Egípcios se espalhavam por todos os lados, tagarelando em um árabe rápido, vestidos com longas túnicas brancas e sandálias confortáveis. Outros pareciam ser turistas tentando contratar barcos com os capitães locais. Crianças corriam para cima e para baixo brincando com cães de rua, vestidas com as mesmas túnicas de mangas compridas dos adultos, que iam até os tornozelos. A alça da bolsa de lona afundava no meu ombro e eu a mudei de lugar, tentando encontrar um ponto que não doesse.

Agora vinha a próxima parte do meu plano, da qual eu tinha menos certeza.

Onde *diabos* estava o barco do meu tio?

Com um suspiro, me aproximei de um senhor idoso com um sorriso amigável. Ao me ver, seu rosto se iluminou; sem dúvida ele achava que eu gostaria de contratá-lo para um passeio pelo Nilo. Lamentava ter que decepcioná-lo.

– O *Elephantine*? – perguntei. – Por favor?

Ele me fitou, confuso, e apontou para um barco chamado *Fostat*. Neguei com a cabeça e disse *shokran* baixinho, continuando a caminhar pelos cais, lendo nome após nome pintado na lateral dos barcos, o tempo todo apurando os ouvidos para identificar alguém que falasse inglês. Abordei outra pessoa, perguntando pelo barco do meu tio, mas sem sucesso. Do canto do olho, vi que um garoto prestava atenção em mim enquanto eu prosseguia em minha busca. Após mais duas tentativas, o suor começou a se formar em minha testa. Havia centenas de barcos atracados. Como eu encontraria o certo? Olhei por cima do ombro e vi que o menino ainda me seguia. Virei-me e me aproximei de outro grupo, falando baixo sob a luz da lua. Eles me olhavam desconfiados.

– Estou procurando o *Elephantine*…

Eles balançaram a cabeça e me mandaram embora.

Suspirei e continuei. Então finalmente ouvi. O fragmento de um idioma que eu entendia. Virei-me na direção da fonte para descobrir o mesmo garoto atrás de mim.

Ele me viu olhando e se aproximou, o sorriso ladeado por covinhas.

– Você é *inglizeya*?

– Não, mas falo inglês. Estou procurando um *dahabeeyah*.

O menino assentiu.

– O *Elephantine*?

Quando travei, ele sorriu e seus ombros subiram e desceram em um movimento gracioso.

– Estava lhe seguindo, *sitti*.

Franzi a testa, sem reconhecer a palavra.

– Honrada senhora – traduziu o menino, sem ironia alguma. – Ouvi a senhora perguntar pelo *Elephantine* desde o primeiro *reis*.

Outra palavra que eu não conhecia.

– *Reis?*

– Capitão – explicou ele. Sua voz me lembrava o som de algo leve roçando no chão, folhas esfregando na pedra. – Faço parte da tripulação do *Elephantine*.

Com isso, meu queixo caiu.

– Sério?

Ele assentiu, a luz da lua fazendo seus olhos escuros brilharem.

– Venha, vou levar a senhorita.

Eu hesitei; o menino parecia sincero, mas eu precisava ter certeza.

– Qual é o seu nome?

– Kareem. A senhorita vem?

Eu não tinha alternativa, mas ainda assim permaneci parada. Minhas bolsas pesavam, a alça de lona se enterrando em minha carne.

– Qual é o nome do homem para quem você trabalha? O dono do barco?

– Ricardo Marqués – disse Kareem sem demora.

Qualquer dúvida desapareceu ao ouvir o nome do meu tio. Kareem estava falando a verdade, e talvez pudesse me ajudar com a próxima etapa do plano.

– Tio Ricardo não sabe que vim me juntar a ele. É uma visita surpresa.

Meu tio esperaria me ver de vestido. Eu gostaria de trocar minha roupa por uma semelhante à sua para pôr em prática o meu plano. Me ajuda a comprar algumas?

Kareem me olhou, os lábios pressionados em uma linha de ceticismo.

– Vou pagar pela ajuda – continuei, enfiando a mão na bolsa para sacar um punhado de piastras.

O olhar de Kareem recaiu sobre o dinheiro e, antes que eu pudesse piscar, ele arrancou as moedas da minha mão. Elas cintilaram à luz das estrelas por apenas um segundo antes de desaparecerem na manga da sua túnica. Se eu não estivesse observando atentamente, teria jurado que tinham sumido no ar.

– Hum – falei. – Você me ensina a fazer isso?

O menino exibiu as covinhas e depois ergueu o queixo na direção de um pequeno mercado em frente aos cais. Vários itens estavam à venda, incluindo especiarias que aqueceram meu sangue quando passamos pela loja especializada. Especiarias das quais eu nunca tinha ouvido falar: cardamomo e açafrão, cominho e curry. Kareem me ajudou a comprar uma longa túnica, chamada *galabeya*, que escondia parte das minhas botas de couro. Apontei para o tarbuche dele, e Kareem conseguiu encontrar um idêntico.

Troquei-me atrás de um cobertor de tricô que Kareem segurou para mim, ao lado de um prédio antigo com teto caindo aos pedaços, e juntos caminhamos até a margem leste, onde o *Elephantine* estava ancorado. Meu vestido de viagem mal cabia na bolsa de lona, e me espantei com o volume dele comparado à túnica leve que agora cobria meu corpo. Eu havia me livrado do espartilho, mas mantivera a combinação e as meias.

A liberdade de movimento era extraordinária.

Kareem permaneceu ao meu lado enquanto embarcávamos no *Elephantine*, que se assemelhava a uma barcaça plana. Embora parecesse robusto, meu estômago se contraiu mesmo assim. Outro barco, outra viagem pela água. Eu esperava não enjoar como da última vez, sem poder deixar a cabine por dias. Nunca havia me sentido tão mal.

O restante da tripulação corria de um lado a outro, carregando grandes cestos cheios de comida, roupas de cama e ferramentas. Eu mantinha o rosto virado para baixo, o cabelo comprido amarrado em um nó escondido sob o fez. Àquela altura, a lua pairava alta no céu, as estrelas brilhando intensamente refletidas na água escura do Nilo. O rio se estendia por quilômetros em ambas as direções, fazendo com que eu me sentisse do tamanho de um grão de areia.

– Gostaria de fazer um tour? – perguntou Kareem.

Olhei ao redor, nervosa, certa de que encontraria meu tio dando ordens com sua voz retumbante.

– Ele ainda não está aqui. Mas vai chegar em breve.

– Certo – concordei. – Um tour bem rápido. Há algum lugar onde eu possa colocar minhas coisas?

Ele assentiu.

– A senhorita pode ficar com a sexta cabine. Está sendo usada como depósito.

Eu o segui enquanto ele me mostrava o barco. Eu nunca estivera em algo semelhante. Era longo e estreito, com um fundo plano e dois mastros na proa e na popa. As cabines se situavam abaixo do convés, o teto formando o piso superior. Cada uma tinha uma pequena escotilha e camas estreitas, um lavatório fixo e uma fileira de ganchos para pendurar roupas. Além disso, havia duas gavetas sob a cama para mais armazenamento. Kareem me mostrou qual cabine seria a minha e escondi minhas coisas da melhor forma possível.

Depois de passarmos pela fileira de cabines, Kareem me levou até um grande salão que media cerca de seis metros de comprimento, as paredes se curvando na extremidade. O revestimento branco lhe dava um aspecto clássico, contrastando com as cortinas de veludo escuro que pendiam de ambos os lados de quatro grandes escotilhas. Uma claraboia fornecia iluminação adicional, e em cada espaço disponível prateleiras de madeira sustentavam dezenas de livros, chapéus e... armas.

Arqueei as sobrancelhas, confusa. Meus pais detestavam armas de qualquer tipo, e me pareceu estranho que permitissem a presença delas a bordo.

Kareem puxou minha manga e me fez segui-lo até onde um forno a carvão entre a proa e o mastro maior fazia as vezes de cozinha. Panelas e frigideiras pendiam em ganchos de ferro acima de cestas de mantimentos. Não tive tempo de ver o que havia armazenado nelas, pois Kareem andava depressa, apontando para o restante da tripulação: o *reis*, o piloto, o cozinheiro, os timoneiros e remadores, alguns garçons. Kareem era assistente do chefe da cozinha.

Considerando tudo, o *Elephantine* se assemelhava a uma casa de tamanho médio com uma equipe de doze pessoas e bastante espaço para se espalhar.

– Onde a tripulação dorme?

– Em esteiras no convés superior – disse Kareem, me levando até lá.

A área era coberta, e meu tio a mobiliara com um grande tapete e algumas cadeiras. Parecia uma idílica sala de estar ao ar livre, a brisa fresca tocando cada peça de mobiliário com sua mão amorosa. Alguns membros da tripulação já desenrolavam suas esteiras, preparando-se para esperar meu tio. Tudo parecia em ordem. Eu me acomodei no chão ao lado de vários outros e fiquei atenta à chegada de tio Ricardo. Passei o tempo olhando para a paisagem pitoresca: uma centena de barcos flutuando em silêncio no rio grandioso, prontos para a próxima aventura.

Enfim, meu tio chegou, com o Sr. Hayes a reboque, ocasionalmente bebericando de seu cantil como se estivesse em um jantar. Ele examinou a tripulação com um olhar experiente. Havia trocado o paletó e os sapatos elegantes pelas costumeiras camisa amassada, calça cáqui e botas surradas e amarradas na panturrilha. Os dois subiram a prancha carregando as próprias malas e bolsas e foram logo recebidos pelo *reis*, um homem chamado Hassan. Em seguida desapareceram pela escada estreita no comprido corredor que se abria para a fileira de cabines de ambos os lados, as vozes sumindo com eles.

Olhei para Kareem e sorri.

Ele retribuiu o sorriso, a luz da lua se refletindo em seus grandes olhos escuros.

Ao terminar suas tarefas, o restante da tripulação se juntou a nós no convés, estendendo as esteiras. Eu estava entre uma dúzia de pessoas, todas vestidas com túnicas de mangas compridas e chapéus semelhantes. O barco balançava com suavidade na água, um lembrete de que eu tinha conseguido o impossível. Só precisava permanecer anônima, apenas mais um membro da tripulação. Meu tio e o Sr. Hayes vieram em nossa direção, cumprimentando o timoneiro e o cozinheiro. Prendi a respiração e mantive o rosto virado, encolhendo os ombros para me esconder atrás dos outros membros da tripulação.

Mas ouvia cada palavra trocada por eles.

– Tudo em ordem? – perguntou tio Ricardo.

Alguém respondeu afirmativamente.

– Parece que temos um novo tripulante – disse o Sr. Hayes, devagar. – Não eram apenas doze?

Fiquei tensa, a respiração presa no peito. Esperei que ele me reconhecesse, que sua voz insolente me chamasse pelo nome, mas nenhum grito de indignação soou.

– Está tudo bem. Precisamos de ajuda – disse tio Ricardo, impaciente. – Está todo mundo aqui? Quero partir ao amanhecer.

– Sim, sim.

Meu tio agradeceu a quem respondeu. Ouvi o som de passos se afastando do convés. Soltei o ar devagar, minhas mãos entrelaçadas com firmeza sobre o colo. Relaxei um pouquinho. Todos deviam ter se retirado, provavelmente para suas respectivas cabines. No entanto, uma voz familiar, em um ritmo preguiçoso, comentou:

– Engraçado ninguém ter falado com você sobre adicionar alguém à equipe.

– Abdullah dificilmente reclamará sobre a ajuda extra – disse tio Ricardo. – Você ainda não me deu seu relatório sobre esta tarde.

Arrisquei virar um pouco o rosto na direção deles, espiando através dos cílios. Kareem estava imóvel ao meu lado. Meu tio e o Sr. Hayes se apoiaram na grade.

– Posso confirmar que Sterling está com o anel, usando a peça em público – disse o Sr. Hayes.

– Mas você não conseguiu recuperar o artefato.

Mais uma vez, minha respiração ficou presa enquanto eu esperava para ouvir o que ele diria. Será que informaria ao meu tio como eu tinha escapado do hotel?

– Estava… lotado, infelizmente.

– Maldição – rosnou tio Ricardo.

Meu queixo caiu. Era a confirmação de que o Sr. Hayes realmente não havia me traído. Eu ainda não entendia por que ele me protegera. O rapaz mal tolerava minha presença, e poderia ter me complicado mais com meu tio. Bom, provavelmente concluíra que não valia a pena, já que estaria bem longe. Soltei o ar devagar pelo nariz, como Papá me ensinara uma vez. Ele sempre sabia como me acalmar, sobretudo depois de uma discussão com minha mãe.

O Sr. Hayes inclinou a cabeça, estudando meu tio com um olhar perspicaz.

– Não é só isso que o está incomodando, não é?

Tio Ricardo desviou o olhar.

– Não sei do que está falando.

– Sim – disse o Sr. Hayes, bem suave –, o senhor sabe.

Encolhi os dedos dos pés dentro das botas. Depois de uma longa pausa, meu tio por fim respondeu:

– Você deveria ter visto o olhar de ódio no rosto dela.

– Eu diria que ela vai superar.

– Não a conheço o suficiente para ter certeza. – Tio Ricardo encarou o Sr. Hayes. – E você também não.

Os lábios do Sr. Hayes se comprimiram, como se estivesse reprimindo o riso.

– Ela sem dúvida foi... corajosa.

– A curiosidade dela é irritante.

– Era evidente que ela teria perguntas sobre sua história absurda.

– Se Cayo não tivesse mentido para mim, ainda estaria vivo – disse tio Ricardo, em tom de frustração. – Ele era um tolo desonesto, e deveria saber que não é prudente me contrariar quando quero alguma coisa. – Ele abaixou a cabeça, a linha do maxilar dura e implacável. – Tudo isso é culpa dele.

– O senhor não deveria falar mal dos mortos.

– Quando o morto merece não tem problema.

Um arquejo agudo subiu pela minha garganta. Eu o reprimi com todas as forças, mordendo o lábio. Ele estava falando do meu pai. Meus olhos ardiam. Que diabos estava acontecendo ali? A carta da minha mãe pairava diante de meus olhos. O pânico se aproximou e lutei para controlar a respiração.

Ao que tudo indicava, minha mãe tinha razão em se preocupar. Tio Ricardo parecia furioso, e claramente estava atrás de algo.

E meu pai tinha se colocado em seu caminho.

PARTE DOIS

RIO ACIMA

CAPÍTULO TRECE

Acordei com os sons estridentes do Nilo despertando. Na minha boca, o gosto de peixe, lama e crocodilo, pungente e forte. Kareem cutucava minha coxa com o pé calçado com a sandália, segurando um feixe de corda molhada. Com cuidado, me sentei, os membros dormentes depois da noite de sono. Meus joelhos estavam bambos quando me levantei; estendi a mão e agarrei a amurada do *Elephantine*. Todos os outros já tinham se levantado e corriam de um lado para outro no convés. Alguns carregavam suprimentos, outros se ocupavam enrolando as esteiras de dormir. Acima de nós, o azul brilhante de uma manhã egípcia se estendia em todas as direções.

Eu não conseguia apreciar nada daquilo. Havia passado uma noite longa e terrível, angustiada com o que tinha ouvido. Minha mente guardava muitas peças de um quebra-cabeça, e nenhuma delas parecia se encaixar. Eu ficara pensando no meu tio, minha imaginação transformando-o no pior tipo de vilão. Um canalha que fazia... *o quê?* Pensara também no Sr. Hayes, com seus sorrisos fugazes e lisonjas vazias, e a maneira como sua garrafa estava sempre à mão. Em minha mente, eles haviam se tornado uma dupla não confiável com motivações duvidosas.

Era melhor manter distância do Sr. Hayes.

No entanto...

Em alguns momentos, eu tinha visto algo além da máscara implacável. O toque dos seus lábios na minha bochecha. O fato de não ter revelado minha desobediência ao próprio *empregador*, mantendo nosso passeio em segredo. Ele ficara ao meu lado enquanto explorávamos a cidade, e eu havia me sentido segura, mas não sufocada. Cuidada, mas não controlada. Involuntariamente, desenvolvera um fascínio pelo seu humor fácil e olhar direto. A insinuação de ternura e lealdade à espreita sob a superfície. Ou talvez eu estivesse querendo ver algo que não existia.

– *Allah yesabbahhik bilkheir* – disse Kareem, arrancando-me dos meus pensamentos.

Reconheci a saudação, tendo ouvido as palavras muitas vezes desde que chegara ao Egito.

– Igualmente – respondi.

– Quando a senhorita planeja se revelar para seu tio?

Ainda estávamos ancorados, mas, pela agitação geral, senti que era quase hora de zarpar. Sem dúvida, eu tinha que esperar até que não houvesse maneira viável de meu tio retornar ao porto.

– Pelo menos não até amanhã – falei. – Posso fazer algo para ajudar?

Kareem inclinou a cabeça, estudando-me com seus olhos grandes.

– Há muito o que fazer.

– Gostaria de ajudar – repeti.

– Pode me ajudar na cozinha, então. Preciso preparar o café da manhã para a equipe e a tripulação.

Eu nunca tinha posto os pés na cozinha da nossa casa, nem mesmo para ferver água.

– Tenho certeza de que posso ser útil – falei.

– Sua mãe também tentou ajudar uma vez.

Fiquei paralisada.

– Como?

– Acho que ela estava tentando passar o tempo. Parecia solitária.

Aquilo não fazia sentido. Mamá estava com meu pai; eles eram inseparáveis.

– Minha mãe estava se sentindo solitária?

Kareem assentiu.

– Seu pai estudava muito os livros ou ajudava no planejamento. Ele estava sempre fazendo uma coisa ou outra e a deixava sozinha quase o tempo todo.

– Ajudava quem? Meu tio?

Kareem assentiu.

– Alguma vez você viu meu tio e Papá discutirem?

Kareem negou com a cabeça, sem parecer surpreso com a pergunta. Seu rosto se suavizou, os olhos expressivos fitando profundamente os meus.

– A senhorita se parece com ela – disse Kareem. – Sinto muito que tenham morrido.

Minha garganta travou.

– É bom que esteja aqui – acrescentou ele.

Segui o garoto até a cozinha, enxugando os olhos com a máxima discrição. Perguntas enchiam minha mente, quase transbordando. Eu queria saber o que Kareem achava de Mamá e Papá, se ele havia passado algum tempo com eles, e *quanto* tempo. Estar no Egito só me fazia pensar no quanto da vida deles eu perdera. Ainda não entendia por que tinham me proibido de acompanhá-los.

Chegamos à cozinha, e corri os olhos pelo espaço funcional. Em uma bancada estreita de madeira, encontravam-se tigelas de ovos e de favas ao lado de potes de vários temperos. Eu nunca tinha visto nada parecido antes. Limões e garrafas de azeite preenchiam uma prateleira de pouco mais de cinquenta centímetros.

– Vou cozinhar as favas – disse Kareem. – Depois você transforma tudo em purê.

– O que vamos preparar?

– Favas com tahine – disse ele, acendendo o fogão.

Então pegou uma frigideira plana em um dos ganchos.

– Favas misturadas com cominho e coentro, limão e azeite. A equipe adora comer isso com ovos.

– Parece delicioso. Quem ensinou você a cozinhar?

Kareem sorriu e disse:

– Minha irmã mais velha.

– Há quanto tempo você está na tripulação do meu tio?

– Alguns anos. Fomos todos treinados por Abdullah, o sócio do seu tio. – O garoto olhou para mim com franqueza. Por um momento, pareceu mais velho do que eu tinha imaginado. – Consegue cortar o limão ao meio?

– Isso eu posso fazer – repliquei.

Peguei a faca que ele me entregou e cortei a fruta.

– Esta é a primeira vez que visito meu tio, e estou curiosa sobre o trabalho dele. Ele não falou muito sobre o sítio de escavação mais recente de Abdullah. Você deve ter visto muitas coisas interessantes.

Kareem colocou algumas colheres de manteiga clarificada na frigideira e depois quebrou vários ovos, que logo começaram a chiar. Meu estômago roncou, dando sinal de vida. Eu não comia desde o dia anterior, no Groppi.

– Seu tio não gosta que a gente fale sobre o sítio – disse Kareem, por fim.

– Por quê?

– Porque, *sitti*, ele e Abdullah nunca confiam o que encontram a ninguém – disse o menino.

Kareem olhou para meu pão árabe queimado. Seus lábios se franziram e reprimi uma risada. Eu o havia alertado. Ele me mostrara todos os utensílios na cozinha que guardavam resquícios mágicos de algum antigo feitiço: uma tigela que nunca ficava sem sal, uma xícara que permanecia limpa não importando o que se despejasse dentro dela. Facas que esfriavam a comida, colheres que, ao mexer, assavam o que quer que estivesse no prato. Mesmo assim, eu ainda conseguira fazer alguma coisa dar errado.

– Por que não vai para o convés? Estamos prestes a partir, eu acho.

Seu tom não parecia uma sugestão.

Fui até a amurada, tomando o cuidado de me manter escondida entre os barris de suprimentos e longe do olhar observador do Sr. Hayes, que se encontrava do outro lado do *dahabeeyah*. Meu tio estava concentrado em uma conversa com o *reis* Hassan, e mal saíra da sala de jantar.

Eu estava livre para dar uma última olhada na movimentada paisagem de Bulaque. Homens vestidos com suas túnicas largas e refinadas regateavam cargas, marinheiros egípcios suavam sob o sol escaldante, carregando grandes baús até navios que ladeavam o nosso. Turistas andavam em todas as direções, tagarelando em um burburinho ruidoso que ecoava pela superfície verde cintilante do Nilo.

Duas outras pessoas se juntaram ao nosso grupo: uma com o torso em forma de barril, ombros largos e cabelo louro rareando, a outra uma jovem com mais ou menos a minha idade. Ela usava um vestido luxuoso com muitos enfeites e adornos de seda e um chapéu de abas largas. Tinha uma postura majestosa, mas seu olhar se movia inquieto por todo o *Elephantine*. O vento fazia os fios do cabelo cor de mel tremularem diante do seu rosto delicado. Se meus pais haviam mencionado aquela dupla, eu não me lembrava.

A garota se virou de repente na minha direção, e me abaixei atrás de um barril. Por alguma razão inexplicável, sua presença me incomodava. Talvez porque tivesse quase a minha idade, e era claramente esperada e bem-vinda, diferente de mim.

A curiosidade comichava sob minha pele. Eu queria saber quem ela era, o que estava fazendo a bordo do barco do meu tio.

Continuei escondida até as velas se desenrolarem para capturar o vento norte. Enfim partimos, deixando para trás as pirâmides e a cidade dos mil minaretes. A brisa brusca repuxava meu cabelo, soltando fios do coque apertado sob o fez. Eu agarrava a amurada, certa de que a qualquer momento alguém, em algum lugar, chamaria meu nome. Mas o único som vinha da tripulação ao meu redor, tagarelando e cantando músicas enquanto a corrente nos carregava. O *Elephantine* subia o rio, seguindo ao sul junto com dezenas de faluchos – pequenos barcos de madeira com velas pontudas em forma de triângulo. Eles pontilhavam o grande rio, levando outros viajantes em busca de aventura.

Desci para pegar o bloco de desenho e me acomodei de novo no convés, me escondendo entre os barris enquanto desenhava o barco de memória.

Minha curiosidade ardente em relação à única outra passageira do sexo feminino voltou a me consumir. A presença dela permanecia um mistério – o restante da tripulação parecia tão surpreso ao vê-la embarcar no *Elephantine* quanto eu.

A inquietação que eu sentira antes retornou. Ela andava por toda parte, claramente bem-vinda e livre para fazer o que quisesse. A garota até se mostrou útil, desembalando os suprimentos e levando coisas para várias cabines, enquanto eu tinha que me manter escondida, invisível e definitivamente indesejada e inútil. Embora confiasse no meu disfarce, ele só funcionava se eu estivesse cercada pelo restante da tripulação. As pessoas veem o que esperam ver, e a presença de uma adolescente entre os tripulantes dificilmente lhes ocorreria – a menos que estivessem especificamente me *procurando*.

Meu tio, porém, acreditava que eu estava em um navio completamente diferente. Quanto ao Sr. Hayes... Eu só precisava ficar longe dele por mais um dia. A tensão se irradiou por meu corpo, retesando meus músculos.

Eu estava a salvo de ser descoberta.

Devagar, tirei a caixinha de dentro da bolsa. A madeira continuava quente contra minha pele, às vezes vibrando, como se a magia contida dentro de seus pequenos limites quisesse se libertar. Aquilo apenas mostrava que coisas frágeis podiam sobreviver. A caixa falava de um tempo muito distante, um nome que a história lembrava. Cleópatra.

Uma nova memória se apoderou de mim e arquejei, mergulhando em um momento acontecido séculos antes. A última rainha do Nilo estava em pé diante de uma mesa, vários ingredientes espalhados à sua frente em tigelas rasas e potes de cerâmica baixos. Ela estudava uma única folha de pergaminho cheia de símbolos e desenhos curiosos; eu conseguia distinguir o esboço de uma serpente devorando a si mesma e uma estrela de oito pontas. Seus dedos ágeis trabalhavam misturando, combinando e picando ingredientes. Reconheci mel e sal, pétalas de rosa e ervas secas, assim como dentes de animais e gordura. Ela vestia uma túnica longa quase transparente, e, da cabeça aos pés, joias de lápis-lazúli, granada, pérolas, ouro, turquesa e ametista adornavam-lhe o pescoço, os pulsos, os tornozelos e os sapatos.

Duas mulheres se encontravam diante dela, do lado oposto da mesa, vestidas com elegância, mas sem se comparar ao luxuoso traje de Cleópatra.

Buscavam refletir sua beleza e graça. Por puro instinto, soube que eram suas criadas.

Uma delas fez uma pergunta, a língua antiga deslizando sobre minha pele. Quisera eu entender.

Cleópatra não interrompeu seu trabalho, mas assentiu.

A criada mais baixa fez outra pergunta.

Cleópatra respondeu, a voz bem firme. Não vacilava; não era suave. Era o tipo de voz que acalmava e inspirava, que ordenava e persuadia.

A cena desvaneceu, como se uma página tivesse sido virada. Voltei aos poucos à consciência, a cantoria da tripulação me ajudando a retornar ao presente. Por vários segundos, só consegui respirar enquanto o choque do que eu tinha visto ressoava em minha mente.

Cleópatra era hábil com a magia. A cena que eu testemunhara era ela criando um feitiço. Soltei um gemido, desejando saber o que estava fazendo. Sua atitude era de alguém confiante. Ela não era novata na criação de poções.

Um formigamento percorreu minha pele. Alguém me observava. Os pelos da minha nuca se arrepiaram. Enfiei a caixinha de volta na bolsa, o coração batendo disparado contra as costelas. Fiz um giro completo, correndo o olhar pelo convés. Eu estava escondida atrás do mastro, cercada por barris velhos, mas um alarme soava alto nos meus ouvidos.

Não havia ninguém.

Nem a tripulação que trabalhava em seus postos, nem o *reis* ou meu tio, que enfim havia deixado o salão. Mudei de posição e espiei ao redor da robusta madeira do mastro. O Sr. Hayes se instalara na frente do *dahabeeyah*, uma preguiça graciosa na maneira como se apoiava na amurada do *Elephantine* enquanto olhava, melancólico, na direção do Cairo.

Passou pela minha cabeça que ele talvez estivesse arrependido de ter me deixado para trás.

Que pensamento *bobo*. Que importância tinha se ele se arrependia ou não? Sacudi a cabeça, expulsando a pergunta indesejada da mente. Depois me virei e deitei. A brisa suave me deixou sonolenta e minhas pálpebras estremeceram, fechando-se. Quando voltei a abri-las, uma sombra bloqueava o brilho causticante do sol.

Kareem me olhava de cima, uma tigela de comida na mão.

– Está com fome?

Assenti e ele me entregou a tigela: dois ovos e as favas, que não estavam nem de perto tão salgados quanto os meus tinham ficado. Os sabores do cominho e do alho me deram uma sensação cálida que se espalhou por todo o corpo. Eu queria mais, porém me contive e não pedi. Em vez disso, segui o menino de volta à cozinha e o ajudei a lavar a louça em um balde grande de água com sabão.

Ele me manteve ocupada pelo resto do dia, preparando a refeição do meio-dia – peixe empanado com limão grelhado, acompanhado de berinjela assada em um molho espesso e saboroso – e limpando tudo depois. À medida que as horas passavam, minha tensão se dissipava cada vez mais, como se fosse aos poucos levada pelo vento norte. Com a distância entre nossa localização e o Cairo aumentando, era improvável que meu tio retornasse para me deixar, mas eu ainda não sabia quando ou como revelar minha presença.

Tio Ricardo ficaria furioso, qualquer que fosse o meu método.

A preocupação me incomodava. O que ele faria quando descobrisse? Eu havia me concentrado tanto em conseguir embarcar que nem tinha pensado no que viria depois. Eu ouvira sua raiva amarga quando falara sobre Papá se metendo no caminho do que ele queria. E lá estava eu, desobedecendo às suas ordens.

Sem ninguém em quem pudesse confiar para me amparar.

– Quer me ajudar a servir o jantar no salão? – perguntou Kareem, arrancando-me dos meus pensamentos.

Meu instinto me dizia para negar, mas minha curiosidade ganhou. Todos estariam no salão de jantar, comendo e conversando à vontade. Talvez eu conseguisse vislumbrar novamente a misteriosa garota que havia embarcado. Talvez houvesse a oportunidade de ouvir a conversa deles, o que poderia preencher algumas das lacunas nas atividades do meu tio. Supunha-se que meus pais tinham participado de suas escavações, e eu poderia descobrir algo sobre o que estavam fazendo nos dias anteriores ao desaparecimento.

Kareem me olhava, aguardando a resposta. O dia inteiro, ele me ajudara a permanecer invisível e passar despercebida pelo restante da tripulação. Embora ele não tivesse dito, eu me perguntava se fazia aquilo por causa dos meus pais.

– Quero – afirmei.

Kareem entrou andando à minha frente no salão vazio, carregando duas travessas de *kushari* – prato à base de lentilha e massa com molho de tomate e arroz. Eu carregava um grande jarro de limonada com hortelã, que já havia experimentado e podia confirmar que era refrescante e deliciosa. Deixamos tudo no centro da mesa, e segui Kareem; depois, fomos nos postar a uma distância discreta, onde outros ajudantes esperavam para servir. Mantive a cabeça baixa enquanto outro membro da tripulação enchia os copos da equipe.

O grupo entrou, conversando baixinho, e se sentou a uma mesa redonda no opulento salão – todos homens, exceto pela jovem que eu tinha visto antes. Eram quatro, apenas dois que eu conhecia. Meu tio estudava uma carta enrolada na palma da mão enquanto o Sr. Hayes se envolvia em uma discussão tensa com o corpulento senhor que acompanhava a jovem. Kareem acenou para que eu ficasse atrás de um atendente bem alto ao lado da parede. Eu estava escondida, incrivelmente grata por nenhum membro da tripulação saber quem eu era. Mantive os olhos fixos nos bicos das botas de couro que mal apareciam por baixo da minha longa túnica.

– Bom, não nos faça esperar – disse o Sr. Hayes. – O que diz a carta?

– Do seu capataz? – perguntou o homem corpulento com sotaque inglês.

Com braços e pernas longos e ossos grandes, ele fazia todos os outros à mesa parecerem pequenos. Sua postura revelava uma predileção por linhas e regras nítidas. Seus movimentos, ao servir-se, eram exatos e precisos. A pequena estrutura da garota parecia uma flor de dente-de-leão comparada à sua estatura. Era como se ela pudesse se desfazer com um vento forte.

E, ainda assim, seu olhar pálido parecia não perder nada, indo da mesa às janelas que se alinhavam na parede curva e a seus companheiros à mesa. Ela era uma coisa irrequieta.

– Não, é de Abdullah – disse tio Ricardo. – Eles conseguiram descobrir mais uma entrada a partir da antecâmara. No entanto, está massivamente bloqueada por detritos. – Ele franziu a testa para a mensagem. – O que provavelmente significa que, aonde quer que esta entrada leve, o lugar já foi descoberto e saqueado de qualquer coisa digna de nota. Só podemos torcer para os relevos terem sido poupados.

– Difícil de acreditar – disse o homem maior. – Os ladrões aprenderam o quanto podem ganhar com os relevos esculpidos. Sobretudo egípcios pobres.

– Não estou pagando você pelas suas opiniões – disse tio Ricardo, a voz cortante.

O homem deu de ombros, produzindo um ruído horrível ao raspar os talheres no prato, o que fez o Sr. Hayes se encolher enquanto enchia o copo com o uísque do seu sempre presente frasco. Minha vontade era atulhar o prato dele com pão para absorver o álcool que se agitava dentro de seu corpo.

– Essa câmara talvez revele outra entrada ainda não descoberta – observou tio Ricardo. – Mas eu falei, Whit... Deveríamos ter partido dias antes. Neste exato momento, talvez estivéssemos descobrindo terreno.

– Não era possível – replicou o Sr. Hayes com toda a calma. – E foi o senhor mesmo quem combinou o jantar com sir Evelyn e Maspero. Não pode se dar ao luxo de não obter uma licença para a próxima temporada, Ricardo. Pense no que Abdullah dirá se o senhor falhar.

Meu tio ficou sério.

– Só para esclarecer, você *não teve* uma discussão com Maspero e sir Evelyn, não é? – disse o britânico corpulento. – Porque *meu* contrato era para o restante desta temporada e a próxima.

Encarei intensamente o homem, cujos movimentos rígidos não tinham relaxado no decorrer do jantar. Ele lançou um olhar significativo para uma das paredes da sala, onde uma longa fileira de rifles era mantida. Eu conseguia imaginar o peso da arma nas mãos daquele homem. Um arrepio frio desceu pela minha espinha. O Sr. Hayes olhava o homem com uma expressão neutra e cautelosa. Seu comportamento era bem diferente do que eu tinha visto até então. Ele não reconhecia a presença da garota sentada a seu lado. Nem mesmo para pedir que lhe passasse o sal – simplesmente se inclinou para a frente e pegou o sal por cima dela, como se a moça não estivesse sentada ali.

– É claro que teve – murmurou o Sr. Hayes, polvilhando sal no prato. – Ricardo não consegue evitar.

– A conversa fez a discussão ser merecida, e você sabe disso – disse meu tio. – Há um limite para a quantidade de bobagens que consigo aguentar.

– Como, senhor? – perguntou o homem corpulento. – Esse não, Isadora, é muito apimentado para você.

A garota ergueu os olhos, a boca formando uma linha teimosa. Ela então aplicou uma quantidade generosa do tempero vermelho na comida, e deu a primeira garfada calmamente enquanto o homem suspirava alto. Escondi o sorriso. Talvez ela fosse mais interessante do que pensei a princípio.

– Receio estar dando liberdade excessiva a ela – disse o homem corpulento, como se a filha não estivesse a pouco mais de meio metro.

Os olhos claros de Isadora se estreitaram, mas logo sua expressão se suavizou, exibindo uma neutralidade sem graça. Logo simpatizei com a garota.

Meu tio voltou a atenção para o homem corpulento.

– Para responder à sua pergunta, o que fiz foi confirmar que nem monsieur Maspero nem sir Evelyn sabem que diabos estamos fazendo.

– Que Deus nos ajude se algum dia descobrirem – observou o Sr. Hayes.

– E foi por esse motivo que vocês *me* contrataram – replicou o homenzarrão.

O Sr. Hayes examinou o britânico. A desconfiança estava gravada em cada linha do corpo do rapaz, dos ombros tensos aos dedos que seguravam com força o garfo e a faca.

Meu olhar se voltou para meu tio.

Ele parecia tão inquieto quanto o Sr. Hayes. Em vez de expressar sua preocupação, porém, ele disse:

– Espero que nunca tenhamos que usar seus serviços, Sr. Fincastle.

– Isso, isso – disse o Sr. Hayes, seco.

– É uma pena que eu tenha precisado contratá-lo – comentou meu tio.

– Diz isso por causa dos seus patrocinadores perdidos?

– Sim. A morte deles foi um golpe tremendo.

– Bom, nem tudo está perdido – argumentou o Sr. Fincastle. – Você sem dúvida se tornou um homem rico. – E girou o garfo no ar, apontando o *dahabeeyah*.

– Que comentário maldoso – rebateu meu tio.

O Sr. Fincastle abriu um sorriso frio.

– Porém verdadeiro.

Meu sangue gelou. Teria minha herança pagado por tudo aquilo? Outro pensamento me atingiu em cheio. *Patrocinadores*. Minha mente girou. Estavam falando dos meus pais – que haviam financiado toda aquela empreitada. Manchas escuras nadavam nos cantos da minha visão. Por que eu não tinha pensado naquilo antes? Meus joelhos bambearam, e usei a parede para me manter em pé.

Graças à morte dos meus pais, meu tio tinha todo o dinheiro do mundo à sua disposição.

CAPÍTULO CATORCE

Na manhã seguinte, o vento continuava a nos empurrar rio acima, para alívio da equipe de remo. As velas se enfunavam, parecendo barrigas estufadas, e nos impulsionavam para além de extraordinários monumentos dourados e parcialmente destruídos. De ambos os lados do *Elephantine*, as margens de areia se estendiam, um pergaminho interminável repleto de cenas pitorescas de templos antigos e pescadores lançando redes, sentados em seus barquinhos. Kareem nomeava todas as aldeias por onde passávamos.

Algumas eram cercadas por muros de barro, rodeadas por pântanos; outras pareciam mais imponentes, com construções baixas voltadas para o verde-vivo da água, que se estendia como uma veia pelo resto da terra. Compreendi por que o rio era reverenciado no Egito. Ele dava vida e sustento, levava a aventuras e descobertas, e também conduzia de volta para casa. Kareem me ensinou os nomes dos deuses associados ao Nilo: Hapi, o deus das enchentes; Sobek, o deus dos crocodilos do rio; Anuket, a deusa das cataratas do Nilo.

– Você sabe muito sobre a religião do Egito Antigo – falei.

– Só por causa do Abdullah – respondeu ele. – Ele é o estudioso da equipe.

Kareem me afastou da amurada para que pudéssemos trabalhar. Esfreguei o convés de cabeça baixa, os ouvidos atentos a qualquer sinal de tio Ricardo ou do Sr. Hayes. O outro acompanhante dele, o Sr. Fincastle, nem sequer olhou para mim, então não me dei ao trabalho de acompanhar seus movimentos. Ao meio-dia, paramos para que o cozinheiro e Kareem pudessem ir à terra firme para fazer pão em um dos fornos públicos. A principal refeição, aprendi, consistia em pão árabe torrado mergulhado em azeite de oliva e temperado com sal e pimenta, com lentilhas misturadas até que tudo se transformasse em uma espécie de sopa espessa. De sobremesa, beliscamos tâmaras, e alguns membros da tripulação desfrutaram de tabaco e café.

Após o almoço, continuei esfregando até chegar à proa do navio, abrindo caminho em direção ao mastro. Meus dedos estavam doloridos de tanto segurar a escova áspera, e minhas costas doíam por ter passado a maior parte do dia curvada e de joelhos. Ignorei o desconforto, apreciando a melhoria imediata do convés. Com uma boa esfregada, a sujeira se dissipava, revelando as belas tábuas de madeira.

Alguém gritou algo, palavras indistintas levadas pelo vento repentino e furioso. Levantei a cabeça, meu cabelo se soltando de sob o chapéu em uma confusão de cachos. Folhas de papel dançavam diante dos meus olhos, e recuei para evitar ser atingida no rosto.

– Não! – gritou o *reis*. – Pegue os papéis, seu tonto!

O capitão olhava atônito ao redor, apontando em todas as direções, claramente desesperado.

A cena se desenrolava em uma velocidade frenética enquanto vários membros da tripulação corriam pelo convés, pegando folhas soltas que flutuavam no ar como flocos de neve desgarrados. Enfim me levantei de um salto e peguei duas que passaram voando rente às tábuas do convés. Outra chamou minha atenção, soprada por cima da amurada...

Lancei-me para a frente com um braço esticado, os dedos bem abertos. O *dahabeeyah* balançou, a água se agitando com violência. Meu erro ficou evidente: eu não tinha onde me segurar. Havia me inclinado muito para fora e, quando o barco mergulhou na onda, saí voando e caí no rio.

Não tive tempo nem de gritar por socorro.

A água morna me engoliu, chocando-se com força na palma de minhas mãos. Bolhas irromperam em uma dança vertiginosa ao meu redor. Pisquei e me endireitei, batendo as pernas com força. Rompi a superfície, cuspindo água.

– Homem no rio! Perdemos um! – gritou alguém lá de cima.

Tossi, expelindo mais água, e lutei muito para não afundar de novo. A correnteza puxava, uma força poderosa, determinada a vencer. Algo passou perto do meu tornozelo e gritei, horrorizada. Nunca tinha nadado em um rio antes; a água profunda alimentava minha imaginação, levando-a a patamares aterrorizantes. O que espreitava abaixo da superfície? A água era escura demais para que eu conseguisse ver qualquer coisa com clareza, e me envolvia como um punho assustador. Inclinei a cabeça para trás e olhei para cima, encontrando o olhar azul divertido do Sr. Hayes.

Ele cruzou os braços sobre a amurada, as feições bonitas retorcidas com a graça, o cabelo ruivo reluzindo como âmbar polido sob a luz do sol.

– Veio nadando até aqui, Olivera?

– Muito engraçado.

– Está um lindo dia para isso, não é?

– Sr. Hayes – falei, cuspindo água. – Eu agradeceria muitíssimo se me ajudasse.

Ele examinou as próprias unhas.

– Não sei... O que ganho com isso?

– Achei que você tivesse escrúpulos.

Sem nem sequer piscar, ele disse secamente:

– Só sei soletrar essa palavra.

Aquilo teria me feito sorrir se eu não estivesse me debatendo, tentando manter o nariz acima da água.

– Não nado muito bem – afirmei, incapaz de evitar que o pânico transparecesse em minha voz.

Num instante, a expressão jovial do rapaz se transmutou em outra, furiosa.

– Como é?

– Eu não tinha a *intenção* de entrar no rio.

– Maldição. – Ele se afastou por um instante e depois retornou, trazendo uma longa corda enrolada.

Lançou para o rio uma ponta, que foi parar a alguns metros de mim. Eu não havia percebido que a correnteza estava me afastando do barco.

– Consegue alcançar a corda?

Tentei avançar, progredindo lenta mas determinadamente na direção do *Elephantine*. Mas a correnteza me puxava para trás; com uma imprecação abafada, me pus a bater os pés e consegui me aproximar da corda.

– Acho que posso me virar sozinha.

– Nós vamos ter uma conversa – disse o Sr. Hayes em tom sombrio, preparando-se para se lançar sobre a amurada. – Várias, aliás.

– Ansiosa por isso – falei, cuspindo mais água do rio.

– Merda. – Os olhos do Sr. Hayes se arregalaram quando ele olhou para algo atrás de mim. – *Inez!*

Virei um pouco a cabeça e avistei uma crista de obsidiana cortando a superfície, uma grande sombra se movendo como um projétil sob a linha d'água. O horror se impregnou em meu corpo e parei de nadar, paralisada.

Um crocodilo-do-nilo. A dez metros, e cada vez mais perto.

O convés lá em cima virou uma correria, com conversas frenéticas que pareciam vir de um milhão de quilômetros de distância; um zum-zum que poderia muito bem estar vindo da lua. Eu não conseguia desviar o olhar do predador vindo em minha direção. Saí do torpor e nadei atabalhoada em direção ao *Elephantine*. Senti um movimento indistinto em algum lugar ao meu lado, um corpo grande colidindo com o rio perto de mim. O Sr. Hayes emergiu sacudindo a cabeça, o cabelo molhado grudado no rosto. Ele me alcançou em um instante e agarrou minha mão.

– Ah, não, ah, não – balbuciei.

– Não vou deixar nada acontecer com você – disse ele, calmo. – Respire bem fundo.

Eu mal tinha obedecido quando ele me puxou para debaixo d'água.

Eu não conseguia enxergar, a visão obscurecida pelo rio turvo. Mas eu sabia que estávamos descendo, descendo, descendo, nadando até o fundo. Plantas aquáticas e longos caules de grama se estendiam ao nosso redor, ameaçando nos aprisionar nas profundezas. A palma áspera do Sr. Hayes envolvia a minha, seu corpo grande enroscado em torno de mim. Uma amarra inabalável contra a correnteza. Ao nosso redor, a areia rodopiava enquanto meus pulmões começavam a queimar. Fiz menção de nadar para cima, em direção à luz, mas o Sr. Hayes me segurou e balançou a cabeça.

Ele segurou meu rosto entre as mãos e puxou delicadamente minha cabeça para a frente até nossas bocas se encontrarem. Nenhum de nós fechou os olhos, e o contato se expandiu, uma corrente elétrica que eu sentia em cada ponto do corpo. Bolhas de ar passaram pelos seus lábios e entraram nos meus. A pressão no meu peito diminuiu, e me afastei, sem querer tirar mais ar dele. Esperamos por mais três batidas do coração, os dedos entrelaçados, e só então o Sr. Hayes tomou impulso no chão arenoso. Subimos depressa, suas pernas roçando nas minhas enquanto ele nos impelia para a luz.

Ao irromper na superfície, esfreguei os olhos a tempo de ver o Sr. Fincastle, do alto do *dahabeeyah*, mirar e depois atirar na água. Balas furiosas choviam à nossa frente. Sua filha, Isadora, juntou-se a ele, postando-se a seu lado, uma graciosa flor selvagem. O vento agitava seu cabelo enquanto ela sacava devagar uma elegante pistola. Parecia delicada e refinada na sua mão enluvada.

Com total calma e postura, ela puxou o gatilho.

Meu respeito por ela se elevou enquanto, junto ao pai, ela atirava no predador.

– Nos safamos? – gritou o Sr. Hayes.

– Acredito que sim – gritou de volta o Sr. Fincastle.

A tripulação do *Elephantine* cercava o Sr. Fincastle e Isadora. Ao ouvir o que ele disse, aplaudiram ruidosamente, inclusive a garota. De onde eu estava, oscilando na superfície do rio, podia ver a satisfação dela.

– Sim, isso mesmo, celebrem o que foi uma situação completamente evitável – murmurou o Sr. Hayes entre os dentes.

Ele se virou para mim, as linhas ao redor dos olhos se aprofundando em razão da tensão. Depois, me puxou para o círculo de seus braços.

– Você está bem?

Soltei uma risada trêmula, tentando não olhar para a gota d'água escorrendo por sua bochecha.

– Não foi tão ruim.

– Ah sim, foi muito divertido – disse o Sr. Hayes, soando tão semelhante a um aristocrata britânico que pestanejei. A camisa azul-clara combinava com seus olhos e delineava seus ombros musculosos. Ele se afastou, impondo distância entre nós, e fez um gesto na direção do barco. – Primeiro você, Olivera.

Nadei com ele ao meu lado, o vento assobiando acima de nós, balançando perigosamente o *Elephantine*. A corda ainda pendia da lateral. Outra foi lançada para o Sr. Hayes, e ele deu uma volta com ela em torno do punho. Para mim, disse:

– Amarre a outra em sua cintura. Eles vão te içar.

Depois de alguns momentos desconfortáveis em que fui puxada e içada com brusquidão para dentro do barco, consegui respirar plenamente pela primeira vez desde que caíra da amurada. Vi o momento exato em que todos descobriram meu gênero. Os tripulantes me cercavam, boquiabertos, as curvas do meu corpo totalmente visíveis sob a túnica branca que eu vestia. Cruzei os braços sobre o peito.

O Sr. Fincastle se postou diante de mim com sua calça cáqui e suas botas altas, a arma apoiada no ombro.

– Parece que temos uma clandestina. Quem é você?

A brisa passava pelas minhas roupas molhadas, e meus dentes começaram a bater.

– I-Inez Emilia O-Olivera. P-prazer em conhecer o senhor. Obrigada por nos salvar.

O Sr. Hayes me lançou um olhar contrariado. Supus que devesse ter agradecido a ele também.

Com um movimento único e fluido, o Sr. Fincastle moveu a arma e a apontou para meu rosto.

– E por que estava em nosso barco? Veio espionar a escavação?

Fitei o cano do rifle, o coração batendo forte no peito. Isadora deixou escapar um arquejo, e minha atenção se desviou para ela.

– Que *diabos* está fazendo? – interveio o Sr. Hayes, colocando-se à minha frente. – Esta é a sobrinha de Ricardo, seu maldito idiota. Abaixe essa arma.

Mas ele não abaixou. O Sr. Fincastle me observava com frieza, como se eu fosse uma verdadeira ameaça para todos a bordo. Sua filha me observava com um olhar discreto e simpático. O sujeito se aproximou mais um passo. Se apertasse o gatilho, eu não sobreviveria. Eu queria protestar – mas por instinto entendi que, se movesse um músculo, ele não hesitaria em disparar.

– Abaixe a porra da arma – ordenou o Sr. Hayes em voz baixa, sem disfarçar a ameaça no tom.

– Você está se responsabilizando por ela?

– Estou.

Isadora ergueu as sobrancelhas e olhou de um para o outro, interessada.

O Sr. Fincastle enfiou a arma sob o braço e ergueu as mãos.

– Precaução nunca é demais. – E se foi, como se não tivesse acabado de ameaçar minha vida momentos depois de salvá-la.

Isadora tirou o casaco de musselina e o estendeu para mim.

– Para o seu recato.

Corei, e mais que depressa o vesti.

– *Gracias*. Quer dizer, obrigada.

Ela me dirigiu um sorriso marcado pelas covinhas e, com um último olhar para o Sr. Hayes, apressou-se a ir atrás do pai, enfiando a pistola no bolso da saia.

– Vocês todos podem retomar o trabalho – disse o Sr. Hayes aos espectadores que restavam.

A tripulação se dispersou. Ele tirou o cabelo encharcado do rosto. Com um olhar repentino de preocupação, começou a apalpar a calça, praguejando baixinho. Eu quase não ouvi, a atenção fixa no tecido molhado que aderia às linhas definidas dos músculos delineando seu abdome reto. O algodão molhado da calça se colava às coxas musculosas. Era quase como se ele estivesse nu.

Forcei meu olhar a se desviar, a cabeça girando de um jeito estranho.

– Perdeu alguma coisa?

– O frasco do meu irmão. Ele gostava muito dele.

Era provável que, àquela altura, ele estivesse com outro crocodilo.

– Talvez seja melhor assim.

Ele me fulminou com os olhos e começou a desfazer o nó da corda na minha cintura, os dedos quentes roçando em mim. Senti o calor tomar conta da minha barriga, afluindo para as bochechas. Minha boca ficou seca, mais seca do que a areia dourada que nos rodeava. O rapaz abaixou o queixo, concentrado no nó, o rosto a poucos centímetros do meu. Seus olhos azuis eram contornados por cílios escuros, eriçados com a água. Um rubor quente percorreu minha pele, e estremeci. O Sr. Hayes fez uma pausa, ergueu a cabeça, e seus olhos encontraram os meus. O fato de achá-lo bonito, mesmo sabendo que não podia confiar nele, me irritava. Mordi o lábio e ele seguiu o movimento, as pálpebras baixando.

A expressão do Sr. Hayes suavizou, o olhar se tornando caloroso.

– Você está bem mesmo?

A terna preocupação em sua voz me provocou a sensação de beber algo quente. Ficamos nos encarando, minha respiração presa no fundo da garganta. Vagamente, eu percebia que estava dançando muito perto do precipício. Um passo em falso, e eu me veria em terreno desconhecido.

O Sr. Hayes pigarreou e olhou para baixo, a atenção de volta à corda.

– Este é um traje e tanto – disse ele, afável, com a voz neutra. – Adquiriu recentemente?

– Eu tinha uma túnica extra na bagagem. Pareceu um desperdício não a usar.

Ele puxou a corda, que se soltou. Um brilho perigoso espreitava no olhar azul do jovem.

– Você está queimada de sol. Onde está seu chapéu?

– Eu estava usando um.

– Estava usando um fez antes de cair, o que não oferece nem um pouco de proteção contra os raios. O sol pode ser assassino a esta hora do dia.

– O outro não combinava com a minha roupa – justifiquei. – Precisava de um disfarce prático.

– Meu Deus, *era* você – disse ele, perplexo. – Servindo o jantar. Tive mesmo a impressão de sentir cheiro de baunilha.

– *O quê?*

– Seu sabonete – disse ele, impassível. – Eu deveria ter adivinhado. Mas achei impossível…

– Você deveria prestar mais atenção aos seus instintos. Eles não o decepcionarão.

O Sr. Hayes se encolheu como se eu o tivesse agredido, dando um passo abrupto para trás.

– O que foi?

Ele sacudiu a cabeça e sorriu, mas não era um de seus sorrisos verdadeiros. Aquele era endurecido, feito de pedra.

– Venha comigo, señorita Olivera.

– Não, é melhor não. *Gracias.* – Fiz um gesto indicando as roupas encharcadas. – Preciso me trocar.

Ele apoiou um cotovelo na amurada e me observou com um olhar frio.

– Você vai ter que enfrentar seu tio em algum momento.

Eu me curvei e torci a bainha da túnica comprida.

– E vou, quando estiver pronta. Que tal daqui a alguns dias?

O Sr. Hayes deu uma risada curta.

– O que faz você pensar que ele não vai descobrir antes?

O medo percorreu minha espinha. Foi só então que percebi o quanto precisava de um aliado. Eu não confiava nem um pouco no Sr. Hayes, mas ele pulara no Nilo por minha causa, mesmo depois de ver o perigo. Eu não queria enfrentar meu tio sozinha.

– Você ficaria comigo?

O Sr. Hayes estreitou o olhar. Analisou meu rosto, vendo o que eu tentava desesperadamente esconder.

– Por que está tão nervosa?

– Ele vai ficar furioso. Seria bom se você estivesse do meu lado.

Ele pareceu horrorizado.

– De jeito nenhum.

Num quase frenesi, pensei em algo para dizer que pudesse me fazer ganhar mais tempo.

– Depois do nosso dia juntos no Cairo, achei que fôssemos amigos.

– Eu não tenho mais amigos – disse o Sr. Hayes, com naturalidade. – Por que isso passaria pela sua cabeça?

Um rubor profundo queimou minhas bochechas.

– Você acabou de salvar minha vida. Nós comemos juntos. Você me deu um beijo de despedida…

– Você se enganou ao interpretar meu comportamento. Trato todos da mesma forma. E, se você achou mesmo que éramos *amigos*, não deveria ter mentido para mim, fingindo ser outra pessoa neste maldito barco.

Um rubor quente de constrangimento se espalhou sob a minha pele. Lembrei que ficara olhando, como uma idiota, enquanto ele desaparecia hotel adentro, tocando a pele que seus lábios haviam roçado.

– Então você beija todas as pessoas que encontra.

Os cantos de sua boca se aprofundaram.

– Isso é uma pergunta, Olivera?

– Bem, por que você fez isso?

– Por que não? – Ele levantou um ombro, indolente. – Nem tudo tem que significar alguma coisa. Foi apenas um beijo.

– Cuidado… Seu cinismo está transparecendo.

– Não há sentido em esconder algo que você viu desde o início. – Ele suspirou. Sem perturbar a pose aparentemente casual, sua mão avançou depressa, agarrando meu pulso em um aperto firme. Ele sorriu diante do meu espanto. – Vamos acabar com isso. Vou te arrastar até ele ou você vai me acompanhar de bom grado?

Ergui o queixo, o maxilar demonstrando determinação, e lutei para ignorar como o calor de seus dedos abalava meus batimentos cardíacos.

– Que seja do seu jeito, então.

– Boa garota – murmurou ele, soltando meu braço.

Caminhamos lado a lado, o Sr. Hayes me levando ao salão sem realmente se colocar à minha frente ou voltar a me tocar. Ele tinha aquele tipo de presença que impunha obediência. Porém, por algum motivo, eu tinha a impressão de que afastava com vigor qualquer forma de liderança.

Ele me fulminava com o olhar.

Engoli em seco e sombriamente virei o rosto para a frente, sem querer revelar nada da minha turbulência interna. O suor se acumulava na palma de minhas mãos. Eu tinha que defender minha permanência.

O Sr. Hayes deu um passo para o lado assim que chegamos à entrada do salão.

Cheguei mais perto dele – o suficiente para ver cada leve linha em sua testa, a forma como ele sutilmente estreitou os olhos.

– Se meu tio decidir fazer meia-volta e me levar para o início da jornada, quero que saiba uma coisa.

Ele me fitava com cautela.

– O quê?

Eu sabia muito bem como desequilibrar o rapaz.

– Obrigada por salvar minha vida. E, seja lá o que você pense disso, eu de fato o considero um amigo, *Whit*.

Ele pestanejou, soltando um arquejo tão silencioso que teria passado despercebido se eu não estivesse a menos de um passo de distância. As palavras eram verdadeiras. Ele tinha pulado na água atrás de mim, como um amigo faria.

Eu não confiava nele, ou no seu envolvimento nos esquemas do meu tio, mas Whit havia ajudado a salvar minha vida.

Passei por ele, o coração batendo ruidosamente contra as costelas. Meu tio se encontrava sentado à mesa redonda, estudando documentos, com uma xícara de café a seu lado. A caneta arranhava o diário, e ele murmurava algo para si mesmo em espanhol. Ouviu nossa aproximação, mas não levantou os olhos.

– Que diabos foi todo esse alvoroço, Whitford? O Sr. Fincastle cumpriu a ameaça de atirar em crocodilos?

– Exatamente – falei.

Meu tio se transformou em pedra.

Eu sentia, mais do que via, a presença de Whit. Ele se manteve atrás de mim, encostado à parede, os tornozelos cruzados. Um silêncio absoluto se estendeu, tornando-se mais denso com a tensão. Os dedos de tio Ricardo se contraíram em torno da caneta e em seguida relaxaram. Ele foi erguendo a cabeça, a boca transformada em uma linha fina e pálida. Ele me olhou num misto de atordoamento e horror, a atenção se desviando para a longa túnica que envolvia meu corpo pequeno, pingando no tapete do salão.

– Por que vocês dois estão molhados?

– Tivemos um encontro com o mencionado crocodilo – disse Whit.

– *Jesucristo.* – Meu tio fechou os olhos, tornando a abri-los em seguida. Olhos cor de avelã, muito parecidos com os meus. – Você me desobedeceu – disse ele, perplexo. – Tem alguma ideia do que fez?

– Não, porque o senhor não vai…

Tio Ricardo se levantou abruptamente, a cadeira tombando para trás.

– Você a ajudou a embarcar, Whitford?

Whit o encarou com um olhar intenso.

Meu tio espalmou as mãos no ar, meio zangado e meio exasperado.

– Por que você fez isso?

Eu ergui o queixo.

– Era a única maneira.

Tio Ricardo abriu a boca, depois a fechou devagar. Parecia estar com medo de me perguntar o que eu queria dizer, mas a intuição me informava que ele já sabia. Eu desejava a verdade, desejava respostas. E eu as teria de qualquer maneira que me fosse possível.

Engoli em seco. O suor formava gotas na minha testa.

– Vá buscar Hassan – disse tio Ricardo baixinho.

Pestanejei, confusa – ele queria que eu… não, ele tinha falado com Whit, que permanecia imóvel junto à parede, as mãos enfiadas nos bolsos. Parecia estar posando para uma fotografia.

– Deixe a menina ficar – sugeriu Whit. – Acho que ela conquistou o direito de entrar para a equipe.

Eu me virei para encará-lo, entreabrindo os lábios. Ele não olhou na minha direção. Sua atenção permanecia focada em meu tio.

– Perdeu o juízo? – perguntou tio Ricardo.

– Não podemos voltar, e o senhor sabe disso – insistiu Whit. – Ela descobriu uma forma de entrar sem a ajuda de nenhum de nós; acabou de sobreviver a um mergulho no Nilo. Ela é *filha* deles.

– Eu não me importo. Traga Hassan aqui.

– Se voltarmos, perderemos dias que não temos. Tem certeza de que quer arriscar?

Furioso, meu tio varreu a mesa com um movimento da mão. Tudo que havia ali caiu no chão com um estrondo. Ele respirava pesadamente, os botões da camisa ameaçando arrebentar no peito largo. Suas mãos estavam cerradas, os nós dos dedos ficando brancos.

Dei um pulo para trás, soltando um guincho. Nunca tinha visto uma reação tão violenta. Meu pai fora um homem de temperamento brando, de voz suave e afável. Minha mãe era quem gritava, mas não jogava nada quando estava com raiva. Tio Ricardo andava de um lado para o outro, puxando a barba.

Ele parou e encarou Whit com um olhar deliberado.

No rosto do rapaz, estampou-se depressa a compreensão.

– Não – murmurou ele. – Não vou fazer isso.

– Eu pago muito bem para você fazer o que preciso – disse meu tio. – Você a levará de volta depois que desembarcarmos.

Whit se afastou da parede.

– O senhor precisa da tripulação, e não posso conduzir o *Elephantine* sozinho. Saiba que ela nunca vai desistir, e a menos que eu vá com ela até a Argentina…

Tio Ricardo olhou para trás, o queixo caindo. O pânico me apunhalou no estômago. Não gostei nem um pouco do olhar dele. Nem Whit, pelo que pude ver.

– Nem pensar – afirmou Whit. – O senhor já foi longe demais. Não aceitei o trabalho para virar babá.

Eu me encolhi.

O desespero cavava sulcos profundos na testa do meu tio.

– Ela não pode ficar aqui.

Pigarreei.

– Talvez eu precise ficar, ainda que seja só para ajudar vocês.

Meu tio respirou fundo, claramente fazendo um grande esforço para se manter calmo.

– Minha querida sobrinha...

No entanto, Whit o interrompeu, os olhos se estreitando em minha direção.

– Explique o que você quer dizer.

Minha atenção se voltou para meu tio.

– Quando meu pai me enviou o anel, tive uma reação imediata. Uma faísca que senti por todo o corpo. Depois, senti o gosto de rosas.

Whit fechou os olhos e soltou uma risada sem humor.

– Rosas – repetiu tio Ricardo com a voz oca. – Tem certeza?

– Qual é o significado das rosas? – perguntei.

Nenhum deles respondeu. Irritação e frustração guerreavam dentro de mim. Não chegaríamos a lugar algum se eles não começassem a confiar em mim.

– Sem o anel dourado, vocês precisarão da minha ajuda para encontrar o túmulo de Cleópatra.

– Você não sabe disso – disse tio Ricardo, mas não parecia irredutível.

O espírito de luta o havia deixado, e ele inclinou a cabeça para o lado.

– Parte da magia se impregnou em *mim*. Às vezes, posso *sentir* a mulher. Como se eu estivesse em uma memória particular pertencente a ela. Ela é imensa, oculta em sombras, mas posso ver uma fita branca em seu cabelo, enfeitada com pérolas. Seus pés brilham com as pedras preciosas nas sandálias douradas. A magia me faz lembrar de flores desabrochando. – Fiz uma pausa. – Rosas.

– Impossível – disse meu tio. – *Impossível*. Todos sentimos vestígios de magia sempre que tocamos um objeto que a carrega. – Ele franziu a testa, refletindo em silêncio por um momento. – O anel deve conter uma quantidade incrível de energia mágica para que você veja... *Cleópatra*. Não deve ter sido manuseado por muitas pessoas desde que o feitiço foi lançado. Mas não significa necessariamente que ele vai levar você até o túmulo dela.

Whit soltou outra risada curta e sem humor e depois se virou, sacudindo os ombros. Lancei um olhar furioso para suas costas, sabendo que ele entendia o que eu não diria em voz alta. Afinal, ele estava lá no dia em que eu comprara a caixinha. A magia em mim me levara direto até ela.

O fato de ele não revelar o que acontecera ao seu *patrão* me deixou confusa. Era como se ele estivesse me protegendo de alguma forma que eu não entendia.

Tio Ricardo hesitou, fechando e abrindo as mãos.

Whit se virou, a atenção dirigida exclusivamente à figura imóvel do meu tio. Ninguém falava; eu mal ousava respirar. Não sabia por que meu pai tinha me enviado o anel. Não sabia se o acessório ou a caixinha de fato me levariam a ela. Só sabia que as respostas estavam ao meu alcance.

– Muito bem – disse ele, baixinho. – Você está dentro, Inez.

A euforia se revirou na minha barriga, fazendo minhas mãos tremerem. Mas então suas palavras se assentaram.

Você está dentro.

O que ele queria dizer com aquilo?

Mas eu não me importava. Só queria saber o que havia acontecido com meus pais. Eu não poderia fazer aquilo a Argentina, ou mesmo o Cairo. A única coisa que importava era descobrir a verdade.

– Dê a ela a cabine de depósito – disse tio Ricardo. – Inez, vou apresentar você ao restante da equipe. Deixe que eu cuido de tudo, entendido? – Ele relaxou assim que assenti, a tensão deixando seus ombros. – Vou encontrar uma forma de explicar sua presença para o Sr. Fincastle. Aparências precisam ser mantidas pelo bem da sua reputação.

– Que reputação? – resmungou Whit.

– Inez, por que não vai se acomodar? – perguntou tio Ricardo em voz alta. – Vá direto até a última cabine à direita.

– Eu posso ir com ela – propôs Whit.

– Na verdade, preciso dar uma palavrinha com você – disse meu tio.

Whit se empertigou, os ombros tensos. Não tirou os olhos de tio Ricardo. Saí do salão, fazendo o possível para que ouvissem meus passos. Depois voltei na ponta dos pés, me escondendo nas sombras enquanto apurava os ouvidos.

– Preciso me preocupar com você? – perguntou tio Ricardo.

Nenhuma resposta veio de Whit – a menos que ele tivesse falado muito baixo. Eu me espremi ainda mais contra a parede. Mantive a respiração constante, mas meu pulso disparava loucamente.

– Não posso ter você distraído. Há muito em jogo, e você tem um trabalho a fazer.

– Que estou fazendo. Vou descobrir mais em Assuã.

– Como? – indagou tio Ricardo.

– Meu contato me assegurou que vão parar para se abastecer de suprimentos. Não será difícil descobrir o que precisamos. Não existem tantos lugares para os agentes frequentarem em uma cidade tão pequena quanto Assuã.

Agentes? O único que eu conhecia era o odioso Sr. Sterling. De todo modo, parecia que Whit havia sido incumbido de obter informações para meu tio. Lembrei-me de sua resposta quando perguntei se o trabalho que fazia para tio Ricardo estava dentro da lei.

Às vezes.

– Você se refere ao Cataract Bar – afirmou meu tio.

– Talvez – replicou Whit, frio. – Sei de outros lugares para verificar. Onde quer que estejam, asseguro que estou no controle, e não há necessidade de temer qualquer *distração*.

– Ora, qual é – disse tio Ricardo. – Eu vi como você olha para ela.

– Bem, ela tem um certo charme – observou Whit, irônico. – Que se mostra quando ela está mentindo na sua cara.

– Whitford.

– A beleza da garota não me impressiona, acredite em mim. Não tenho intenção alguma de cortejá-la.

– Ficar com Inez está fora de cogitação – insistiu meu tio. – Ela é minha sobrinha, entende? Os pais dela se foram. Nenhum dos meus planos envolve qualquer ligação entre vocês dois. Nem mesmo amizade. Não quero ser rude, mas eu *jamais* permitiria isso.

– Confie em mim quando afirmo – disse Whit, sem vestígios de ironia – que ela está totalmente segura comigo.

– Então me dê a sua palavra.

– Você a tem.

– Ótimo – replicou tio Ricardo. – Talvez ela venha a ser mais útil do que nós imaginamos.

CAPÍTULO QUINCE

Afastei-me da soleira da porta às pressas, as bochechas queimando. O desgosto fazia meu sangue ferver nas veias. Quando o conhecera, eu tinha achado Whit um sedutor irritante. Desde então, realmente passara a vê-lo como amigo... Não. Eu precisava ser sincera comigo mesma. Uma pequena parte de mim vinha lutando contra a atração que sentia pelo rapaz desde o dia que havíamos passado no mercado.

Whit me defendera. Ele não tinha me deixado sozinha naquele salão. Tínhamos enfrentado meu tio juntos. *Deixe a menina ficar.* Ele nunca saberia o quanto aquelas palavras significavam para mim. Quando todos sempre me diziam não, sua defesa fora como um caloroso acolhimento.

Mas ele claramente me via apenas como amiga.

Melhor assim. Eu não podia me esquecer daquilo, e mesmo nossa amizade tinha limites. Havia um bilhete da minha mãe que eu não podia mencionar para ele. Um cartão com a imagem de um pórtico sobre o qual eu não podia perguntar ao rapaz. Uma desconfiança do seu patrão da qual ele nunca compartilharia.

Whit não era um confidente.

Ele trabalhava para o meu *tio*.

Quando cheguei à minha cabine – que de fato mais parecia um depósito –, já tinha conseguido me recompor. Dali em diante, precisava permanecer focada no que estava por vir. Meu objetivo era saber o que havia acontecido com meus pais. Se quisesse bisbilhotar no acampamento, não poderia ter ninguém suspeitando das minhas intenções nem me seguindo de um lado para o outro. E, desde que a magia se impregnara em mim, eu estava curiosa sobre Cleópatra. Eu a tinha visto, e agora estava seguindo em direção ao possível local de seu túmulo. O desejo de encontrá-la quase me subjugava.

Para isso, eu também não poderia me dar ao luxo de ter *distrações*.

Puxei a bolsa de lona de baixo da cama e fiz um inventário do que tinha ali. Olhei para os itens espalhados ao redor, percebendo que a maioria era para acampar. Tendas e mosquiteiros, roupas de cama rústicas e travesseiros finos. Ao lado dos suprimentos havia uma grande bolsa de couro. Uma rápida olhada dentro dela revelou vários frascos com propósitos medicinais junto a garrafas de vinagre e, curiosamente, cremor de tártaro.

Uma batida brusca na porta fez com que eu me detivesse enquanto arrumava as cobertas extras na cama estreita. Provavelmente era meu tio, e minha raiva aumentou com suas palavras ecoando na minha mente.

Ele queria me usar como uma espécie de peão em seu jogo.

Tio Ricardo achava que podia me controlar, mas eu nunca permitiria que algo assim acontecesse.

Outra batida me arrancou dos devaneios. Suspirei e abri a porta, a testa franzida.

Não era meu tio.

Whit me observava com um ar divertido, com as mãos nos bolsos e um sorriso fácil e familiar nos lábios. Estava apoiado na soleira da porta, o queixo inclinado para baixo, o rosto pairando muito perto do meu. Se eu não o tivesse ouvido falar da forma como falara sobre mim para meu tio, teria até acreditado.

Ele espiou por cima do meu ombro.

– Está se instalando, querida?

E assim, sem mais nem menos, todo o bom senso me abandonou. Eu o encarei com uma fúria impotente. Suas palavras ecoavam alto nos meus ouvidos. *A beleza da garota não me impressiona.*

– Eu aconselharia cautela ao se dirigir a uma dama com tamanha familiaridade. Alguma infeliz moça poderia interpretar suas palavras de forma equivocada.

Ele jogou a cabeça para trás e riu.

– Se alguma interpretasse isso como sentimentos mais profundos da minha parte, bom… eu a chamaria de idiota. – Ele me observou preguiçosamente com os olhos semicerrados. – Agora, se eu chamasse uma dama pelo primeiro nome, aí seria uma história bem diferente.

Fiquei paralisada, o chão oscilando sob meus pés.

– Poderia elaborar melhor?

– Na verdade, não.

Levantei a cabeça e encontrei seus olhos azuis.

– Você me chamou pelo primeiro nome – afirmei.

Ele estreitou os olhos.

– Quando?

– Quando eu estava em perigo.

O alívio passou depressa pelo seu rosto, afrouxando as linhas tensas nos cantos da boca.

– Ah, bem, isso é diferente.

– Por quê?

– Porque você estava em perigo.

Esfreguei os olhos, exausta de repente. Meu susto no rio me deixara abalada.

– O que você quer, Whit?

Ele pareceu surpreso ao ouvir seu primeiro nome.

– Não me chame assim.

– *Lo siento*. Prefere Whitford?

– Só seu tio me chama desse jeito.

– Então vai ser Whit mesmo. Precisa de algo?

Ele me avaliou de cima a baixo.

– Você tem tudo de que precisa? Escova de dentes? Travesseiro? Cobertor?

– Sim, consegui trazer algumas coisas úteis a bordo.

– Uma história emocionante, sem dúvida.

Lembrei-me do momento em que troquei de roupa ao lado do prédio, vestindo a túnica enquanto morria de medo de ser vista, aterrorizada com a ideia de não conseguir embarcar.

– Com certeza teve seus pontos altos.

Ficamos calados, apenas os sons do Nilo perturbando o silêncio. A luz suave que entrava na cabine pela escotilha dançava no rosto do rapaz. A seriedade de sua expressão me tirou o fôlego.

– Estou feliz por ter chegado a você a tempo – disse ele suavemente.

– Eu também.

Ele se empertigou, afastando-se da porta, um sorriso irônico lhe repuxando os lábios.

– Boa noite, querida.

Examinei meu guarda-roupa, considerando o que vestir. Minhas opções eram extremamente limitadas: dois vestidos de caminhar, duas calças de odalisca e uma blusa creme amarrotada, um par de sapatos. Decidi não usar as calças e escolhi o vestido de musselina amarelo, quente o suficiente para as noites frescas e feminino o suficiente pelo bem da etiqueta. Meu cabelo não era escovado havia dias e, por consequência, a situação dele estava lamentável. Cachos selvagens emolduravam meu rosto, recusando-se a serem domados, cada fio manifestando vontade própria. Puxei a parte de cima, afastando as madeixas do rosto, e as prendi com uma fita. O espelho revelou um resultado desastroso: cabelo mal controlado, roupas amarrotadas e novos sulcos sob as maçãs do rosto.

Suspirei. Era o melhor que eu conseguia fazer sozinha.

A luz da manhã entrava pela única janela enquanto eu espirrava água fria no rosto antes de me dirigir ao salão. Estavam todos sentados à mesa e se calaram com a minha chegada. Isadora sorriu por cima da borda da xícara enquanto seu pai me examinava de forma não muito amigável. Provavelmente procurando armas escondidas nas dobras da minha saia. Whit lhe lançou um olhar irritado. Kareem serviu café nas xícaras que aguardavam, depois fez um gesto indicando o assento vazio restante. Meu tio manteve o rosto escondido atrás dos papéis que estava lendo, recusando-se a encontrar meu olhar.

– *Buenos días* – falei.

Whit ergueu o café em uma saudação irônica antes de dar um longo gole. Seus olhos estavam vermelhos, cansados, e havia um definitivo desânimo na sua postura.

– Passou a noite acordado? – perguntei.

Os cantos dos seus lábios se contraíram, e ele arqueou uma sobrancelha. Um brilho malicioso espreitava na profundidade de seus olhos, e eu sabia que ele mal conseguia se conter para não dizer algo inapropriado. Mas não faria uma coisa dessas, não na presença de outras pessoas.

– Até que dormi bem – disse ele, rouco.

Corei e desviei o olhar.

– Temo que não tenhamos sido devidamente apresentados – disse o Sr. Fincastle, com o mesmo sotaque de Whit.

Fui mais uma vez impactada pelo seu porte imenso, todo músculos, e o denso bigode que cobria a boca severa.

– Sou a señorita Olivera – falei. – Esse homem escondido atrás dos papéis é meu tio.

Droga, eu realmente tinha planejado me comportar.

– Srta. Olivera, muito prazer. Parece um pouco mais seca hoje – disse o Sr. Fincastle com indiferença.

Com um suspiro dramático, tio Ricardo abaixou o material de leitura. Depois colocou os documentos de lado sem muita delicadeza e me observou da outra ponta da mesa enquanto eu me acomodava.

Isadora pigarreou alto e lançou um olhar incisivo para o pai.

– Peço desculpas por apontar uma arma para o seu rosto – continuou o Sr. Fincastle, de uma maneira relutante que dizia muito: a filha claramente tinha lhe dado uma bronca.

Ela sorriu para ele e tomou mais um gole de café com toda a delicadeza.

Mas o sangue se esvaiu do rosto de tio Ricardo. Sua boca se abriu e fechou, e ele balbuciou várias palavras ininteligíveis.

– Você apontou sua *arma* para minha sobrinha? Ela é uma criança!

– Você pagou por meus serviços. – O Sr. Fincastle fez um gesto em minha direção. – Ela se recuperou desde então. Merece os parabéns.

– Parabéns – disse Whit para mim, alegremente.

Meu tio lançou um olhar assassino na direção do Sr. Fincastle, que mastigava um pedaço de pão com manteiga.

– Receio que ainda não sei quem você é, e como se tornou membro da equipe de escavação do seu tio.

– Ela está aqui sobretudo para me fazer companhia – respondeu tio Ricardo, apontando logo em seguida para o homem corpulento. – Inez, este é o Sr. Robert Fincastle, responsável por nossa segurança, e sua filha, Isadora. São recém-chegados da Inglaterra.

Aquilo explicava a fascinação do Sr. Fincastle pelas armas enfileiradas na parede. Provavelmente ele mesmo as levara a bordo. Também explicava como Isadora tinha ficado ao lado dele, disparando a própria pistola. Ao que parecia, eu estaria cercada por britânicos aonde quer que fosse. Voltei meus olhos semicerrados para o Sr. Fincastle. Por que meu tio achava que precisaríamos de armas em um sítio de escavação? Eu me endireitei na cadeira. Parecia muitíssimo incomum.

– O Sr. Hayes você já conhece – acrescentou tio Ricardo, quase como uma reflexão tardia.

– Verdade, mas ainda não sei o que ele faz para o senhor – pressionei.

– Um pouco de tudo – replicou meu tio, vago. – Ele é um sujeito empreendedor.

– Obrigado – disse Whit, com seriedade fingida.

– Ricardo, isso é altamente irregular – disse o Sr. Fincastle. – Deveria mandar a menina de volta. Sua constituição delicada é incompatível com as exigências da jornada.

Eu me empertiguei.

– Minha constituição delicada?

O Sr. Fincastle fez um gesto displicente com a mão.

– Uma qualidade típica encontrada em mulheres protegidas… como a senhorita.

A hipocrisia me enfureceu.

– O senhor trouxe sua filha – falei, entre os dentes.

– Durante as negociações do meu contrato, concordamos que ela viria junto – afirmou o Sr. Fincastle. – Minha filha não é delicada. Além disso, não embarcou de forma clandestina e sabe se portar.

– Não quer dizer que eu não teria feito a mesma coisa se o senhor tivesse me deixado para trás – rebateu ela, com uma piscadela para mim.

Meus lábios se abriram de surpresa.

– Seja como for – disse o Sr. Fincastle em tom gélido –, eu me preparei para todas as eventualidades, e de repente tenho uma nova pessoa para cuidar. Isso vai ter um custo extra, Ricardo, caso insista em levar a jovem conosco.

Recostei na cadeira e juntei as mãos com força no colo. Um protesto veemente subiu até minha garganta. A insinuação reprobatória do Sr. Fincastle sobre meu caráter me irritou. Ele me via como imprudente e fraca, mas meu tio não me deixara muita escolha. Se tivesse sido franco desde o início, eu não teria chegado a tais extremos em busca de informações.

– Por enquanto, não há o que fazer – disse tio Ricardo. Quando o Sr. Fincastle fez menção de protestar de novo, meu tio ergueu a mão, o maxilar cerrado em uma linha estreita. – Não vejo necessidade de incluí-lo em minha decisão.

O Sr. Fincastle ficou em silêncio, mas senti uma profunda desconfiança da parte dele em relação a mim e ao meu tio. Kareem trouxe vários pratos para o salão. O cheiro de comida doce e salgada tomou conta do ambiente, e minha boca se encheu de água.

– Já esteve no Egito antes, Srta. Olivera? – perguntou o Sr. Fincastle.

– Nunca. Meus pais amavam este país, e achei que gostaria de conhecê-lo por mim mesma. – Acrescentei mentalmente: *e descobrir o que aconteceu com eles*.

Minha atenção se voltou para meu tio, cuja presença parecia dominar o salão de proporções reduzidas. Quanto mais tempo eu passava com ele, mais difícil era vê-lo como um criminoso. Parecia apaixonado pelo trabalho, e seu amor pelo Egito e sua história e cultura aparentavam ser genuínos.

Será que minha mãe poderia ter se enganado de alguma forma?

Meu tio deve ter sentido meu olhar, porque se virou para mim. Nossos olhos cor de avelã se encontraram – os dele, calorosos e especulativos; os meus, imersos em incerteza.

Kareem e outro ajudante trouxeram o restante da refeição. Tudo foi disposto diante de nós. Travessas simples e funcionais continham uma variedade de comidas que eu nunca tinha visto.

Whit me apresentou item a item na mesa.

– A massa folhada é chamada *feteer*, e fica deliciosa coberta de mel, mas dá para comer com ovo e queijo branco salgado. – Ele apontou uma tigela que continha bolinhos redondos de tamanho médio. – Aqueles são chamados falafel, meus favoritos. Feitos de fava, são muito saborosos. Já experimentou queijo feta? Também é delicioso com mel. – Ele fez uma pausa, me lançando um olhar melancólico. – Se está pensando que sou louco por mel, está correta. O restante você já deve conhecer – finalizou ele, com um tom divertido dissimulado.

E eu conhecia mesmo; era o ensopado de fava que eu ajudara a fazer no dia anterior, com resultados desastrosos. Para minha surpresa, Whit pegou meu prato e me serviu um pouco de tudo. Isadora o observava com grande interesse. Todos os outros à mesa permaneceram imóveis. Dava até para sentir a nota sutil de desaprovação.

– Até que ponto vocês dois se conhecem? – perguntou o Sr. Fincastle.

– Nós fomos apresentados um ao outro há alguns dias – disse Whit, com seu imperturbável sotaque inglês. – Portanto, não muito bem.

– Entendi – disse o Sr. Fincastle. – Por que embarcou clandestinamente no *Elephantine*, Srta. Olivera?

Fiz um gesto vago com o garfo, decidindo falar a verdade.

– Não gosto de ser deixada para trás. E estou realmente animada com tudo que vou ver.

– Tudo que vai ver? – repetiu o Sr. Fincastle, baixinho. – Minha cara, se quer explorar a terra das pirâmides, posso sugerir que pague pelos serviços fornecidos pela Thomas Cook? Pode se juntar às centenas de viajantes que lotam o Nilo. – Ele mudou o corpanzil de posição e se dirigiu ao meu tio. – Ou estamos adicionando atrações turísticas à nossa jornada, e você não me disse?

– Claro que não – respondeu tio Ricardo. – Estamos indo direto para Philae.

A informação me deixou animada. A ilha era famosa por sua beleza e história lendárias. O entusiasmo pulsava sob minha pele.

– A que distância estamos, tio?

– É perto de Assuã, onde faremos uma parada para nos abastecer de suprimentos.

Como eu não sabia bem onde ficava a cidade, a explicação não ajudou em nada. Sempre solícito, ou talvez percebendo minha confusão, o Sr. Hayes veio em meu socorro.

– Assuã fica perto da primeira catarata – afirmou. – E é onde se localizam vários sítios arqueológicos.

– Catarata?

– Santo Deus – murmurou o Sr. Fincastle.

– Inez, achei que você tivesse estudado sobre o Egito – disse meu tio, exasperado. – O que sabe do Nilo?

– Esta é a minha primeira visita, e meus *estudos* não cobriram extensivamente a geografia egípcia – repliquei, constrangida e irritada.

Acalmei meus pensamentos, enfim me regozijando com uma informação nova. Um destino me fora dado. Outro lugar que meus pais frequenta-
ram, onde moraram e exploraram.

Mais uma peça do quebra-cabeça enfim revelada.

Seria a ilha o último lugar onde tinham sido vistos vivos?

Mais uma vez, foi o Sr. Hayes quem me respondeu:

– O Nilo é dividido por seis cataratas, a maioria das quais se encontra
no Egito. Passar por uma é muito perigoso, pois o nível da água pode estar
muito baixo, as rochas se tornam visíveis e a correnteza se move de modo
inclemente. Para chegar ao nosso destino, temos que atravessar com sucesso
a primeira. Felizmente, vamos parar ali e não vamos seguir adiante.

– Bancos de areia escondidos e grandes rochas submersas com frequência são um problema – acrescentou o Sr. Fincastle. – Dependendo do movimento da correnteza, eles podem se deslocar. Isso torna a navegação difícil
durante o dia e perigosa durante a noite.

Ninguém nunca me dissera aquilo. Até então, nossa jornada rio acima
fora extremamente tranquila, exceto pelo quase desastre do dia anterior.
Mas aquilo tinha sido culpa minha.

– Ano passado, soubemos que um *dahabeeyah* tinha naufragado. Os
passageiros tiveram que sair pelas escotilhas com seus trajes de noite – disse
Isadora, e fiquei espantada.

Não sei por que havia presumido que era a primeira vez dela no Egito
também. Aquilo me deu a sensação de ter ainda mais chão a percorrer, mais
informações a adquirir.

– Uma empreitada perigosa, considerando o que mais há dentro do Nilo
– completou ela.

– Estou ciente – falei, seca, lembrando meu encontro com a morte no
dia anterior.

– Ainda está contente por ter vindo? – perguntou tio Ricardo, em tom
irônico.

Empinei o queixo.

– Claro que sim! Vai ser uma aventura. Pense só nos desenhos que vão
encher meu caderno.

O Sr. Fincastle me olhou com interesse aguçado.

– A senhorita é artista?

– Eu *gosto* de desenhar. Não sei se isso faz de mim uma artista.

– Claro que sim – soltou meu tio.

A surpresa me deixou sem palavras. Era a coisa mais gentil que ele já me dissera. Minhas bochechas esquentaram, e escondi o rubor com um longo gole de café amargo.

– Ah, entendi o que você está tramando – disse o Sr. Fincastle. – Entendo perfeitamente, Ricardo. Não conseguiu um fotógrafo depois de perder o anterior, então teremos sua sobrinha para manter um registro adequado. É mesmo uma sorte que ela tenha decidido se incluir em seus planos.

– Na verdade, tínhamos, sim, uma pessoa responsável pelas fotos – disse tio Ricardo. – A neta de Abdullah, Farida, estava fotografando para nós. No entanto, não vai estar conosco nesta temporada. Ter Inez retratando todas as cores vibrantes do interior dos templos seria um trunfo...

Recostei-me na cadeira. Até ele dizer aquilo em voz alta, a ideia *nunca* me ocorrera. Até as palavras estarem no ar, eu não sabia o quanto queria fazer aquilo. Seria o disfarce perfeito. Uma forma de ver tudo que eu pudesse na ilha. Uma maneira de ser útil para a equipe de Abdullah.

Antes que meu tio pudesse dizer mais alguma coisa, mudei de posição para me dirigir ao homem corpulento.

– Muito astuto, Sr. Fincastle. Essa é exatamente a razão pela qual meu tio deveria me convidar para ser membro da equipe.

Meu tio permaneceu em um silêncio perplexo, como se não pudesse acreditar em como eu tinha me metido à força em seus planos, e o Sr. Hayes riu baixinho. Ele comera tudo que havia em seu prato e agora estava se servindo dos meus doces – como se não houvesse outros para pegar no centro da mesa. Realmente, seus modos eram péssimos.

– Na prática, isso significa dormir em uma tenda e renunciar aos luxos do *dahabeeyah* – advertiu tio Ricardo. – Explorar câmaras empoeiradas e escuras no calor sufocante.

Uma expressão sonhadora se estampou no rosto de Isadora. Seu cabelo cor de mel estava perfeitamente enrolado no alto da cabeça, e o vestido parecia seguir a última moda europeia: justo na cintura estreita, com uma cauda de tecido se enroscando em torno da cadeira na qual estava sentada.

Ela parecia a donzela de um romance esperando para ser salva. Exceto pelo fato de que eu não conseguia tirar da mente sua imagem disparando aquela arma.

– Não prefere desenhar na segurança do *Elephantine*? – perguntou o Sr. Fincastle. – Uma dama como a senhorita não está acostumada ao desconforto das viagens rústicas.

O Sr. Hayes emitiu um grunhido.

– Estou à altura da tarefa, garanto.

– Ela já tomou sua decisão – disse tio Ricardo. – Acho que vai surpreender a todos nós. Desde que prometa ficar longe de encrencas.

– Por mim, tudo bem.

Não havia alternativa. Aquela era a melhor maneira de garantir minha liberdade em Philae. Uma forma de descobrir a verdade sobre meu tio, de bisbilhotar o interior de sua tenda.

Eu faria qualquer coisa para que aquilo funcionasse, até mesmo ajudá-los a encontrar a tumba de Cleópatra.

Meu tio não respondeu, e o restante do grupo voltou a atenção para o café da manhã. Tio Ricardo manteve fixos em mim os olhos cor de avelã, extremamente parecidos com os da minha mãe e os meus. Não disse mais nada, mas ainda assim eu o entendi. Ouvi as palavras como se ele as estivesse proferindo em voz alta.

Não faça com que eu me arrependa.

Ele que esperasse até descobrir o que eu podia fazer com um lápis de carvão.

CAPÍTULO DIECISÉIS

Após o café da manhã, o Sr. Fincastle pôs o rifle no ombro e saiu com Isadora para dar uma volta no convés. Ela se mantinha na sombra do pai, de braços dados com ele, o afeto entre os dois bem evidente. A dor cortou minha respiração, prendendo-a entre minhas costelas. Papá e eu fazíamos longas caminhadas pela nossa propriedade, perambulando sem destino. Ele era um homem fácil de amar, e não precisava de muito para ser feliz. Seus livros, uma xícara de café forte, a família por perto e o Egito. Era tudo. Queria ter perguntado mais sobre os pais dele e como eram, se ele havia sido próximo deles. Eu não os conhecera, e agora tinha perdido a chance de aprender mais sobre como meu pai fora criado.

Todos os dias eu descobria algo novo que a morte deles havia me tirado.

Pisquei para afastar as lágrimas, ainda observando pai e filha. Eles olhavam para a água, sem dúvida procurando outro crocodilo para abater. Quando saíram do campo de visão da escotilha, virei-me para meu tio, que pegou um livro em uma das prateleiras do salão e se perdeu imediatamente em suas páginas.

Naquele momento, me ocorreu que havíamos passado pouquíssimo tempo juntos. Meu tio, um homem com tantos segredos que eu duvidava ser possível descobrir todos.

Mas eu podia começar de algum lugar.

O olhar de Whit cruzou com o meu e ele sorriu para mim, a expressão surpreendentemente terna. Ele se serviu de mais uma xícara de café, ergueu-a na minha direção e balbuciou *Boa sorte*, apenas movendo os lábios, antes de se levantar para deixar o salão. Fiquei olhando para ele, incrédula, pensando em sua intuição profundamente perturbadora. Por que o homem não podia agir como um canalha *o tempo todo*? Um patife corpulento que só se importava consigo mesmo?

Seria muito mais fácil odiar alguém assim.

Tentei me livrar da inquietante sensação de que estava caindo em um buraco do qual não conseguiria sair e me concentrei no meu tio, escondido atrás da capa dura de seu livro.

– Tio – chamei. – O senhor poderia deixar a leitura de lado por dez minutos?

– Do que você precisa, Inez? – perguntou ele, distraído.

Sentei-me na cadeira mais próxima.

– Nós mal conversamos desde que cheguei, à exceção das vezes em que me disse que eu precisava deixar o país.

– Parece que não serviu para muita coisa – disse ele com um breve sorriso, pondo o livro de lado.

Depois se recostou na cadeira, cruzou os braços sobre o abdome reto e me observou, seguindo a curva da minha bochecha, a linha do maxilar. Tive a impressão de que procurava qualquer sinal de sua irmã.

Uma irmã que acreditava que ele era um criminoso.

– Sinto falta dos meus pais – falei suavemente. – Estar aqui me ajuda a manter contato com eles.

No rosto, ele carregava cada uma de suas histórias. As linhas traziam aventuras não contadas, as cicatrizes exibiam os momentos perigosos de sua vida, os óculos eram uma necessidade após longos anos curvado sobre livros. No conjunto, tio Ricardo era um exemplo de segredos e busca acadêmica, marcas de um explorador.

– O que deseja saber?

Minha respiração ficou presa no fundo da garganta. Será que teríamos mais muitos momentos como aquele? Só nós dois? Quando chegássemos a Philae, sua atenção e seu tempo provavelmente seriam puxados em mil direções diferentes.

– Eles passaram dezessete anos no Egito. Eram felizes aqui?

Tio Ricardo soltou uma risadinha.

– Você sabe por que os convidei para vir?

– O senhor precisava de dinheiro – afirmei, categórica.

Ele me dirigiu um sorriso triste.

– Eu tinha esgotado todos os meus recursos pessoais e recusei financiamentos de instituições que exigiam artefatos em troca de investimentos. Zazi e eu estávamos no limite, então ela teve a ideia de procurar Cayo e Lourdes. Na opinião dela, era a única maneira de fazer com que nós três pudéssemos continuar com alguma integridade. O trabalho do irmão dela, Abdullah, unira todos nós... Mas aí, ela morreu. – Uma dor aguda cruzou seu rosto, e tive vontade de estender a mão para segurar a dele. Mas me contive, de algum modo sabendo que ele pararia de falar se eu demonstrasse piedade.

E eu não queria que ele parasse de falar.

– Continuei pedindo dinheiro porque acreditava na missão de Abdullah, e porque sabia que Zazi não ia querer que o irmão fizesse isso sozinho. – A linha de sua boca relaxou enquanto ele parecia mergulhar em uma lembrança. – Seu pai ficou feliz desde o início, mas levou tempo para que Lourdes se apaixonasse pelo Egito. Quando isso aconteceu, porém, foi para valer. Não demorou para ela se tornar um recurso indispensável à equipe. Era organizada, e eu confiava nela para pagar todo mundo no prazo, registrando as horas de trabalho. Era muito querida entre a tripulação, sempre divertindo a todos com as peças que pregava. Sua mãe acabou construindo uma vida aqui.

– Ela pregava peças no sítio de escavação? Isso não parece típico de Mamá.

Minha mãe sempre soubera se comportar; sabia a coisa certa a dizer, e era muito popular nos círculos sociais de Buenos Aires.

– Era a versão dela de quando era garota – disse ele baixinho. – O Egito aflorou isso na sua mãe. Lembre-se de que ela se casou jovem, mais nova do que você é agora, e com um homem muito mais velho. Meus pais eram pessoas rígidas que esperavam muito da única filha; e, embora tivessem um bom nome, não tinham dinheiro. Seu pai construiu sua fortuna trabalhando duro, fazendo investimentos inteligentes e tendo sucesso na indústria ferroviária. Era um bom casamento, no entanto, e ambos foram capazes de relaxar aqui. De se tornar quem estavam destinados a ser.

– Mas, ainda assim, pregar *peças*... – Deixei a voz morrer.

A ideia era tão estranha para mim quanto minha mãe usando um vestido de noite vermelho-vivo. Ela nunca demonstrara espírito brincalhão algum comigo. A dor apertou meu coração, e tentei não pensar em como poderíamos ter rido mais se ela tivesse se comportado mais como ela mesma perto de mim.

– Ela tem um lenço de seda antigo capaz de encolher até o tamanho de um amuleto qualquer coisa que consiga cobrir. – A tristeza tingiu seu sorriso. – Perdi as contas de quantos sapatos meus desapareceram.

Enfim, encontrei a voz.

– Bem, consigo ver Mamá dando ordens para todo mundo na equipe.

– Para grande desespero de Abdullah. Ele gosta de manter a ordem, mas sua mãe tentava anular as decisões dele o tempo todo. Tive que intervir muitas vezes. – Ele balançou a cabeça com tristeza. – Com a ajuda dos dois, nunca tive dúvidas de quem fazia o quê, ou quando. Que horas todos chegariam para começar a escavar, ou quanto tempo alguém trabalharia. Ela gerenciava tudo e mantinha registros de todas as descobertas.

– Registros?

– Sim, ela... – Ele hesitou, depois decidiu não terminar a frase. – Era importante para ela manter registros.

– Onde?

– Isso é algo que você não precisa saber. Mas, já que tocamos no assunto, vou lembrar que é necessário cautela quando formos discutir seu tempo aqui. Se você se importa de alguma forma com o trabalho da minha vida, vai guardar para si mesma o que vir e aprender. Faça isso por seus pais, se não por mim.

– Pode confiar em mim.

– Eu bem que gostaria – disse ele, com um real pesar sublinhando cada palavra. – Não em relação a algo assim. Você pode ser parente, Inez, mas no fundo ainda é uma estranha para mim, e não vou arriscar tudo só para não ferir seus sentimentos.

Ele não me conhecia o suficiente para julgar. Não tinha dedicado *tempo* a me conhecer. Éramos estranhos por opção dele, não minha.

– Bom, o senhor também não provou ser confiável.

Ele ficou paralisado.

– Sei que está escondendo algo de mim – acusei. Não havia planejado dizer nada daquilo; agora que tinha começado, porém, não conseguia parar. – Ouvi o senhor falando com o Sr. Hayes sobre Mamá e Papá, então não se dê ao trabalho de negar. O que realmente aconteceu com eles? O que não está me contando, tio?

– Ouvindo atrás das portas, Inez? Isso não é digno de uma jovem dama com a sua criação.

Joguei as mãos para o alto.

– Bom, sou obrigada a fazer isso, já que o senhor insiste em *mentir* para mim.

Ele se pôs de pé, mantendo a guarda alta. Continuei:

– O senhor contratou o Sr. Fincastle, que trouxe armas suficientes para praticamente equipar uma milícia. Por que precisa de segurança em seu sítio de escavação, tio? Meus pais não teriam aprovado tantas armas assim.

As palavras dele ressoaram alto:

– Você não conhecia seus pais!

Recuei como se ele tivesse me dado um tapa. Mas não era mentira, e talvez aquilo fosse o mais doloroso. Eu jamais teria esperado que meus pais fossem tão imprudentes com a própria vida e viajassem pelo deserto sem tomar precauções. A menos que tivessem um bom motivo.

– Eles estavam procurando algo? – perguntei, uma ideia repentina me ocorrendo.

– Como?

– Eles estavam – repeti lentamente, a fúria enlaçando cada palavra – procurando algo? A mando do senhor?

Uma emoção brilhou no fundo de seus olhos. Talvez fosse culpa. Mas meu tio permaneceu em silêncio enquanto minha pulsação disparava. Ele ajustou os óculos, desviando o olhar do meu. Senti um aperto no coração. Era isso, então.

Meu tio enviara Papá e Mamá em uma busca perigosa, e eles haviam perdido a vida por causa dele.

– Me fale sobre o último dia deles, conte o que estavam fazendo. – Minha voz falhou. – Por que o senhor não estava com eles?

– *Chega*, Inez – disse tio Ricardo, afastando-se da mesa. – Pensar nessas coisas só vai trazer dor. Por que não descansa?

– Nós mal começamos...

– Podemos conversar depois que você se acalmar.

Fiquei olhando fixamente enquanto ele saía, furiosa com meu tio e comigo mesma por minha incapacidade de controlar meu temperamento. Kareem entrou, uma jarra de café fresco nas mãos. Sem emitir nenhuma palavra, serviu-me outra xícara.

– *Shokran* – agradeci, depois olhei para ele. – Quanto você ouviu?

Kareem sorriu.

– O barco é pequeno.

Era verdade. Meu tio não poderia me evitar para sempre.

Encontrei Whit escrevendo em um caderno, acomodado em uma das cadeiras macias no convés. Adiante, o Nilo passava por uma terra dividida em trechos verdes, marrons e azuis. Bosques de palmeiras pontilhavam a paisagem em intervalos regulares. A beleza ao meu redor não amenizava minha frustração. Afundei-me na cadeira disponível ao lado da dele. Soprei o cabelo do meu rosto, pousando o olhar na página em que ele escrevia. Vislumbrei desenhos e uma confusão de números rabiscados antes que Whit fechasse bruscamente o diário.

Ele se virou para mim, estreitando os olhos.

– Como foi a conversa com seu tio, *bisbilhoteira*?

Corei.

– Perdi as estribeiras.

Ele fez um muxoxo.

– Acho que meus pais saíram por este deserto, procurando algum artefato, lugar ou... Não sei. *Alguma coisa* – continuei, fitando-o com atenção. – Meu tio também está desesperado para encontrar isso. Você sabe o que pode ser?

Whit deu de ombros, indolente.

– No Egito? Estamos todos procurando alguma coisa.

Havia em seu tom de voz um quê que me fez parar. Será que ele também estava procurando o que meu tio queria? Mas a qualidade nostálgica em sua voz me fez pensar que o que ele procurava era intangível. Não se tratava de algo que pudesse segurar nas mãos ou que tivesse um preço.

– Não entendo tio Ricardo – falei, impaciente. – Não entendo suas decisões, seu comportamento. Sua relutância em conversar comigo.

– Seu tio tem um motivo para tudo.

Detectei uma nota de desaprovação em sua voz. Algo que pedia uma pergunta.

– Whit... Você confia nele?

Ele me lançou um olhar direto que não combinava com seu sorriso indolente.

– Ora, señorita Olivera, existem apenas duas pessoas no mundo em quem confio.

– Tão poucas? – Fiquei olhando para o rapaz, segurando o cabelo para que não voasse em meu rosto. A brisa tinha se intensificado consideravelmente. – Sua família, suponho. Pais?

Os cantos dos lábios dele se contraíram.

– Meu irmão e minha irmã.

– Sua mãe e seu pai não?

– Eu não confiaria neles para salvar minha vida nem se eu estivesse pegando fogo – replicou ele, abrindo um leve sorriso.

Eu não conseguia enxergar o que havia por trás dele. Não parecia nem um pouco chateado, mas seus lábios se retorceram ironicamente, como se soubesse que não conseguiria manter a fachada de desdém. Uma parte minha compreendia. Eu estava começando a perceber que tampouco confiava nos meus pais. Era difícil, sabendo que guardavam tantos segredos. Eles me amavam, mas não haviam compartilhado a vida com a única filha. Era difícil aceitar, difícil de entender. Outra rajada de vento passou entre nós, e o barco deu um solavanco brusco.

Eu me assustei e olhei ao redor, alarmada.

Whit sentou-se abruptamente na espreguiçadeira.

– Isso não foi...

O convés do *Elephantine* gemia enquanto o barco oscilava repentinamente.

– Isso é normal? – perguntei, minha apreensão aumentando.

Ele me ajudou a ficar de pé e me levou até a amurada, apontando para o rio escuro cujas águas se revoltavam à medida que o vento soprava à nossa volta na forma de uma tempestade intensa. A água ficara turbulenta, subindo e descendo entre grandes rochas protuberantes.

– Preciso encontrar o *reis* Hassan – disse ele, em tom sombrio.

– Vamos ficar bem? – Mas ele não estava me ouvindo, a atenção focada na água. Um arrepio percorreu minha pele, fazendo os pelos dos meus braços eriçarem.

Agarrei a frente da camisa dele com uma das mãos.

– *Whit.*

O homem olhou para baixo, os lábios entreabertos de surpresa. Seus olhos azuis encontraram os meus com força total. Ele levou a mão até o meu rosto, lento e hesitante, quase tocando minha pele. Algo frio brilhou em seus olhos, e ele baixou o braço. Senti falta do toque que não aconteceu. Gentilmente, ele soltou meus dedos da camisa e se afastou de mim, o rosto se fechando como se fosse uma porta pela qual se recusava a deixar alguém passar.

O barco mergulhou novamente, e algo raspou no fundo do casco do *Elephantine*.

– O que foi isso?

– Volte para sua cabine. – Ele me deixou no convés. – Estou falando sério, Olivera.

O barco adernou para a direita, me fazendo cambalear, e balancei o braço para o mesmo lado a fim de me equilibrar. Dei um passo hesitante à frente, depois outro, mas a embarcação se inclinou de novo e tive a sensação de que meu estômago despencava até os pés. Voltei para o salão. O restante da tripulação passava apressada por mim, falando em um árabe muito rápido. Todos exibiam uma expressão de pânico no rosto.

– *Sitti!* A senhorita precisa ir para o seu quarto! – disse Kareem, passando correndo por mim. – Não é seguro ficar aqui!

– Assim que eu encontrar meu tio – respondi.

No entanto, o menino já tinha desaparecido de vista. Corri para o salão e encontrei tio Ricardo enrolando um mapa que estava aberto sobre a mesa. Algo batia nas janelas, e deixei escapar um arquejo quando vi o que era.

– Isso é *areia*? – perguntei.

Em dois passos, tio Ricardo estava na minha frente.

– Está vindo do deserto.

O barco gemeu alto ao atingir algo duro sob nossos pés. O rosto do meu tio empalideceu enquanto me fazia dar meia-volta e me empurrava em direção à cabine.

– Fique na sua cabine até eu dizer que é seguro sair, Inez. Se a embarcação virar, saia pela escotilha. Deixe tudo para trás. Entendeu?

Meio atordoada, assenti e corri para obedecer, o coração batendo na garganta. Fechei a porta ao entrar e me sentei no chão, abraçando os joelhos junto ao peito. Mas não, ficar sem fazer nada em um momento como aquele era uma imensurável tolice. Caso o barco emborcasse, o que aconteceria?

Analisei a cabine com olhar crítico.

O que eu suportaria perder?

Nada dos meus pais. Os itens não eram especiais para mais ninguém – mas, por terem pertencido a eles, se tornavam inestimáveis a mim. O barco balançava, gemendo ao ser jogado de um lado a outro pelas fortes rajadas do vento assassino que uivava do lado de fora da escotilha. Levantei-me com pernas trêmulas, os braços girando sem equilíbrio, e dei passos cautelosos em direção às gavetas debaixo da cama.

Uma imprecação em voz alta me deteve.

Parecia a voz do meu tio.

Corri até a porta e varri o pequeno corredor com os olhos. Uma das portas do lado oposto estava entreaberta, movendo-se no ritmo do balanço do barco. Ela rangia alto. Saí, já abrindo a boca...

Pelo batente, avistei meu tio. A porta oscilava para a frente, bloqueando minha visão, mas em seguida se movia para trás. Fui me aproximando, os passos leves sobre a madeira. Tive a impressão de ver algo familiar...

Tio Ricardo mexia rapidamente em suas coisas – não muito diferente de mim, alguns instantes atrás. Mas em suas mãos estava um caderno, a capa pintada com exuberantes peônias. Eram as flores favoritas da minha mãe. Eu reconheceria o diário dela em qualquer lugar.

Afinal, fora eu quem o pintara, frente e verso.

Meu tio se ajoelhou sobre o baú e puxou de dentro dele várias folhas soltas, lendo o conteúdo às pressas e depois dobrando-as ao meio, para em seguida enfiar tudo entre as palavras de Mamá. Minha intuição foi acionada, e o impulso de entrar correndo e exigir que ele me entregasse os pensamentos privados de minha mãe quase me dominou. Mas continuei onde estava, enfim usando a razão. Se eu entrasse naquele momento, ele provavelmente mentiria, e depois faria de tudo para manter as coisas dela escondidas de mim.

Melhor esperar ele sair da cabine.

Tio Ricardo deixou o cômodo às pressas, a parte superior do corpo inclinada para a frente como se fosse um touro em pleno ataque. Quando desapareceu escada acima, atravessei rapidamente o corredor estreito, fechando a porta ao entrar.

Ele tinha deixado o espaço arrumado e organizado, o baú trancado. Murmurando um palavrão, fiquei de joelhos e tirei um grampo do cabelo. Eu sabia abrir fechaduras graças à fascinação do meu pai em aperfeiçoar talentos aleatórios. Ele conseguia prender a respiração debaixo d'água por três minutos, e sabia fazer e desfazer vários nós de marinheiro diferentes; e, por uma temporada, ficara fascinado por ladrões.

Enfiei o grampo na fechadura, forçando-a para um lado. Quando vi que não funcionaria, tentei o outro lado, agradecendo à minha tia pelas vezes em que me trancava no meu quarto sempre que eu me comportava mal. A tampa do baú abriu, e, no momento que o barco dava outro solavanco, levantei-a.

O diário de Mamá estava em cima da pilha de mapas enrolados.

Eu precisaria de tempo para ler cada registro, mas não podia me dar ao luxo. Só tinha aquela oportunidade, enquanto todos os outros lutavam para manter o *Elephantine* inteiro durante a tempestade. Com tal pensamento, corri de volta para minha cabine. Peguei a bolsa de mão e a de lona e me sentei debaixo da escotilha enquanto a areia era lançada em rajadas furiosas contra o vidro. Se o barco virasse, eu queria estar o mais perto possível de uma saída.

Só então comecei a ler.

E foi quando corri os olhos pela anotação na última página que tudo mudou.

> *Meu irmão e eu não temos mais como voltar. Ele seguiu por um caminho que não seguirei, mas não suporto a ideia de procurar as autoridades. Ah, mas como posso escrever tal coisa? Eu preciso ir! É meu dever! Suas ameaças me aterrorizam. Na última vez que discutimos, doeu muito para me levantar do chão. Ricardo disse que não tinha sido sua intenção me machucar, mas machucou.*
>
> *Até agora, ainda carrego os hematomas. Não posso ignorar a verdade.*

Temo por minha vida. Temo pela vida de Cayo.
E não sei o que devo fazer. Ele é meu irmão.
Mas é um assassino.

De início, não consegui atribuir sentido às frases. Depois, porém, cada palavra se cristalizou, só bordas afiadas e linhas duras.
Ameaças.
Hematomas.
Assassino.
Minha mãe temera por sua vida. Desabotoei a gola do vestido, ofegando, lutando para respirar. Ela estava vivendo cheia de *pavor* pelo que o próprio irmão poderia fazer. O desespero e a desesperança gravados em cada letra trouxeram clareza à minha mente. Como se a névoa tivesse se dissipado, e eu pudesse ver o que estivera escondido de mim.
Quem tio Ricardo tinha matado?
E, se tinha feito aquilo uma vez, poderia fazer novamente.
Durante todo aquele tempo, meu tio se recusara a me dar detalhes sobre a morte dos meus pais, e agora eu enfim entendia por quê. A resposta estivera na minha frente o tempo todo. Do lado de fora da escotilha, a borrasca rugia. Uma tempestade exigindo o que lhe era devido. Li a anotação novamente, e minha visão se turvou enquanto eu começava a ouvir o que minha intuição estava desesperadamente tentando me dizer. Todas as pistas estavam ali. Meu tio não queria minha presença no Egito. Ele envolvera Whit em atividades ilegais. Recusava-se a me contar o que tinha acontecido com meus pais. O bilhete da minha mãe para monsieur Maspero, pedindo ajuda. O curioso cartão com a ilustração de um pórtico, com hora, lugar e data no verso. E agora a anotação no diário dizendo que meu tio a agredira fisicamente. Com força suficiente para deixar hematomas.
A verdade era um punho de ferro em torno do meu coração, apertando com força.
Meu tio tinha matado meus pais.

Eu precisava sair do *Elephantine*. Levei poucos segundos para arrumar todas as minhas coisas. Fora da cabine, encontrei o corredor vazio. A tripulação, meu tio, Whit e, tenho certeza, o Sr. Fincastle estavam no convés superior. Ninguém perceberia que eu carregava minha bolsa até a amurada. Ninguém notaria uma pessoa a menos no *dahabeeyah*. Abri a porta, olhei para um lado e para o outro, atravessei apressada o corredor estreito. Espirais de areia batiam no meu cabelo, deixando-o áspero e duro. Lá em cima, os gritos das pessoas eram levados pelo vento cortante. Cheguei à amurada, a alça da bolsa se enterrando na palma da minha mão.

Lá embaixo, a água se agitava.

Lembrei-me de como o rio havia passado por cima da minha cabeça. Como me segurara em suas garras. Com a mão trêmula avancei, o medo se retorcendo violentamente dentro do peito. A indecisão pairava acima de mim; após um longo momento, baixei o braço.

Era tolice pular.

Minhas chances de sobrevivência eram pequenas. Se eu ficasse a bordo, meu destino era igualmente turvo. Olhei fixamente para o rio profundo, o medo subindo pela garganta. Nele havia crocodilos e cobras, uma correnteza maligna e ventos violentos.

Mas, no *Elephantine*, havia um assassino.

Cerrei os olhos, a respiração acelerada. Senti o gosto da areia entre os dentes, a saia do vestido chicoteando violentamente minhas pernas. Mesmo que sobrevivesse à tempestade, mesmo que sobrevivesse ao Nilo, o que faria em seguida? Como continuaria até Philae?

Meus olhos se abriram de súbito.

A pergunta me chocou. Meu corpo queria fugir do barco, do rio, do Egito. No entanto, havia uma parte de mim que não queria desistir dos meus pais. Se eu fosse embora, nunca saberia como eles realmente tinham morrido. Nunca saberia por que meu tio os tinha matado. A razão finalmente assumiu o controle, repelindo o terror. Até aquele momento, meu tio não fizera nada para me ameaçar ou machucar. Às vezes era até cortês – embora tivesse perdido a paciência no dia em que descobrira meu embarque clandestino no *Elephantine*. Ele não me atacara.

Enquanto achasse que eu não sabia a verdade, não tentaria nada contra mim.

Recuei devagar, afastando-me da amurada. Depois me virei e voltei até a cabine dele, devolvendo o diário ao lugar. Em seguida, retornei à minha cabine em uma espécie de transe. Eu iria até o fim.

Independentemente do que acontecesse.

WHIT

A corda queimava a palma da minha mão. Sob meus pés, o convés se precipitava e oscilava, levando-me a flexionar os joelhos para não cair. O restante da tripulação trabalhava nas velas, tentando usar o vento para nos ajudar a vencer a tempestade sem causar danos ao *dahabeeyah*. O *reis* Hassan gritava ordens, o som abafado pelo batimento rápido do meu coração se chocando contra as costelas.

O barco estremeceu. A madeira estalava e gemia, mas eu segurava com firmeza a corda. Cada rajada de vento nos empurrava para as margens. Eu tinha certeza de que, a qualquer momento, as rochas causariam danos suficientes para a embarcação encalhar. Pensava nos livros de química que minha irmã tinha me enviado, aqueles que eu não teria tempo para salvar se a água nos engolisse. Eles me ligavam a ela. Ela sempre soubera do meu amor pelas ciências, meu desejo de entender como o mundo funcionava. Puxei a corda com mais força ainda, não querendo perder aquela conexão com ela.

A tripulação corria à minha volta em um borrão vertiginoso, as expressões tensas e preocupadas.

Pensei brevemente em Olivera. Eu tinha prometido que nada aconteceria a ela. A irritação fez minha boca se retorcer em uma careta. Eu não tinha nada que fazer promessas àquela garota.

A única em quem eu tinha o direito de pensar estava na Inglaterra.

CAPÍTULO DIECISIETE

A batida na porta veio horas depois. Eu passara a noite andando de um lado para outro, incapaz de me sentar, dormir ou descansar. *Meu tio era um assassino.* O pensamento não me deixara nem por um instante, um coro interminável para uma música que eu nunca mais queria ouvir. Parte de mim desejava jamais ter lido o diário de Mamá. Minha imaginação tinha transformado os últimos momentos dos meus pais na terra em um pesadelo. Eu não conseguia parar de pensar em como os dois deviam ter seguido meu tio à medida que ele os conduzia, adentrando cada vez mais no deserto, confiando a vida a ele. Sem nunca imaginar que ele os deixaria lá para queimar sob o sol.

Era a única explicação para a morte deles que fazia algum sentido. Mamá e Papá eram inteligentes demais para irem até lá sozinhos.

A batida soou novamente.

Quando abri, dei de cara com Whit em seu costumeiro estado amarrotado – talvez um pouco mais do que o normal. Seu corpo todo pareceu respirar fundo ao me ver. Seu exame foi minucioso; percorreu meu corpo com o olhar de cima a baixo, como se quisesse se certificar de que eu estava sã e salva. Eu sabia exatamente o que ele via: olhos cansados, maxilar tenso, ombros caídos.

A tempestade tinha sido terrível. Mas o que eu descobrira no dia anterior foi o que realmente me destruíra.

Ele dobrou os joelhos para poder olhar nos meus olhos.

– Você está bem? Parece exausta.

– *Estoy bien* – grunhi, surpresa por conseguir falar.

Tinha gritado no travesseiro, subjugada pela traição do meu tio.

Eu passara a noite chorando. Quando a manhã chegou, prometi a mim mesma que não derramaria mais uma só lágrima até descobrir a verdade sobre a morte deles.

Depois, de alguma forma, eu arruinaria tio Ricardo.

– Você está sendo convocada – disse Whit sem rodeios.

– Acabou? – Mais grunhidos. – Estão todos bem?

– Estamos todos em um estado deplorável, mas sim.

Apoiei o corpo no batente da porta. Pelo menos isso.

– O *Elephantine* sobreviveu aos ventos sem danos sérios – disse ele, a voz curiosamente gentil. – Estamos nos aproximando de Assuã. Enquanto a tripulação compra suprimentos, vamos comer e beber alguma coisa no Old Cataract Hotel. Eles têm o melhor chá de hibisco no deserto. Você vai adorar. Abdullah e a neta estarão lá para nos encontrar. Já falei dela antes? A fotógrafa? Sim? Você vai se dar bem com Farida, ela é uma garota de atitude. A vista do Nilo que se tem do terraço é espetacular. Recomendo levar o bloco de desenho, Olivera.

Ele gesticulava enquanto falava, e algo me chamou a atenção.

– Whit – murmurei. – Suas mãos.

As palmas estavam vermelhas, desfiguradas por bolhas bem feias.

Tentei segurar suas mãos, mas ele as enfiou nos bolsos e recuou, apoiando o peso nos calcanhares e aumentando a distância entre nós. Franzi a testa, sem entender por que de repente ele não queria respirar o mesmo ar que eu, por que de repente não parecia querer estar perto de mim.

– Esteja pronta em dez minutos – disse ele. – Por favor.

– Você está sendo educado? – perguntei, chocada.

Mas ele se foi.

– Acho que não – murmurei, piscando enquanto observava suas costas largas à medida que ele se afastava pelo corredor e desaparecia de vista.

O rapaz não olhou para trás, não desacelerou sua saída abrupta. Virei-me, peguei minhas coisas e fui para o convés, encontrando toda a equipe e a tripulação reunidas na amurada em silenciosa contemplação.

Olhei adiante e arquejei. Sem nem perceber, dei um passo à frente até ficar ombro a ombro com tio Ricardo. A cidade de Assuã surgia com seus altos bancos de areia e suas palmeiras majestosas, as folhas curvadas como dedos me chamando para casa. Conforme nos aproximamos, a areia foi dando lugar ao granito. De onde eu estava, podia facilmente ver a primeira catarata esparramada pelo rio, pedras pontilhando a paisagem como cogumelos surgindo no chão da floresta.

– É lindo – murmurei.

Meu tio inclinou o queixo na minha direção.

– Há muito mais.

Assassino. Assassino. Assassino.

Fiquei rígida com sua proximidade; um segundo depois, me forcei a relaxar os ombros. O sorriso no meu rosto não parecia natural.

– Muito mais quanto? – perguntei.

Ele olhou fundo em meus olhos.

– *Muito* mais.

– Lá está a ilha de Elefantina – apontou tio Ricardo enquanto esperávamos uma carruagem vazia para nos levar ao Old Cataract Hotel. – Eu sempre a amei.

Emiti um som genérico e me afastei dele. Cada palavra que saía da sua boca me enervava. Meus olhos encontraram Whit. Ele estava parado ao lado das malas e, embora permanecesse prestativo e educado, não olhava na minha direção. Eu devia ter feito ou dito algo errado. Mas o quê? Nossas interações tinham sido normais. Bem, normais para nós, de qualquer forma. Lutei contra a inquietação, lembrando a mim mesma que ele tinha um trabalho a fazer e eu era apenas um item a ser verificado em uma longa lista de responsabilidades.

– Peço que nos desculpem a ausência pelo restante da noite – disse o Sr. Fincastle quando uma carruagem parou. – Minha filha e eu já temos um compromisso marcado que não podemos perder.

– Mas eu queria que você conhecesse Abdullah – protestou meu tio. – Ele e a neta estão nos esperando no terraço do hotel. Não podem cancelar esse outro compromisso?

Os lábios do Sr. Fincastle se contraíram. Tive a impressão de que ele não gostava de ser colocado contra a parede.

– Receio que conhecer seu capataz...

– Sócio – corrigiu meu tio, estreitando os olhos. – O que você já sabia.

– Lamento, mas as apresentações terão que esperar até amanhã – disse o Sr. Fincastle, como se meu tio não tivesse falado.

– Mas certamente podemos separar alguns minutos para dizer olá, Papa. – Isadora espanou a poeira do vestido.

– Já estamos atrasados – disse o Sr. Fincastle, em um tom que não admitia discussão.

Ela ficou em silêncio, os dedos apertando a bolsa com firmeza. De repente, desejei ter me esforçado mais para conhecê-la no *Elephantine* – o problema é que ela nunca ficava longe do pai. Ele estava constantemente perto da jovem: ou acompanhando-a até a cabine que compartilhavam, ou absorto em conversas com ela. Isadora parecia nunca ter um momento livre.

– O *Elephantine* partirá para Philae de manhã – disse tio Ricardo. – Nos encontraremos no saguão do Old Cataract. Por favor, seja pontual.

Os lábios do Sr. Fincastle se comprimiram, mas ele assentiu e guiou a filha até a carruagem à espera.

Subimos na nossa própria carruagem, e os dois cocheiros nos conduziram pela rua apinhada até um prédio pitoresco em estilo vitoriano, pintado com a cor do pôr do sol. Erguia-se no topo de um penhasco de granito que ficava de frente para a ilha de Elefantina. A vegetação exuberante cercando o estabelecimento transmitia refinamento. Whit desceu da carruagem primeiro e se virou para me ajudar, a mão estendida na minha direção.

Considerei ignorar o gesto, concluí que seria infantil e aceitei a ajuda. Seus dedos calosos fecharam-se sobre os meus por um breve momento; um formigamento irradiou do toque, subiu pelo meu braço e me deixou sem ar.

O rapaz soltou minha mão no instante que minha bota tocou o chão.

– *Gracias*. – Baixei a voz. – O que há de errado, Whit?

Ele arqueou as sobrancelhas.

– Ora, nada, Olivera. – Sorriu, mas parecia forçado. O tipo de sorriso que eu usava com meu tio.

Whit foi até o cocheiro ajudar com a bagagem. Atendentes do hotel vieram apressados nos receber, conduzindo nosso grupo pela grandiosa entrada decorada em ouro e bordô, com portas em arco e móveis de madeira entalhada, a elegância rivalizando com a do Shepheard's. Mal tive tempo de observar todos os detalhes antes de sermos levados diretamente para o terraço com vista para o rio Nilo.

– Abdullah!

Meu tio gesticulou para o homem mais velho vestido com um terno casual, de bom corte mas sem grandes pretensões. Sua pele de um tom magnífico de marrom contrastava com o creme pálido da camisa de linho, e uma jovem se inclinou na direção dele para ajustar um dos botões de seu colarinho. Ela usava um confortável vestido para caminhar, prático e sem enfeites. Um xale leve nos ombros tremulava na brisa fresca e, nos pés, ela usava botas robustas de couro. Era bonita, com pele luminosa e olhos castanhos afetuosos, que brilhavam com inteligência.

Abdullah e Farida.

Sem pestanejar, Whit caminhou até ela com um largo sorriso, e ela se levantou para cumprimentá-lo e retribuir o sorriso. Abdullah trocou um aperto de mãos com meu tio e fez um sinal para que o restante de nós se acomodasse em torno da mesa de madeira. Antes de tomar meu assento, eu me aproximei de Abdullah.

– É um prazer enfim conhecer o senhor – falei. – Sou a filha de Cayo e Lourdes Olivera...

– Mas eu sei exatamente quem você é – interrompeu ele. – Lamento muito sua perda, señorita Olivera. De verdade.

Engoli em seco, piscando para conter a umidade repentina que enchia meus olhos. Sem enxergar direito, acomodei-me ao lado da jovem, que inclinou a cabeça.

– Você é a fotógrafa – falei.

Farida riu.

– Isso soa maravilhoso. Estou aprendendo fotografia, mas não sou profissional. Ainda. – Sua voz era calorosa e doce, e ela apontou para uma caixa de madeira que estava em cima da mesa com uma lente circular, tendo ao lado um estojo de couro. – Eu estava justamente tirando uma foto do meu avô.

Minha boca se escancarou.

– É uma *Kodak*?

Farida assentiu.

– Meu avô comprou para mim durante uma de suas viagens. Ela pode tirar até cem fotos com um clique.

– *Cem?* Maravilhoso! – exclamei, estendendo a mão para tocar a moldura.

Uma faísca invisível saltou dela, vindo na minha direção, como se eu tivesse encontrado uma corrente oculta. Meus olhos voaram para os da garota, que piscou para mim.

Fiquei olhando para a câmera portátil, atônita. Havia sido feita com um objeto tocado pela magia. Farida a ergueu da mesa e tirou uma foto, e, pela próxima meia hora, tiramos fotos do meu tio e de Abdullah, de um Whit que ria enquanto fazia poses bobas, e do rio Nilo cintilante que serpenteava em torno do penhasco rochoso. Comemos uma refeição deliciosa de falafel, homus e um molho cremoso de tahine, e bebemos chá de hibisco carregado de açúcar. Whit estava certo: adorei a comida.

Abdullah limpou a boca com um guardanapo de linho.

– Odeio mencionar os negócios, mas onde está seu novo recurso, Ricardo?

– Ele já tinha planos marcados, aparentemente – disse tio Ricardo, revirando os olhos. – Mas ele e a filha vão nos encontrar no saguão amanhã de manhã.

– E os dois juraram sigilo?

Virei a cabeça na direção de Abdullah. Apesar da bebida gelada que eu estava tomando, minha boca ficou seca. O cartão quadrado enfiado dentro da minha bolsa nadou diante dos meus olhos.

– Sigilo?

– Ela ainda não sabe o que fazemos – disse Ricardo.

– Você não contou? – perguntou Abdullah, surpreso.

Agarrei a borda da mesa, alternando a atenção de um homem para o outro. Estavam todos envolvidos nas atividades ilegais do meu tio? E estavam prestes a compartilhar o quê, exatamente? Ali, no meio do terraço, com o sol brilhando e outros clientes jantando à nossa volta? Farida fotografando?

Ricardo tomou um gole do expresso.

– Inicialmente, não a incluí em nossos planos. Além disso, trata-se do seu reino, Abdullah. Eu apenas trabalho nele. Pensei que seria prudente falar com você primeiro. Inez tem um certo talento que pode ser útil.

– Eles trocaram um olhar carregado de significado, mas não consegui interpretar.

Farida ergueu a Kodak e apertou o botão.

– Que tipo de talento? – perguntou Abdullah.

– Sou uma artista – falei, franzindo a testa. – Creio ser capaz de copiar a arquitetura de Philae com relativa facilidade.

Farida assentiu em aprovação.

– Será um ótimo complemento às fotografias que tirei.

– Exatamente – concordou tio Ricardo. – O que acha, Abdullah?

– Dada a morte de seus pais, ela merece saber – respondeu ele.

– Concordo plenamente. – Whit empurrou seu prato vazio para o lado. Ele se levantou com cara de quem pede desculpas. – Me perdoem, mas preciso fazer algumas coisas antes de partirmos amanhã de manhã. Foi uma refeição maravilhosa.

Com um pequeno aceno, ele se foi, enquanto eu permanecia ali sentada e atordoada. Ele fazia parte do segredo. O segredo nefasto. A confirmação me deixou inexplicavelmente triste.

– Então aconselho que conte a ela apenas o que ela precisa saber – disse meu tio, retomando o fio da conversa. – Não posso garantir que ela ficará aqui por muito tempo.

Meus lábios se comprimiram. Eu entendia a insinuação do meu tio muito bem. Ele governava minha vida e, a qualquer momento, poderia decidir me mandar de volta para a Argentina. Não fazia sentido me contar tudo, mesmo que eu tivesse o direito de saber o que eles estavam tramando. Afinal, meus pais tinham financiado todo o empreendimento.

– Há mais de uma década, venho liderando uma equipe de escavação em vários locais com a esperança de compreender a herança dos meus compatriotas – começou Abdullah. – Ao longo dos anos, fizemos descobertas surpreendentes.

Franzi a testa.

– Mas nunca ouvi falar de nenhuma.

– Não poderia mesmo ter ouvido – replicou Abdullah. – Porque, depois de cada uma, dei ordem de cobrir nossos rastros. Na verdade, foi ideia da minha irmã Zazi, que, antes de falecer, pediu a Ricardo e a mim que continuássemos com a prática. Ninguém da minha equipe está autorizado a pegar nada ou revelar o que viu. Mantemos a mesma equipe leal desde o início, e nosso objetivo é registrar o que encontramos para que as futuras gerações possam aprender sobre nossa história.

Farida estendeu a mão e segurou a dele. O afeto entre os dois brilhava como a luz das estrelas.

Aquele era o segredo nefasto? Eu estava esperando... Sacudi a cabeça, ciente de que todos estavam aguardando minha reação.

— Acho que é uma iniciativa tremenda — falei devagar. — E estou feliz por ser parte dela, ainda que pequena.

— Seja bem-vinda ao Egito, Inez — disse Abdullah, abrindo um largo sorriso.

Cerrei as mãos sobre o colo, mal ouvindo as palavras. Meu tio trabalhava para Abdullah porque era o que sua esposa gostaria que ele fizesse. Lidava com os terríveis burocratas no Cairo, suportava horas intermináveis escavando sob um sol escaldante, e trabalhava ao lado do cunhado — tudo pelo amor da esposa falecida.

Eu queria nunca ter sabido daquela informação.

Porque, no instante em que levantei a cabeça, tio Ricardo olhou nos meus olhos e sorriu para mim, e eu soube a verdade.

Ninguém naquela mesa sabia que meu tio era um assassino.

Ninguém, exceto, talvez, Whit.

 ## WHIT

O bordel estava lotado e repleto de fumaça. Eu me apoiei no balcão do bar e mexi o uísque no copo uma, duas vezes. O cheiro de incenso pairava no ar, grudando nas minhas roupas. Meu informante me disse que os agentes de Sterling estariam ali. Eles tinham uma predileção por aquele estabelecimento em particular.

Pousei o copo no balcão sem beber. Precisava estar lúcido.

Por fim, dois homens afastaram a cortina de veludo na entrada do quarto e me endireitei, alerta. Eram exatamente como haviam sido descritos: pele e olhos claros, ingleses. Vestiam camisa engomada, de colarinho passado. E já estavam embriagados.

Ótimo.

Eles marcharam direto para o balcão, parando a poucos centímetros de mim. Um pediu bebidas enquanto o outro olhava à sua volta como quem avaliava o lugar. À procura de quaisquer sinais de problema. O barman começou a trabalhar, falando por cima do ombro:

– Esta noite Basil não veio?

O agente mais baixo negou com a cabeça.

– Preso no Cairo para resolver alguns negócios desagradáveis.

– Blanche ficará decepcionada – disse o barman, a voz tingida de sarcasmo.

Baixei os olhos para o copo. Reconheci o nome da famosa cortesã francesa. Cabelo ruivo e olhos castanhos cor de uísque, sardas cobrindo os ombros e o colo. Eu deveria saber que Basil era seu cliente.

– Não gostou? – perguntou o barman, ríspido.

Era novo – estrangeiro, a julgar pelo sotaque. Alemão, eu diria.

Balancei a cabeça, distraído, a atenção já focada na madame. Ela se mantinha de lado, observando seu reino com expressão desapaixonada. O vestido de seda brilhava à luz baça das velas, uma suavidade que contrastava com a rigidez da sua postura.

Se eu quisesse ter a chance de falar com Blanche, precisaria conquistar a madame.

Empurrei a bebida no balcão, paguei ao barman e me dirigi lentamente na direção da mulher. Ela me avistou assim que percebeu minha intenção, acompanhando meu deslocamento lento pela multidão. Sorriu, astuta e interessada. Estava me lançando a isca, me atraindo para mais perto.

Mas eu queria ser pego.

– Boa noite – cumprimentei, abrindo um sorriso despreocupado.

– Já vi o senhor aqui antes – murmurou ela com a voz rouca.

– Preciso de Blanche.

As sobrancelhas escuras se franziram.

– Já esteve com ela antes?

– Ela está disponível esta noite? – perguntei, a expressão cuidadosamente neutra.

– Não está – disse a madame, seu tom contrito.

Não acreditei nem por um segundo.

– Mas se o senhor voltar amanhã, talvez... – continuou ela.

– Tem que ser hoje à noite – falei, e coloquei um maço de piastras egípcias em sua mão. – Estou disposto a fazer valer a pena.

A madame olhou para o dinheiro, ponderando visivelmente sua decisão. Com óbvia relutância, devolveu as notas.

– Receio que seja impossível.

Seu perfume me envolveu como um punho apertado. Deliberadamente, coloquei o dinheiro de volta em sua mão, acrescentando mais cédulas.

– Meia hora.

A madame analisou os arredores, o olhar se demorando em alguém na multidão. A tensão se acumulou nos meus ombros enquanto esperava, a mão pairando perto do bolso do casaco. Eu entregaria cada cédula que tinha para ver Blanche. Mas ela assentiu para si mesma e fez um gesto em direção à escada.

– Meia hora – concordou a mulher. – Não me faça ir até lá buscar o senhor.

– Posso ser rápido quando estou extremamente motivado – afirmei, com uma piscadela, enquanto me afastava tonto pelo triunfo e pensando em Blanche.

Quando cheguei à porta do quarto, bati uma vez e ela se abriu, revelando a mulher delicada conhecida por atrair homens em massa ao bordel. Sua camisola escorregara, deixando o ombro à mostra e revelando a constelação de sardas que cobria a pele pálida. Por alguma razão inexplicável, a imagem de outros ombros flutuou diante dos meus olhos. Ombros estreitos e aprumados em desafio.

Afastei o pensamento indesejado. Não havia lugar para ele naquele quarto.

Blanche abriu mais a porta, os olhos calorosos se demorando no meu rosto, um sorriso florescendo nos lábios. Ela tinha gostado do que vira. Com um sorriso coquete, fez sinal para que eu a seguisse para o interior do quarto. A expectativa pulsava no meu sangue, fazia minha cabeça girar. Lavanda espiralava em seu rastro, o perfume inebriante – que me fazia pensar em outro, mais doce.

Fechei a porta ao entrar, o olhar fixo em Blanche. Ela parou ao lado da cama estreita, jogou o quadril para o lado e desfez o laço da camisola, revelando a curvatura dos seios. No salão lá embaixo, o clima era vibrante e excessivo. A conversa alta e desagradável, a música ensurdecedora – nada daquilo passava pela porta. O quarto estava cheio de tensão, e silencioso com a expectativa.

Blanche veio em minha direção, o roupão se abrindo para revelar as longas pernas. Ela estendeu o braço, a mão pequena aninhando minha nuca. Seu queixo se ergueu; ela estava perto o suficiente para que eu pudesse ver cada um de seus cílios escuros. Lentamente, Blanche puxou meu rosto para baixo, seus lábios a centímetros da minha boca, os olhos azuis capturando os meus.

O golpe potente do desejo nunca veio, mesmo eu estando à espera. Eu deveria estar me afogando naquela mulher, mas em vez disso... A frustração se enroscou em meus nervos quando segurei com firmeza suas mãos e as afastei do meu rosto.

– Não há necessidade de ir além, *mademoiselle*.

Ela se deteve, as sobrancelhas delicadas se unindo. Afastei-me dela e me aproximei da cama, sentindo que podia respirar novamente. Deixei o restante do meu dinheiro sobre o colchão e me virei para encarar a mulher. Deliberadamente, deslizei o robe novamente sobre seus ombros, cobrindo cada centímetro de pele, e disse:

– Preciso de outra coisa da senhorita.

PARTE TRÊS

JOIA DO NILO

CAPÍTULO DIECIOCHO

A água batia suavemente no casco do *Elephantine*, e me inclinei sobre a amurada para fitar o verde profundo do Nilo. Whit estendeu a mão cálida e envolveu meu braço, puxando-me delicadamente para trás. Lancei-lhe um olhar inquiridor. Seus ombros estavam tensos, e ele exibia olheiras profundas.

– Não estou com disposição para salvar você se cair.

Arqueei as sobrancelhas diante do tom brusco.

– Você está com fome ou apenas cansado? Bêbado, talvez?

Sua expressão perplexa me fez rir.

– Não estou bêbado. Se estivesse, você saberia. No entanto, estou com fome, cansado, com calor e, no geral, aborrecido.

– Sua manhã não está sendo boa – observei.

Ele me lançou um olhar inexpressivo.

Estreitei os olhos.

– O que foi fazer ontem à noite?

– Isso – disse ele suavemente – *não é da sua conta*.

– Inez – chamou tio Ricardo. – Não perca isso.

Dei as costas a Whit a tempo de ver Philae surgir em nosso campo de visão, delineada contra a luz da manhã, suave e impactante. Palmeiras majestosas se erguiam da água, as folhas balançando suavemente na brisa leve que deslizava sobre o rio. Colunatas altas e imponentes feitas de pedras com matizes dourados pairavam sobre o *Elephantine*, um imenso portal que dava as boas-vindas aos viajantes adentrando outro mundo, outra vida. Rochas empilhadas emolduravam a passagem de ambos os lados, antigas, formidáveis e sólidas, erguendo-se contra um pano de fundo de colinas roxas. Cercando a ilha havia outras menores, guardiãs rochosas e formidáveis da joia do Nilo. Os pilares do templo ficavam mais altos à medida que fazíamos nossa lenta aproximação. Eu nunca tinha visto nada tão bonito em toda a minha vida.

Isadora e o pai se encontravam do meu outro lado, e conversavam animadamente enquanto examinavam Philae do ponto de vista da segurança.

– Há lugares demais para barcos se aproximarem e atracarem – afirmou o Sr. Fincastle.

– Talvez possamos pedir que alguns tripulantes fiquem de guarda – sugeriu Isadora.

Virei-me para encará-los.

– De guarda contra o quê, exatamente?

– Ora, visitantes indesejados, é claro – disse o Sr. Fincastle.

– Isso eu deduzi por conta própria. – Cerrei os dentes. – Quem meu tio está esperando?

– Turistas intrometidos – respondeu o homem. – É uma mera precaução.

E, com um sorriso frio, ele se afastou. Isadora se deixou ficar para trás, as feições delicadas banhadas pela luz dourada das primeiras horas da manhã.

– Ele pode ser bem irritante, eu sei. Mas tem boas intenções. Meu pai leva o trabalho muito a sério.

– Eu queria saber por que meu tio o contratou – admiti.

Isadora olhou rapidamente por cima do ombro e depois se virou para mim, me encarando. Seus olhos eram muito azuis, da mesma cor que os do pai.

– Acredito que ele tenha sido contratado por causa do que aconteceu com seus pais.

Ora, ora. As rédeas sob as quais o pai a mantinha não eram assim tão curtas quanto eu acreditava.

– Foi o que pensei. Mas por quê?

– Porque a morte deles causou uma comoção e tanto na sociedade do Cairo.

Cheguei mais perto da garota.

– Como assim?

Ela arqueou uma sobrancelha.

– Seu tio não compartilha muita coisa com você, não é?

– Infelizmente, não.

Isadora deixou escapar um murmúrio pensativo.

– E não é o tipo de homem a quem se pode perguntar as coisas diretamente, suponho.

– Nenhuma das minhas táticas funcionou até agora.

– Então eu reavaliaria a estratégia.

Ela mostrava uma atitude direta, franca e incontrita. Apesar de muito jovem, tive a impressão de que ela via suas circunstâncias com uma perspectiva cética e desiludida. Eu gostaria de saber como era sua vida; por onde ela havia viajado, as pessoas que tinha conhecido. E me perguntei por que teria que criar estratégias, para começar.

– Que conversa estranha – falei, com uma risada. – O que você recomendaria?

Ela deu de ombros delicadamente, os lábios se retorcendo.

– Há maneiras de conseguir o que você quer, mas é necessário recorrer a uma sutileza que precisa ser aprendida.

Não consegui evitar a desaprovação na voz.

– Você quer dizer manipulação.

– Quando a ocasião pede. – Isadora soltou uma risada animada. – Vejo que posso ter ofendido você. Bem, não importa. Eu *gosto* da sua companhia, señorita Olivera.

– Obrigada. – Franzi a testa. – Acho que sinto o mesmo…

Outra risada cristalina.

– Vou lhe dizer o que seu tio não dirá. O señor Marqués sentiu a pressão do Serviço de Antiguidades para fornecer uma proteção mais rigorosa para a equipe de escavação. Seus pais eram os queridinhos no Egito, e sua morte trágica causou muita especulação. Nada disso teve um impacto favorável à imagem do seu tio. A reputação de Ricardo sofreu muito, e ouvi dizer que ele quase perdeu a posição e a reputação com monsieur Maspero. Está familiarizada com esse cavalheiro?

Fiz que sim com a cabeça. O jantar que tivera com eles parecia ter acontecido anos atrás, mas eu me lembrava da tensão entre os três homens. A informação de Isadora fazia sentido.

– Está me dizendo que seu pai foi contratado apenas pelas aparências? Não por um motivo real?

Ela deu de ombros num gesto elegante.

– Perder todo o respeito parece motivo suficiente para mim, señorita Olivera. Eu faria de tudo para manter meu nome fora da lama. Uma boa reputação é de um valor imensurável.

Que maneira pragmática de ver a necessidade de se ter um bom caráter.

– Onde você ouviu falar que meu tio quase perdeu sua posição?

Isadora prendeu uma mecha rebelde do cabelo dourado atrás da orelha.

– Meu pai com frequência recebe funcionários de museus e do governo em nossa suíte de hotel. Ele gosta de manter canais de comunicação abertos, e as pessoas falam. Às vezes, falam na minha frente, como se eu não estivesse lá. Uma atitude bastante ignorante da parte deles.

Pressionei os lábios. Quanto mais eu sabia sobre o pai de Isadora, menos gostava dele. Na verdade, minha opinião sobre o sujeito se transformara em uma forte antipatia. Ele parecia um mercenário. Ela provavelmente percebeu minha expressão, porque riu de novo.

– Acredite, señorita Olivera. Meu pai é uma pessoa única. Nunca faz nada sem um bom motivo ou benefício para si mesmo.

– Você está tentando me dizer que o Sr. Fincastle não se submete a ninguém.

– *Bem…* – disse ela devagar, medindo a palavra. – Ele está trabalhando para seu tio, não está? Meu pai não deve ter prestado atenção às fofocas. – Isadora se deteve, refletindo. Depois, com um leve balançar da cabeça, pareceu descartar qualquer pensamento que lhe tivesse ocorrido.

– O que foi? – perguntei. – Você estava pensando em algo.

– Ah – disse ela. – Nada importante.

Isadora se afastou da amurada, mas estendi a mão e segurei seu braço. Ela ergueu as sobrancelhas inquisitivamente.

A pergunta emergiu, sem que eu tivesse a intenção.

– Você me ensinaria a atirar?

– Gostaria de aprender? Vai precisar de horas e horas de prática e dedicação para se tornar competente.

– Não me importo nem com o esforço nem com o desafio.

Isadora sorriu, mostrando covinhas.

– Vou ensinar, se eu puder te chamar de Inez.

Eu sabia que gostava dela.

– É bom ter uma amiga, Isadora.

– Idem – disse ela, abrindo um sorriso antes de se afastar para se juntar ao pai no outro lado do barco.

Voltei a atenção para o templo. A construção tinha milhares de anos e me fazia sentir minha mortalidade. Ele continuaria ali muito tempo depois de eu partir. A percepção não me deixava assustada, mas me despertava humildade. Quando enfim consegui desviar o olhar, foi para ver meu tio avaliando minha reação. Ele havia parado perto de mim, mas eu não ouvira sua aproximação silenciosa. Dirigiu-me um breve sorriso. Minha reação provavelmente passara no teste – eu ficara adequadamente impressionada.

– Bem-vinda, Inez, ao berço do Egito Antigo. – Ele apontou para o trecho calmo do rio. – Esta é a região sul do Vale do Nilo, o berço da civilização egípcia. Aqui, você encontrará sua arte mais antiga esculpida nas rochas, sua primeira cidade e primeiro templo. Na ilha, verá a última vez que alguém escreveu em hieróglifos egípcios, o último suspiro da religião pagã do Egito antes que Philae se tornasse um santuário cristão.

Protegi os olhos do sol quente.

– Quando foi isso?

– Quase quatrocentos anos após a morte de Cristo. – Olhei de volta para a ilha, pequena e remota no meio da longa faixa que era o Nilo. – Costumava haver um obelisco, menor, que foi considerado portátil por um certo Sr. Bankes – continuou meu tio. – Ele o enviou para a Inglaterra, onde hoje decora uma propriedade rural.

Imagine olhar para um monumento centenário e pensar que ele seria uma bela *decoração de jardim*.

– Isso é chocante.

– Nesse caso específico, ajudou imensamente a decifrar os hieróglifos – disse ele.

Cerrei os lábios em uma linha obstinada.

– Ainda assim, não é correto.

– Não, não é. – Ele olhou para mim, os olhos castanhos penetrantes. – Não se esqueça da promessa que me fez. Você nunca deve falar sobre o tempo que passar aqui.

– Não vou, tio. – Olhei para as torres de Philae. – Nós vamos ficar na ilha?

Tio Ricardo assentiu.

– Temos um acampamento no lado leste. Você é bem-vinda no *Elephantine* caso prefira evitar a experiência de dormir em uma espécie de tenda improvisada.

Minhas mãos se fecharam com força em torno da amurada. Nós já tínhamos discutido aquilo.

– Quaisquer acomodações que o senhor tiver preparado estarão boas para mim.

Meu tio apenas deu de ombros antes de chamar os outros homens e se afastar para os preparativos de desembarque. Um deles perguntou por Whit, mas tio Ricardo disse:

– Ele teve uma noite longa. Deixe o garoto em paz.

Afastei-me da amurada e o encontrei descansando em uma das espreguiçadeiras no convés. Eu via apenas seu perfil, os cílios lançando uma sombra contra as maçãs do rosto angulosas.

Ele era um rapaz bonito.

Em quem eu não podia confiar. O fato de querer aquilo me chocava. Eu tinha muito a perder para correr o risco de depositar minha confiança na pessoa errada. O Sr. Hayes se reportava ao meu tio, mas havia uma pequena parte de mim que desejava que ele estivesse do *meu* lado. Que movesse céus e terras para me ajudar a enfrentar a confusão em que eu me encontrava. Talvez fosse apenas a solidão que me fazia sentir aquilo – mas eu suspeitava que na realidade era porque eu gostava de Whit, e queria que ele gostasse de mim também.

Deixei o convés e desci para arrumar minha bolsa de mão e a de lona, determinada a estar pronta para partir quando chegasse a hora.

Eu não seria deixada para trás novamente.

Fiquei olhando para aquela que seria minha casa durante a temporada de escavação. A estrutura precária tinha formato retangular, sem teto ou portas à vista. Era dividida em cinco quartos estreitos, cada um com menos de um metro e meio de largura. De frente, parecia um pente de dentes largos, com os quartos encaixados entre cada dente.

– Vamos dormir aí?

– Isso mesmo – disse Whit.

Fiz um inventário: sem banheiro ou lavabo. Sem cozinha ou sala de estar para descansar depois de um longo dia, presumivelmente passado escavando. Sem lugar para guardar roupas.

– Arrependida? – perguntou ele, abrindo um sorriso debochado.

Eu o encarei.

– Você tem um penico extra?

Seu sorriso desapareceu. Ele se virou, mas não antes que eu notasse um leve rubor tingindo suas bochechas. Eu o deixara constrangido. Nunca pensei que tal coisa fosse possível. Observei-o com mais atenção, notando como seus olhos estavam surpreendentemente claros. Menos avermelhados e mais alertas. Ele havia perdido seu frasco de bebida no Nilo, mas havia muito álcool disponível a bordo do *Elephantine*. Provavelmente não estava bebendo.

A constatação atingiu meu coração feito uma flecha. Para mim, não parecia que ele bebia por prazer, mas sim para esquecer. Pelo visto, aquele era o primeiro passo em uma nova direção.

Não pude deixar de me perguntar do que ele estava fugindo.

– Estas ruínas são tudo o que resta dos dormitórios que pertenciam aos sacerdotes que viviam em Philae – disse Whit após um instante. – As paredes são feitas de calcário sem enfeites ou decoração, então seu tio achou que poderíamos usar o espaço à moda dos sacerdotes. – Ele apontou o teto. – Estendemos uma lona comprida acima delas, e, como você pode ver, cortinas foram colocadas na frente de cada divisão para servir como portas. Seu tio, Abdullah e eu temos um quarto cada um. O Sr. Fincastle e a filha vão compartilhar outro.

– Espaço suficiente para mim – concluí, escolhendo um dos cômodos vazios. – Caso contrário, suspeito que eu teria sido deixada para trás no *Elephantine*. Quem mais dormia aqui?

– Seus pais – disse ele, me observando com atenção. – Eles dormiam nos mesmos alojamentos que nós.

Ainda acontecia. Aquela sensação de ter despencado cem metros quando Mamá e Papá eram mencionados. A sensação de que eu não conseguia levar ar suficiente aos pulmões. Seria sempre daquele jeito. A dor era uma presença permanente na minha vida. Assim como ter braços, pernas e ouvidos. A morte deles era uma verdade ao mesmo tempo estranha e ainda profundamente comum. Pessoas morriam todos os dias. Parentes distantes bem-intencionados me disseram que um dia eu seria capaz de superar o sentimento, mas eu tinha viajado milhares de quilômetros só para descobrir que não conseguia deixar para trás aquele novo peso que eu carregava.

Meus pais tinham partido para sempre, mas eu os levaria comigo para onde quer que fosse. Por esse motivo, lutaria para descobrir o que meu tio havia feito. Caso contrário, não conseguiria seguir em frente. E uma parte de mim queria terminar o que eles tinham começado, e ajudar a encontrar Cleópatra. Eles podiam querer que eu não me envolvesse, mas agora que estava ali… Minha vontade era orgulhar Papá e Mamá.

– Você quer ver a sede? – perguntou Whit, me tirando dos devaneios.

Pisquei.

– Claro.

Ele girou e deu dois passos enormes à esquerda do nosso acampamento, abrindo bem os braços.

Outra estrutura se erguia ali perto, um pedaço de muro feito de pedra dourada. De alguma forma, a parede me passara completamente despercebida, preocupada que eu estava com o lugar onde dormiria. Encostada nela havia uma longa mesa de madeira coberta por vários suprimentos: pincéis e bisturis, velas, espelhos de mão e rolos de corda. Vários caixotes se espalhavam pelo chão, transbordando com o que parecia ser lixo. Espelhos de mão quebrados, sapatos sem par e desgastados, fitas esgarçadas. Nada que, à primeira vista, valesse a pena salvar, mas algo me dizia que cada item guardava os vestígios de magia antiga. A energia pulsava no ar, como alguém deslizando um dedo sobre água parada, criando ondulações. Eu sentia as suaves vibrações em minha pele.

– Tentamos encontrar objetos que não tenham sido muito manuseados. Itens esquecidos em sótãos e coisas do tipo – disse Whit. – É por isso que dá para sentir a magia antiga no ar. Ela vai desaparecer com o tempo, conforme os itens forem sendo usados no acampamento.

A tripulação do *Elephantine* também fazia as vezes de equipe de escavação. Os homens se acomodaram em grupo a cerca de quinze metros de distância dos dormitórios, rodeando uma grande fogueira. O acampamento estava a uma distância pequena do sítio arqueológico, uma caminhada de meros quinze minutos, aninhado em um bosque de palmeiras.

Whit remexeu em vários mapas grandes espalhados pela mesa, e me entregou um deles.

– Aqui, este é um mapa de Philae, se quiser ver.

Eu o estudei, notando o tamanho da ilha. Parecia pequena, e decidi incluir a informação no meu diário. Voltei para meu quarto, com Whit me seguindo.

– O que você está fazendo?

– Quero copiar o mapa para o meu bloco – expliquei. – Só vai demorar um instante.

Ele esperou enquanto eu rapidamente pegava minhas coisas e me sentava sobre um dos tapetes do acampamento para desenhar a ilha. Depois que terminei, ele parou atrás de mim, observando meu trabalho.

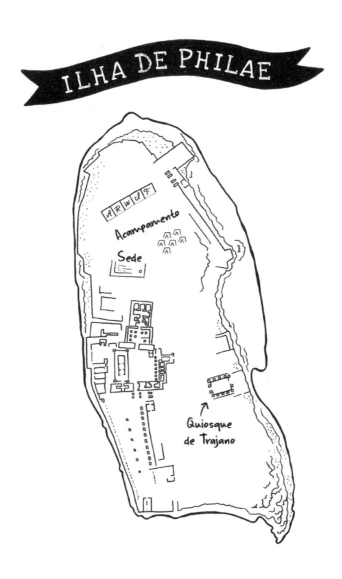

Adentrei mais o quarto, surpresa ao descobrir que era mais espaçoso do que eu imaginara. Conseguia ficar confortavelmente de pé e esticar os dois braços para os lados sem tocar em parede alguma.

Whit enfiou a cabeça pela porta.

– E então?

Olhei por cima do ombro.

– Tive uma ideia.

Ele me olhou com desconfiança.

– Já lhe disse o quanto vivo aterrorizado com suas ideias?

– Que grosseiro.

Mas a ideia acabou sendo bem-sucedida: Whit levou um tapete enrolado para o meu quarto, junto com uma tigela para ablução e um punhado de livros que serviriam como uma pequena mesa de cabeceira.

– Depois que você terminar de decorar, vou mostrar o templo – disse Whit enquanto ajeitava os itens no solo arenoso do aposento.

Decorar significava estender o tapete, que cobria todo o chão do quarto, uma ponta subindo pela parede porque era mais largo do que o espaço. Eu já havia levado o colchonete extra e a roupa de cama, e um dos membros da equipe tinha deixado minhas coisas no cômodo. Whit me entregou a pilha de livros, a mão roçando na minha, e me assustei com o choque elétrico que subiu pelo meu braço. Ele flexionou os dedos enquanto eu arrumava os livros ao lado da cama. A tigela foi colocada em cima deles. Embora o espaço parecesse escuro, eu tinha muitas velas e fósforos caso precisasse.

Depois de tudo pronto, o efeito acabou sendo aconchegante.

Saí para onde Whit esperava.

– Onde você vai dormir?

Ele apontou o quarto imediatamente ao lado do meu.

Meu corpo se inundou de calor.

– Ah.

Whit sorriu.

– Espero que você não ronque.

– Não sei dizer – murmurei.

Ele teve piedade de mim e mudou de assunto.

– Está pronta para ver o templo?

Fui atrás dele, repetindo cada passo seu à medida que cruzávamos o solo compactado da ilha. O templo, à nossa esquerda, parecia grande e sólido, lançando uma sombra fresca sobre nós. Éramos meras formiguinhas diante de seu tamanho e imponência. À direita, havia uma estrutura sem teto sobre uma plataforma. Quatorze colunas maciças, semelhantes a palmeiras, criavam uma forma retangular.

– Este é o Quiosque de Trajano, que foi um imperador romano. Provavelmente construído há dois mil anos – disse Whit. – Os moradores locais chamam a construção de Cama do Faraó.

– É lindo.

– Nunca foi terminado.

Parei de andar, a garganta coçando.

– Por quê?

– Permanece um mistério – disse Whit, semicerrando os olhos sob a luz do sol. – Você está bem? Está um pouco pálida.

Fiz que sim com a cabeça, mas me sentia desconfortável. Uma aguda sensação de formigamento me cercava, pressionando meus nervos. Eu queria rechaçar aquela sensação, como se uma parede se fechasse sobre mim.

– Vamos continuar.

Whit concordou e me levou até a frente do templo, onde havia um pátio amplo e aberto. Colunatas cobertas cercavam a forma irregular, e pedras brutas dispostas em padrão de colmeia se estendiam de uma ponta a outra. O primeiro pilar, uma espécie de portal, era alto a ponto de bloquear partes do céu azul. As linhas da estrutura eram precisas e implacáveis; eu supunha que tinham que ser daquela forma para sobreviver aos desgastes do tempo. Além do primeiro pilar havia outro pátio, e outro portal enorme. As paredes tinham sido esculpidas com relevos de deuses e deusas egípcios, detalhados e magníficos.

Não éramos os primeiros a visitar o local: várias representações e hieróglifos haviam sido destruídos, seções inteiras arruinadas. Era difícil compreender, difícil olhar sem experimentar uma forte sensação de perda.

Whit seguiu meu olhar, a boca cerrada em uma linha hostil.

– Obra dos romanos quando converteram o templo em igreja cristã. Se você olhar de perto, vai ver os entalhes que a equipe de escavação deixou na parede no ano em que esteve aqui: 1841.

– Escavadores *entalharam* a parede? – Ergui a cabeça a fim de examinar a imponente estrutura, e lá estavam as marcas de vários exploradores. Entalhes grosseiros a vários metros de altura do chão. – Não entendo como alcançaram o topo... Por que não gravar o nome e a data mais perto do chão, na altura dos olhos?

– Porque, quando fizeram isso, *estava* na altura dos olhos – explicou Whit. – A parte de baixo da estrutura estava completamente coberta de areia. Anos de erosão revelaram o templo inteiro, mas até então o chão era mais alto, o que permitiu que os viajantes gravassem o calcário perto do topo.

– Eles não foram os únicos. Napoleão anotou sua chegada em 1799 – alguém falou atrás de mim.

Levei um susto e olhei para trás; não ouvira a aproximação silenciosa do meu tio. Ele estava parado atrás de nós, com as mãos nos quadris e uma bolsa de couro pendurada no ombro. Rolos de mapas se projetavam de dentro dela.

– Tio Ricardo. O Sr. Hayes estava fazendo um tour pelo templo comigo.

– Estava? – Meu tio voltou sua atenção para o Sr. Hayes. – E aí?

Whit balançou a cabeça.

– Nada ainda.

Olhei para os dois à medida que alguma comunicação silenciosa se passava entre eles.

– Tio?

– Você sentiu alguma magia? – perguntou ele.

Mudei o peso de perna, inquieta. Eu sentira algo, mas não exatamente a mesma magia da caixinha e do anel de ouro.

– Ainda não.

– Continue tentando, Inez.

– Farei isso. – Tentei pensar. Meus pais haviam trabalhado ali, seu último local de escavação conhecido. Papá *poderia* ter encontrado o anel ali. Se fosse o caso, era possível que houvesse uma conexão entre o anel e a caixinha de madeira com a ilha de Philae, algo que apontasse para Cleópatra. – Mas ainda não exploramos o interior do templo.

Meu tio deu um passo para o lado.

– Por favor, vá em frente.

Passamos pelo segundo pilar e entramos diretamente em um pórtico. Fitei boquiaberta o teto pintado. A coluna explodia em cores que iam até os capitéis, esculpidos para se assemelharem a lótus, palmeiras e papiros. As cores eram suaves, um arco-íris de tons pastel em nuances de coral e verde. Como viajante, eu estava maravilhada; como artista, inspirada. O espaço se abria no centro, permitindo que a luz penetrasse por um retângulo, lançando um brilho dourado no restante do espaço. Meus dedos coçavam para capturar cada detalhe, cada linha e cada curva feitos havia milhares de anos por artistas intrépidos.

Mas havia tanto beleza quanto ruína. Seções do pavimento tinham sido arrancadas, o chão coberto de fragmentos quebrados de cornijas despedaçadas. Um lembrete constante de que, por mais de um milênio, caçadores de tesouros de dentro e de fora do país vinham roubando dos sítios por todo o Egito.

– Alguma coisa? – perguntou meu tio.

Balancei a cabeça, o olhar fixo em um canto particularmente destruído do pórtico. Tudo o que eu sentia era o amargo sabor do pesar. Passamos para o interior do templo, uma grande sala que se abria para vários corredores. Whit ficou parado ao meu lado e, pela primeira vez, notei uma sarda minúscula acima de seus lábios. Uma longa sombra marcava o contorno do seu maxilar. Era tão afiado que eu poderia sangrar se o traçasse com o dedo. Ele voltou os olhos azuis para os meus, como se sentisse a intensidade com que eu observava cada curva de seu rosto.

Depois, desviou o olhar abruptamente.

Constrangida, forcei-me a estudar o ambiente à minha volta. As paredes estavam cobertas de fuligem preta, vestígio de algum viajante descuidado que acendera uma tocha. A câmara se abria para um corredor, mas, quando fui explorar aquela seção, meu tio me deteve.

– Tente ver se sente magia aqui. – Ele me manteve na sala principal, observando atentamente enquanto eu caminhava pelo espaço mal iluminado.

– Está difícil de enxergar – comentei.

Tio Ricardo enfiou a mão na bolsa de couro e tirou dela uma sandália velha. Juntou as tiras, prendendo uma na outra, e a extremidade do calçado se iluminou em uma chama azul.

Fiquei boquiaberta.

Eu já tinha visto objetos comuns com resquícios de magia soltarem um punhado de faíscas – mas a sandália permaneceu acesa, e a sala foi banhada por sua luz azul.

– Que belo item de colecionador – falei.

– Temos alguns assim – disse tio Ricardo. – Sua mãe trouxe o que conseguiu encontrar em Buenos Aires. Ela achava coisas que a maioria das pessoas jogaria fora. O acampamento está cheio de objetos assim; alguns úteis, outros não.

– Você se lembra de quando ela encolheu seus óculos? – perguntou Whit, rindo. – Ela os colocou no seu caderno, e você achou que era uma aranha…

– Ai, não – falei, sorrindo apesar da dor no coração. – E o que aconteceu?

– O que normalmente acontece quando há aranhas perto de Ricardo – disse Whit. – Ele grita com elas por existirem e depois as subjuga com o calcanhar da bota.

– Aquele maldito lenço – murmurou tio Ricardo. – Eram meus óculos favoritos.

Esperei, torcendo para que falassem mais sobre ela. Eu também tinha muitas lembranças que queria viver novamente. Cada migalha parecia um banquete para mim.

– Nada ainda? – perguntou Whit.

Ele estava encostado na parede, os braços cruzados sobre o abdome reto, as pernas também cruzadas. Ambos esperavam que eu lhes dissesse se sentia alguma energia mágica.

Pensei em mentir. Eu queria ser útil. Se não o fosse aos olhos do meu tio, com que rapidez ele sugeriria que eu voltasse para a Argentina? Mas mentir não era uma opção. Eles descobririam a verdade, cedo ou tarde. Em vez disso, olhei para as paredes, os relevos esculpidos na pedra. Ali, era difícil distinguir os detalhes dos hieróglifos.

– A quem este templo é dedicado?

Whit abriu a boca, mas meu tio foi mais rápido.

– Acreditamos que a Ísis, mas também há representações de Hator. Está vendo a mulher com cabeça de vaca? É ela, às vezes conhecida como a deusa do amor e da música.

Curvei os ombros.

– Não sinto nada. Mas há outros lugares para explorar.

Meu tio colocou as mãos nos quadris e olhou fixamente para a ponta das botas. Seus ombros estavam tensos e rígidos. Depois, ele ergueu o queixo em um movimento brusco, os olhos cor de avelã fitando os meus.

– Preciso que faça melhor do que isso, Inez. Você está aqui por um motivo. Não se esqueça.

– Tio... – comecei, meio confusa, meio alarmada pela raiva silenciosa que controlava sua voz.

– Ela está aqui há meia hora – disse Whit. – Espere um pouco.

– Não *temos* tempo. Você *sabe* por quê! – exclamou tio Ricardo. O suor formava gotículas na sua testa enquanto ele puxava as mangas da camisa de algodão. Movimentos bruscos, frenéticos. – Eu nunca teria concordado com sua presença aqui se soubesse que você não teria sucesso, Inez.

Um calafrio percorreu minhas costas.

– Por que não? – perguntei. – O que o senhor não está me contando?

Meu tio me ignorou e olhou para Whit, erguendo uma sobrancelha. Outra de suas conversas silenciosas. O Sr. Hayes assentiu uma vez. Quase instintivamente, suas mãos procuraram os bolsos, mas ele pareceu lembrar que estavam vazios. Seu maxilar estava cerrado, como se lutasse contra um demônio invisível. Percebeu que eu o fitava e sua expressão desanuviou.

Meu tio saiu furioso do espaço fechado. Esperei Whit explicar o que acabara de acontecer entre eles, mas ele apenas apontou na direção da entrada. Saímos do templo de Ísis ou Hator, a preocupação grudando em mim como seiva.

O desespero do meu tio me perturbou. Sua repreensão tinha sido como um tapa na minha cara.

Aquilo me fez pensar em Mamá e em como ela se preocupava com ele. Consigo mesma.

O desespero tornava as pessoas perigosas.

CAPÍTULO DIECINUEVE

Saímos para o pátio iluminado pelo sol, Whit caminhando à frente. Em geral, ele ajustava o passo ao meu. Não naquele dia, ao que parecia. Ia de costas eretas e ombros erguidos numa postura orgulhosa. Lembrei-me de quando ele soprara em minha boca, salvando minha vida nas profundezas do rio Nilo. Meu estômago deu uma cambalhota enquanto minha mente revisitava o beijo no Cairo, o leve roçar de seus lábios na minha pele. Como ele se demorara por um longo instante, o rosto pairando perto do meu, seu aroma quente me envolvendo, um cheiro vagamente parecido com o da nossa biblioteca em casa: livros antigos, uísque e couro.

Às vezes, eu o pegava me olhando quando achava que eu não estava vendo.

Não conseguia deixar de me perguntar se ele estava tão confuso quanto eu. Atraído e lutando contra o sentimento. Encantado, mas tentando não estar. Será que estava tão incomodado quanto eu? Talvez fosse aquela a razão de sua indiferença resoluta. Uma pergunta escapou da minha boca antes que eu pensasse duas vezes:

– Supondo que meu tio tivesse sucesso... Você teria ficado triste em me ver partir?

– Desolado – disse ele, em um tom alegre, sem se virar. – Não sei o que faria sem você.

– Você não pode levar nada a sério?

Ele me olhou de lado.

– Foi uma pergunta séria?

Tinha sido, mas eu estava arrependida.

– O momento passou.

Whit voltou a se virar para a frente.

– Talvez seja melhor assim.

Lá estava ele, usando minhas palavras contra mim. Aquilo era indescritivelmente irritante. Não falamos mais nada até eu fazer uma pergunta fácil enquanto caminhávamos pelos pilares:

– O que você vai fazer pelo resto do dia?

– Ajudar Abdullah. O que achou dele?

– Gostei do homem – respondi. Não consegui evitar um leve toque de amargura na voz. Se meus pais quisessem, eu poderia tê-lo conhecido anos atrás. – Eu gostaria de ter mais contato com ele. Não sei nem a história de como meu tio e Abdullah se conheceram.

– Eles se irritavam no início. – Whit desacelerou, encurtando os passos. – Ricardo era um jovem escavador, empregando ferramentas e práticas que havia aprendido na Argentina. Abdullah bateu o olho em seus métodos e passou a corrigir cada um deles.

Eu ri.

– Posso imaginar o quanto meu tio ficou feliz.

– Ah, ele odiou. Mas escavar no deserto é totalmente diferente de deslocar rochas. Ricardo aprendeu muito com Abdullah sobre escavações no Egito. Depois se casou com a irmã de Abdullah, Zazi. Você chegou a conhecê-la? – Whit ficou em silêncio. – Eles raramente falam dela, mas Zazi amava a história antiga do Egito. Faz sentido que ela e seu tio tenham se casado, e que ele ainda esteja aqui, fazendo o que ela teria desejado que ele fizesse. Seu tio é muito leal.

– Minha mãe disse que a morte dela o afetou profundamente. – Franzi a testa, lembrando-me de uma conversa que entreouvira muito tempo antes durante a última, e única, visita de meu tio a Buenos Aires. – Ela dizia que às vezes ele era imprudente, temperamental.

Whit assentiu, pensativo.

– Isso é verdade, com certeza, mas Abdullah o mantém na linha.

Tentei deixar meu tom indiferente.

– Você também é capaz de fazer isso?

Ele voltou os olhos para mim.

– Não é o meu trabalho.

– Qual *é* o seu trabalho?

– Eu já disse, ajudo…

Sacudi a cabeça.

– Não, estou falando dos seus outros deveres.

Ele ficou com o semblante fechado.

– Sou o secretário dele…

– Um secretário que anda armado? Que segue pessoas saindo de restaurantes? Que passa a noite fora?

Whit se deteve, endurecendo o olhar.

– Você não vai parar, vai?

Tornei a negar com a cabeça.

– Eu obtenho coisas para ele – disse o rapaz de repente. – Às vezes é informação. Às vezes, algo que ele perdeu.

A linha séria de sua boca impossibilitava mais perguntas, mas eu havia descoberto o suficiente. Whit fazia coisas que meu tio não ousaria fazer. Não parecia dentro da lei, e o tom áspero de sua voz me fez pensar em algo que às vezes era arriscado. Eu gostaria de poder fazer mais perguntas. Queria saber se gostava do trabalho, queria saber por que ele arriscaria a vida pelo meu tio – um homem que estava envolvido com criminosos.

Como o Sr. Whitford Hayes.

Ele se virou e começou a andar, falando em um tom amigável e envolvente, como se fosse um anfitrião em um jantar. Era como se os últimos minutos não tivessem acontecido – maneira dele de me desviar do assunto. Como se eu pudesse esquecer o verdadeiro motivo de estar ali. Mas eu o conhecia o suficiente para saber que seria inútil pressioná-lo naquele momento.

– A maior parte da equipe de escavação está conosco há cerca de dez anos – disse ele. – Como resultado, a tripulação é muito procurada, mas se recusam a trabalhar com qualquer outra pessoa. Seu tio paga muito bem, graças às generosas contribuições da sua família, e ele também trabalha com todo mundo. Você ficaria surpresa com o número de arqueólogos aqui que não querem sujar as mãos.

Meu humor azedou.

Agora, meu tio tinha acesso irrestrito à minha fortuna. A frustração se apoderou de mim. Minha mente gritava que a morte dos meus pais tinha algo a ver com a fortuna deles.

O terror me apertou em um abraço gélido.

– Em que você está pensando?

Pestanejei.

– Você estava com uma expressão muito peculiar – explicou Whit.

Por um momento, fui tomada pelo desejo de contar a ele. De falar sobre minhas suspeitas, de não estar mais sozinha. Mas seria imprudente. Eu não tinha ninguém a quem recorrer. Esquivei-me da pergunta desviando a atenção do rapaz para outro assunto.

– O que a equipe faz fora da temporada?

– Voltam para a família, trabalham em seus campos e assim por diante. Você é cheia de perguntas. Impressionante – resmungou ele baixinho.

Ignorei a alfinetada.

– E como você ajuda Abdullah?

– Acompanhando quem faz o quê, garantindo que todos sejam pagos adequadamente e no prazo. Ajudo na retirada da terra, no uso da picareta e assim por diante. Além disso, detalho nossas descobertas. Sua mãe costumava manter um registro perfeito, e a maioria das tarefas dela ficou para mim.

Deixei o sentimento desesperador seguir seu curso. O medo se acumulou no meu estômago, me tirou o fôlego. Em seguida, soltei o ar, e o momento de alguma forma se tornou suportável. Não fiquei exatamente bem, mas a situação se tornou possível de tolerar.

Whit franziu o cenho.

– Prefere que eu não mencione seus pais?

Aquela intuição dele… Eu podia jurar que um dia ela me causaria problemas. Não queria descobrir coisas que gostava sobre ele.

– Está tudo bem – falei, depois de pigarrear. – Ver onde eles dormiam e aprender como trabalhavam faz com que eu me sinta mais próxima deles de uma maneira que não era possível em Buenos Aires.

Dobramos a esquina e demos de cara com meu tio. Ele parecia agitado, como se quisesse trabalhar, mas tivesse que fazer um milhão de coisas antes. Caminhava rápido, carregando um pacote nos braços.

– Tio? – chamei.

– Whitford, gostaria de ter um momento a sós com minha sobrinha – disse tio Ricardo. Esperou Whit se afastar antes de se virar para me dar toda a atenção. – Queria pedir desculpas. Por mais cedo. Perdi a compostura, e não era minha intenção ser rude. Me perdoe.

Olhei para os suprimentos de arte em seus braços, e ele acrescentou:

– Achei que você gostaria de começar a desenhar e pintar.

Ele tinha ido pegar minhas coisas? Engoli o emaranhado de emoções negativas que me subiam pela garganta. Meu tio não tinha o direito de vasculhar meu quarto. Era como se ele também fosse dono daquilo. Eu tinha escondido a carta que o comprometia, escrita por minha mãe, na manga de uma das minhas camisas de botão engomadas. O cartão com a ilustração do pórtico fora para o bolso de uma calça.

Será que tio Ricardo havia encontrado alguma dessas coisas?

Sua expressão estava fechada e distante, de volta aos seus modos estoicos. O sol lá no alto me castigava, mas isso não impediu que um arrepio percorresse minha espinha.

– Quero que você desenhe as pinturas no templo, por favor. Aqui estão seus lápis e tintas. – Tio Ricardo me entregou o material. – Whitford, fique de olho nela. – Depois, enfiou a mão em um dos bolsos fundos do colete e tirou a sandália meio avariada. Com cuidado, apertou a alça e a ponta do calçado se acendeu, fazendo surgir uma nítida chama azul.

Whit pegou a sandália transformada em vela.

– Pode deixar.

Tio Ricardo lançou a Whit um olhar cheio de significado, mexendo no cachecol leve em volta do pescoço. A peça de estampa xadrez parecia incongruente com o restante do traje rústico do meu tio.

– E preciso ser informado, não se esqueça.

– Não me esqueço. – Whit lhe dirigiu um aceno de cabeça, e tio Ricardo se foi.

– Informado sobre *o quê*? – perguntei.

– Por onde quer começar? – devolveu Whit, pegando o material dos meus braços.

Sua recusa em compartilhar qualquer coisa estava de fato começando a me irritar, mas deixei o assunto de lado. Aquela era uma ilha pequena, eu acabaria descobrindo. Por enquanto, parecia que havia trabalho a fazer. Nunca esperei que meu tio me permitisse registrar alguma das esplêndidas pinturas ou relevos egípcios. Era surpreendente e… curioso. Ele fizera de tudo para que eu me sentisse indesejada, mas agora estava levando meu material até mim? Parecia estranho, de uma forma que eu não entendia... Exceto se ele tivesse entrado no meu quarto com o único propósito de bisbilhotar as minhas coisas.

Isso poderia significar que ele desconfiava de mim. Até onde eu sabia, Whit poderia estar se perguntando se meus pais haviam compartilhado mais sobre o tempo que tinham passado ali do que ele originalmente pensara.

Mais um motivo para entrar furtivamente no quarto *dele*.

– Quero pintar o pórtico – falei.

Voltamos ao templo, e encontrei um lugar confortável onde me acomodar. Apoiei o grande bloco de desenho nos joelhos e comecei a fazer um esboço das colunas encimadas com o que pareciam folhas de palmeira. As cores, embora suaves, eram suficientes para me dar uma ideia de como teriam sido na época da pintura original. Os vermelhos, verdes e azuis vibrantes estavam reduzidos a tons pastel. Whit sentou-se ao meu lado, as longas pernas estiradas diante dele e cruzadas nos tornozelos, as costas apoiadas em um gradil baixo. Ele observava meu progresso enquanto eu trabalhava.

– Impressionante – disse o rapaz, assim que completei o rascunho.

– Você sabe desenhar?

– Nadinha – respondeu ele, em um tom preguiçoso. – Minha irmã é a artista.

Whit ficou em silêncio, e ergui os olhos do desenho. Sua voz havia se tornado suave e quase protetora, como se ele pudesse fazer qualquer coisa para manter a irmã em segurança.

– Este é o momento em que você me conta tudo sobre ela – sugeri, misturando tintas em uma folha de papel sobressalente.

– É mesmo?

Esperei, já acostumada com suas táticas diversionistas, e arqueei uma sobrancelha.

Ele riu.

– O nome dela é Arabella, sua demônia curiosa.

Minha sobrancelha permaneceu exatamente como estava.

– É uma pessoa maravilhosa. Infinitamente curiosa, como você – continuou Whit, revirando os olhos. – E somos muito próximos. Ela adora aquarela. Suspeito que prefira ficar no campo para pintar a passar uma temporada em Londres.

– Já ouvi falar dessas temporadas. – Fiz uma pausa. – Os bailes parecem divertidos.

– Não são, nem um pouco. Roupas engomadas, conversas fiadas lamentáveis e mães determinadas a empurrar a prole igualmente determinada para todos os solteiros elegíveis conhecidos no país. E não há nada de interessante na *quadrille*.

Franzi o nariz.

– Isso soa como um corte de carne. – Diante da sua expressão confusa, acrescentei: – Na Argentina, meu corte de carne favorito é o *cuadril*.

– Ah, bem, na Inglaterra, uma *quadrille* é uma dança terrivelmente chata.

– Não tenho como saber… Nunca vi.

– Prefiro o bife. Pode confiar em mim.

Eu me detive de repente.

– Não, não posso.

Ele baixou os cílios e me lançou um olhar indecifrável.

– Garota esperta.

A atmosfera ficou tensa, como se uma corrente elétrica disparasse no ar entre nós. Seus olhos baixaram para minha boca. Um calor se espalhou pelas minhas bochechas. Fui tomada pelo desejo de erguer o queixo, de aproximar meus lábios dos dele. Mas permaneci imóvel, o sangue rugindo nos ouvidos. Whit afastou bruscamente o rosto, o contorno do maxilar se contraindo.

O momento passou, a decepção se chocando contra mim como um aríete. Whitford Hayes era uma ideia terrível, absurda. Ele trabalhava para meu tio. Sabia mais do que eu sobre meus pais, verdades que não queria compartilhar. Bebia demais e provavelmente flertava com todas as mulheres que conhecia. Era difícil se sentir especial sendo apenas uma gota no oceano.

Mas ele tinha salvado minha vida. Dava-se ao trabalho de se certificar de que eu estivesse confortável. Tomara meu partido em discussões com meu tio.

Whit se afastou, fechando-se.

– Suponho... – comecei, querendo trazê-lo para uma conversa. Levantei o pincel e comecei a pintar o topo de uma das colunas com um verde suave e exuberante que me lembrava o mar. – ... que você seja um desses *solteiros* em cima de quem as mães inglesas estão constantemente jogando as filhas na esperança de um noivado.

Whit me olhou por um instante, em silêncio. Depois, retorceu a boca com aversão.

– Usei a palavra *elegível*, lembra? Você está me confundindo com meu irmão mais velho.

– Você tem um irmão também.

– Correto. – Sua expressão agora era exasperada. – Porter.

– Nenhuma jovem para você, então? – pressionei.

– Alguém já disse como você é incrivelmente irritante?

– Já disseram que sou incrivelmente curiosa.

Ele riu.

– Muito bem, Olivera. Aos 15 anos eu já era cadete, já que a patente foi comprada praticamente quando eu ainda estava no berço. Não vejo uma inglesa há anos. – Ele ergueu os olhos da pintura para encontrar os meus. – E você? Tem algum admirador a cortejando?

– Oficialmente não, mas suponho que *poderia haver* caso eu quisesse.

Whit ficou imóvel, franzindo ligeiramente os lábios. Uma reação interessante que tanto me excitava quanto me aterrorizava.

– Ah, é? – Seu tom era indiferente, mas não me convencia.

– Meus pais tinham escolhido o filho de um cônsul. Ernesto Rodriguez. Ele é exatamente o tipo de pessoa que minha mãe aprovaria. Cortês e bem-educado, bem relacionado, e de uma tradicional família argentina.

– Que ótimo para ele.

– Não sei dizer se você está sendo sarcástico – observei.

– Não estou – disse ele, totalmente previsível.

– Mentiroso.

– Volto a dizer, Olivera: não acredite em nada do que eu digo.

Em seguida, ele desviou o olhar. Voltei ao trabalho, observando de olhos semicerrados uma das colunas para tentar discernir os hieróglifos, mas os relevos estavam muito distantes. Levantei-me e entreguei o bloco de desenho a ele, tomando cuidado para não borrar a tinta. Limpei o pó do vestido e me aproximei dos relevos esculpidos na pedra, a testa franzida. Havia centenas de símbolos que eu não conhecia, desenhos de várias pessoas em diferentes tipos de roupa.

– Olivera.

– Hein?

– Pode vir aqui, por favor?

– Em um momento.

– Já.

Bem, agora eu só iria até ele depois de dez minutos.

– Estou ocupada, Whit.

– Esta é a sexta vez – disse ele, vindo até mim com meu bloco aberto nas mãos.

Por alguma razão, ele parecia estar se preparando para ouvir algo que não queria.

– Está contando quantas vezes eu o chamo pelo primeiro nome?

– É algo que se destaca, pois não lhe dei permissão para me tratar de modo tão informal.

Deixei meu olhar passear pelos botões abertos na gola dele, pela camisa amassada e fora da calça, pelo cabelo rebelde e desarrumado pelo vento.

– Você não pode estar falando sério.

– Achei que tinha dito que eu nunca sou sério.

– Então você está *sim* prestando atenção em mim. Eu não sabia muito bem quanto disso se devia ao fato de meu tio estar lhe pagando para fazer isso. Percebo a forma como você me olha.

– Eu olho para muitas moças bonitas, Olivera. Não dê importância a isso – disse ele, mas as palavras saíram severas, sem o habitual tom brincalhão.

– Com certeza você já me avisou o suficiente.

Ele estreitou os olhos azuis.

– Não gosto do seu tom. O que exatamente está insinuando?

– Parece-me que o cavalheiro faz protestos demasiados.

– Diabos – disse ele. – Shakespeare de novo.

– O que você queria, Whit?

Um músculo em sua mandíbula tremeu.

– Quero que explique *isto*. – Ele apontou para meu bloco de desenho.

A ilustração do pórtico.

Cruzei os braços.

– É o pórtico de um templo.

– Entendi. – Whit semicerrou os olhos. – Onde você viu isso?

Agitei a mão no ar, em um gesto displicente.

– Em um folheto de viagem, acho. Não tenho certeza.

As linhas que ladeavam sua boca se aprofundaram. A luz do fim da tarde lançava uma névoa suave sobre seus traços. Seu cabelo parecia cobre polido na penumbra aconchegante.

– Tente puxar pela memória.

– Sinceramente, não lembro. – Fiquei incrivelmente orgulhosa do meu tom indiferente. – Caso não tenha percebido, meu bloco está cheio dessas ilustrações. Eu deveria ser mais organizada e tomar notas, mas esqueço. Por que o interesse repentino no pórtico?

– Não é algo que eu tenha visto muito por aí.

A resposta cuidadosamente formulada não escapou à minha percepção.

– Mas você viu. Em algum lugar.

– Não falei isso.

– Com certeza falou – rebati.

– Bem, não posso impedir que você pense isso. Inez, isso é importante. Me diga onde viu esse pórtico *específico*.

– Só se você me contar o que ele significa.

Whit cerrou o maxilar.

– Não posso.

– Porque meu tio não quer.

– Acha mesmo que é por isso? – perguntou ele, arqueando exageradamente as sobrancelhas castanhas. – É uma suposição e tanto.

Ficamos nos encarando, como se houvesse uma linha traçada entre nós. Eu havia encontrado algo, tinha certeza. O que não conseguia saber era como Whit realmente se sentia em relação àquilo. Se queria que eu descobrisse algo que meu tio estava deliberadamente escondendo de mim.

De repente, a compreensão se abateu sobre mim.

– Entendi – sussurrei. – Você não vai desobedecer abertamente ao meu tio.

– Já lhe ocorreu que ele pode estar querendo proteger seus sentimentos? Talvez os detalhes a perturbem. – Ele puxava o cabelo rebelde, claramente dividido sobre o que me dizer. – Na essência, a situação continua a mesma, Olivera. Seus pais se foram, e nada do que você descobrir mudará isso.

– Então o pórtico tem algo a ver com meus pais. – Rangi os dentes, frustrada.

A irritação se avultava dentro de mim, tijolo a tijolo. Eu compreendia que Whit tinha um trabalho a fazer, mas, naquele momento, estava bloqueando o caminho das respostas que eu desesperadamente queria – *não*, daquelas de que eu precisava. Aquilo dizia respeito à minha família, a informações sobre o que havia acontecido com os meus pais.

Como eles tinham *morrido*.

– Você é sempre tão bom em seguir ordens? – perguntei com amargura.

Ele se endireitou, afastando-se de mim, os olhos azuis iluminados por uma raiva que eu nunca vira.

– Para dizer a verdade, não.

– Acho muito difícil acreditar.

– Você não sabe nada sobre mim. Faço *questão* de manter desse jeito.

– Sei o suficiente – retruquei.

– Escute, sua tola…

– Não faz cinco minutos que você disse que eu era esperta.

– Você não me conhece – repetiu ele, furioso, elevando a voz para que se sobrepusesse à minha. – Não sabe das coisas que eu fiz. Você me perguntou uma vez se eu estava no Exército britânico... Não estou. – Ele se inclinou para a frente, o rosto a centímetros do meu. – Quer saber por quê?

Permaneci em silêncio, obstinada.

– Fui dispensado desonrosamente – continuou ele, em uma voz fria que eu não reconhecia.

Eu já o vira exasperado e impaciente, furioso e distante. Mas Whit nunca tinha soado tão frio e indiferente. Nem uma única vez.

– Você sabe o caminho de volta para o acampamento, não sabe?

– Whit...

– Sr. Hayes, se não se importa – disse ele, com sua antiga aspereza. – Vamos observar a etiqueta apropriada.

– Se é isso que realmente quer...

– É.

– Ótimo.

– *Ótimo* – repetiu ele.

– Aliás – falei, erguendo o queixo –, estamos basicamente quites.

Whit ficou rígido.

– Você me chamou pelo primeiro nome duas vezes.

– Isso não faz com que estejamos quites. Isso faz de nós dois idiotas! – gritou o rapaz.

Ele apertou o osso do nariz e respirou fundo, lutando para se controlar. As palavras seguintes saíram comedidas.

– Bom, isso não vai acontecer de novo, posso garantir.

E se foi, pisando duro, com a postura rígida e as costas retas como uma régua.

Ai, ai, *ai*. Pressionei a têmpora, tentando desatar os nós na minha mente. Nada mais fazia sentido, porém.

O que o pórtico tinha a ver com a morte dos meus pais?

WHIT

Jesus, eu precisava de uma bebida. Sentia falta do ardor na garganta, da maneira como o álcool embaçava minhas lembranças. Por que eu tinha parado? Aquilo acontecera sem que eu sequer me desse conta, mas ali estava outra conversa que eu queria esquecer.

A fedelha tola não sabia *nada* sobre mim.

Eu estava cansado de suas suposições. Cansado da dor que brotava em seus olhos imprevisíveis sempre que minha voz ficava áspera. Por que diabos eu me importava, afinal? Caminhei rápido, querendo abrir o máximo de distância possível. Ricardo que lidasse com ela pelo resto do dia. Eu havia me disposto a fazer muitas coisas quando ele me oferecera o emprego. Meu dever seria proteger seus interesses. Colocar minha vida em risco era uma certeza. O emprego implicava trabalhar até tarde da noite, esperar por incontáveis horas e vigiar em cantos sombrios. Significava puxar o gatilho da minha pistola.

O que não estava incluído era a sobrinha dele.

Eu estava começando a odiar a forma como ela via através de mim. A vida militar abalara minha fé na humanidade, mas me proporcionara uma forma de me proteger. Aprendi a enterrar as emoções, a nunca me permitir sentir. Parei de fazer amigos quando comecei a perdê-los. Com meus próprios olhos, testemunhei o horror que os homens espalhavam pela terra. Eu me lembrava de mais do que gostaria – lembrava, também, dos longos dias que vinham depois – dos minutos preenchidos pelo uísque em meu hálito, pelos punhos ensanguentados e noites nebulosas. Antes que Ricardo me encontrasse em um beco do Cairo, maltratado e machucado por mais uma briga de bar sem sentido, empunhando uma arma que não me pertencia.

– Você deveria dar um uso melhor à sua força – dissera ele.

Depois, cuidara de mim até minha cabeça clarear o suficiente para eu perceber que havia outra opção disponível. Passei mais dias sóbrio, e, com o tempo, fui aprovado no teste de Ricardo, me tornando parte de sua equipe.

Eu não queria arruinar meus últimos dias no Egito.

Muito em breve, teria que ir embora se não encontrasse o que estava procurando. Engraçado como meu destino se resumia a uma única folha de papel.

Encontrei Ricardo na sede, inclinado sobre o mapa, o indicador pressionando com força o papel, como se quisesse apagar quaisquer imperfeições. Ele ergueu os olhos quando me aproximei. Eu não estava tentando ser silencioso. A frustração ainda revirava meu estômago.

– Por que você não está com Inez?

– Eu precisava de um descanso – murmurei.

O semblante de Ricardo assumiu um tom empático.

– Compreensível.

Ele havia entendido errado, mas não me dei ao trabalho de corrigir. De qualquer maneira, ele não ficaria feliz com o que eu realmente queria dizer.

– Sei por que Basil Sterling está caçando Cleópatra.

Ricardo se endireitou lentamente, os ombros ficando tensos como se ele se preparasse para o pior.

– Por quê? – perguntou entre os dentes. – Glória? Dinheiro?

Assenti.

– Também. Mas é mais do que isso.

– *Mierda* – rosnou ele. – Do que mais ele precisa dela?

Franzi os lábios, sem querer dizer as palavras.

– Do corpo... da múmia dela. Ele acredita que ela possui propriedades mágicas. Dizem que Cleópatra tinha habilidade com a magia – lembrei a ele. – Não temos provas concretas de que ela lançava feitiços, mas é um palpite fundamentado em relatos escritos.

O sangue sumiu do rosto de Ricardo.

– E...?

Suspirei.

– Ele vai cortar o cadáver em pedaços e transformá-lo em pó. Segundo rumores, tal magia é capaz de curar qualquer doença. – Fiz uma pausa. – Corre o boato de que ele está doente, com tuberculose.

As pálpebras de Ricardo se fecharam.

– Maldição.

– O que o senhor quer fazer?

Ele abriu os olhos, ardentes e intensos.

– Nós a encontraremos primeiro, e depois cuidaremos para que ele *jamais* bote as mãos na múmia.

CAPÍTULO VEINTE

Com um suspiro, sentei-me de novo e continuei pintando até ficar com as costas doloridas e os dedos travados. Trabalhei até a lua estar alta no céu, a luz prateada entrando pela abertura retangular no teto. Quando enfim terminei, fiquei de pé e alonguei os membros rígidos. Eu queria desesperadamente vasculhar o quarto do meu tio, mas seria uma tolice tentar algo assim no meu primeiro dia ali. Precisaria usar de estratégia e fazer aquilo quando Whit não estivesse me rodeando.

Com um último olhar à minha volta para garantir que não estava esquecendo nada, segui pelo caminho, passando entre dois pilares e depois saindo em um grande pátio. Não havia ninguém à vista, o silêncio quase completo, à exceção do suave zumbido do Nilo fluindo de ambos os lados da pequena ilha. A canção do rio me fazia companhia no caminho de volta ao acampamento.

Ao passar pelo Quiosque de Trajano, senti um formigamento peculiar nos dedos. O mesmo que eu havia sentido antes. A sensação crescia à medida que me aproximava da imensa estrutura. Eu estava sozinha, meu caminho iluminado por milhões de estrelas cintilantes guiando cada passo. A cena parecia antiga e imortal. A magia pulsava no meu sangue. Dei mais um passo, e outro, até que me vi perto o suficiente para tocar a plataforma da Cama do Faraó. Meus dedos roçaram no calcário.

Senti o gosto de rosas.

A memória irrompeu de todos os lados, surgindo imensa na minha mente. Cleópatra navegava em trajes ao mesmo tempo extravagantes e elegantes, flutuando sobre o rio de um azul intenso em uma balsa cuja popa era dourada, e as velas, roxas e imensas. Ela lia a carta que tinha na mão. Uma convocação de Marco Antônio para explicar seu mau comportamento. Estava indo ao encontro do grande general pela primeira vez – frustrada, nervosa e irritada.

Um arrepio percorreu minha pele enquanto os sentimentos de Cleópatra invadiam meu corpo.

Eu me afastei com um arquejo agudo. A magia latejava no meu sangue, alcançando todos os cantos do meu corpo e trovejando nos meus ouvidos. Eu nunca a ouvira tão alto, nunca a sentira com tanta força. O reconhecimento brilhava, um rugido triunfante ecoando nos meus ouvidos. Como a magia podia me dominar tão depressa? Mais importante: *por que* aquilo acontecia? Eu descartava uma ideia após outra. Cleópatra claramente criara um feitiço para preservar suas memórias, cujo gosto era claro e doce como rosas, e os efeitos da magia ancoraram as lembranças ao anel dourado. Assim que o toquei, vestígios da magia haviam se impregnado a mim, e qualquer elemento mágico que estivesse em mim parecia reconhecer a magia no Quiosque de Trajano. Talvez em toda aquela ilha… Era como se Cleópatra tivesse deixado ali uma impressão de si mesma, uma mulher que vivera havia mais de dois milênios. Eu podia sentir sua presença e suas emoções. Era fascinante e autêntica, uma mulher que sabia provocar, uma mulher que sabia liderar.

A história também se lembrava dela como uma mulher versada no oculto.

Eu me distanciei da plataforma, o coração batendo erraticamente de encontro às costelas. A sensação diminuiu, e pude voltar a respirar. Eu queria correr para o interior da construção, mas me contive. Atrás de mim, o som de todos se reunindo para a refeição noturna preenchia a noite que caía: murmúrios de conversas, uma fogueira crepitante e risadas suaves.

– Inez? – chamou tio Ricardo.

Meus pés se recusavam a se mover. O Quiosque de Trajano se erguia imenso à minha frente, uma silhueta escura contra o céu banhado pela lua. Por algum motivo, o toque na pedra me fez lembrar do meu pai. Ele tinha estado ali, como eu. Tocado pelo mesmo chamariz da magia. A imagem na minha mente estava confusa e misturada, mas eu começava a ver como tudo se conectava.

A morte dos meus pais.

Mamá temendo por sua segurança.

O túmulo de Cleópatra.

Papá e o anel dourado, tocado pela mesma magia que tinha se aderido à minha pele.

– Inez! – A pontada de impaciência em sua voz despertou uma agitação nos nervos que senti no fundo do estômago.

Com relutância, virei-me e atravessei o trecho arenoso entre as construções antigas e o nosso acampamento. O ar tinha ficado frio e curvei os ombros, tentando me proteger da brisa noturna. Meu tio esperava, a silhueta recortada contra a luz da fogueira que queimava atrás dele. Ficou ali me observando atentamente enquanto eu me aproximava, a postura transmitindo austeridade.

– O que você estava fazendo?

O suor umedecia a palma das minhas mãos. Mantive a voz neutra. O instinto me dizia para guardar segredo sobre minha descoberta até eu conhecer as regras do jogo dele. Um passo em falso, e meu tio me varreria do tabuleiro.

– Eu só queria dar uma olhada mais de perto. É uma estrutura magnífica.

Tio Ricardo se aproximou, e fiquei rígida. Ele se inclinou para a frente, examinando meu rosto com atenção. Permaneci imóvel e fiz um grande esforço para manter a expressão impassível.

– Sentiu alguma coisa?

– Nada. – Passei a língua pelos lábios. – Acontece de a sensação da magia desaparecer?

Tio Ricardo emudeceu, ainda estudando minha expressão, atento. Depois, enfim se aprumou.

– Não sei. Talvez aconteça. Venha, é hora de comer com os outros.

Deixei escapar um suspiro de alívio.

Ele me levou até onde todos estavam reunidos, sentados em pedras salientes ou esteiras e cobertores estreitos. Eu me acomodei ao lado do meu tio, o calor da fogueira combatendo o ar frio que se instalava ao nosso redor como um manto grosso. Whit estava sentado à minha frente, nossa discussão pairando entre nós como um hóspede indesejado. Seus dedos se moviam distraídos pela coronha da arma. Um tique nervoso que eu já tinha notado antes, o polegar deslizando sobre as iniciais gravadas no aço. Ele virou a cabeça na minha direção, os olhos azuis cintilando como safiras, e senti um frio intenso na barriga. Depois, ele desviou deliberadamente o olhar, entabulando uma conversa com um membro da tripulação à sua esquerda.

Tio Ricardo me entregou uma caneca.

– Você vai precisar de algo quente para beber.

Murmurando um agradecimento, tomei um longo gole. O peso do olhar de todos se assentou sobre meus ombros. Eu era a novata, uma estranha. Até mesmo o Sr. Fincastle parecia à vontade, reclinado em uma esteira, uma das armas ao alcance da mão. Isadora estava sentada recatadamente, de costas eretas, equilibrando um prato sobre os joelhos dobrados. Ela me lançou um sorriso e continuou a conversa em voz baixa com o pai.

Aquela noite estranha estava me dando trabalho.

A magia pulsava perto de mim, vinda do Quiosque de Trajano. Era uma tentação constante, mas procurei me concentrar nos estranhos ao meu redor. A sensação voltou com força total. Eu estava em uma terra muito longe de casa, e as pessoas com quem eu mais queria estar no mundo nunca se sentariam naquele círculo em volta do fogo. Dava para sentir a simpatia da equipe, mas eu estava sozinha; nem mesmo meu tio podia impedir que me sentisse à deriva. Eu fora uma tola ao achar que Whit era meu amigo. Sua lealdade ao meu tio era tão firme quanto uma das grandes pirâmides, e Whit guardaria seus segredos e interesses tão ferozmente quanto uma esfinge. Tomei um gole do chá de modo a ter algo para fazer com as mãos.

Abdullah estava sentado do meu outro lado, um sorriso afável no rosto.

– Seu pai era um maravilhoso contador de histórias. Sabia como fazer as pessoas rirem. Isso não é ótimo? Estou vendo que você terminou seu chá. Aceita mais um pouco?

Ele falava rápido, as mãos se movendo freneticamente. Aceitei, meio atordoada. Ele esticou o braço, passando por mim, e desatou o cachecol do meu tio. Tirou o tecido leve do pescoço dele e em seguida o ergueu para que eu o visse.

– Minha mágica favorita.

– O que é isso? – Eu tinha visto tio Ricardo usando o acessório mais cedo, e achara a estampa uma escolha de moda inesperada. Era de um xadrez escocês em vermelhos e verdes fortes.

Abdullah fez sinal para que eu erguesse a xícara vazia. Fiz isso, e observei com espanto ele torcer o acessório sobre ela. A água quente jorrou na xícara, o vapor espiralando até chegar ao meu rosto.

– Extraordinário – falei.

Kareem veio correndo com um infusor de chá, e agradeci. Os lábios do meu tio se contraíram, achando graça, quando Abdullah sacudiu o acessório em uma direção em que não havia ninguém. Quando o devolveu ao meu tio, o quadrado de tecido estava completamente seco. Tio Ricardo tornou a amarrar as pontas em um nó em torno do pescoço.

– Há mais magia em um caixote ali perto da sede – disse Abdullah. – Coisas úteis para cavar e pesquisar. Sinta-se à vontade para explorar.

– Ah, sim, farei isso. *Shokran*, estou ansiosa para que o senhor me dê algum trabalho.

– Gostaria de escavar ao nosso lado? – perguntou Abdullah, abrindo um sorriso irônico.

Meu tio me encarou.

– É um trabalho árduo, Inez. Venho fazendo isso há mais de uma década e nunca fica mais fácil.

– Não é a mesma coisa, mas sempre gostei de procurar coisas, tio – falei. – Receio ser muito parecida com meus pais e com o senhor, para ser sincera. Se me ensinar a escavar, tenho certeza de que posso fazer o trabalho corretamente.

Meu tio negou com a cabeça.

– Prefiro que desenhe e pinte o que puder.

Tomei um gole do chá em vez de responder. Ele podia me dizer como passar os dias, mas não tinha voz no que eu fazia à noite. Pensei naquele momento frenético no *dahabeeyah*, no instante em que o vira guardar o diário da minha mãe em seu baú. Que outros pertences dela tio Ricardo queria manter guardados? Eu queria descobrir tudo o que ele escondia de mim.

Queria saber sobre o misterioso pórtico.

Mas, primeiro, eu precisava ter alguma vantagem.

Saí cuidadosamente para a noite, os olhos se ajustando devagar à escuridão, e encontrei um caminho de pegadas que levava em direção ao Quiosque de

Trajano. O Nilo batia na costa rochosa da ilha, em um movimento de ir e vir que acalmava meu coração acelerado. Eu levava alguns suprimentos dos meus pais: fósforos e uma vela, o canivete de Papá, um cantil com água, meu bloco de desenho e lápis de carvão. A noite sussurrava rente à minha pele, e desejei ter a sandália encantada que estava com meu tio. Facilitaria muito a observação do ambiente.

Pelo que eu podia ver, o caminho às minhas costas permanecia vazio. Atravessei correndo a areia, alcançando a Cama do Faraó tão rápido e em silêncio quanto possível. O chamado da magia ganhou vida, rugindo tão ferozmente quanto um leão orgulhoso. Dei um passo à frente, mas os pelos na minha nuca se eriçaram, e calafrios subiram e desceram pelos meus braços. Meus joelhos tremiam quando olhei por cima do ombro, prendendo a respiração, na expectativa de ver alguém me seguindo.

Mas havia apenas a extensão de areia.

Permaneci imóvel por vários segundos antes de me virar de novo para o Quiosque. Mas a sensação de alguém observando me abalou, e minhas mãos não estavam de todo firmes quando entrei.

Só então acendi o fósforo e a vela.

A pequena chama mal iluminava a grandiosidade do espaço fechado. A metade superior da estrutura exibia colunas enormes, altas como um edifício de três ou mais andares; a metade inferior consistia em paredes cobertas de baixos-relevos. Eu me aproximei, examinando cada área esculpida, procurando algum sinal da deusa Ísis. A magia pulsava, tão constante quanto meus batimentos cardíacos.

– Encontrou algo interessante?

Dei um pulo no lugar, e não sei como consegui conter o grito no fundo da garganta.

– *¡Whit! ¡Por el amor de Dios!*

Como de costume, ele estava encostado na entrada, com os tornozelos cruzados, e me observava com uma expressão de surpresa divertida.

– Não consigo encontrar motivo algum para você estar fora da cama a esta hora, Olivera. Perdida, talvez?

Eu o fulminei com o olhar.

– Não? Foi o que pensei.

– Meu tio certamente não espera que você me vigie dia e noite.

– Isso com certeza seria escandaloso – disse ele, sorrindo de leve.

– Pensei que você estivesse zangado comigo.

– Não me importo o suficiente para sentir coisa alguma, seja positiva ou negativa – retrucou ele. – Agora, por que não me conta o que está fazendo aqui?

Dios, ele era um mentiroso. Vi o brilho furioso em seus olhos antes que ele saísse pisando duro, a linha tensa do maxilar ficando mais pronunciada quando cerrou os dentes. Ele sentira algo, mesmo que não quisesse admitir.

– Parece que estou em perigo mortal?

Ele estreitou os olhos.

– Ainda estou decidindo se você é um perigo para si mesma.

– Isso foi grosseiro.

– Vou repetir: o que está fazendo aqui?

– Estou explorando este prédio longe do olhar atento do meu tio. – Ergui o bloco de desenho. – Não ouviu? Meu tempo aqui é extremamente limitado. Pensei em desenhar o interior.

Ele se inclinou para a frente, dando uma gargalhada.

– *Shhhhh!* – ralhei. – Você vai acordar todo mundo!

Whit reprimiu o riso e entrou.

– Santo Deus, você é uma péssima mentirosa.

Fiquei rígida.

– Não sou.

Os lábios dele se contorceram.

– Está dizendo que não sente o chamado da magia agora? Que não está tentando descobrir o elo?

Virei o rosto para o outro lado, contrariada. Não havia o menor sentido em mentir.

– Claro que estou.

Esperei ele me arrastar para longe do Quiosque de Trajano, berrando para que eu fosse para a cama, mas Whit não fez nada disso. Simplesmente se sentou no canto, com as pernas esticadas à frente.

– Você não precisa ficar aqui – falei depois de um momento.

– Não preciso?

Eu o encarei, zangada, e sua expressão se suavizou.

– Vou me certificar de que ninguém a incomode – acrescentou.

– Não vai me fazer ir embora?

– Tenho tentado fazer isso desde o momento em que a conheci. – Whit deu de ombros. – Já aprendi que qualquer tentativa é inútil.

– Ah. Bem, você sabe o que eu deveria estar procurando?

Ele sorriu.

– Falei que a protegeria, não que a ajudaria, Olivera. Seu tio não apreciaria isso. Afinal, tenho *ordens a cumprir*. – Uma ponta de raiva pontuava suas palavras. Foi o suficiente para me fazer olhar para ele. Seu rosto mantinha o charme habitual, as marcas do riso formando colchetes em torno da boca, os olhos azuis se enrugando nos cantos. A única coisa que denunciava sua frustração era o maxilar cerrado.

– Foi injusto da minha parte sugerir...

– Que não penso por mim mesmo? – perguntou ele, e dessa vez deixou a raiva transparecer. – Que não posso tomar as minhas decisões, independentemente do que me mandam fazer?

– Sim. Hã, isso. Me desculpe. – Fiz uma pausa. – Você foi dispensado desonrosamente, então. Quer falar sobre isso?

Ele pareceu indignado.

– De jeito nenhum.

Eu me virei e continuei examinando as paredes.

– Então seu plano é só ficar aí me observando, e... Espere um minuto.

A magia se avivou, uma sensação que fez meu estômago se revirar. Olhei a parede mais de perto; não encontrei nada de importante, mas desci o olhar até o chão. Partes do pavimento estavam empoeiradas e cobertas com seixos e areia compacta. Mas algo apelava para a magia que se agitava, inquieta, dentro de mim. Ajoelhei-me, o calor da vela acesa junto com os meus nervos fazendo minha pele suar apesar do frio da noite. Com cuidado, passei os dedos pela pedra, deslocando coisas, procurando algo que sabia estar ali, mesmo que não soubesse o que era.

Meus dedos deslizaram sobre um trecho irregular de pedra. Tirei mais areia e pedrinhas do caminho até encontrar um pequeno cartucho que dizia *Ísis*. A emoção da descoberta percorreu meus membros. Era inebriante, uma sensação que eu queria experimentar de novo e de novo.

– Whit.

Em um instante, ele estava ao meu lado.

– Eu sabia que você encontraria – disse o rapaz, sorrindo.

– Você não podia ter me ajudado?

– Na verdade, não.

– O quê? Por que não?

Ele se agachou.

– Desde a morte dos seus pais, seu tio só permite que Abdullah esteja com ele no início de cada dia. Só deixa os outros entrarem depois que o túnel é aberto.

– Mas não você. Ele não confia em você?

– Problemas com autoridade, lembra? – disse ele, irônico.

– E quanto ao Sr. Fincastle?

– Creio que até certo ponto. Imagine não confiar no homem contratado para proteger a equipe – replicou Whit. – Mas é improvável que ele o envolva, a menos que seja absolutamente necessário.

– Falando em segurança, cadê ele? Este lugar não deveria estar sendo protegido? Eu esperava que fosse assim.

– E mesmo assim veio aqui sozinha?

– Apenas responda à minha pergunta, Whit.

– Sr. Hayes.

– Não. Eu conquistei o direito de chamar você pelo primeiro nome.

Ele arqueou as sobrancelhas.

– Acha que conquistou?

Enumerei as razões com os dedos.

– Fui mais esperta que você pelo menos duas vezes. Você me levou para conhecer o Cairo, sei sobre sua família e seu segredo…

– Que não é segredo algum – resmungou ele.

– Você salvou a minha vida no rio. Sobrevivemos ao quase naufrágio do *Elephantine*…

– Isso é um exagero.

– E agora estamos desafiando meu tio. É bom ter uma companhia nessa tarefa.

– Fico feliz em estar aqui para atender às suas necessidades – disse ele, com certo grau de sarcasmo, mas vi o humor em seus olhos mesmo assim. – Não há vigilância aqui porque isso revelaria imediatamente a importância do Quiosque.

– Ah, suponho que faça sentido. – Enfim entendi algumas das coisas que ele havia mencionado antes. Olhei para baixo. – Espere, existe um túnel?

– Sim. Que vamos encontrar agora. – Whit encarou o chão, correndo as mãos pela pedra. – Será que se pressionarmos... – Ele o fez, mas nada aconteceu.

Pousei a mão de leve em seu braço.

– Você consegue levantá-la? Há um vão significativo ao redor da lajota em comparação com as que a rodeiam.

Ele aquiesceu, erguendo e empurrando, até que a pedra se soltou completamente das outras.

Olhei embaixo dela.

– Bem, o que você sabe?

Whit colocou delicadamente a lajota no chão e se juntou ao meu exame. Um círculo elevado se erguia do solo, não mais do que alguns centímetros. Estendi a mão e tentei girar o cilindro, mas ele permaneceu firme no lugar. Entalhada no topo, havia uma inscrição já quase apagada.

– Como é o seu conhecimento de hieróglifos?

– Razoável – disse Whit, estreitando os olhos. – Cuidado para a cera não pingar.

Endireitei a vela.

– Você sabe ler as inscrições?

– Um pouco – murmurou ele. – Nem de perto tão bem quanto Abdullah ou o seu tio, no entanto. Acho que é outro cartucho de Ísis, mas está cercado por outras figuras que não reconheço.

– Interessante. Seus guardiões, talvez?

Whit emitiu um grunhido evasivo.

– Qual o tamanho da abertura do túnel?

– Não muito grande. Preciso ficar de lado para entrar.

A magia ali dentro estava quase explodindo, ameaçando se liberar. Eu não fazia ideia de como aquele tipo de energia se deslocava, como escolhia para onde ir. Mas eu a sentia se movendo como uma forte corrente em minhas veias. Desesperada, passei os dedos nos cantos do espaço, até sentir uma área de pedra irregular.

– Aqui – murmurei. – Encontrei.

Pressionei com força, e um pequeno espaço retangular cedeu, recuando para dentro com o som de pedra raspando contra pedra. O chão à nossa frente desceu cerca de cinco centímetros, formando uma depressão também retangular.

– Prontinho, Olivera – disse Whit, sorrindo.

Ele se ajoelhou e, com cuidado, deslizou a pedra para trás. Ela se encaixou perfeitamente no vão, revelando degraus de pedra estreitos que desciam para uma escuridão uniforme.

– Quer ir primeiro, ou vou eu?

Meu corpo vibrava com uma animação mal contida.

– Eu vou.

Whit sorriu e estendeu a mão.

– Você primeiro, então.

CAPÍTULO VEINTIUNO

Respirei fundo antes de me arrastar para a frente, sentada, e colocar os pés na abertura estreita. Em seguida, devagar e com muito cuidado, desci, a chama da vela fornecendo iluminação suficiente para que eu pudesse distinguir o degrau seguinte e depois o outro. Meu pulso estava disparado, e a magia no meu sangue cantava em sintonia com as batidas do meu coração. As paredes estavam empoeiradas e pareciam feitas de terra compactada. Whit seguia atrás de mim, próximo. Sua respiração era uma presença tranquilizadora, como o movimento constante do oceano batendo contra o litoral argentino.

– Você está bem? – sussurrou ele.

– Claro – respondi.

– A maioria das pessoas tem medo de lugares escuros e fechados.

– Ah, eu tenho medo de lugares escuros e fechados – admiti. – Mas eu não perderia isso. Por nada.

Alcancei o último degrau e me vi no que parecia uma sala pequena e quadrada. Movi a vela em círculos até encontrar uma abertura estreita com uma borda irregular, como se alguém a tivesse aberto com explosivos.

– Dinamite? – tentei adivinhar.

Whit negou com a cabeça.

– Muito arriscado, poderia causar danos estruturais. Não, foi uma diminuta quantidade de pólvora, visando áreas específicas.

Assobiei.

– Isso *também* não seria arriscado?

Whit sorriu de leve.

– Não se você souber o que está fazendo.

Olhei de soslaio para ele.

– Foi *você*?

Ele se curvou, um sorriso irreverente esticando os lábios.

Só consegui encarar o rapaz, boquiaberta.

Whit pigarreou, baixando os olhos. Se eu não o conhecesse, diria que estava envergonhado.

– É uma explosão química simples. Até uma criança seria capaz de fazer.

Aquele homem não era feito de outra coisa senão autodepreciação, perigo e cinismo.

E sabia manusear explosivos.

– Não, não acho que uma *criança...*

– Vamos em frente, pode ser? – disse Whit, seus olhos encontrando os meus. – Ricardo achou este lugar com seus pais e Abdullah, e, logo depois, abrimos caminho para a próxima sala. Você deve imaginar a decepção deles quando descobriram seu aspecto bastante comum.

Então eu estava certa. Meu pai estivera *mesmo* ali.

Mantive a atenção fixa na abertura, morrendo de vontade de avançar.

– Estou sentindo que há mais coisas que você não está me contando.

– Seus sentidos são dignos de admiração – disse ele, irônico. – Os antigos egípcios costumavam criar labirintos nos locais de sepultamento para confundir ou deter ladrões de túmulos. Portanto, esta sala é um ardil.

Apontei para a abertura irregular.

– Vamos entrar?

– Fiquei à vontade.

Fui na frente, passando por cima de uma pilha de pedras, com Whit logo atrás. Em questão de segundos, estávamos em mais uma sala simples. Aquela tinha um cheiro ainda mais forte de mofo e umidade, mas também se abria para outra sala. Whit me indicou que prosseguisse até nos vermos em uma terceira câmara, tão comum e ordinária quanto as anteriores. Quando me aproximei das paredes, vi que não havia ornamentação, nem indícios de que alguma vez houvessem existido. A presença constante da magia era meu único guia.

Ela me fazia pressentir algo além das paredes.

– Outro ardil – murmurei. – Mas e quanto a... – Minha voz se perdeu. Do pouco que eu podia ver, meu tio e sua equipe estavam trabalhando do lado direito da sala. Havia meia dúzia de pás de ponta redonda e quadrada, picaretas e capacetes apoiados contra a pedra.

– E quanto a *quê*? – perguntou Whit, observando-me atentamente. – Está sentindo algum formigamento? Vibrações? Um zumbido incômodo, muito parecido com um mosquito irritante?

– Eu não diria *irritante*, mas... Espere um minuto. – Aquilo era exatamente o que eu sentia quando a magia pulsava em mim. Estreitei o olhar. Uma nova possibilidade, que eu não havia considerado, me ocorreu. – Você já sentiu isso antes?

– *Eu*, mesmo, não.

– Então quem?

– Seu pai.

Eu me aproximei, desesperada para saber mais.

– Me conte tudo.

– Não é muito – disse ele. – Curiosamente, seu pai era muito reservado sobre certas coisas. Mas ele havia sentido algo...

– O quê?

– Bem, eu não sabia na época, mas agora acho que pode ter sido o anel que ele mandou para você. Seu pai disse que também sentia o gosto da magia, mas nunca disse que era de rosas.

Pensei muito, tentando conectar todas as peças em minha mente confusa. Lembrei-me do que ouvira na noite em que havia me infiltrado no *Elephantine*.

– Meu tio sabia sobre Papá?

Whit fez uma pausa.

– Sabia.

Abri a boca, mas Whit ergueu a mão.

– Sem mais perguntas. Já está tarde, e temos mais a explorar. Não me agrada a ideia de ver seu tio nos encontrando aqui embaixo.

Pestanejei. Eu tinha me esquecido completamente do mundo lá em cima e das pessoas que dormiam alheias ao que estávamos fazendo dezenas de metros abaixo da terra. Essa constatação enviou uma deliciosa sensação até meus dedos. Seria daquele jeito que todo arqueólogo se sentia?

Whit enfiou as mãos nos bolsos.

– E aí? Alguma coisa?

Mas eu ainda tinha outra pergunta.

– Meu tio acha que encontrou o túmulo de Cleópatra?

Whit hesitou, franzindo a testa. Cada músculo do seu maxilar se contraiu. Esperei, mas ele permaneceu obstinadamente em silêncio, a bússola moral se recusando a apontar para qualquer lugar que não fosse o norte.

Exceto quando era inconveniente para *ele*.

– Você não pode responder, não é?

O rapaz sorriu, pesaroso.

– Não posso falar sobre *nenhuma* das escavações do seu tio. Está sentindo algo nesta sala?

A confiança não vinha naturalmente, mas senti que ficaríamos dando voltas um em torno do outro, sem chegar a lugar algum, caso um de nós não cedesse um pouco. Eu poderia fazer aquilo sem companhia, voltar quando ele estivesse dormindo, mas cansava carregar aquela estranha magia sozinha. Era grande demais, poderosa demais para suportar. E ela estava ao meu alcance; eu só precisava pedir. Apontei para o lado esquerdo da câmara e falei parte da verdade:

– Sim, e sinto dizer que meu tio está olhando no lugar errado. Há algo do outro lado daquela parede. É lá que ele deveria escavar.

– Tem certeza?

Assenti.

Whit sorriu, aprovando.

– Bom trabalho, Olivera.

Eu olhava para cima, para a lona que se agitava suavemente contra as paredes de pedra arruinadas do meu quarto improvisado. Tudo confirmava minhas suspeitas sobre o comportamento estranho do meu tio: eles estavam incrivelmente perto de encontrar o lugar do descanso final de Cleópatra.

Minha mente girava. Uma descoberta como aquela abalaria a comunidade do Cairo, e dezenas de estrangeiros iriam ao Egito querendo um pedaço da história. O Serviço de Antiguidades iria correndo até Philae e assumiria a escavação, a última coisa que meu tio queria. O que eu ainda não sabia era o que a descoberta tinha a ver com meus pais. Por que ele os levara deliberadamente para o deserto?

Talvez os tivesse guiado até um templo com aquele pórtico específico e os deixado para morrer...

Sentei-me no colchonete, o mosquiteiro me cercando como um véu nupcial. Lágrimas quentes queimavam meus olhos, e as enxuguei com raiva. Parte de mim desejava nunca ter ido ao Egito. Assim, eu jamais teria descoberto uma traição tão horrível. Jamais teria sabido como parentes podiam se voltar uns contra os outros com tamanha crueldade.

Eu tinha sido ingênua e teimosa.

Mas por fim sabia a verdade.

Eu precisava de um plano. Teria que conduzir buscas minuciosas na cabine do meu tio no *dahabeeyah* e no seu quarto ali no acampamento. Ele provavelmente havia tirado seus objetos de mais valor do barco, então eu começaria com o alvo mais fácil primeiro. Entrar no quarto dele não deveria ser um problema. Eu sabia como meu tio trabalhava. Ele gostava de pôr a mão na massa, e não ficaria relaxando enquanto os outros escavavam. Aquilo me daria muitas oportunidades de vasculhar seu quarto, graças ao meu trabalho de esboçar e pintar as ruínas.

Mas eu havia cometido um erro tolo naquela noite.

Havia revelado muito para Whit – e não tinha certeza se, na primeira oportunidade, ele contaria a tio Ricardo o que havíamos feito. Eu não podia permitir que aquilo acontecesse.

Com um suspiro, afastei o mosquiteiro e me levantei.

As cortinas não eram espessas, e a luz da lua inundava o pequeno espaço através da trama frouxa do tecido. Empurrei o pano para o lado e saí sorrateiramente. O ar fresco me envolveu, brincando com os fios soltos da minha trança. A fileira de quartos improvisados se estendia diante de mim. Whit tinha se enfiado no cômodo vizinho ao meu depois de voltarmos do Quiosque de Trajano. Parei diante da cortina dele, tomada de súbito pela plena consciência do que estava prestes a fazer.

Nunca, em toda a minha vida, eu passara tanto tempo com um homem sem a presença de um membro da família. Mas, desde que chegara ao Egito, havia passado uma quantidade inacreditável de tempo com Whit. Tinha mais liberdade do que jamais me fora permitido. Eram os primeiros goles de uma água fresca e deliciosa, e descobri que estava sedenta por mais.

Mas entrar sorrateiramente no quarto de um homem no meio da noite?

Antes de me deitar, eu tinha vestido a calça de odalisca folgada e a camisa larga de algodão cujos botões iam até o queixo. Estava coberta da cabeça aos pés, mas não importava. Aquela era uma fronteira nítida que eu nunca teria sonhado em ultrapassar.

Mas aquilo precisava ser feito.

Eu não podia permitir que Whit contasse ao meu tio sobre minha descoberta. Aquilo poderia até garantir minha permanência no Egito por um tempo, mas também significava que tio Ricardo estaria ciente de que eu sabia de todas as suas mentiras. Eu precisava de mais tempo. Mais um dia para conduzir minhas buscas.

Respirando fundo para me acalmar, afastei a cortina e entrei no quarto de Whit. A escuridão ocupava o espaço estreito, e...

Uma mão forte tapou minha boca com violência. Eu me contorci contra a força bruta, mas parecia estar lutando contra uma das pirâmides. O braço em volta da minha cintura apertou e me virou, e caí de costas sobre o colchonete. O ar deixou meus pulmões em uma corrente rápida. Um grande peso se apoiou perpendicularmente sobre meu peito. Um hálito quente roçou o meu rosto.

– Quem é você? – rosnou alguém no meu ouvido.

Sobressaltada, percebi que era Whit. Sua voz soava áspera e grave, muito diferente de seu habitual charme arrastado.

– Sou eu – sussurrei. – Inez.

Ele ficou imóvel.

Um longo e torturante momento se estendeu entre nós. Nenhum dos dois se moveu, mal ousando respirar. Era como se estivéssemos sozinhos em Philae. Seus braços ladeavam minha cabeça, seu peito me prendendo ao chão. Um pavor inocente me dominou. Não *dele*, mas da intimidade explodindo entre nós. Sua respiração furiosa roçava meu rosto. Whit tomou impulso e se levantou. A cortina permanecia aberta, e o luar inundava o quarto. Ele se ajoelhou no chão ao lado do colchonete, o rosto retorcido de fúria. Silenciosamente, foi até um caixote virado e riscou um fósforo. Sem cerimônia, acendeu uma vela, cuja chama iluminou o quarto.

O lugar estava bem-arrumado, muito mais organizado do que o meu. Ele não tinha muitas posses mundanas: algumas latinhas de pó dental, um pente, uma lâmina de barbear, um quadradinho de sabonete verde-menta perto da bacia de higiene. Um diário de couro descansava sobre uma pilha de livros, as letras douradas nas lombadas revelando os títulos: *Manual de elementos químicos, Lições em química elemental: inorgânica e orgânica* e *Manual de química.*

Whit se moveu, parando na frente da pilha para bloquear minha visão.

– Que diabos está fazendo? – sussurrou ele, enfurecido. – Eu poderia ter machucado você.

A luz prateada iluminava sua face, as linhas definidas das maçãs do rosto e do maxilar, a rigidez furiosa dos ombros. Eu não fazia ideia de que ele tivesse interesse em ciências. Parecia incongruente com o Whit que eu conhecia, o ex-soldado, um malandro valentão que bebia demais. Esse era um lado que ele mantinha escondido – mas me lembrei de como ele havia falado da pólvora. *Uma explosão química simples.* A curiosidade queimava dentro de mim, perguntas subiam até minha garganta. Engoli em seco, forçando-me a lembrar o motivo pelo qual eu tinha ido até ali.

– Preciso falar com você.

– Não poderia ter esperado até de manhã?

– Não, eu não podia correr o risco de você falar com meu tio sobre esta noite. Você é estranhamente indiscreto quando quer.

– Coisa nenhuma.

Dispensei o comentário com um gesto impaciente da mão.

– Quem você achou que eu era? Por que essa reação exagerada?

– Isso foi exagerado? – Ele soltou uma risada baixa e áspera. – Você tem toda a razão. Eu deveria ter convidado um estranho disfarçado para um chá no meio da noite. Como ouso me defender?

Era mais do que aquilo. Eu sentia a tensão percorrendo seu corpo musculoso. Ele estava em parte furioso, em parte assustado. Algo o deixara tenso. Estava esperando um ataque, alguém que se esgueirasse até seu quarto àquela hora tão imprópria.

– O que aconteceu? – perguntei baixinho.

Whit ficou imóvel.

– É óbvio que *alguma coisa* aconteceu – continuei.

– Por que você não quer que seu tio saiba? – perguntou ele abruptamente.

– O que o faz pensar que ele é confiável?

– O fato de ele ter salvado minha vida, Olivera.

– O quê? – perguntei, esquecendo-me de sussurrar.

Whit me lançou um olhar furioso e se levantou, indo até a entrada. Afastou um pouco a cortina e espiou lá fora. Passado um momento, soltou o tecido e sentou-se no chão, olhando para mim com cautela.

– Não vou embora até você explicar o que aconteceu – afirmei.

– Eu posso fazer você sair.

– Você não vai tocar em mim de novo.

Whit desviou o olhar do meu, os lábios pressionados. Por fim, falou em voz baixa, cada palavra parecendo arrancada dele.

– Foi logo depois de eu ter sido expulso do Exército. As coisas que vi... – Sua voz falhou e ele estremeceu. Depois de um momento, recomeçou: – Eu cheguei ao fundo do poço, passava mais tempo bêbado do que sóbrio. Acabei em um beco sem saída. Ricardo me tirou de lá, e desde então tem me apoiado. Satisfeita?

Não era a história completa, mas eu ouvira o suficiente para entender a motivação por trás da lealdade inabalável de Whit ao meu tio. Ele estava em dívida com tio Ricardo. Em vez de responder à pergunta dele, falei:

– Jure para mim que não vai contar nada ao meu tio.

– Não posso fazer isso.

– *Dame un día más.*

– Por que quer mais um dia?

– Whit.

– Sr. Hayes – corrigiu ele. – Eu lhe pedi para observar a etiqueta apropriada. Não estou acostumado a ser aquele que precisa lembrar as regras, e isso está realmente começando a me irritar.

Avancei em quatro apoios, rastejando em sua direção. Ele permaneceu imóvel, alerta e cauteloso. Nossos rostos estavam a centímetros de distância.

– Você não pode simplesmente fingir que não sente. O que existe entre nós.

– Escute, não há *nada*...

Eu me inclinei para a frente e pressionei meus lábios contra os dele. O choque reverberou através de mim. Whit não me beijou de volta, mas tampouco se afastou. Ficamos paralisados, e por um momento fugaz me perguntei se era porque ele não queria romper a conexão. Lentamente, rocei minha boca contra a dele, e senti que ele cedia quase imperceptivelmente.

Uma sutil mudança em seu peso, seus lábios relaxando sob os meus, movendo-se com cuidado infinito contra minha boca em uma única respiração. Sua língua tocou a minha, delicada. Eu a pressionei... Whit ficou tenso, depois se afastou.

Sua respiração estava pesada, as palavras roucas.

– É como eu disse, señorita Olivera. – Manteve a expressão séria e vigilante. – Não há nada entre nós. Não pode haver, nunca.

Eu me sentei nos calcanhares, respirando com dificuldade. O gosto dele ainda em minha boca.

– Eu vou me casar – acrescentou Whit.

Eu pisquei.

– *O quê?*

– Tenho uma noiva – disse ele, a voz fria, os punhos cerrados com força contra as coxas.

A palavra caiu entre nós como um baque. *Noiva.*

Minhas bochechas ardiam quando me levantei, dei meia-volta e corri em direção à abertura, desesperada para estabelecer uma distância entre nós. Preferiria que fossem quilômetros, mas me contentaria com meu quarto. Eu havia cometido um erro terrível... Como podia ter sido tão tola a ponto de...

– Señorita Olivera – chamou ele em um sussurro.

Eu me detive, a mão envolvendo o tecido áspero da cortina.

– Vou guardar seu segredo por mais um dia – concedeu o rapaz. – Depois disso, se não disser ao seu tio que sabe exatamente onde ele deve cavar, eu vou contar.

WHIT

Maldição.

CAPÍTULO VEINTIDÓS

Corri para meu quarto, o coração batendo erraticamente contra o peito. Franzi a testa, tentando enxergar na escuridão. A chama da vela havia se apagado, o luar mal iluminando o pequeno espaço retangular. Entrei, o sangue fervilhando com o que acabara de acontecer. Whit tinha uma noiva. Ele ia se casar. Eu não podia acreditar, não *queria* acreditar nem imaginar a mulher que ele um dia chamaria de *esposa*.

Uma silhueta escura se moveu no canto do quarto.

Fiquei paralisada, o grito preso no fundo da garganta. Uma voz sussurrou, suave e familiar. Uma voz que eu pensava que nunca mais ouviria. O som me alcançou em um sussurro, urgente, uma nota sutil de pânico pontuando cada palavra. Arrepios percorreram meus braços.

– Sente-se, Inez.

Meus joelhos cederam.

Desabei sobre o tapete gasto, o tecido áspero arranhando a pele. O vulto avançou, e o contorno de um corpo coberto de roupas escuras ficou mais claro à medida que meus olhos se ajustavam à escuridão. Ouvi o som de um fósforo sendo riscado e uma chama vacilante apareceu, tremeluzindo.

Ela acendeu calmamente a vela, mas sua mão tremia. Depois, ela fechou a cortina e se sentou ao meu lado. Eu não conseguia conceber quem estava vendo, apesar da esperança florescendo no peito. Devagar, ela estendeu a mão e tocou minha bochecha úmida. Sem perceber, eu havia começado a chorar. Lágrimas silenciosas caíam na minha roupa. Eu me inclinei para a frente, e ela me envolveu em um abraço apertado. Meu corpo tremia incontrolavelmente, e ela começou a cantarolar baixinho para tentar me acalmar.

– Mamá. – Eu me afastei, enxugando depressa o rosto com a manga. – *Mamita*.

Seu cheiro me envolveu, e era tão familiar que um soluço subiu pela minha garganta.

– *Shhh* – disse ela. – Está tudo bem. Estou aqui.

Eu mal conseguia falar.

– Isto é um sonho?

Ela levou um dedo indicador aos lábios. Eu quase não conseguia ouvir suas palavras.

– Mais baixo. Whitford tem o sono leve.

Pisquei, confusa, e olhei por cima do ombro dela esperando ver meu pai. Ela estava sozinha, porém. Agarrei seus braços com força, o coração compreendendo antes da mente.

Minha mãe estava viva.

Viva.

Era como se eu estivesse outra vez no Nilo, nadando contra a correnteza, desorientada. Sem confiar na minha capacidade de discernir o caminho certo. Esfreguei os olhos e senti os cílios molhados. Fazia quase um ano que eu não a via. O tempo deixara suas marcas no rosto jovial de Mamá. Novas linhas marcavam a pele lisa de sua testa. Eu havia esquecido o quanto me parecia com ela. Os mesmos olhos cor de avelã, a mesma pele bronzeada e sardenta. Era sua cópia.

– Não posso acreditar... – Minha garganta travou, e engoli um nó doloroso. – A senhora está aqui. *Viva*. Todo esse tempo... – Minha voz soou estridente.

Uma segunda chance com minha família; eu mal podia acreditar. Não sabia o que havia feito para merecer um milagre tão extraordinário.

– Cadê Papá? Ele também está vindo?

– Inez. – Ela fechou os olhos com força, usando a barra da saia para secar as bochechas encharcadas. – Ele se foi.

Levei os nós dos dedos à boca. O chão pareceu se inclinar sob meus joelhos. Chorei ainda mais, apesar de minha mãe me pedir silêncio. Por um momento, havia imaginado que meu mundo estava certo de novo.

– Fui destruída pela dor – falei, entre soluços. – Achei que nunca mais veria a senhora. Como isso é possível?

Mamá acariciou minha bochecha com suavidade.

– Também achei que não a veria outra vez. Sonhei com este momento, mesmo sendo impossível. Você cresceu tanto, *hijita*...

Suas palavras penetraram minha mente, uma de cada vez. Ela achava que não iria rever a única filha? Estava tentando me dizer que escolhera ficar no Egito para sempre? Por isso me deixara acreditar que havia *morrido*?

– Senti tanto sua falta... – sussurrou ela. – Você não imagina o quanto.

Minha tristeza evaporou, e algo incandescente queimou sob minha pele.

– Onde a senhora estava?

– Inez – repetiu Mamá, tentando me alcançar, mas me afastei.

– Onde a senhora estava? – repeti, em um grito sussurrado. – Esse tempo todo, *onde a senhora estava?*

– Inez...

Meu sangue ferveu, correndo e queimando nas veias.

– Por que não me escreveu? Por que não foi para *casa*?

– Eu não podia – disse ela. – Era arriscado demais. Há poucas pessoas em quem confio, e não havia como garantir que cartas chegariam até você sem serem interceptadas. – Ela afastou o cabelo do meu rosto. – Estava tão preocupada com você... Para mim foi a morte ficar longe.

– Arriscado demais – repeti. – Escrever para a própria filha? Eu fiquei de *luto* pela senhora. Ainda estou.

Mamá fechou os olhos, resignada.

– Estou implorando que fale baixo. – Ela suspirou e, quando abriu os olhos de novo, eles estavam assombrados e apavorados. – Não temos muito tempo, *tesora*. Quando a vi chegar, achei que fosse miragem. O que você está fazendo no Egito?

– Como assim? Vim descobrir o que aconteceu.

– Eu deveria ter esperado por isso. – Sua expressão era de abatimento. – *Lo siento*. Não sei se um dia você vai me perdoar. Mas eu não teria feito isso se não fosse importante.

Enfim registrei suas palavras.

– Espere um minuto. A senhora me *viu* chegar?

– Estou acampada em Philae, em uma área isolada e longe do templo. – Ela hesitou. – Tive ajuda das mulheres para me manter longe de vista.

– Não estou entendendo... – falei devagar. – A senhora esteve aqui na ilha o tempo todo?

– O tempo todo não. – Ela hesitou. – Fiquei escondida.

Minhas mãos a apertaram.

– Escondida? Do... Do tio Ricardo?

Seu queixo caiu.

– Como você soube?

– Soube do quê?

Ela se inclinou para a frente e segurou meu rosto entre as mãos.

– Ele machucou você, Inez?

Neguei com a cabeça.

– Encontrei sua carta.

– Minha carta? – Ela franziu a testa. – Que carta?

– A que nunca foi enviada para monsieur Maspero. Eu a encontrei no quarto do hotel e a li. Mamá, por que a senhora tem medo do seu próprio irmão?

Seu rosto ficou branco na penumbra do quarto.

– Inez, você precisa voltar para a Argentina, por favor. A situação aqui é muito perigosa.

– Sim, vamos juntas e...

– Não, você tem que ir sem mim. Eu não posso... *Não vou* embora antes de terminar o que comecei.

– O que é? Me diga o que está acontecendo. Tenho vivido com medo desde que vim para o Egito. Tio Ricardo machucou a senhora? Machucou Papá?

Ela enxugou mais lágrimas minhas com as costas da mão.

– Inez, seu tio se envolveu no comércio ilegal de artefatos egípcios. Eu venho tentando detê-lo, mas ele está muito bem conectado. Está diferente, mais desesperado e... – Sua voz falhou. – Ele não é o irmão que conheci durante toda a vida. Ele mudou, e vi acontecer. – Seu rosto se contorceu. – *Deixei* acontecer. A culpa é minha.

Minha cabeça girava. Lembrei do medo do retorno dos leilões ilícitos que Maspero manifestara. Mas parecia que não apenas haviam retornado, como a compra e a venda de artefatos estavam correndo soltas. Minha mãe emitiu um pequeno ruído gutural, e parecia tão culpada que partiu meu coração.

– Como pode dizer isso? – perguntei com delicadeza. – Ele é um homem adulto.

Ela virou o rosto, o peito subindo e descendo, a respiração agitada. Eu nunca a vira tão perturbada, abalada e nervosa. Minha mãe nunca deixava que as emoções se descontrolassem, pelo menos não na minha presença.

– Inez, quando venho para o Egito, eu... – Ela fechou os olhos com força. – Eu ajo de maneira um pouco diferente, e me permito mais liberdades do que normalmente tomaria em Buenos Aires.

Logo soube a que ela se referia. Lembrei-me das roupas mais joviais que encontrara no quarto do hotel. Eu havia ficado surpresa com aquele lado diferente da minha mãe que eu nunca vira antes.

– Continue – pedi com suavidade.

– Seu pai e eu nos deixamos distrair, e fui levada pela grande aventura – disse ela, os lábios se curvando para baixo. – Eu sabia que meu irmão estava pisando numa linha tênue, mas ele me assegurou que tinha tudo sob controle. Disse que nunca se envolveria com as pessoas que, segundo os rumores, estavam metidas em atividades ilegais. Eu deveria ter prestado mais atenção. Deveria ter falado mais com ele, pedido ajuda. Seu pai e eu não sabíamos o que fazer, então não fizemos nada. – Ela ergueu o olhar e o fixou em mim. Seu cabelo pendia em fios sujos, emoldurando um rosto tenso e estreito. – Não sei se consigo proteger você. Preciso que vá para casa, Inez.

– Não vou deixar a senhora. Não farei isso.

Mamá fechou os olhos, resignada.

– Por que nunca consegui controlar sua teimosia, isso eu nunca saberei. Inez, não estamos na Argentina. Eu lhe dei certa liberdade, mas não vou fazer isso aqui.

Peguei a mão dela.

– Achei que tinha perdido a senhora. Me deixe ajudar.

Ela abriu os olhos, visivelmente pesando o que dizer.

– Você sabe quem seu tio espera encontrar em Philae?

Fiz que sim com a cabeça.

– Cleópatra. Ele acha que ela pode estar enterrada sob o Quiosque de Trajano; é onde estão cavando túneis.

– E você entende a enormidade dessa descoberta? Encontrar a última faraó do Egito é como encontrar o Santo Graal. É o sonho de todo arqueólogo. Uma das descobertas mais importantes, talvez, depois da de Alexandre, o Grande, ou de Nefertiti. Os artefatos encontrados na sua tumba valerão milhões no mercado clandestino. Não podemos permitir que seu tio venda esses objetos de arte de valor inestimável no Pórtico do Mercador.

– Pórtico? Que pórtico? *Ah!* A senhora se refere ao cartão – murmurei. – Eu o encontrei no seu quarto de hotel. Há uma ilustração de um pórtico em um dos lados.

– É uma troca ilegal de artefatos – disse ela em voz baixa. – Na maioria das vezes, os Curadores, que são conhecidos como comerciantes, fazem um leilão com compradores. Mas o *pórtico* metafórico sempre muda de local, e é muito difícil participar a menos que se tenha um convite.

– E é isso que a senhora tem feito – falei. – Está tentando rastrear o pórtico móvel, tentando impedir tio Ricardo de participar desse esquema.

Mamá assentiu, depois prendeu uma mecha do meu cabelo atrás da orelha.

– Essa situação é demais para você. Se algo lhe acontecesse…

– Mas a senhora não é capaz de deter tio Ricardo sozinha – tornei a gritar, ainda que sussurrando. – Ele está perto de encontrar a tumba, acho. Eu mesma senti a magia.

Mamá franziu a testa.

– *¿Magia? ¿Qué magia?* – indagou.

– Do anel dourado que Papá enviou.

Ela permaneceu em silêncio, me olhando com uma expressão confusa. Sua perplexidade se transformou em profundo choque.

– Um anel? – repetiu Mamá, debilmente.

– O que ele me enviou – lembrei. – O que pertencia a Cleópatra…

– Claro. – Ela desfranziu a testa, assentindo. – Esse mesmo. Esqueci que ele tinha enviado o anel para você por segurança. Isso foi meses atrás, pouco antes de ele… Ele devia saber… – Suas palavras morreram. Ela balançou a cabeça, como se para clarear os pensamentos. – O que tem o anel?

– Bem, quando o coloquei pela primeira vez no dedo, senti a magia penetrar na pele. Parte dela se transferiu para *mim*. Concluí que Cleópatra em pessoa tinha feito um feitiço para preservar as próprias memórias. A magia residual reconhece qualquer coisa ligada a ela e ao feitiço conjurado. Acho que o objeto mais poderoso a ter traços da magia está ligado ao anel dourado.

– Faz sentido – refletiu Mamá. – Se o item tiver permanecido oculto por milhares de anos, a magia não teria para onde ir até muito recentemente. Pouquíssimas pessoas teriam tido a oportunidade de manusear o anel.

A expressão dela ficou pensativa.

– O que foi?

– Talvez haja uma forma de deter Ricardo – sussurrou ela bem baixinho, como se estivesse falando apenas para si mesma. – Mas isso significaria colocar você em perigo. Seu tio a estará observando, e não tenho certeza se é sábio envolvê-la.

– É tarde demais – afirmei. – Já estou envolvida.

Mamá soou terrivelmente triste.

– Eu sei.

– Eu planejava vasculhar o quarto dele, ver se conseguia encontrar alguma pista sobre o que aconteceu com vocês. Mas talvez haja algo mais para achar... Algo que possa nos ajudar... – Um pensamento repentino me ocorreu. – A senhora sabia que ele está com seus diários?

Um músculo no maxilar dela saltou.

– Não sabia, mas não me surpreende. Ele deve ter procurado qualquer coisa que pudesse pintá-lo sob uma luz desfavorável. Ricardo não pode se dar ao luxo de perder a licença.

– Mais uma razão para bisbilhotar o quarto dele.

Ela balançou a cabeça.

– Você não deve chamar atenção para si mesma. Prometa que não vai tentar investigar. Há muito em jogo.

– Mas...

Dessa vez, ela falou mais como a mãe que eu conhecia. Firme e inflexível.

– Prometa.

Concordei com um movimento brusco da cabeça.

Satisfeita, ela se inclinou e beijou minha bochecha, depois me deu um abraço apertado. Senti que ela não queria me soltar de jeito nenhum.

– Por mais que sua presença aqui me aterrorize, estou feliz em vê-la, querida. Morri de saudades.

– Eu também – falei, lutando contra as lágrimas. – Não consigo me conformar em relação a Papá. Não consigo acreditar que nunca mais o verei.

Ela enxugou meus olhos.

– *Yo también, hijita*. Eu o amava muito, e sei que você era o mundo para ele. Nada o teria deixado mais feliz do que ter você aqui conosco. Se as coisas tivessem corrido de maneira diferente, nós a teríamos trazido. Espero que acredite nisso. Seu tio vem seguindo lentamente por este caminho há muito tempo. – Ela deu de ombros, impotente. – Há anos que não nos entendemos, brigamos constantemente, todo dia uma nova discussão. Não era lugar para você.

– Mesmo assim, eu queria que os senhores tivessem me trazido.

– Talvez tenha sido um erro não ter feito isso. – Seus olhos percorreram cada linha e curva do meu rosto. – Você cresceu, Inez. Vejo muito do seu pai em você.

– Mas todos dizem que me pareço com a senhora.

Ela sorriu, e foi quase nostálgico.

– É a sabedoria no seu olhar, o maxilar obstinado e o cabelo indomável. Você é mais parecida com ele do que comigo. Sempre querendo aprender, e sempre *curiosa*. Todo ano, no seu aniversário, você queria um livro novo, outro bloco de desenho, frascos de tinta ou uma passagem de trem para outro país. Você está aqui porque é filha do seu pai, Inez.

Minha mãe se levantou e enrolou uma echarpe grossa e escura em torno da cabeça.

– Voltarei a procurar você quando for seguro, e quando eu tiver finalizado um plano. Tenha cuidado até lá, e não fale sobre isso com ninguém.

– Não vou falar – prometi.

– E não conte a Whitford que me viu.

– Talvez, se a senhora contasse a ele o que sabe sobre tio Ricardo… Ele poderia acreditar.

Ela hesitou, incerta, congelada no lugar. Com relutância, balançou a cabeça devagar.

– Não, Inez. Jure para mim que vai guardar meu segredo.

Assenti.

Ela se dirigiu à entrada, os dedos agarrando a cortina tremulante. Sua voz baixou ainda mais, e precisei me esforçar para ouvir.

– Há mais uma coisa que você precisa fazer por mim.

– O que é?

– Deve fingir que ama seu tio.

Recuei, incapaz de disfarçar um arrepio que percorreu todo o meu corpo.
– Mas...
– Ame Ricardo, Inez – disse ela. – Se esforce para ganhar a aprovação dele. Se empenhe em conhecê-lo sem lhe revelar nada de si. Seu tio vai usar qualquer fraqueza que encontrar contra você. Trate-o como família. Ele jamais deve suspeitar que você sabe a verdade.

A manhã chegou ao Nilo com esplendor extraordinário. Listras cor de lavanda se estendiam de uma das extremidades do rio, anunciando o fogo ardente do nascer do sol. Garças pontilhavam as margens enquanto pescadores partiam para o trabalho do dia. Dei um bocejo imenso, esfregando os olhos. O sono me fugira durante toda a noite. Fechei a cortina ao passar e me espreguicei, aproveitando o toque fresco da manhã.

Todos os outros tinham se levantado cedo.

Metade da tripulação rezava com o sol nascente – uma visão familiar para mim desde a primeira manhã no Cairo, onde o som de centenas de mesquitas sinalizava a hora da oração, o *azan*, cinco vezes ao dia. A outra metade dos tripulantes era cristã copta, e eles se moviam silenciosamente enquanto se preparavam para o longo trabalho que os aguardava.

Eu me aproximei do fogo crepitante, esfregando os braços para afastar o frio. Um dos membros da tripulação pegou uma elegante caneta-tinteiro e sacudiu a tinta sobre o espaço da fogueira. Chamas irromperam das gotas do líquido escuro, brasas dançando no ar a partir das gotículas de tinta. Tio Ricardo tomava sua bebida, observando os outros e evitando olhar na minha direção. Uma das mulheres que serviam ao nosso grupo colocou uma xícara de café quente nas minhas mãos. Tomei um gole do café forte, meu bloco de desenho enfiado embaixo do braço. Whit saiu do quarto, os olhos azuis encontrando os meus na hora. Seu semblante estava distante e fechado. Reconheci o motivo: sua armadura estava de volta, um cavaleiro defendendo uma fortaleza vulnerável.

O noivado do rapaz era o fosso que a cercava.

Eu não conseguia identificar o momento em que passara a querer mais do que amizade com Whit. Teria que esquecer o que havia começado a sentir por ele, e, em vez disso, focar nas coisas que mais me incomodavam. Ele era arrogante e irritante, dissimulado e fechado. Deixara seus sentimentos bem claros na noite anterior.

Mas eu me lembrava da sensação de sua boca na minha.

Desviei o olhar, recordando o pedido da minha mãe. Manter distância era a melhor opção. Eu só queria que meu coração sentisse o mesmo. Ele não era de confiança, repeti para mim mesma pela centésima vez. Whit se refugiaria atrás das ordens de tio Ricardo e me manteria à distância com seu flerte vazio e suas piscadelas maliciosas.

Era completamente fiel ao meu tio.

Tio Ricardo apontou o assento vazio ao seu lado, e me acomodei no tapete.

– *Buenos días,* tio – falei.

O sangue latejava na minha garganta; eu tinha certeza de que ele veria através do meu comportamento pretensamente despreocupado. O nojo se misturava ao medo. Ele não era honrado nem decente. Era um mentiroso e um ladrão.

– Dormiu bem? – perguntou.

– Dormi. – Eu havia levado meu bloco de desenho e folheei até o trabalho que tinha completado no dia anterior enquanto repetia para mim mesma que tinha uma missão.

– Era isso que o senhor estava esperando?

Tio Ricardo olhou para baixo, a metade inferior do rosto quase coberta pela barba espessa e grisalha. Seus olhos se arregalaram enquanto pegava minha pintura nas mãos calejadas. Eu havia representado as colunas maciças, os fantasmas das cores vibrantes decorando os capitéis, os hieróglifos gravados na pedra. Horas haviam se passado enquanto eu pintava, mas eu mal percebera.

– Que lindo – disse ele, radiante.

Um elogio, afinal – eu deveria anotar a data nas páginas. Meu tio percebeu que o restante da tripulação e da equipe olhava para o desenho, curioso – e, para minha surpresa, fez circular o bloco entre eles. Isadora foi a primeira a pegar e examinar as páginas.

– Ora, são extraordinários! Eu não conseguiria desenhar uma linha reta nem se alguém me oferecesse um reino. Você terá que me ensinar, Inez.

– Só precisa de prática – falei.

– Bobagem – replicou ela. – Se fosse verdade, eu conseguiria costurar, e receio que ainda não sou capaz.

Sorri, e ela passou o bloco para o pai. O Sr. Fincastle mal olhou para o desenho, mas Abdullah se maravilhou com os detalhes e senti uma onda de orgulho no peito. Endireitei as costas e lutei contra um rubor. Quando o caderno chegou a Whit, ele o passou para alguém na equipe de escavação sem nem olhar, tomando um gole da xícara.

– Eu acompanhei todo o processo de criação – explicou ele diante da surpresa de Abdullah.

– Falando nisso, Inez, eu gostaria que você desenhasse o interior do Templo de Ísis desta vez – disse tio Ricardo.

– Mal posso esperar.

– Whitford vai acompanhar você.

– Ele só vai me distrair – afirmei, mantendo a voz indiferente e calma. Eu não poderia lidar com outro encontro com Whit. – Trabalho mais rápido sem alguém olhando por cima do meu ombro, de qualquer forma. Prometo que ficarei segura e não sairei até terminar.

– Ainda assim, eu me sentiria melhor se Whitford estivesse junto – disse meu tio, franzindo a testa.

Eu não conseguia evitar que meus olhos lampejassem na direção de Whit. Ele encarava a xícara em silêncio, os cantos da boca franzidos. O desprazer de estar em minha companhia era evidente demais.

– Eu vou com você – disse Isadora de repente, olhando de um para o outro.

Dirigi a ela um sorriso grato.

– Você vai se sujar – avisou o Sr. Fincastle.

Isadora deu de ombros com delicadeza.

– Ouso dizer que ninguém vai se importar com a minha bainha suja.

– Eu sem dúvida não vou – afirmei. – Estou *incrivelmente* feliz por ter a *sua* companhia.

Se eu não estivesse olhando na direção de Whit, teria perdido o rápido revirar de olhos. Mas ele apertou mais a xícara, os nós dos dedos ficando brancos.

Meu tio olhou para mim, incisivo.

– Você vai me informar sobre qualquer desdobramento?

Fiz um esforço para manter a expressão neutra enquanto mentia na cara dele.

– Claro, tio.

Isadora nos avaliou com um brilho especulativo nos olhos. A intuição faiscava neles, nítida. Eu podia até ter enganado meu tio, mas achava que não Isadora. A jovem havia notado a tensão entre mim e Whit, vindo em meu socorro. De alguma forma, percebera que eu tinha mentido para meu tio. Ela coletava informações enquanto continuava a ser um mistério para mim. De repente, ocorreu-me que eu estava me tornando vulnerável.

Se não fosse mais cuidadosa, ela talvez descobrisse meu maior segredo.

CAPÍTULO VEINTITRÉS

Whit ficou lá fora com a equipe de escavação, trabalhando ao lado deles enquanto Abdullah e tio Ricardo gritavam instruções, as mãos tão sujas quanto as dos outros. Todos trabalhavam em harmonia, resultado de muitos anos de convivência, parecendo se entender sem precisar de palavras. Sob o Quiosque de Trajano, a pólvora desaparecia nas galerias, junto com pás e picaretas. Isadora e eu limpamos a louça do café da manhã, lavando pratos e copos em um grande baú de bagagens transbordando de água com sabão. Assim que terminamos, fechamos a tampa. Quando a abri novamente, a água suja tinha sido substituída por água limpa e fresca. Uma maravilha ali no deserto.

Minha vontade era caber dentro dele para poder tomar um banho.

Isadora devia estar sentindo o mesmo, porque a peguei olhando, melancólica, para o baú. No entanto, estava primorosamente arrumada, o cabelo trançado com perfeição e enrolado no alto da cabeça. Ninguém diria que ela havia passado a noite em uma tenda improvisada com paredes desmoronando e uma lona esticada sobre a cabeça.

– Vamos? – chamou a jovem, fazendo um gesto na direção do Templo de Ísis.

Levamos o bloco de desenho, lápis e tintas, além da minha bolsa de lona contendo um cantil com água e uma pequena refeição preparada por Kareem. Por fim, nos acomodamos no interior do templo, cercadas por colunas e baixos-relevos, e trabalhei por algumas horas enquanto Isadora explorava os arredores. Ela parecia tensa, inquieta, como se algo a preocupasse e só estivesse esperando o momento certo para mencionar a questão. Eu *sentia* que ela sabia que eu vinha mentindo.

Quando retornou, Isadora sentou-se ao meu lado com os joelhos pudicamente dobrados, os tornozelos cobertos pela saia de linho. Ela exibia o tipo de modos e de recato que minha mãe aprovava. Minhas roupas já tinham adquirido bastante poeira, e as pontas dos meus dedos estavam manchadas dos lápis.

– Algum progresso? – perguntou Isadora.

Virei o bloco de desenho.

– O Sr. Marqués ficará satisfeito, tenho certeza – continuou a jovem. – Pelo menos, espero que sim. Ele parece ser um homem difícil de agradar. – Ela cutucou meu ombro. – Mas fácil de enganar.

Meus lábios se abriram com a surpresa.

– Uma observação interessante. O que a fez pensar isso?

Isadora arqueou a sobrancelha.

– Da próxima vez que for mentir, não junte as mãos com força.

Fechei a boca e a encarei enquanto ela soltava uma gargalhada.

– Não se preocupe. Ele acreditou em você – continuou ela, enxugando os olhos, ainda rindo. – Mas agora estou muito curiosa. Que desdobramentos você deveria relatar?

– Meu progresso – falei, tomando cuidado para manter as mãos pousadas de leve nos joelhos. – Ele quer que eu avance rapidamente e receia que eu provoque atrasos.

– Hummm. – Isadora inclinou a cabeça. – Por que ele está com tanta pressa, você sabe?

– Ele não me conta essas coisas. Lembra?

– Muito irritante – disse a jovem, assentindo. – Seu relacionamento com ele não é o que eu esperava.

– Como assim? – perguntei, continuando o desenho.

Ela franziu a testa.

– Ouvi dizer que sua família era unida.

Isadora me olhava com franco interesse, e percebi o quanto eu estava ávida por companhia feminina. Sentia falta de Elvira, que sempre me fazia rir. O que ela pensaria sobre o que minha mãe havia feito? Será que a perdoaria?

Eu não tinha certeza se *eu* a perdoava.

Mas eu queria. Desesperadamente. Uma segunda chance me fora concedida, e parecia uma infantilidade desperdiçar a oportunidade de passar mais tempo com Mamá.

Isadora permaneceu em silêncio, esperando a minha resposta. Eu gostava daquilo nela. Poucas pessoas tinham paciência o bastante com silêncios.

– Meus pais passavam muito tempo aqui – expliquei. – Portanto, conheciam melhor meu tio. Ainda estou buscando um caminho, por assim dizer. Ele é um homem difícil de conhecer.

– Está gostando daqui?

– Mais do que eu esperava – admiti. – Vivenciar é muito diferente de ler a respeito. Durante anos, tudo o que eu queria era vir com meus pais, mas nunca tive permissão. Acho que uma pequena parte de mim se ressentia de todo o país.

– E agora?

Olhei ao redor, para os pilares imensos, os hieróglifos que nos cercavam, as inscrições e os registros nas paredes que tinham sobrevivido a gerações.

– Agora eu entendo o motivo de tanto alvoroço.

– Me fale sobre sua mãe – disse ela de repente. – Eu mal vejo a minha. Ela não gosta de viajar com meu pai.

– Minha mãe era… zelosa – falei. – Dedicada a nós, acho, e muito determinada em me educar para ser refinada e digna. Nem sempre correspondo ao padrão que ela estabeleceu para mim, claramente. Por que sua mãe não gosta de viajar com seu pai?

– Ele fica dizendo a ela o que fazer e como se comportar – respondeu Isadora, esboçando um sorriso cansado. – Eles discutem sempre, e às vezes acho que minha mãe gosta de ter seu próprio espaço sem a dor de cabeça constante que é meu pai.

– Ele parece ser uma pessoa bem difícil.

– Eu sei lidar com ele – afirmou ela, sorrindo. – Estou aqui no Egito, não estou?

Retribuí o sorriso. Eu a entendia completamente. Grande parte da minha vida fora dedicada a aprender a lidar com as pessoas responsáveis por mim.

Voltei ao trabalho. Os desenhos foram ganhando vida conforme os minutos passavam, detalhe por detalhe. Eu trabalhava com confiança, as linhas saindo firmes graças aos esforços do meu professor de desenho.

Aquele momento sempre me arrebatava, a lenta criação de algo que não existia antes. Em parte, era por isso que eu sentia tamanha afinidade com o templo, com a arte estampada nas paredes antigas. A arte devia sobreviver ao seu criador. Enquanto eu trabalhava, tentava imaginar os artistas que haviam trabalhado no calor, pintando meticulosamente cada pétala de flor e cada rosto.

Eu admirava a dedicação deles. Ficava maravilhada com seu talento. Não queria que os artefatos atravessassem as fronteiras do Egito para nunca mais serem vistos.

Minha reprodução não fazia jus ao original, mas eu estava razoavelmente orgulhosa por conseguir capturar algo tão belo. Quando terminei a primeira pintura, fiquei de pé, esticando os membros doloridos.

– Achei lindo – disse Isadora. Ela devia ter notado meu olhar crítico sobre cada detalhe. – Muito melhor do que eu teria feito. Se dependesse de mim, pareceria que um bebê usou um pincel. – Ela se levantou, alongando o corpo. – Acho que vou voltar para o acampamento. Tudo bem você ficar aqui sozinha?

E se virou, mas depois parou e olhou por cima do ombro.

– Inez.

– Pois não?

– Posso descobrir por que seu tio está com pressa. Talvez ele ache que a equipe está prestes a fazer uma grande descoberta.

Senti a boca seca enquanto amaldiçoava silenciosamente minha tolice. A busca por Cleópatra não era de conhecimento da equipe. Era por isso que eu não queria contar a ela sobre a magia que se impregnara em mim.

– Talvez.

Ela acenou brevemente e partiu.

Voltei ao trabalho. Sempre que ouvia o mais leve som, esperava ver minha mãe emergir da escuridão, mas ninguém apareceu enquanto eu pintava o restante do pórtico. Imaginei que estivessem todos concentrados na árdua tarefa de desenterrar outra entrada – ou o que *esperavam* que fosse outra entrada para uma nova câmara sob o Quiosque de Trajano.

Se Whit tivesse mesmo cumprido sua palavra, ainda estariam procurando no lugar errado. O pensamento me deu uma ideia. Talvez houvesse uma forma de impedir que meu tio encontrasse a tumba de Cleópatra. Eu poderia guiá-los na direção errada...

– Aí está você.

Levei um susto, e por pouco consegui segurar o pincel para não respingar a página toda.

Whit se aproximou, carregando a sandália acesa nas mãos ásperas.

– Seria cortês dar algum aviso de sua chegada – falei, seca.

Ele parou na minha frente, os dedos dos pés roçando minhas botas.

– Precisamos conversar, Olivera.

Seu tom era sério e impaciente, uma camada de frustração se acumulando sobre cada palavra até formar uma fortaleza.

– Sobre o quê?

Ele me fulminou com o olhar.

– A noite passada.

– A noite passada – repeti.

Ele cruzou os braços sobre o peito. Levantei-me, pensando que talvez fosse melhor ter a conversa de pé.

– O que tem a noite passada?

Teria ele ouvido minha mãe no quarto? Ou queria me repreender por tê-lo beijado?

Esperava que fosse a última opção. Aquilo, pelo menos, eu poderia discutir.

Ele me encarou, furioso.

– Você sabe do que estou falando. Deixe de ser evasiva. Não gosto disso.

– Não preciso de mais esclarecimentos sobre seu estado civil – falei.

– Ótimo – replicou ele. – Mas não é a isso que eu estava me referindo.

– Ah. – Engoli em seco. – Não?

Ele balançou a cabeça devagar, um brilho perigoso cintilando nas profundezas dos seus olhos frios.

– Quem diabos estava no seu quarto ontem à noite?

O sangue se esvaiu do meu rosto. Tínhamos sido cuidadosas, falando tão baixo que até eu tivera dificuldade em ouvir minha mãe, apesar de estar a menos de um metro dela.

Mamá estava certa. Whit tinha o sono leve. Franzi a testa. Como ela sabia?

– Vou esperar enquanto você inventa uma explicação plausível. – Seu rosto estava fechado em uma carranca. – Uma mentira, muito provavelmente.

Retrocedi mais um passo. Whit permaneceu imóvel, dominado por uma fúria fria. Seus braços ainda estavam cruzados com firmeza sobre o peito largo. Eu sempre esquecia o quanto ele se agigantava diante de mim, sua presença ocupando tanto espaço que eu não conseguia ver mais nada além dele.

– Não havia ninguém no meu quarto ontem à noite.

Seus lábios formaram uma linha reta.

– Mentira.

– Mesmo que houvesse, não seria da sua conta.

Os dedos dele se cravaram nos próprios braços.

– Por que você está aqui, Olivera?

A pergunta de Whit me pegou desprevenida. Minha mente disparou em um milhão de direções, e minhas mãos começaram a suar. Eu não conseguia entender por que ele me faria aquela pergunta. Parecia desconfiado – como se eu tivesse algo a esconder, e não o contrário.

Fiz um esforço para manter a voz calma.

– Estou aqui para descobrir o que aconteceu com meus pais. Estou aqui porque quero encontrar Cleópatra.

– É mesmo?

Assenti.

Whit deu um passo à frente.

– Acho que você está escondendo algo de todos nós.

A raiva pulsou na minha garganta. Como ele ousava tentar me encurralar daquela forma sendo que mantinha segredos como um *profissional*? Ele sabia que meus pais não tinham se perdido no deserto, assim como sabia que meu tio era tão corrupto quanto os oficiais de antiguidades que supostamente odiava. A hipocrisia me irritava. Entrelacei as mãos no cabelo. Era exasperante ficar em silêncio enquanto queria gritar. As palavras queimavam minha língua. Cedi à fúria, o rugido insistente que exigia que eu *fizesse* algo, e contornei Whit.

Ele me seguiu.

– Maldição, Olivera! Ainda não terminamos esta conversa.

Ágil, dei a volta por uma coluna, determinada a fugir dele, e entrei em uma pequena sala que dava em outra ainda menor. Assim que pus o pé ali, o gosto de rosas explodiu na minha boca. Parei e Whit trombou comigo. Tropecei, mas ele envolveu minha cintura com um braço forte.

– Você está bem? – Ele me soltou e colocou delicadamente as mãos nos meus ombros, virando-me de frente e me observando de cima. – O que aconteceu? O que é? Você está pálida.

Eu não conseguiria nem tentar esconder aquilo dele. A pulsação sob minha pele era fraca, como se fosse a magia de uma terra distante, me chamando para casa. Mudei de posição sob o peso do seu olhar e lentamente caminhei pela câmara, inclinando a cabeça, sensível a cada sutil mudança na corrente mágica que inundava minhas veias.

– Achei que não sentisse nada no templo – falou Whit. – Você está tremendo. Que *diabos* está acontecendo?

– Eu não tinha adentrado as ruínas tanto assim. Não havia chegado a esta sala. Está muito fraca... – afirmei, e ele piscou. O que eu falava estava fazendo sentido. Soltei um suspiro de impaciência. – Whit, eu estou *sentindo* a magia.

Seus lábios se entreabriram.

– Deve haver algo aqui, então.

Começamos a examinar juntos cada canto, observando cada uma das pedras, mas não encontrei nada. Nenhum sinal do cartucho de Ísis esculpido nas paredes.

– Puta merda, Olivera. Venha ver isto.

Minha atenção foi absorvida pela intrincada pintura de um banquete. Desejei entender mais hieróglifos.

– Só para entender: você se dirigir a mim pelo meu sobrenome é observar o decoro adequado, mas e xingar?

– Você pode só vir até aqui, por favor? De preferência, com menos insolência. Obrigado – acrescentou quando me aproximei.

– Assim é muito melhor.

Ele piscou.

– Assim como, exatamente?

– Essa sua versão, que suspeito estar mais próxima de quem você era antes.

– Antes de *quê*?

– Antes de você ser dispensado desonrosamente.

Whit me encarou com indignação crescente, a boca curvada em uma expressão exasperada.

– Você é tão...

– Franca? – sugeri, prestativa.

– *Irritante.*

Irritante era muito melhor do que indiferente. Mas eu não deveria me importar, levando em conta o estado civil do rapaz e tudo mais.

– O que você queria me mostrar?

Ele apontou para a coluna solitária na pequena câmara. Tinha quase um metro de diâmetro e ia até o teto.

Assenti, compreendendo de imediato seus pensamentos. Ela também havia me chamado a atenção.

– É a única sala no templo que tem uma assim.

– Exatamente. – Ele bateu de leve o dedo na coluna. – Este é o hieróglifo para *sol*, e bem ao lado está o símbolo para *lua*.

– Nada de mais. Esses símbolos devem aparecer em várias paredes por todo o Egito.

– Verdade – concedeu ele. – Mas, levando em consideração que Cleópatra nomeou os filhos gêmeos que teve com Marco Antônio de Hélio e Selene, termos gregos referentes a *sol* e *lua*, acho que a descoberta é interessante. Especialmente no interior de um Templo de Ísis, com quem Cleópatra sabidamente se identificava.

– Não precisa me convencer mais. Eu sei que a coluna é importante. Eu *sinto* isso – falei, em voz baixa. – Você procura na metade superior e eu fico com a inferior.

– Você gosta de me dar ordens? – perguntou ele em um tom levemente divertido.

– É o que parece? – repliquei. Outra pergunta como resposta, do jeito como ele gostava.

Sua reação só provou que eu estava certa.

– Você não acha mesmo que isso funciona, não é?

Sem nem piscar, respondi:

– Você está aqui, não está?

– Como é possível que, um momento atrás, eu quisesse estrangular você, mas agora esteja com vontade de rir?

– É parte do meu charme.

– Ainda não terminamos a conversa anterior.

– Mal posso esperar. Adoro quando você me interroga – falei, sarcástica.

Whit tentou reprimir o riso enquanto começava um exame minucioso da coluna. Minha parte consistia em dezenas de baixos-relevos, uma variedade de letras do antigo alfabeto egípcio gravadas para sempre na pedra. Enquanto estudava cada uma delas, tudo em que eu pensava era que queria pintar algo que valesse a pena conservar, algo que sobrevivesse à minha própria existência. Meus dedos percorriam de leve a metade inferior, à procura de quaisquer dobras ou reentrâncias incomuns; ao mesmo tempo, eu prestava muita atenção à súbita erupção da magia percorrendo em minhas veias.

– Whit – sussurrei.

Ele se ajoelhou ao meu lado.

– Estou vendo.

Juntos, pressionamos uma pequena seção da borda inferior da coluna. Com um ruído áspero, a parte frontal se projetou para a frente, revelando os contornos de uma porta grossa que acompanhava a curva da coluna. A pedra havia avançado meros dois centímetros, mas era o suficiente para apoiarmos os dedos e puxar. Ficamos de pé. A respiração rápida de Whit preenchia o pequeno espaço. Meu estado era o mesmo, como se eu tivesse corrido por quilômetros.

A empolgação me fez avançar e segurar a porta. A magia cresceu dentro de mim como uma corrente forte, e não havia nada que eu pudesse fazer, a não ser acompanhar o fluxo. Eu me sentia impotente contra sua força.

– Juntos, Whit.

Simultaneamente, puxamos a porta, e o ruído do atrito de pedra contra pedra reverberou na câmara vazia. A porta não se moveu facilmente, e foram necessários nossos esforços combinados para abrir a entrada o suficiente para passarmos. Dentro da coluna, uma escada estreita descia em caracol. Dei um passo à frente, mas Whit segurou meu ombro.

– De jeito nenhum – disse ele. – Eu vou primeiro.

A magia em mim rugiu, protestando.

– Mas...

– Vá buscar sua vela e um cantil com água.

– Não ouse dar mais um passo sem mim – falei. – Você não vai ficar nada feliz se fizer isso, garanto.

– Faz muito tempo que não me sinto feliz, Olivera.

Dei meia-volta para encarar o rapaz.

– Podemos conversar sobre isso?

– *Não.* – Whit revirou os olhos. – Agora vá buscar suas coisas.

Os itens estavam perto dos meus materiais de arte, abandonados ao lado do esboço que eu fizera mais cedo. Quando voltei para a sala dos fundos, encontrei Whit bem onde ele disse que estaria. Parte de mim realmente acreditava que ele teria avançado sozinho, sobretudo após o comentário leviano sobre sua felicidade – ou infelicidade, melhor dizendo. Ele não soara desolado, e sim resignado e cansado.

No entanto, mantivera a palavra.

Depois de acender uma vela, Whit liderou a descida. Pousei a mão de leve no seu ombro enquanto seguíamos, o espaço acima de nós ficando cada vez mais escuro. A escada era estreita, e várias vezes tive que resistir ao impulso de encolher a barriga. Não teria feito diferença: era estreito demais. Whit teve que deslizar de lado para conseguir encaixar o corpo musculoso no vão. Não sei como ele aguentava. Eu tinha a sensação de estar em um punho apertado. O único som vinha das nossas respirações ofegantes se misturando no espaço exíguo.

Enfim chegamos à base da escada após os dezesseis degraus, que parece-ram intermináveis, mas uma parede espessa impedia qualquer avanço. Whit a empurrou usando sua força considerável.

– E aí?

Ele grunhiu.

– Algum movimento?

Whit se limitou a me encarar.

– Acho que vamos ter que empurrar juntos.

Então me juntei a ele no último degrau, nossos ombros colados, a longa extensão de sua perna musculosa contra a minha. Não havia espaço para qualquer distância entre nós.

– Por que sempre acabamos em lugares escuros e fechados, Olivera? – murmurou Whit.

– A emoção da aventura?

Ele emitiu um grunhido e colocou uma das mãos na parede. Eu o imitei.

– Pronta?

– Sim – falei.

Empurramos, gemendo e ofegando, mas a parede não cedeu. Não podíamos soltar a vela nem a sandália acesa e usar as duas mãos, não sem apagá-las. Depois de uns segundos, paramos e inspiramos um ar que tinha o gosto de séculos, enchendo nossos pulmões e barrigas.

– Tive uma ideia – falei entre os arquejos.

– Estou ouvindo.

– Vamos nos encostar na parede e usar os pés para empurrar. O espaço é pequeno o suficiente, e…

Mas Whit já estava se posicionando. Ele se apoiou com as duas pernas, firmando os pés contra a parede oposta, e eu fiz o mesmo. Juntos, empurramos, e pouco a pouco a parede cedeu. Não paramos até que a porta se abrisse o suficiente para passarmos. Uma rajada de ar quente atingiu nosso rosto, subindo com um assobio a escada redonda. Os pelos nos meus braços ficaram arrepiados. Nossas fontes de luz cobriam apenas alguns metros à frente, mas não tinha importância. Víamos o suficiente. Havíamos achado algo.

Ao nosso redor se encontravam tesouros inestimáveis, escondidos ali dois mil anos antes.

CAPÍTULO VEINTICUATRO

Whit me puxou para junto de si, ambos rindo como idiotas. Seu corpo forte envolveu o meu, a estrutura esbelta pressionando meu corpo mais frágil. Lágrimas escorriam pelo meu rosto, e eu piscava para afugentá-las, sem querer perder nem mesmo um instante. A essência de Cleópatra rodopiava ao meu redor, e compreendi que havia mais objetos ligados a ela, correspondendo ao feitiço capturado no anel dourado.

– Precisamos de mais luz – disse Whit, a voz rouca.

– Como é *incrível* a sandália do meu tio não ser suficiente – falei entre respirações ofegantes.

Rimos mais alto, lágrimas escorrendo dos olhos.

Ele ergueu a sandália acesa, e fiz o mesmo com a vela de pavio único. Juntos, contemplamos o que as pequenas chamas revelavam. Elas lançavam na câmara um suave brilho dourado, banhando inúmeros objetos que decoravam o espaço. Estavam organizados por semelhança e tamanho. Um grande baú ocupava o lado esquerdo da sala, e do lado oposto havia o que parecia ser uma biga de madeira.

As paredes estavam cobertas com pinturas deslumbrantes, desbotadas pelos longos anos desde que os artistas originais haviam pincelado as cores sobre a pedra. Cenas de Cleópatra jantando a uma mesa elaborada com pratos de ouro, ou em uma longa procissão rodeada por criados. No meio da sala, havia um lindo sofá, esculpido em bronze e incrustado com marfim e madrepérola. A sala inteira cintilava graças aos azulejos turquesa que revestiam as paredes, reluzindo à luz das velas. Tapetes felpudos, enrolados de forma bem compacta, estavam apoiados em ambos os cantos; mesmo de onde estava, via a intrincada trama de rosas. Meus dedos coçavam para desenhar cada detalhe.

– Esta parece ser a câmara do tesouro – murmurou Whit. – A sala que precede a verdadeira câmara mortuária, e definitivamente já foi saqueada.

Olhei para ele, surpresa.

– Como você sabe?

– Este lugar parece um caos organizado – disse ele. – A câmara de Cleópatra não teria sido originalmente deixada assim. Mais provável…

Ele voltou até a escada, erguendo a vela para examinar a curva da entrada. Depois de um momento, emitiu um ruído de satisfação.

– Dá para ver aqui onde a porta foi reforçada pelo menos uma vez.

Fui atrás enquanto ele aproximava a vela das várias estátuas, algumas tão pequenas que cabiam na palma da minha mão, outras grandes o bastante para chegar à altura do meu quadril. Meu olhar foi capturado por uma passagem que levava a outro espaço. A magia cantava sob minha pele. Com o coração batendo na garganta, passei de um cômodo a outro, com Whit logo atrás de mim. A luz das chamas criava monstros nas paredes ricamente decoradas.

A câmara seguinte era menor, e à primeira vista pensei que estivesse inteiramente pintada em ouro.

– Puta que pariu! – exclamou Whit.

Meus olhos foram assaltados pela beleza imponente. Milhares de objetos cintilavam diante de mim: altares dourados sobre os quais se viam estatuetas de divindades, miniaturas de barcos e barcaças e várias bigas. A atenção de Whit foi atraída para rolos de pergaminho empilhados. Ele os fitava, voraz. Quando me viu olhando, porém, virou-se e apontou para uma enorme estátua à nossa frente, encimada pela figura de um chacal em repouso e decorada com detalhes em folha de ouro.

– Anúbis – disse.

Olhávamos tudo em silêncio, maravilhados, até que Whit falou de novo, arruinando o momento:

– Preciso chamar Abdullah e Ricardo.

Qualquer euforia que eu sentia desapareceu no instante seguinte. *Dios*, o que eu tinha feito? A sala pareceu se fechar ao meu redor, apertando-me como um punho de ferro. A palavra foi arrancada de mim, veemente e alta, e reverberou no pequeno espaço.

– *Não!*

Ele me encarou, boquiaberto.

– Não? O que quer dizer com *não*?

Eu tinha cometido um erro terrível. Aquilo não deveria estar acontecendo, menos ainda com Whitford Hayes. A enormidade do que eu havia feito rastejava por minha pele. Minha mãe ficaria horrorizada com tal desdobramento. O sentimento de fracasso deixava um gosto ácido na minha boca.

– Por favor, podemos fingir que nunca encontramos este lugar?

– Perdeu o juízo? Eles estão procurando Cleópatra há anos, Olivera. Quer mesmo tirar isso deles?

– Tudo bem, mas conte apenas para Abdullah. Não confio no meu tio.

Mais uma vez, o rapaz ficou boquiaberto.

– Você não confia em *Ricardo*?

Neguei com a cabeça.

– Que diabos está acontecendo? Isso é por causa da pessoa que esteve no seu quarto ontem à noite?

– Não.

Whit me encarou.

– Não vou deixar esse assunto morrer.

O pânico fazia meu corpo formigar da cabeça aos pés. Eu tinha arruinado os planos da minha mãe, seu desejo de impedir que Ricardo desmantelasse e destruísse o último lugar de descanso de Cleópatra.

– Não posso explicar – sussurrei. – Por favor, me dê mais tempo…

– Para fazer *o quê*, exatamente?

Passos soaram, vindos da escada escondida no interior da coluna. Nós dois ficamos paralisados.

– Whit – sussurrei, em pânico. – Tem alguém vindo.

Whit correu até a entrada da antecâmara comigo em seu encalço. Parou tão abruptamente que me choquei contra ele, que estendeu a mão para me amparar. Quando tentei passar, Whit moveu o braço e bloqueou o caminho. Permanecemos no interior da câmara do tesouro, mas ainda à vista de alguém que descesse pela escada. Whit sacou o revólver, mantendo-o apontado para o último degrau. Movi a vela mais para dentro da sala adjacente, e a escuridão engoliu a antecâmara.

– Inteligente – disse ele em voz baixa.

Alguém desceu, o som da respiração ofegante ficando cada vez mais alto. Prendi o fôlego, com medo de fazer barulho. Um pequeno brilho de luz azul apareceu, rastejando lentamente à frente, correspondendo ao som suave de sapatos arrastando na pedra. Botas de couro surradas surgiram primeiro. Em seguida, pernas longas envoltas em calças folgadas, manchadas e sujas, depois uma cintura estreita e por fim um rosto castigado e emoldurado pela barba grisalha, ao mesmo tempo familiar e perigoso.

Tio Ricardo.

Eu o levara diretamente até Cleópatra. Minha mãe ficaria arrasada, horrorizada. Os joelhos dele se dobraram e ele cambaleou para trás ao correr os olhos pela antecâmara. Mal conseguia segurar a tocha que tremeluzia em sua mão.

– *Dios* – murmurou. Depois se endireitou e, com a voz tomada pelo pânico, exclamou: – *Inez!*

Passei por Whit, a luz seguindo meu movimento. Eu tremia, lembrando que tinha um papel a desempenhar.

– Estou aqui, tio.

Ele se virou na direção da minha voz, semicerrando os olhos. O braço de Whit roçou o meu quando ele guardou o revólver. Meu tio deu um passo à frente, depois parou abruptamente ao ver Whit ao meu lado. As sobrancelhas escuras de tio Ricardo se juntaram.

– Expliquem-se – disse ele com a voz dura.

Whit respirou fundo, abriu a boca… mas fui mais rápida, virando o jogo contra ele.

– O senhor estava nos espionando? – perguntei, o tom demandando resposta.

Whit cobriu o rosto com a mão, grunhindo.

– Espionando vocês? – perguntou tio Ricardo, gélido. – Não, não estava espionando vocês. Que diabos está acontecendo aqui? Há quanto tempo estão aqui embaixo?

– Nós acabamos de encontrar a câmara – respondi.

Whit suspirou, um som exasperado que soou como o clamor de um sino de alarme. Tio Ricardo ficou imóvel, mas pelo menos sua atenção estava voltada para *mim*.

– Quando adentrei mais o templo, senti a magia – prossegui. – Foi avassalador. Segui a pulsação mágica, e o Sr. Hayes não teve escolha a não ser me ajudar.

– Não teve escolha – repetiu meu tio, baixo.

Abri os braços.

– Não foi culpa dele.

– Não preciso que você me defenda – disse Whit, com a voz arrastada.

– Isso é o que *amigos* fazem.

Tio Ricardo fixou a atenção apenas em mim. Respirou tão fundo que forçou os botões da camisa.

– Nunca desça em um túnel, uma tumba ou caverna escura sem mim, Inez. Entendeu?

– Tudo bem.

– Whitford, pode ir buscar Abdullah? Seja discreto, por favor.

Olhei para Whit enquanto ele saía sem me olhar nos olhos. Desapareceu pela escada escondida, levando minha vela. Meu tio e eu estávamos a alguns metros de distância, um pequeno trecho de luz dançando entre nós. Houve apenas algumas poucas ocasiões em que havíamos estado a sós. Arrepios percorreram meus braços. Não pela primeira vez, me perguntei o quão traiçoeiro ele realmente era.

Mas… ele parecera aliviado ao me ver.

– Você a encontrou – murmurou ele.

– Foi a magia do anel dourado. – Mudei o peso do corpo de um pé para o outro, correndo os olhos pela antecâmara, metade mergulhada em sombras.

Aquele cômodo não tinha a mesma quantidade de artefatos que a outra sala, menor, que Whit chamara de câmara do tesouro, mas ainda havia um bom número de objetos de valor inestimável. Estatuetas e móveis, potes de mel e caixas de joias. A verdade me atingiu como uma onda gigante, e eu mal conseguia respirar quando o pensamento se fixou.

Meu tio me observava com um olhar sagaz.

– Você chegou à mesma conclusão, então.

Minha voz saiu ofegante.

– Papá achou esta sala antes de… morrer. Deve ter encontrado, porque tirou um objeto de Cleópatra daqui e me enviou pelo correio.

– O anel dourado. E foi assim que você conseguiu encontrar este lugar. Ele deveria ter dado o artefato para mim.

A tensão se infiltrou entre nós, envenenando o ar. Um sussurro de medo se fez presente. Eu estava sozinha, sem recursos e em uma câmara subterrânea, enfrentando um homem que eu mal conhecia.

Um ruído suave e abafado chegou até nós, vindo da escada oculta. Mais luz se juntou à nossa, e Abdullah apareceu, um sorriso empolgado no rosto. Ele se espremeu pela abertura, seguido por Whit, ambos segurando tochas esguias.

O queixo de Abdullah caiu, e lágrimas se acumularam em seus olhos escuros. Meu tio foi até ele e os dois se abraçaram, rindo e tagarelando rapidamente em árabe.

Fiquei desconcertada, vendo meu tio enganar o cunhado de forma tão descarada. Tio Ricardo era uma serpente à espreita da oportunidade perfeita para atacar. Ele trairia Abdullah, assim como fizera com meus pobres pais.

Whit se aproximou de mim.

– Você está bem? Eu corri o caminho todo.

Olhei para ele, notando a mecha úmida de cabelo que caía em diagonal sobre sua testa. A tensão que eu havia sentido antes se dissipou.

– Você correu o caminho todo? – murmurei.

Ele deu de ombros.

– É o que um amigo faria.

Abdullah e tio Ricardo exploravam a antecâmara, maravilhados com cada pequeno objeto. Não tocavam em nada e mostravam um espanto atordoado ao examinar cada detalhe, cada entalhe, cada estátua. Eu ansiava pelo meu bloco de desenho. Queria capturar as pinturas nas paredes, desenhar todos os objetos espalhados pela sala. Parte de mim desejava se sentar no luxuoso sofá, mas segui o exemplo de Abdullah: eles tomavam o cuidado de manter distância, sem querer perturbar nada.

– Foi saqueado – disse Abdullah.

– Com certeza – concordou meu tio.

Não precisei olhar na direção de Whit para saber que ele abrira um sorriso presunçoso.

– Olhem isto! – exclamou meu tio, analisando uma extensão da parede.

Todos o cercamos e olhamos para cima. Era uma cena interessante que retratava soldados com armas.

– A Batalha de Áccio – disse Whit.

Abdullah pousou a mão no ombro do rapaz.

– Então você presta atenção quando eu falo. Você tem razão. Foi quando Cleópatra perdeu tudo: família, posição, trono, o amado... e a vida.

– Quando perderam a luta por Alexandria para Otaviano, pupilo de Marco Antônio e herdeiro de César, Marco se suicidou – explicou tio Ricardo. – Jogou o peso do corpo sobre a própria espada, e Cleópatra o seguiu dias depois.

Abdullah apontou a parede.

– Ambos são retratados aqui, lado a lado, junto com seus filhos: os gêmeos Cleópatra Selene e Alexandre Hélio, e o mais novo, Ptolemeu Filadelfo. Selene foi conduzida a um casamento arranjado, seu irmão gêmeo foi assassinado, e nunca mais se ouviu falar do irmão mais novo, relegado ao esquecimento.

– Após a batalha, Otaviano, então chamado de Augusto, proibiu que os nomes Marco e Antônio fossem usados juntos em Roma – disse tio Ricardo. – Todos os vestígios de suas conquistas, qualquer mérito ou reconhecimento, foram riscados da história romana. Ele entrou para a história como um infame, um traidor.

– No entanto, Marco Antônio é celebrado aqui – sussurrou Whit.

Havia algo em sua voz que me fez olhar em seu rosto. Ele exibia uma expressão peculiar, que eu não conseguia interpretar. Cheguei mais perto da parede, enfeitiçada pela visão da família condenada. Atrás de mim, Abdullah deixou escapar uma exclamação de espanto. Ele havia entrado na sala adjacente, a câmara do tesouro. Whit manteve o olhar fixo na parede, hipnotizado.

– *"Aos homens sobrevive o mal que fazem, mas o bem quase sempre com seus ossos fica enterrado"* – citou ele.

– Por que Shakespeare é uma constante nas nossas conversas?

O rapaz desviou o olhar de Marco Antônio. Só então me ocorreu o quanto Whit devia se identificar com aquele soldado que havia vivido, lutado e amado dois mil anos antes. Um homem que se voltara contra sua terra natal. Que fora apagado da memória e da história de seu país, suas realizações intencionalmente esquecidas.

Eu não queria sentir qualquer simpatia por Whit, mas sentia. Independentemente de quantas vezes dissesse a mim mesma que ele ia se casar, que era leal ao meu tio, que nada do que eu dizia a ele ficaria entre nós, *ainda assim* sentia a irritante força da atração.

Dei as costas a ele e fui me juntar a meu tio e a Abdullah na sala adjacente. Senti, mais do que ouvi, Whit me seguir. Uma presença silenciosa que de alguma forma conseguia me acalmar e perturbar.

O paradoxo que era Whitford Hayes.

Esperei encontrar os dois homens no mesmo estado de assombro de antes, mas em vez disso estavam ambos fitando uma parede pintada, decorada com centenas de mosaicos brilhantes em vívidos lápis-lazúli, quartzo-rosa e turquesa. Doía ter que ficar tão perto de tio Ricardo, quando tudo o que eu queria era me afastar do homem que havia destruído minha família. Suas palavras eram um refrão constante na minha mente, e eu as virava e revirava como se fossem um enigma a ser resolvido.

Ele sem dúvida sabia atuar muito bem.

– Olhem esta cena linda – disse Abdullah, indicando os relevos esculpidos de pessoas carregando tigelas cheias de frutas. – Colheita de uvas. E aqui estão selando todos os potes.

– O senhor acha que vamos encontrar isso aqui? – perguntei, surpresa. – Uvas de dois mil anos?

– Possivelmente transformadas em vinho a esta altura – disse Whit, sorrindo, inclinando-se para perto da parede. – Sim, olhe, aqui estão registrando a safra.

– Fascinante – murmurou meu tio. – Este túmulo parece ao mesmo tempo grego e egípcio. Há até uma qualidade bilíngue no texto das paredes. – Ele seguiu a linha de inscrições, refletindo e murmurando em admiração. – Veja aqui, Abdullah, pinturas da morte de Osíris *e* do rapto de Perséfone.

– Há muitos escaravelhos também – comentou Whit, estudando os entalhes.

– Qual é o significado deles? – perguntei. – Eu os vejo por toda parte. Em amuletos, paredes, pilares, na forma de pequenas estatuetas e em roupas.

– São símbolos de renascimento e regeneração, e servem para proteger aqueles que passaram para a vida após a morte – respondeu tio Ricardo. – Besouros também são associados ao deus egípcio do sol, que, é claro, morria e renascia todos os dias. Ele...

– Ricardo, não se distraia. Deve haver uma porta aqui em algum lugar – interrompeu Abdullah, colocando a tocha em um suporte de ferro fundido perto da entrada da câmara do tesouro.

– Concordo… Por que outro motivo não encostariam nada nas paredes? – perguntou tio Ricardo.

– Não queriam bloquear o caminho – respondeu Abdullah. – Mas é curioso… Não queriam também dissuadir saqueadores de túmulos?

– A menos que tenham sido pegos – disse Whit. – Suponha que entraram e foram descobertos enquanto tentavam tirar tudo daqui. Os antigos egípcios podem ter reforçado a porta da escada e punido os ladrões. Desde então, a tumba permaneceu oculta. Não devia ser fácil entrar em Philae quando, por séculos, a ilha foi um lugar sagrado.

– Uma teoria plausível – disse Abdullah.

Todos estudamos a porta, e a resposta me veio em um instante. Podia ser a magia girando em redemoinhos sob minha pele, ou a imagem dos filhos de Cleópatra em primeiro plano na minha mente.

– Alguns desses ladrilhos estão marcados com a lua ou o sol – afirmei.

Meu tio e Abdullah disseram ao mesmo tempo:

– Selene e Hélio.

– Outros têm o cartucho de Cleópatra. Aqui está outro para Marco Antônio – apontou Whit. – Curioso como Júlio César foi deixado de fora.

– Talvez não seja *tão* curioso assim – refletiu Abdullah. – Ricardo, o que acha que tem do outro lado desta parede?

– A câmara mortuária dela – disse tio Ricardo. – Entendi aonde você quer chegar, *sahbi*. Está se perguntando se César foi deixado de fora de propósito porque não teria sido enterrado com Cleópatra.

– Quem mais teria? – perguntei, a mente girando.

Nunca me ocorrera que ela poderia ter sido enterrada com mais alguém. Será que os azulejos indicavam quem mais estava com ela?

– Ela implorou a Otaviano para não ser separada de Antônio – disse Whit. – Teria ele honrado o pedido dela?

– Improvável – respondeu tio Ricardo, devagar. – Cleópatra era uma pedra em seu sapato. Por que ele cederia?

– Para apaziguar os egípcios – disse Abdullah. – Sua faraó havia acabado de ser derrotada. Era amada por seu povo, e foi a única governante grega que se deu ao trabalho de aprender o idioma egípcio. Eles iam querer que seu último desejo fosse respeitado.

Dei um passo à frente e, por instinto, pressionei um ladrilho de turquesa com um desenho do sol entalhado. A pedra afundou por completo, ficando nivelada com a parede. A mesma emoção de descoberta rugiu na ponta dos meus dedos. Eu estava me acostumando àquela sensação. Tentei os outros ladrilhos marcados. Todos também funcionavam como botões.

Whit estalou os dedos.

– Exatamente como a coluna.

– Encontramos Selene e Hélio lá em cima. Foi assim que soubemos que deveríamos examinar a coluna – expliquei a Abdullah.

Ainda tinha dificuldades em olhar na direção do meu tio. Cada vez que aquilo acontecia, via traços da minha mãe. A irmã que ele traíra.

Eu não deveria ajudá-los, mas também não poderia sair. Minha mãe ia querer saber tudo o que acontecera, e eu não a decepcionaria novamente.

– Acho que devemos tentar pressionar os ladrilhos marcados em ordens diferentes – disse Whit. – Há apenas oito deles, excluindo Marco Antônio. Ele não estava representado na coluna.

Todos concordamos, cada um de nós ficando com dois ladrilhos.

– Vamos contar até três – disse tio Ricardo. – Você começa, Whitford.

– *WaaHid, itnein, talaata* – enunciou Abdullah.

Whit pressionou seus ladrilhos, depois foi a minha vez, a de tio Ricardo e, por último, a de Abdullah.

Nada aconteceu. Esgotamos todas as sequências em que conseguimos pensar, até que restou apenas uma última e óbvia.

– *Dios mío* – disse tio Ricardo. – Talvez Marco Antônio esteja *mesmo* enterrado com ela.

Incluímos os ladrilhos do soldado em nossa sequência, mas ainda assim não obtivemos resultado.

Meu tio rosnou de frustração.

Abdullah emitiu um som de surpresa e se abaixou, apontando para um pequeno ladrilho perto do chão, marcado com a imagem de um falcão.

– É *Hórus*.

– O filho de César e Cleópatra: Cesarião! – exclamou tio Ricardo. – Ele às vezes era associado ao filho de Ísis.

– Cleópatra, Cesarião e Marco Antônio – disse Abdullah. – São eles que estão do outro lado desta parede. Vamos pressionar apenas os ladrilhos deles três.

Meu tio assentiu, resignado. Mas, depois de apertar os botões em várias ordens, a parede ainda não havia se movido.

– Que tal pressionar todos de uma vez? – sugeri. – Porque estão enterrados juntos...

Abdullah aprovou a ideia, e meu coração se aqueceu.

– Todos juntos. Depois do três.

– *WaaHid, itnein, talaata* – contou Whit.

Pressionamos os ladrilhos, e um sonoro clique se seguiu ao longo gemido da pedra se movendo pela primeira vez em dois milênios. O contorno de uma porta apareceu, as bordas acompanhando a forma quadrada dos ladrilhos. Abdullah deu um último empurrão e o painel se abriu. O ar se precipitou adiante, girando ao nosso redor em um cálido abraço. As velas tremularam, mas resistiram ao ataque.

Olhei para Abdullah, mas ele não estava perturbado pelo que acontecera. Parecia esperar por aquilo. Talvez fosse uma ocorrência típica ao se abrir uma câmara pela primeira vez em mais de dois mil anos.

Tio Ricardo foi buscar a tocha e a entregou a Abdullah, que entrou primeiro, seguido pelo meu tio. Whit fez um gesto para que eu fosse em seguida.

Respirando fundo, entrei na tumba.

CAPÍTULO VEINTICINCO

Outra barreira estava à nossa espera. Mordi o lábio, frustrada, ansiosa para ver o que nos aguardava, mas com pavor de avançar ainda mais. Nem Abdullah nem tio Ricardo pareciam preocupados com a espessa parede. Era imensa, e no centro havia duas portas de santuário onde se viam entalhados mais hieróglifos. Nelas, duas alças de cobre tinham sido amarradas juntas com uma corda grossa que espiralava da esquerda para a direita.

— Feita de fibra de papiro — comentou Abdullah.

— Teremos que romper o selo para confirmar quem está do outro lado — disse tio Ricardo, a voz transmitindo uma animação jovial que eu jamais ouvira em sua boca.

Ele pegou o canivete com a intenção de cortar a corda, mas hesitou. Balançou a cabeça, resignado, e se afastou da entrada bloqueada, entregando a faca a Abdullah.

— Recuperou a razão? — disse Abdullah, arqueando as sobrancelhas. — Pensei que eu tivesse lhe ensinado melhor do que isso.

Ricardo revirou os olhos.

— Você deve fazer as honras.

— Use a cabeça, Ricardo — disse Abdullah. — Sempre apressado, sem pensar direito. — Ele ficou em silêncio por vários segundos, refletindo. — Vamos deixar Inez desenhar o selo primeiro. Depois que estiver registrado, eu o romperei. Mas *não vamos* abrir o sarcófago nem removê-lo da câmara.

Deixei escapar um leve suspiro de alívio. Minha mãe e eu tínhamos tempo suficiente para elaborar um plano.

– Meus materiais estão lá em cima. Posso começar a desenhar as outras câmaras, se quiserem.

Abdullah assentiu.

– E a equipe?

– Você quer que eles desçam aqui? – perguntou tio Ricardo.

Parecendo considerar a pergunta, Abdullah fez que não.

– Ainda não. Sugiro que continuem trabalhando nas câmaras sob o Quiosque de Trajano. – Um brilho de empolgação espreitava em seus cálidos olhos castanhos. – Agora que sabemos o que há debaixo do Templo de Ísis, me pergunto se os dois espaços não estarão conectados no subterrâneo.

O entusiasmo pulsava em meu sangue. Devia ser a magia que senti debaixo do Quiosque.

– Concordo – disse tio Ricardo. – Whit, enquanto Inez desenha, vamos registrar todas as nossas descobertas dentro de ambas as câmaras. – Ele se virou para mim. – Você pode assumir essa responsabilidade?

– Claro – respondi.

– *Bien, bien* – replicou tio Ricardo. – Acho que devemos chamar o Sr. Fincastle para vigiar a entrada da escadaria.

– Vou ajudar a registrar os artefatos – disse Abdullah.

Meu tio inclinou a cabeça e voltamos um a um, atravessando as duas câmaras antes de subir pela escadaria oculta, cada um com suas instruções.

Minha mãe veio até mim naquela noite enquanto o restante do acampamento dormia. Eu estava sentada no meu colchonete, mexendo ansiosamente nos lençóis, quando a silhueta surgiu do outro lado da cortina, iluminada pela suave luz da lua. Ela afastou o tecido e entrou. Estava outra vez vestida com roupas escuras, um vestido preto comprido e um casaco de abotoamento duplo que disfarçava a estatura esguia. Havia enrolado um lenço em volta da cabeça, cobrindo o cabelo e a maior parte do rosto.

Fiquei de pé e ergui o indicador. Em seguida, apontei para o quarto de Whit. Ela entendeu de imediato e fez sinal para que eu saísse e a seguisse. Sem dizer uma palavra, Mamá me levou até a extremidade de Philae. A lua pairava alta acima de nós, iluminando o caminho. Várias vezes, ela parou e olhou ao redor, atenta a qualquer perigo. Era o Sr. Fincastle quem estava de guarda, mas até ele fora dormir. Por fim, ela diminuiu o passo quando chegamos à margem do rio.

Só então minha mãe se virou e me envolveu em um abraço apertado. Seu cheiro estava diferente; não era o perfume floral que sempre me fazia lembrar dela. Ali no Egito, seu cheiro era mais terroso. Eu ainda não conseguia acreditar que ela estava viva e que me encontrara. Eu era imensuravelmente sortuda. Recebera uma segunda chance quando já não tinha mais esperanças.

– Algo aconteceu hoje – murmurou ela. – Vocês todos ficaram dentro do templo por muito Tempo. Por quê?

Passei a língua pelos lábios secos.

– Foi culpa minha, Mamá. Senti a magia, e era avassaladora e intensa. Acabei levando todos diretamente até o túmulo dela.

Minha mãe ficou imóvel.

– Cleópatra foi encontrada.

Assenti, infeliz.

Ela encarou o Nilo, observando a lenta correnteza passar por nós. Milhões de estrelas cintilavam na noite escura como breu, refletindo na superfície da água.

– Sabia que os antigos egípcios costumavam jogar pertences valiosos no rio?

Fiz que sim com a cabeça.

– Durante a cheia anual, em adoração a Anuket.

Mamá se inclinou e mergulhou a mão na água.

– Imagine tudo o que ele viu ao longo dos séculos.

Era um pensamento solene. O Nilo sabia de tudo, tinha visto o melhor e o pior do Egito.

– Cleópatra deve ter sido trazida de Alexandria para Philae, pela água, em uma procissão diferente de qualquer outra. – Ela se levantou, o rosto pálido. – Seu tio vai destruir o lugar do descanso final da faraó. Ganhará milhões negociando ilegalmente os artefatos no Pórtico do Comerciante.

– Mamá, como podemos impedir tio Ricardo? O que podemos fazer?

– Deixei a pergunta se propagar pela noite fria antes de continuar: – Deveríamos ir para o Cairo hoje à noite. Podemos reservar a passagem de volta para a Argentina e deixar tudo isso para trás.

– Como? Duas pessoas não conseguem conduzir o *Elephantine*, e certamente não tem como nadar de volta para o Cairo. Estamos em uma ilha, cercadas por um rio cheio de crocodilos.

– Mas a senhora chegou aqui sozinha – observei.

– Sozinha? Não – negou ela, bufando. – Vim com um grupo de turistas. Podemos fazer o mesmo, mas serão semanas até que meu amigo chegue. E estou aqui por um motivo, Inez. Meu irmão me fez mal, fez mal a *nós*.

– Então deveríamos escrever para as autoridades – insisti. – É a coisa certa a fazer.

Ela balançou a cabeça.

– Temos que fazer algo *agora*, Inez. Não sei por quanto tempo vou conseguir me passar por morta. Este é o momento de agir contra Ricardo; ele nunca suspeitará.

– Mas já suspeita; caso contrário, não teria contratado o Sr. Fincastle.

Ela dispensou a preocupação com um gesto da mão.

– Ele fez isso para garantir proteção contra os concorrentes.

Miércoles. Havia *mais* pessoas a temer?

De repente, eu queria sair daquela maldita ilha. Deixar no passado todo aquele negócio miserável.

– Por que a senhora não pode abandonar tudo? Você doou dezessete anos da sua vida ao Egito.

Pensei nos seis meses que eu passava todos os anos sem meus pais, sentindo-me solitária na Argentina, magoada por nunca me levarem com eles. Aniversários e feriados perdidos, incontáveis horas que nunca recuperaria. Agora meu pai estava morto, e tudo o que eu queria era ficar com Mamá. O terror me dominou. Eu não queria perdê-la para o Egito.

– Já não foi o bastante? – acrescentei.

Mamá soltou um suspiro trêmulo. Um soluço silencioso que partiu meu coração.

– Eu *não posso*. Achei que você entendesse.

– O quê? O que eu não entendo?

– *Ricardo assassinou seu pai.* – Ela arquejava entre cada palavra. – Ele morreu nos meus braços.

Um alarme alto soou nos meus ouvidos. Minha respiração ficou presa nos pulmões, uma pressão forte fazia minha cabeça girar. O desespero se entalhou na minha pele, e esfreguei os braços ao sentir um frio repentino.

– Como assim?

– Seu tio o eliminou.

Eu me encolhi e cobri o rosto com as mãos. Mamá se aproximou e me abraçou forte.

Sua voz soava cruel junto ao meu ouvido.

– Não vou deixar Ricardo escapar impune. Quero que ele saiba que fui *eu* quem o arruinou. A pessoa que ele subestimou, a irmã que considerava insignificante e não suficientemente inteligente para compreender seu trabalho.

Um espinho de inquietação se instalou na minha pele. Na minha vida, eu nunca a vira se mostrar tanto, nem mesmo para mim. Mamá era sempre muito equilibrada, contida. Enxuguei os olhos com a manga, dominada pela tristeza e pelo sofrimento. Odiava ver minha mãe daquele jeito, mas entendia sua raiva, sua fúria.

Ela se afastou para fitar o meu rosto.

– Você vai me ajudar, Inez?

Não havia a menor dúvida. Ela estava viva, e eu faria qualquer coisa para mantê-la assim. O que quer que acontecesse, faríamos juntas. Rezei para que fosse suficiente para nos manter com vida. Meu tio era um canhão que poderia destruir a nós, Abdullah, toda a equipe de escavação. Ele tinha muito a ganhar com aquela descoberta monumental. Assenti, e ela alisou meu cabelo cacheado, tão semelhante ao do meu pai. Ele não merecia o que tinha acontecido.

– Sim – respondi. – Mas acho que deveríamos avisar Abdullah. Ele precisa saber a verdade sobre o seu sócio.

Todo o sangue fugiu do rosto de Mamá.

– Você não me ouviu? – Ela apertou meu braço com força, as unhas se enterrando na minha pele. O pânico se entrelaçava às suas palavras. – Seu tio é um assassino. O que vai acontecer com Abdullah se ele entrar no caminho do meu irmão?

– Eu não...

– Ele vai matá-lo – sussurrou Mamá. – Inez, eu não posso... não posso...

– O quê, *mamita*?

– Não posso perder mais ninguém. Abdullah é meu amigo, e não vou deixar que o coloque em risco. Inez, você precisa me jurar que o manterá a salvo e *não dirá nada*.

– Eu juro – sussurrei.

Ela me segurou por mais alguns instantes, como se quisesse se assegurar de que eu realmente não colocaria Abdullah em perigo, de que cumpriria minha palavra e não atrairia a sanha assassina do meu tio para ele. Sustentei o olhar sem vacilar, e ela assentiu devagar.

Mamá largou meu braço e soltei o ar, lutando contra o impulso de esfregar a pele dolorida.

– Como posso ajudar?

– Tenho uma ideia que pode funcionar. – Ela mordeu o lábio. – Vai exigir coragem, Inez.

Fiz uma careta.

– Eu não lhe contei a história de como cheguei ao Egito? – continuou minha mãe.

Ela sorriu, o primeiro sorriso verdadeiro que eu via desde o momento em que descobri que ela estava viva. Mamá tirou um lenço de seda comprido do bolso e o entregou a mim. Era macio ao toque, bordado em um delicado padrão floral.

– A senhora e suas flores… – comentei. – Sente falta do seu jardim?

– Passei a última década vivendo metade da minha vida no Egito – disse ela. – Depois de tanto deserto, é claro que sinto falta do verde. Sinto falta de muitas coisas sempre que deixo a Argentina. *Té de mate*, empanadas. O cheiro do oceano que eu sentia da sacada do meu quarto. – Ela ergueu os olhos, idênticos aos meus. Olhos que mudavam de cor, olhos que não sossegavam. – Você.

Uma calidez transbordou do meu corpo. Até aquele momento, eu não sabia o quanto queria ouvir essas palavras. Como elas me nutririam.

– O que a senhora precisa que eu faça? – perguntei.

– A magia é antiga; quem quer que tenha lançado o feitiço original deve ter sido muito poderoso. Isto encolhe qualquer coisa que possa cobrir completamente…

– Como os óculos do seu irmão.

Ela deu de ombros, a sombra de um sorriso malicioso curvando seus lábios.

– É possível. Só tentei usar o item em ocasiões muito especiais.

– Aposto que sim – falei. – Enquanto provocava seu irmão?

– Ele faz com que seja tão fácil... – disse ela, sorrindo.

Devagar, o calor se esvaiu do seu rosto, e eu sabia que ela estava lembrando o que ele havia feito conosco. A vida que roubara da nossa família.

Pigarreei, querendo distrair Mamá de seus pensamentos.

– Então, a senhora quer que eu...

– Encolha o máximo de artefatos que puder enquanto estiver trabalhando – disse ela, a voz séria e sombria. – Sem que ninguém saiba.

Minha boca ficou seca.

– À noite, você vai me entregar todos para que eu os guarde em segurança.

– Tio Ricardo vai notar se algo desaparecer – protestei.

– Fale baixo – disse ela, lançando um olhar nervoso para a margem do rio. – Seja estratégica com o que pega. Procure duplicidades, toda tumba tem. Mais de um exemplar das mesmas joias, estátuas, caixas de bugigangas. Sinceramente, duvido que meu irmão tenha memorizado cada item. Não conseguiremos manter tudo em segurança. Se você trabalhar rápido, porém, acho que podemos impedir muita coisa de cair em suas mãos gananciosas.

Mamá se inclinou para a frente e pousou a palma das mãos em meus ombros.

– Agora me escute, Inez, isso é muito importante. – Ela esperou que eu assentisse com a cabeça. – Você deve encolher primeiro todo papiro que encontrar, qualquer rolo de pergaminho com que se depare.

Franzi o cenho.

– Por quê? Decerto meu tio pegaria as joias primeiro... Elas renderiam um valor mais alto, não?

Minha mãe negou com a cabeça.

– Não um papiro determinado.

– *Qual* papiro? – perguntei. – Se a senhora me disser como ele é, talvez eu possa procurá-lo.

Mamá pensou um pouco, mas depois voltou a balançar a cabeça, relutante.

– Não, pareceria mais suspeito se você estivesse à procura de um papiro específico.

Outra pergunta me ocorreu. Ainda estávamos cercadas pelo Nilo, bem longe de Assuã.

– Mesmo que eu tenha sucesso, ainda estaremos presas nesta ilha.

– Não, eu tenho um amigo que está vindo me ajudar. Ele disse que estaria aqui antes da *Navidad*. Ele vai nos ajudar a carregar tudo em seu *dahabeeyah*. De lá, seguiremos para o Cairo.

Minha mente girava.

– Mas e os associados criminosos do tio Ricardo? Imagino que ele tenha contado sobre a descoberta.

Ela assentiu, a expressão pensativa.

– Eles estão predominantemente em Tebas. Então, se chegarmos ao Cairo antes que possam vir para Philae, estaremos seguras. Será mais difícil para eles roubarem os artefatos do Museu Egípcio e sob os olhos vigilantes de monsieur Maspero.

– Como a senhora sabe de tudo isso?

– Passei muito tempo espionando meu irmão e examinando sua correspondência.

Ela enrolou o lenço mais apertado em torno do cabelo.

– Eu virei até você, Inez. Por favor, não tente me encontrar. É arriscado demais... para nós duas.

– Isso vai dar certo?

Ela respirou fundo, soltando o ar lenta e calmamente.

– Tem que dar. Seu pai ia querer que ajudássemos, de qualquer forma que fosse possível. Imagino que ele esteja satisfeito por estarmos trabalhando juntas por algo que ele tanto amava.

A tarefa diante de mim não seria fácil, mas ajudava saber que eu estava fazendo algo contra o homem que havia tirado meu pai de mim.

Mamá tocou minha bochecha com a palma da mão.

– Tenha cuidado. Lembre-se do que eu disse: comporte-se como uma sobrinha amorosa com seu tio.

Em seguida, ela subiu a margem do rio e desapareceu na noite.

O silêncio da antecâmara me pressionava de todos os lados. O suor se acumulava na base do meu pescoço enquanto eu desenhava uma estatueta após outra, um desfile de deuses e deusas egípcios preenchendo o bloco de desenho. Abdullah ou meu tio passavam continuamente por mim, Whit em seu encalço, catalogando cada item. Era um trabalho tedioso.

O movimento também me impedia de usar o lenço de seda da minha mãe. Enxuguei a testa e lancei um olhar por cima do ombro. Os três homens estavam reunidos na entrada da câmara do tesouro, debruçados sobre o grosso diário de couro nas mãos de Whit. Sussurravam entre si, Abdullah gesticulando com exagero na direção dos artefatos.

O medo se empoçava na minha barriga.

Uma parte de mim odiava o plano, mas a outra não queria que meu tio obtivesse sucesso. Ele havia assassinado meu pai e pensava ter escapado impune. Meus olhos se voltaram para Abdullah.

Agora, tio Ricardo ia trair o próprio cunhado.

Respirei fundo e, devagar, enfiei a mão na bolsa apoiada no meu joelho. Ninguém estava olhando na minha direção. Tirei o lenço e o deixei cair no colo. Em seguida, me aproximei do agrupamento de artefatos ao nível dos olhos. As vozes abafadas dos três homens chegavam a mim enquanto eles entravam na câmara do tesouro.

Soltei o ar e cobri uma estátua de Anúbis com o tecido. Houve um leve estalo, e o lenço flutuou até o chão. A estátua tinha encolhido até ficar do tamanho de um pequeno amuleto. Olhei por cima do ombro novamente. Eles ainda estavam na outra sala.

Repeti o processo com mais três estátuas, uma após a outra. Com cuidado, coloquei todas na bolsa, o suor escorrendo pelas bochechas. Eu estava em guerra comigo mesma, odiando a necessidade de tirar as peças de arte de seu local de descanso original, mas sabendo que meu tio faria algo muito pior. Pelo menos aqueles itens estariam a salvo das mãos dele, e minha mãe ficaria orgulhosa dos meus esforços. Meu olhar percorreu as centenas de artefatos reluzentes que se encontravam em cada canto e superfície da câmara – até que uma áspide azul, quase do tamanho da palma da minha mão, chamou minha atenção. Examinei de perto os intricados entalhes, reconhecendo a tonalidade azul única como faiança do antigo Egito.

Shakespeare me veio à mente enquanto eu olhava a víbora de pedra.

– "Vem, coisinha fatal/ Com o dente agudo o nó complexo/ Vem soltar da vida/ Fica zangado, tolo venenoso;/ Termina de uma vez" – murmurei.

Arrepios percorreram meus braços. Segundo a lenda e historiadores romanos, Cleópatra morrera pela picada de uma serpente. Parecia apropriado que tal estatueta estivesse incluída em sua câmara mortuária. Logo desenhei a peça em meu bloco.

ÁSPIDE EGÍPCIA
* Estatueta na antecâmara

Quando terminei, fechei o bloco. Minha atenção retornou à estatueta e, com todo o cuidado, corri o dedo indicador de leve sobre sua cabeça. A magia pulsou ao meu redor, e recolhi a mão às pressas.

Tarde demais. A lembrança veio sem ser convidada, e soube que havia encontrado outro objeto tocado pelo feitiço de Cleópatra. Ela estava com o corpo dobrado, lágrimas pelo rosto enquanto gritava de horror, de dor.

De desespero.

Soluçava como se alguém tivesse morrido.

Arrepios percorreram meus braços. Eu estaria testemunhando o momento em que ela soubera da morte de Antônio? Cleópatra desabou no chão, batendo no peito.

O peso de sua tristeza me esmagou. Arquejei, lutando para me libertar; um segundo depois, voltei a mim. O silêncio na antecâmara, o peso do bloco de desenho no meu colo. Meus dedos estavam manchados, e minha respiração saía em arquejos agudos que dilaceravam meus pulmões.

Sem nem pensar, deixei o lenço cair sobre a serpente, querendo distância dela. Eu não queria sentir sua tristeza novamente. Doía como uma faca no estômago.

– Como está indo o trabalho?

Um suspiro alto escapou de mim, e minha mão voou para meu coração como se por vontade própria. Ergui os olhos e me deparei com Whit acima de mim, carregando com cuidado uma montanha de pergaminhos em um pequeno caixote de madeira. Seu olhar recaiu sobre o bloco de desenho no meu colo, o lenço estendido no chão diante dos meus joelhos dobrados.

– Alguém já lhe disse que é terrivelmente rude assustar alguém assim?

Ele me olhou com curiosidade.

– Era algo que o Exército encorajava.

– Estamos em guerra? Eu não sabia.

– A Grã-Bretanha está em guerra com todo mundo.

Ele começou a se afastar, mas fez uma pausa.

– Belo lenço.

Engoli em seco, com dificuldade.

– *Gracias*.

Whit se afastou, indo se juntar ao meu tio e a Abdullah na outra câmara. Meu coração pulsava na garganta. Será que desconfiara? Lembraria que o lenço pertencera à minha mãe? Balancei a cabeça, livrando a mente dos pensamentos suspeitos. Ele não teria elogiado se tivesse reconhecido a peça. Soltei o ar devagar. Com cuidado, tirei o lenço de cima da serpente encolhida e o coloquei dentro da bolsa. Em seguida, deixei meu olhar percorrer as centenas de objetos na antecâmara.

Eu tinha muito trabalho a fazer.

Naquela noite, entreguei vinte e nove estatuetas de valor inestimável para minha mãe. Ela embrulhou cada uma delas em outro lenço, com todo o cuidado, e depois guardou os artefatos em sua grande bolsa de couro.

Umedeci com a língua meus lábios secos.

– Há mais centenas delas. O que peguei mal fez diferença.

– Cada uma delas ajuda, Inez – murmurou Mamá. – Estamos fazendo a coisa certa. – Ela retorceu os lábios. – Mesmo que pareça errado. Eu preferiria deixar os objetos históricos onde estão. Odeio o que pedi para você fazer.

– Eu também – falei, a esperança fazendo o peito pesar. Talvez ela tivesse mudado de ideia. Tinha que haver outra maneira de impedir meu tio de…

– Lembre-se, você só tem até a *Navidad* para salvar o que pudermos. Conseguiu encolher algum rolo de pergaminho?

Assenti e ela beijou minha bochecha, voltando pelo caminho por onde viera, seguindo por uma trilha estreita que levava a algum lugar além do templo.

Suas palavras deveriam ter me confortado. Ela não queria perturbar a tumba mais do que eu. Deveria ter ajudado saber que nos sentíamos da mesma forma, que estávamos do mesmo lado. Mas, enquanto eu a observava desaparecer na escuridão, não pude evitar a sensação persistente de que estava piorando as coisas.

Para todos nós.

CAPÍTULO VEINTISÉIS

Depois de duas semanas, ainda não tínhamos aberto a tumba. Após outra conversa na sede, Abdullah e tio Ricardo haviam decidido registrar e desenhar tudo antes de romper o selo. A equipe de escavação continuava trabalhando sob o Quiosque de Trajano, movendo-se lenta, mas decididamente, sob o Templo de Ísis. Havia um verdadeiro labirinto abaixo dos nossos pés; Whit permanecia por lá a maior parte do tempo, ajudando com as explosões que davam acesso a cada sala. Quando não estava com uma bolsa cheia de pólvora nas mãos, podia ser encontrado perto de mim na antecâmara, registrando meticulosamente artefato após artefato em um grosso caderno com capa de couro, não muito diferente do que eu usava para meus desenhos. Parecia tão interessado nos artefatos quanto Abdullah e meu tio, constantemente correndo os olhos pela sala como se estivesse procurando algo em particular. Se era esse o caso, nunca me disse o que esperava encontrar.

Até mesmo Isadora fora convencida a participar do trabalho tedioso, mas nunca reclamava da monotonia. Às vezes, já estava lá quando eu chegava, debruçada sobre um caderno enquanto anotava com cuidado cada artefato na sua seção do espaço.

Os dias eram longos. Whit trabalhava ao meu lado, mas, assim que saía da antecâmara, eu pegava o lenço e encolhia tudo que brilhava ou era feito de ouro.

Aquela era, de longe, a pior parte do meu dia.

Mas sempre que Ricardo passava pelas câmaras, observando tudo com um olhar avaliador, minha culpa diminuía. Ele pegava várias joias, cravejadas de pedras preciosas, e meu estômago se contraía quando eu me perguntava se ele estava estabelecendo um preço. Felizmente, Abdullah o pegou em um desses momentos, e o repreendeu por sua tolice.

A hora das refeições era preenchida com conversas animadas. Abdullah nos entretinha com histórias de seus filhos e netos. Depois, minha mãe e eu nos encontrávamos na margem do rio, escondidas atrás de altas moitas de papiro. Ao longo de duas semanas, eu havia conseguido encolher quase duzentos artefatos. Tentei escolher itens que não estivessem registrados, ou que fossem facilmente ignorados em razão da sua posição na câmara ou do seu tamanho.

Mesmo assim, eu me preocupava e não conseguia esconder meu desconforto de Mamá. Entreguei a ela a pilha daquele dia, me odiando, e ela segurou minha mão entre as suas.

– O que foi? – perguntou ela.

Esqueci como minha mãe conseguia enxergar através de mim com tanta facilidade.

– Só queria que houvesse um jeito melhor – murmurei. – Tio Ricardo está supervisionando o registro de todos os artefatos. Por que ele faria isso se planejasse roubá-los?

– Inez, reflita sobre isso com atenção – disse ela. – Qualquer coisa anotada pode ser riscada, reescrita, ou a página pode até ser arrancada. Quem guarda os registros no fim do dia? É seu tio?

Pensei no caderno de couro que via com frequência nas mãos de Whit ou de Isadora. Mas, quando o dia de trabalho terminava, o caderno era deixado com meu tio, e não com Abdullah. E com ele permanecia até a manhã seguinte, quando o devolvia a Whit para o trabalho do dia. Tio Ricardo poderia facilmente adulterar os registros – mas Whit não perceberia? Isadora parecia muito observadora para não notar quaisquer mudanças incomuns.

Exceto pelo fato de que… havia literalmente *centenas* de estátuas de calcário, barcos e joias. Eu não perceberia se algumas fossem apagadas ou riscadas.

Mamá tinha um bom argumento.

– Meu amigo estará aqui amanhã, Inez – sussurrou ela, apertando minha mão. – Está pronta para ir?

Assenti.

– Vou arrumar tudo hoje à noite.

Na manhã seguinte, tudo o que eu possuía estava de novo dentro da minha bolsa. Corri os olhos pelo quarto estreito, catalogando o tapete gasto, o caixote vazio que servia como mesa de cabeceira, o colchão fino. Eu passara quase um mês naquela ilha, trabalhando com a equipe – se não como um deles. Conhecia todos pelo nome.

E, todos os dias, eu me sentia destruída ao pensar que meu tio os trairia. Queria avisá-los, mas, como minha mãe justamente apontara: não sabíamos em quem confiar. Alguns membros da equipe poderiam estar trabalhando para os mesmos criminosos que meu tio. A pilhagem de tumbas era uma profissão centenária no Egito.

Saí do quarto usando minha saia e meu casaco de linho – que, embora limpos, carregavam a história das longas horas que eu havia passado no subsolo. Cheguei ao acampamento, esfregando os braços para espantar o frio. Whit me saudou levantando a xícara de estanho. Dava para sentir o cheiro do café do outro lado da fogueira. Acomodei-me em um tapete disponível, ciente do olhar atento do meu tio.

Aceitei agradecida uma caneca de chá que Kareem me entregou. Minha mente se recusava a se concentrar em qualquer coisa além do fato de que aquele era meu último dia em Philae.

Emoções antigas ameaçavam vir à tona. Baixei o olhar, fazendo o possível para esconder os olhos lacrimejantes. Estava aliviada por deixar o patife do meu tio para trás. Aliviada, também, pelos artefatos que conseguira roubar debaixo do seu nariz. Monsieur Maspero garantiria que eles tivessem um lar no novo museu no Cairo. Depois, ele enviaria oficiais de antiguidades para Philae, o que atrapalharia os planos do meu tio.

Mas uma parte pequena e mais secreta de mim se rebelava diante da ideia de deixar Whit.

Pela centésima vez, lembrei a mim mesma que ele ia se casar. O curso mais sábio e menos doloroso a tomar era seguir em frente. Nada de bom poderia resultar de sofrer por alguém indisponível.

Isadora veio sentar-se ao meu lado, ajoelhando-se graciosamente enquanto equilibrava uma caneca cheia de chá quente. Sem derramar uma única gota.

– Você parece supreendentemente revigorada para alguém que dorme em uma barraca.

– Tenho muita prática. – Ela me lançou um sorriso marcado pelas covinhas. – Sabe, você é muito dissimulada. Tantos segredos...

– Hein?

– Você nunca diz o nome dele.

Nossa conversa pareceu se anuviar. Tomei o cuidado de manter o rosto neutro, apesar do rubor revelador que senti brotar nas bochechas.

– De quem?

Ela arqueou uma sobrancelha cor de mel.

– Do Sr. Hayes, é claro.

– Ele só não é mencionado com tanta frequência nas conversas – falei após um instante.

– Eu não acho que seja isso.

Mudei de posição para encarar a jovem, girando as pernas para que ficassem a poucos centímetros da volumosa saia dela. Isadora deu um gole distraído no chá, o riso espreitando em seus olhos claros. A expressão de quem achava graça de algo me irritou. Eu não gostava de pensar que meus sentimentos eram tão óbvios, especialmente porque me incomodavam.

– O que acha que é?

– Já viu como ele olha para você? Tão... tão possessivo.

– Ele vai se casar – afirmei, sem emoção. – Nada pode vir desses olhares.

– Uma pena – disse ela. – Ele não é entediante, ao contrário de muitos homens.

– E você não aparenta ser tudo o que é, Isadora – falei, deixando meu olhar vagar propositalmente por sua aparência elegante. Eu sabia, porém, que ela escondia uma arma em algum lugar da roupa.

– Você também – replicou ela.

Um alvoroço veio da direção do barco atracado lá na extremidade de Philae.

– *Dios*, o que será agora? – rosnou tio Ricardo, arrancando-me do meu devaneio.

Whit estava sentado à minha frente, revendo os registros em seu caderno. Com a explosão do meu tio, ele ergueu o rosto e seus olhos se encontraram com os meus, um leve sorriso repuxando os lábios.

Olhei para onde meu tio se dirigira e vi com um grupo de pessoas remando em direção à margem. Um dos homens parecia vagamente familiar. Meu tio em geral se desesperava com os turistas lotando o rio. A ilha de Philae, embora mais afastada do que outras atrações encontradas em Tebas, era um destino privilegiado. Havia uma razão para ser chamada de Joia do Nilo.

– Um grupo de mulheres viajantes. – O Sr. Fincastle protegia os olhos do brilho do sol com uma das mãos enquanto a outra pairava acima do revólver. – E vários cavalheiros. Definitivamente americanos.

– Definitivamente indesejados – resmungou meu tio.

Agucei os ouvidos. Será que um deles era o confidente da minha mãe?

Os turistas não estavam cientes de que não eram bem-vindos e caminhavam com alegria na nossa direção, falando alto entre si. Tio Ricardo dirigiu um olhar de súplica a Whit, que abriu um sorriso largo, fechando o caderno antes de ficar de pé. Ele foi ao encontro do grupo antes que alcançassem nosso acampamento.

Whit desfilou seu charme, e várias jovens do grupo se mostraram radiantes e encantadas. Balancei a cabeça, resignada. A máscara *Sr. Hayes* que ele usava para todos os outros estava em plena exibição. Quando tornei a olhar, foi para ver Whit me observando. Meu olhar se dirigiu significativamente para uma das belas damas, e arqueei as sobrancelhas.

Ele deu de ombros com indiferença e eu ri, ainda que apenas para esconder a dor que dilacerava meu coração. Whit ainda não queria falar sobre os anos passados no Exército, nem sobre sua família, mas havia uma camaradagem fácil entre nós. Ele buscava minha companhia sempre que estava livre. Eu contava com ele para trazer meu jantar quando ficava tarde e eu ainda não havia terminado um desenho específico, e eu sempre cuidava para que seu café estivesse quente logo cedo. Não era tudo, mas pelo menos tínhamos algumas pequenas coisas entre nós que pareciam verdadeiras.

Levantei-me, sacudindo a areia da saia de linho, e caminhei em direção ao Templo, como era meu hábito após o café da manhã. Quando passei por tio Ricardo, ele ergueu a cabeça e olhou para mim.

– Já está terminando, Inez?

Lutei para manter um tom agradável. A cada dia, ficava mais difícil. Eu vivia apavorada com a possibilidade de que ele descobrisse meu segredo. Mal controlava meu desgosto e minha raiva perto dele.

– A pintura da antecâmara está completa. Terminei o esboço detalhado da câmara do tesouro e já pintei a base. Daqui em diante, é só adicionar os detalhes.

– Ótimo – disse ele.

– Ricardo! – chamou Whit.

Meu tio gemeu, a boca próxima da xícara de chá. Com um suspiro exasperado, ficou de pé e se arrastou até o grupo de turistas. Eles o olharam com fascínio e admiração, o arqueólogo em seu habitat natural: cabelo denso e desarrumado, calça de trabalho e botas surradas até o joelho, rosto bronzeado e castigado pelo tempo sob o sol quente. Era uma visão e tanto, cercado por monumentos antigos, e entendi por que mais de uma dama começou a se abanar.

Eu estava prestes a seguir meu caminho em direção ao templo quando meu tio de repente se afastou do grupo e voltou apressado para onde estávamos, o rosto visivelmente carrancudo. Ele se jogou de volta na rocha que usara como cadeira improvisada. Dois envelopes de carta escapavam de seu punho bronzeado.

A curiosidade me fez continuar ali.

– O que é isso?

Abdullah sorriu.

– Um convite?

Era visível que tio Ricardo estava considerando a resposta, o franzido na testa se tornando mais pronunciado à medida que os segundos passavam. Se alguém fosse esculpir uma estátua dele, aquela seria sua expressão. Meu tio em seu estado mais natural.

– Detesto quando você é presunçoso – resmungou tio Ricardo.

Sentei-me em uma pedra.

– Convite para quê?

– Para o baile de réveillon que o Shepheard's promove todos os anos – disse Abdullah, animado. – Seu tio nunca vai.

– Por que o senhor não quer ir? – interrompi.

Meu tio estremeceu.

– Porque, Inez, isso significa me afastar daqui, mesmo com tanto trabalho a ser feito. Eu *jamais* vou anunciar nossas descobertas e, embora confie na maior parte da nossa equipe, sei que é ingênuo acreditar que o que encontramos vai passar despercebido por muito tempo. É imperativo registrar tudo com a objetividade apropriada *antes* que os incompetentes senhores que se denominam arqueólogos caiam sobre Philae. Idiotas, todos eles.

Ele quase me convenceu – mas lembrei das linhas severas do seu rosto ao falar de Papá, lembrei como ele me fizera acreditar que meus pais tinham morrido, perdidos no deserto.

Meu tio deveria estar nos palcos. Ele ganharia uma fortuna.

– Ninguém vai vir até aqui durante o baile – disse Abdullah brandamente, retomando a conversa. – Não se esqueça de que estarei aqui para manter a ordem, já que não fui convidado.

– Como eu disse. Idiotas – replicou tio Ricardo. – A maioria são caçadores de tesouros glorificados, roubando qualquer coisa que possa ser carregada. E quando digo "qualquer coisa", quero dizer qualquer coisa mesmo: caixões e múmias, obeliscos, esfinges. Literalmente *milhares* de artefatos. São muito poucos os que se preocupam em manter registros adequados, que entendem a necessidade de se conhecer e proteger o passado do Egito.

– Mas, como são egípcios, com frequência são excluídos, como eu – disse Abdullah, tentando controlar a fúria. – E até que eu não esteja em desvantagem no campo de estudo, nada do que escavarmos será compartilhado com o Serviço de Antiguidades.

Meu coração se partiu por ele. A decepção que teria com meu tio o destruiria.

– Ricardo. – Abdullah estendeu a mão. – Deixe-me ver, por favor.

Sem dizer uma palavra, meu tio entregou a segunda carta a Abdullah, que leu seu conteúdo uma vez, depois outra.

– Não estou entendendo... – disse Abdullah. – Maspero revogou sua licença? Mas por quê?

A raiva estava gravada no rosto do meu tio.

– Desconfio que sir Evelyn tem algo a ver com isso, aquele canalha.

– Você *precisa* ir a essa festa – disse Abdullah. – E consertar isso. Você sabe o que está em jogo.

– Zazi odiava a turma do Cairo – protestou Ricardo.

– Odiava – concordou Abdullah.

– Mas ia comigo ainda assim.

Abdullah já estava negando com a cabeça.

– Minha presença só pioraria as coisas. Você sabe disso.

– Mas...

– Eu conheço minha irmã, e ela diria para você ir.

Ricardo gemeu.

– Podemos cobrir...

– Não será suficiente para enganar arqueólogos experientes. – Abdullah se inclinou para a frente, as sobrancelhas franzidas. – Pense no que Zazi ia querer, Ricardo.

Meu tio encarava o cunhado com rebeldia, mas aos poucos foi abrandando sob o peso da firmeza silenciosa de Abdullah.

– Está bem, eu vou. No dia seguinte à *Navidad*.

Eu tinha esquecido completamente que o Natal estava chegando. Nunca celebrávamos em família no dia certo. Todos os anos, meus pais estavam no Egito naquela época, então só trocávamos presentes quando eles voltavam. Nossa última troca havia sido a derradeira com meu pai. Quem dera eu soubesse... Na ocasião, eu estava fechada e mal-humorada, irritada por ter um feriado de consolação durante o *inverno*, quando todo mundo em Buenos Aires celebrava devidamente durante o verão, em dezembro.

Quando Papá me chamara para jogar uma partida de xadrez, eu dissera não.

Reuni meus materiais e me levantei, preparando-me para enfim voltar ao trabalho. Whit permanecia absorto na conversa com as turistas atraentes, e tomei o cuidado de evitar que meu olhar recaísse sobre onde ele estava.

– Inez – chamou tio Ricardo quando passei por ele.

Parei e arqueei uma sobrancelha. Meu tio manteve a atenção focada na caneca, os dedos apertando com firmeza a alça.

– Amanhã quebraremos o selo ao amanhecer – informou.

De alguma forma, consegui manter a expressão totalmente neutra, como se o fato de ele me incluir não tivesse enviado um tremor pelo meu corpo. Meu tio me olhou com curiosidade, e troquei o peso de uma perna para a outra sob seu olhar atento. Uma linha acentuada surgiu entre suas sobrancelhas. Ocorreu-me que minha falta de reação o confundira, dado o tempo e a insistência que eu dedicara à tentativa de convencê-lo a permitir que eu me juntasse à equipe de escavação.

Forcei um sorriso, tentando esconder a verdade.

Eu já estaria bem longe quando eles abrissem a tumba.

Whit me encontrou horas depois, curvada sobre a pintura, capturando meticulosamente o detalhe de uma caixa de joias incrustada com pérolas e turquesa. Parou atrás de mim, observando-me trabalhar.

– Você fez grande demais – disse ele.

Virei-me e o fulminei com os olhos.

– Não fiz, não.

– Por que está de cara fechada?

– Não estou – rebati, odiando o fato de a minha voz falhar. – Por que você não está com seus novos amigos?

– Eles foram embora, infelizmente – disse ele. – Mas me deram uma carta para entregar a você. Um certo cavalheiro a trouxe, e pareceu bastante aborrecido comigo quando eu não quis dizer onde você estava.

Arqueei as sobrancelhas.

– Eu não conheço cavalheiro algum aqui.

Whit me olhou com a expressão fechada.

– Ele pediu para dizer que ainda quer ter aquele jantar quando você retornar ao Cairo.

Pensei um pouco, e só então arregalei os olhos.

– Deve ser o Sr. Burton. Ele estava hospedado no Shepheard's.

– Hummm. Como o conheceu?

Eu o observei com atenção.

– Ele me acompanhou até o restaurante para jantar.

– Para jantar – disse Whit. – Quanta gentileza.

– Isso incomoda você?

O rapaz deu de ombros.

– Não, Olivera. Por que incomodaria?

As palavras dele podiam ter soado indiferentes, mas detectei um leve aperto nos cantos da sua boca. Meu queixo caiu.

– Você está com ciúmes.

Ele soltou uma gargalhada.

– Não tem a menor possibilidade.

– Tenho que admitir que estou surpresa com seu comportamento – falei. – Ou você achou que eu não notaria como não consegue tirar os olhos de mim?

– Seu tio me pediu para ficar de olho em você – retrucou Whit. – Se estou olhando, é apenas para garantir que você não se meta em encrenca.

– Eu sei me comportar – afirmei, levemente ofendida.

– Ah… – murmurou ele para si mesmo.

Ficamos nos encarando por um bom tempo, a frustração emanando dele em ondas. Ergui uma sobrancelha, desafiando-o a se explicar, mas ele permaneceu obstinadamente em silêncio por um longo e insuportável momento. Depois, com uma voz muito mais calma, perguntou:

– Você quer sua carta ou não quer?

Estendi a mão.

Havia apenas duas pessoas que sabiam onde me encontrar no Egito, e eu podia imaginar como se sentiam sobre minha partida sem me despedir. Eu havia deixado um bilhete, mas sabia o que minha tia teria pensado sobre aquilo. A culpa me perturbava e, embora não me sentisse mal por enganar minha tia, lamentava ter deixado minha prima. Mas, se eu tivesse contado meus planos para Elvira, ela teria insistido em ir junto. E, nesse caso, minha tia teria feito qualquer coisa para ter a filha de volta. Eu não podia arriscar.

– Então me dê a carta.

Whit vasculhou o bolso e tirou dois envelopes que enfiara ali. Deu uma olhada rápida em ambos e me entregou o meu, tornando a guardar o outro no bolso com uma leve careta. A caligrafia imaculada e recatada da minha tia me encarava. Eu não lera sua primeira carta, e para ser sincera não sabia onde a colocara. Fazia semanas que não via a missiva, desde que tínhamos deixado o Cairo. Com um tremor, coloquei o envelope dentro das páginas do meu bloco de desenho.

Whit arqueou as sobrancelhas.

– De quem é?

– Como o Sr. Burton soube onde me encontrar?

– Os funcionários do Shepheard's devem ter presumido que você estaria com Ricardo. De quem é?

– Vou ler depois.

– Não foi o que eu perguntei.

– Não é da sua conta, Whit.

– E se for importante? – insistiu ele.

– Acredite em mim, não é. – Estreitei os olhos, continuando a encarar o garoto. – Achei que não discutíssemos assuntos pessoais.

Ele revirou os olhos e se sentou ao meu lado, dobrando as longas pernas junto ao corpo para não esbarrar em nada.

– Não discutimos, a menos que elas a deixem chateada.

– Não estou chateada.

– Eu sei quando você está, Olivera – disse Whit. – Seu rosto mostra tudo.

– Então pare de olhar para o meu rosto – rebati, incisiva.

Whit abriu a boca, mas em seguida a fechou.

– O que você ia dizer?

– Absolutamente nada de útil – murmurou ele.

– Eu digo de quem é a minha se você me disser o remetente da sua – propus. – Bisbilhoteiro.

Seus olhos desceram para o próprio bolso.

– É do meu pai.

– Ah.

Ele raramente falava sobre a família. Uma pequena parte de mim desejava não ter insistido, mas ele havia me irritado com suas perguntas. Whit não disse mais nada, então pigarreei antes de falar:

– É da minha tia. Ela deve estar furiosa.

– Provavelmente quer que você volte para casa.

– Aposto que sua família quer o mesmo de você.

As mãos dele se flexionaram, a tensão se erguendo ao seu redor como vapor sobre água fervente. Caímos no silêncio e, quando ficou claro que ele não falaria mais nada, voltei ao trabalho.

– Vamos abrir a tumba dela amanhã – disse Whit de repente. – Seu tio contou?

Meus lábios formaram uma linha fina, e assenti.

– Por que você não está empolgada?

Eu teria ficado, mas meu tempo no Egito havia amolecido meu ressentimento; havia me seduzido com sua vasta extensão de deserto cheio de templos e um milhão de segredos escondidos sob a areia dourada. As pessoas ali eram calorosas, gentis e incrivelmente hospitaleiras. Eu me tornara parte da equipe, e a sensação de todos nós trabalhando para o mesmo objetivo era inebriante de uma forma que eu não esperava. Queria ver a tumba de Cleópatra ser aberta.

Impossível, porque eu não estaria lá. Tornei a pigarrear e arrisquei um tom indiferente. Tinha acabado de me ocorrer que provavelmente aquela seria a última vez que eu ficaria sozinha com o Sr. Whitford Hayes. Meu olhar encontrou o dele, e soube que eu não responderia à sua pergunta porque não queria contar mais uma mentira. Estava cansada dos segredos, das atitudes sorrateiras, do peso sobre os meus ombros.

Eu queria lidar com a verdade – tanto quanto fosse possível suportar, e queria começar naquele momento.

Assim, aquilo poderia acabar.

Antes mesmo de começar.

– Whit, vou falar uma coisa, e preciso que você não responda. Não quero saber o que você pensa ou o que teria dito. Só quero lhe dizer algo verdadeiro. Tudo bem?

Ele estreitou os olhos.

– Eu não vou gostar, não é?

– Provavelmente não – admiti.

– Então não fale.

– Vou me arrepender se não falar.

Whit apertou os lábios, os ombros tensos, como se estivesse se preparando para um golpe mortal.

Respirei fundo e me forcei a olhar o rapaz nos olhos. Eles estavam formidáveis e frios. Estremeci.

– Eu me sinto atraída por você, Whit. Mais do que jamais esperaria. – *Mais do que como amigo,* mas reprimi as palavras. Eu ainda tinha meu orgulho, e ele me governava com mãos de ferro. – Não há futuro para nós, não temos nem mesmo um presente. Mas queria que você soubesse como me sinto. Mesmo que não sinta o mesmo.

Ele me fitou, sem dizer uma só palavra. Ficou em silêncio enquanto eu me levantava, e em silêncio enquanto eu reunia minhas coisas. Foi só quando já me afastava, as pernas tremendo, que ele enfim falou.

– Inez... – sussurrou ele, a voz rouca. – É recíproco.

Congelei no lugar, ombros rígidos, querendo me atirar em seus braços. Entregar-me ao que ambos desejávamos, mas era impossível para nós. Ele ia se *casar*. Cerrei o maxilar, saí da câmara e subi a escada, o coração martelando ao longo de todo o caminho de volta até meu quarto.

Em questão de horas, eu estaria partindo com minha mãe, carregando centenas de artefatos valiosos para o Cairo, onde estariam seguros das garras de tio Ricardo.

Eu deveria sentir alívio, mas não conseguia parar de pensar que talvez tivesse cometido um erro ao dizer a ele como me sentia.

WHIT

Que o diabo me carregasse.

A luz da tocha projetava sombras tremeluzentes na parede enquanto Inez se afastava, deixando um rastro de seu perfume doce que foi me enlouquecendo devagar. Ela mantinha os ombros aprumados, o peso do mundo sobre eles. Teria sido mais fácil se não tivesse falado, e eu era um *tolo* por ter dito o que disse. Não era melhor que uma mentira. Com as mãos trêmulas, peguei a carta do meu pai e li cada linha, o coração na garganta.

> *Whitford,*
> *Estou cansado de escrever a mesma coisa repetidamente. Sua mãe está no limite. Não sei quanto mais ela pode suportar. Esta será a minha última carta antes que eu vá até aí pessoalmente.*
> *Você não vai gostar nem um pouco da visita, eu garanto.*
> *Volte para casa.*
>
> *–A*

Um poço imenso se abriu dentro de mim, ameaçando me devorar por inteiro. Eu não havia encontrado o pergaminho, apesar de procurar por semanas. Fora um desejo fútil e desesperado. Nada poderia me manter ali por mais tempo. Fiquei de pé, a calma tomando conta de mim enquanto caminhava até a tocha crepitante.

E ateei fogo à carta.

CAPÍTULO VEINTISIETE

O reflexo da lua ondulava sobre a água enquanto a canção do Nilo rodopiava ao meu redor. Sapos coaxavam, pássaros trilavam e, de vez em quando, o ruído de algo se agitando de repente na água pontuava a noite tranquila. Eu me encontrava parada na margem, os braços cruzados apertados contra o peito trêmulo, a bolsa grande aos meus pés. O frio penetrava meu traje de linho, e um arrepio desceu correndo por minha espinha.

Mamá se materializou, saída da escuridão, o corpo delicado tomando forma no alto de uma elevação na margem. Ela acenou, e retribuí o gesto. Minha mão caiu desajeitada ao lado do corpo quando avistei o vulto mais alto descendo com ela. O homem vestia um terno casual, o cabelo escuro solto ao vento. Tinha olhos azuis gentis e um sorriso hesitante.

– Inez, este é o amigo de que falei.

Ele estendeu a mão.

– É um prazer conhecê-la. Sua mãe me contou tudo sobre você.

Recolhi a mão. Havia uma familiaridade fácil entre eles, e o jeito descontraído do homem afrouxou o nó de tensão entre minhas omoplatas. No entanto, minha mente queimava com perguntas. Quando tinham se conhecido? Como ele estava envolvido na nossa situação? Por que minha mãe confiava nele? Ele sabia sobre Cleópatra, meu tio ou Papá?

Mamá apontou para minha bolsa antes que eu pudesse fazer perguntas. Fiquei calada, sabendo que teria tempo suficiente durante a viagem de volta ao Cairo. Por enquanto, tínhamos que agir depressa.

– Há mais artefatos aí dentro? – perguntou Mamá.

Assenti, lançando um rápido olhar para o amigo dela. Ele não pareceu surpreso com a pergunta.

– Consegui mais seis.

Eu me curvei e revirei meus pertences cuidadosamente arrumados para pegar as joias, envoltas com cuidado em uma das minhas camisas. Entreguei o pacote para minha mãe.

– Meu barco está logo ali – disse ele, apontando com o queixo. Segui seu olhar até um barco estreito, escondido entre arbustos altos. Peguei a bolsa e os segui, o coração acelerado.

Era isso.

Na manhã de Natal, tio Ricardo e Whit, junto com o restante da equipe, não me encontrariam em lugar algum em Philae. Seria como se eu tivesse desaparecido, ido para outro mundo, como em um conto de fadas. Passara pela minha cabeça a ideia de deixar um bilhete para Whit, mas acabei desistindo. Eu já tinha dito tudo o que queria. Não podia contar a ele para onde estava indo, e com quem, nem quais eram meus planos. Não parecia haver sentido em deixar uma mensagem.

Aquele capítulo da minha vida logo estaria encerrado.

O amigo de Mamá alcançou o barco primeiro e, com cuidado, colocou as coisas dela ali dentro. Mamá apalpou a roupa do corpo, franzindo o cenho. Depois se virou, a cabeça baixa, vasculhando o chão.

– Perdeu alguma coisa? – perguntei.

– Sim, minha bolsinha de seda. Meu remédio para dor de cabeça está nela – disse Mamá. – Nunca viajo sem minha bolsinha.

Todos nos ajoelhamos, procurando no solo pedregoso da margem. Não encontrei nada, então decidi refazer meus passos. Lancei um olhar nervoso na direção do acampamento. A qualquer minuto, esperava ouvir meu tio gritando conosco. Ver Whit correndo na minha direção, a decepção gravada em seu semblante.

– Será que deixei cair mais para cima na encosta? – sussurrou Mamá, andando alguns passos atrás de mim.

– Vou dar uma olhada – falei. – Encontro vocês no barco.

Mamá assentiu e se virou, voltando em silêncio para junto do amigo. Subi correndo o aclive, bem agachada, e comecei a procurar. Moitas espessas de plantas espinhosas obstruíam minha visão, mas refiz o caminho com cuidado. Por fim, uma bolsa cintilante brilhou como prata à luz do luar. Eu a peguei e desci pelo mesmo caminho por onde havia subido, escorregando em uma pedra. Consegui manter o equilíbrio e, quando cheguei à margem, minha respiração saía em arquejos. Procurei minha mãe, mas não encontrei ninguém.

A área estava estranhamente silenciosa.

Fui até a faixa de areia onde tinha visto Mamá e o amigo pela última vez, mas nenhum dos dois estava lá. A princípio, não conseguia compreender o que via. A margem estava vazia; apenas suas pegadas indicavam que haviam estado ali. O pânico pulsava no ar à minha volta. Meu tio os teria descoberto? Ou o Sr. Fincastle? Mas eu teria ouvido alguma comoção, certamente. Andei para cima e para baixo ao longo da margem, meu pavor crescendo. A respiração saía da minha boca em arquejos ruidosos.

Foi quando compreendi.

O barco tinha ido embora. Definitivamente.

Olhei para o Nilo, e um nó se formou na minha garganta. O contorno desfocado do barco ainda estava à vista, tão distante que eu tinha que forçar os olhos para distinguir o formato. Ele deslizava silenciosamente sobre a água.

Levando minha mãe só o rio sabia para onde.

Era *Noche Buena*.

Véspera de Natal. E minha mãe me deixara para trás.

Não sei quanto tempo fiquei ali parada diante do Nilo, esperando que fosse tudo um equívoco, que de alguma forma eles tivessem perdido o controle do barco. Eu teria acreditado se um crocodilo os tivesse levado.

Qualquer coisa, menos a verdade.

A dor entre meus olhos foi aumentando, uma pressão que se ampliava em ondas dolorosas. Os olhos ardiam. Desabei na areia, as pedras afiadas se enterrando na minha carne. Eu mal ligava. As últimas duas semanas desfilaram velozmente pela minha mente, uma cena horripilante após a outra. Eu não conseguia atribuir sentido a nada. Por que ela havia me deixado ali? Não queria que eu a ajudasse com os artefatos?

Eu estava com frio e apavorada, dominada pela culpa. Uma sensação incômoda de que tinha agido como uma tola permeava meus sentidos. Estendi a mão para a bolsinha de seda da minha mãe e a revirei, na esperança de encontrar...

Meus dedos acharam um bilhete dobrado. Estava muito escuro para ler, então me pus de pé, cambaleando, e voltei ao acampamento. A vergonha se enraizava profundamente na minha barriga, uma dor física, como se eu tivesse bebido veneno. Quando cheguei, me certifiquei de andar o mais silenciosamente possível, lembrando que Whit tinha o sono leve.

Risquei um fósforo e acendi uma vela assim que entrei no meu quarto vazio. O tapete e o caixote eram os únicos itens que eu decidira deixar para trás. Com dedos trêmulos, desdobrei o bilhete.

Querida Inez,

Esta é uma despedida. Sei que teria sido mais gentil deixar você pensar que eu havia morrido. Porém, já que você veio para Philae, precisei te incluir em meus planos. Imploro que deixe o Egito. Esqueça o que viu e ouviu, siga com sua vida. Você tem muito pela frente. Case-se com o filho do cônsul, constitua sua própria família e recomece.

Não venha me procurar. Você não vai gostar do que vai encontrar, Inez.

Mamita

Um grito alto escapou do meu âmago. Tapei a boca com a mão, tentando abafar os soluços. Confusão e tristeza lutavam dentro de mim. Eu não entendia por que ela me deixara, por que me fizera acreditar que iríamos juntas.

– Olivera?

Fiquei paralisada, as lágrimas ainda escorrendo pelo rosto. Whit se encontrava do outro lado da cortina farfalhante, os pés descalços visíveis. Mordi o lábio, tentando fazer silêncio.

– Olivera, eu estou ouvindo – disse ele, baixinho. – Você está bem?

Lutei para manter a voz firme, mas falhei.

– Vá embora, Whit.

Ele afastou o tecido para um lado e entrou, piscando na luz fraca. Seu olhar desceu para o chão, onde eu estava encolhida no tapete. Whit se ajoelhou ao meu lado e me puxou para junto de si, a perna forte pressionada contra a minha.

– Inez – sussurrou ele. – Eu vou embora se você quiser, mas preciso saber se está bem. Você está ferida?

– Acho que meu coração está partido – sussurrei.

Ele me abraçou, o polegar desenhando círculos na base das minhas costas. O carinho afrouxou o terrível nó no meu peito, desfazendo-o lentamente. Comecei a respirar com mais facilidade, e a velocidade das lágrimas diminuiu. Whit nunca tinha sido tão gentil comigo. Tão paciente. Ele esperou, sem me pressionar para que eu falasse. Era um lado dele que eu nunca tinha visto, mas sabia que existia. Sua respiração não tinha vestígio de uísque, seus olhos estavam claros. Eu não o vira beber em semanas, desde que perdera seu frasco no rio.

A confissão de Whit pairava entre nós.

É recíproco.

Uma energia similar à forma mais antiga de magia percorreu meu corpo. Eu me entreguei ao momento. Porque, no instante em que abrisse a boca, sabia que tudo seria diferente. A verdade tinha um jeito especial de mudar as coisas. Devagar, deslizei a mão pelo seu peito, sentindo seu batimento cardíaco estável sob a palma.

Eu me permitiria mais um instante com ele antes de me afastar. Mas Whit usou o dedo indicador para erguer meu queixo, e nossos olhos se encontraram sob a luz suave. Os dele, azuis, desceram para minha boca, e estremeci. Ele ia me beijar, e eu não faria nada para impedir – embora devesse. Whit ia me odiar depois, mas pelo menos eu teria a lembrança de um momento perfeito. Ele fechou os olhos e suspirou, e, quando os abriu novamente, suas mãos me afastaram com suavidade, criando um espaço entre nós.

– Vai me dizer o que a deixou tão abalada?

– Eu quero – falei. – Mas estou com medo.

– Não precisa ter medo de mim – disse ele. – Nunca.

Whit esperou, a expressão aberta e franca.

– Cometi um erro terrível – falei. – Não sei o quanto você sabe, o quanto está envolvido com… tudo, mas estou cansada de guardar segredos. De mentir. – Passei a língua pelos lábios secos, mantendo o olhar focado no meu colo. – Há duas semanas, naquela noite em que você ouviu alguém no meu quarto, descobri que minha mãe está viva.

Whit ficou tenso. Continuei:

– Ela me disse que tio Ricardo estava envolvido no contrabando de artefatos egípcios. Que participava ativamente do Pórtico do Mercador.

– Isso é mentira – sussurrou Whit, veemente.

– Como você sabe? – perguntei.

Ele hesitou.

– Eu acreditei nela – confessei. Dei de ombros, impotente. – Ela é minha *mãe*. Por que diria algo assim se não fosse verdade?

O rapaz desviou o olhar, o maxilar cerrado.

– O que mais ela disse?

– Pediu minha ajuda. Minha mãe, que eu pensava estar morta, pediu que eu a ajudasse. – Tornei a passar a língua pelos lábios. – Então, foi o que fiz.

As palavras seguintes de Whit saíram abafadas, impregnadas de medo e mau pressentimento:

– O que você fez, Inez?

Apertei os olhos, com medo de encará-lo.

– Encolhi muitos artefatos dentro da tumba de Cleópatra nessas últimas semanas e os entreguei a ela. O plano era levar tudo para o Cairo, e confiar os itens ao Museu Egípcio. Íamos envolver o Serviço de Antiguidades, e eu esperava que eles viessem interromper a traição do meu tio.

Whit cerrou os punhos.

– Arrumei minhas coisas – prossegui, sussurrando – e a encontrei no rio mais cedo esta noite. Mas ela me largou aqui, levando todos os artefatos com ela. Minha mãe me deixou uma carta. – Entreguei-lhe o papel. – Mas agora… você está me dizendo que ela mentiu para mim.

– Mentiu descaradamente – disse ele, entre os dentes.

Whit leu a carta, sua outra mão ainda fechada e pressionada com força contra a coxa. Quando terminou, ele dobrou o bilhete e me devolveu.

– É só isso? – Sua voz soava tensa, como se ele estivesse tentando controlar a raiva.

Fiz que não com a cabeça.

– Ela me disse que tio Ricardo assassinou meu pai.

– *O quê?*

Eu me encolhi.

– Ouvi tio Ricardo falando sobre Papá, naquela primeira noite em que entrei escondida no *dahabeeyah*. Parecia que eles tinham discutido.

– Eles discutiram, mas seu tio não matou seu pai.

– Então *quem* matou? – perguntei. – Ficou claro que meu tio estava mentindo para mim desde o início. Inventando uma história absurda sobre meus pais terem se perdido no deserto. Eu não sabia no que pensar, em quem acreditar. Ainda não sei se posso confiar em *você*. No Cairo, encontrei uma carta que minha mãe tinha escrito, endereçada a monsieur Maspero, pedindo ajuda porque ela acreditava que o irmão tinha se tornado um criminoso.

O rapaz se ajeitou de modo a ficar sentado de pernas cruzadas na minha frente.

– Seu tio não está envolvido no contrabando, Inez. – Ele respirou fundo. – Existe uma organização chamada A Companhia, e os membros são chamados de Curadores. São eles que administram o Pórtico do Mercador, e sua mãe obtém mercadorias para os leilões.

Eu me esforçava para atribuir sentido às palavras de Whit, juntando as peças e tentando entender o que ele me dissera.

– Minha mãe é uma Curadora – repeti.

Whit assentiu.

– Ricardo desconfiou da verdade, mas achava que seu pai também estava envolvido. – Ele me fitou, com cuidado e reserva. – Está dizendo que ele não está?

– De acordo com Mamá, não – sussurrei. – Ela diz que *ele está morto*.

Whit empalideceu e mexeu no cabelo.

– Você precisa saber de uma coisa, Inez. Sua mãe estava... tendo um caso. Eu descobri por acaso, e ela me fez prometer que não diria nada. Jurou que foi um erro, que estava terminando. Mas depois percebi que ela sumia por longos períodos, mal escrevia para o seu pai. Pensei então que o caso talvez ainda continuasse.

Um trovão ressoou nos meus ouvidos.

Eu não conseguia acreditar no que Whit acabara de me contar. Era errado, como uma noite sem lua ou um leito de rio seco. Balancei a cabeça, o zumbido na minha mente aumentando.

Quando consegui falar, minha voz estava rouca.

– Ela pareceu tão feliz em me ver...

– Isso pode ter sido real. – Ele hesitou. – Quanto ela conseguiu levar?

Soltei uma risada amarga.

– Quase trezentos artefatos entre joias, barcos funerários e estátuas de calcário.

Uma expressão peculiar cruzou o rosto dele, como se um pensamento devastador tivesse lhe ocorrido.

– Algum rolo de pergaminho? Um de folha única?

Arqueei as sobrancelhas.

– Mamá também perguntou sobre uma folha única. Eu *sabia* que você estava procurando alguma coisa. O que é?

– Ele tem o desenho de uma serpente mordendo a própria cauda. Um ouroboros. Isso soa familiar?

Neguei com a cabeça.

– A folha também teria escritos em grego, fora desenhos e diagramas – insistiu Whit. – Pareceriam instruções.

– *Não* – repeti. – Não encontrei nada assim. O que é?

– Alquimia – disse ele.

– Alquimia? – repeti.

– Não é importante agora. O que importa é Lourdes.

Certo. Minha mãe, a ladra.

– Tem uma coisa que ainda não entendo... E quanto à carta para Maspero?

– A que você encontrou no quarto deles? Ela poderia ter facilmente plantado aquilo. Pense bem: por que não teria enviado a missiva?

O envelope veio de maneira vívida à minha mente. O peso e a sensação de erguê-lo na mão, a carta dobrada dentro dele. Nem mesmo havia sido carimbado. Eu queria argumentar, defender Mamá, mas as palavras me fugiram. Todos os momentos com ela estavam maculados, arruinados pela sua tramoia. E, como uma criança boba, eu a ajudara a roubar obras de arte inestimáveis com significado histórico monumental. Meu tio ficaria arrasado quando soubesse da verdade.

Mamá havia premeditado tudo.

– Ela queria que aquela carta fosse encontrada, queria que a suspeita recaísse sobre o irmão. Fui uma idiota – falei. – O tempo todo, ela estava me manipulando.

Whit pousou a mão de leve no meu braço.

– Ela usou o seu afeto por ela contra você. É desprezível. Eu também teria acreditado na minha mãe.

A vergonha me sugava como areia movediça. Eu não merecia compaixão, perdão algum. O que eu tinha feito era imperdoavelmente tolo.

– Não precisa ser gentil comigo.

– E você – disse Whit, com firmeza – não deve ser tão dura consigo mesma. Não por causa disso.

Ouvi as palavras, mas não podia aceitá-las. Eu cometera um erro terrível, e tudo em mim queria consertar as coisas.

– O que faço agora?

– Vá para a cama – disse ele, a voz suave. – De manhã, vamos falar com Ricardo.

Meu coração deu um salto.

– Você não precisa fazer isso comigo.

– Eu sei. Mas vou fazer. – Whit afastou a mão, e no mesmo instante senti falta do calor da sua palma contra a minha pele. – Tente dormir, Inez.

Ele se virou para sair.

– Whit… – chamei.

O rapaz parou na entrada.

– O que foi?

– Você é muitíssimo decente – falei. – Apesar de fingir o contrário.

– Desde que você não conte para ninguém… – disse ele, abrindo um leve sorriso.

E saiu do quarto.

Eu me joguei para trás no colchonete, a mente zumbindo. A única maneira de consertar as coisas era deter minha mãe de alguma forma.

Mas eu não tinha ideia de como fazer aquilo.

CAPÍTULO VEINTIOCHO

Abri os olhos na manhã de Natal tomada pelo pavor. Afundei ainda mais sob o cobertor, o desgosto pairando no quarto como a névoa na área industrial de Buenos Aires. Em questão de minutos, eu estaria encarando meu tio e dizendo que traíra todos eles bem debaixo do seu nariz. Depois de lavar o rosto e me vestir de novo, saí do quarto, as palmas úmidas de suor. Whit estava encostado no batente de pedra, uma xícara de chá já entre as mãos.

Silenciosamente, ele a entregou a mim e eu a peguei com um sorriso tímido.

– Ele está perto da fogueira – murmurou Whit. – Com Abdullah.

Encolhi-me. Claro. Não poderia ter aquela conversa apenas com meu tio – o que eu fizera impactava Abdullah também, talvez até mais do que tio Ricardo. A maior parte da equipe já estava trabalhando, e ambos examinavam um caderno aberto diante deles. Provavelmente estavam discutindo a abertura da tumba. Meu estômago se contraiu.

Eu arruinaria completamente o momento para eles.

Whit e eu caminhamos lado a lado e nos sentamos nos tapetes disponíveis diante do meu tio e Abdullah, nossos corpos próximos. Ele era um bom amigo, um dos melhores que eu tinha.

Tio Ricardo não ergueu os olhos do caderno.

– Você não deveria estar indo para a câmara do tesouro trabalhar nos esboços?

Uni as mãos bem apertadas no colo.

– Preciso contar uma coisa a vocês dois.

Juntos, eles levantaram o rosto e fixaram o olhar no meu. Eu não conseguira dormir quase nada, a exaustão deixando meus ombros caídos, a voz baixa.

– O que é? – perguntou tio Ricardo, impaciente.

Abdullah colocou a mão no braço do meu tio em um gesto cuidadoso, como um sinal para que ele se lembrasse de suas boas maneiras. Sabia fazer aquilo muito bem. Uma habilidade útil quando se tinha um sócio, sem mencionar família.

Whit me lançou um olhar de relance. O silêncio se estendeu entre nós. Eu estava protelando, as palavras presas em um emaranhado na parte de trás da minha garganta. Com o canto do olho, percebi o leve movimento do rapaz. Sua palma quente envolveu a minha. Apertou e depois a soltou.

Respirei fundo, e falei com palavras hesitantes. Fiz um grande esforço para não chorar, para manter o tom comedido. Nenhum deles me interrompeu, mas o horror em suas expressões foi crescendo à medida que eu prosseguia. Tio Ricardo parecia ter se transformado em pedra. Ele mal respirava. Whit ficou ao meu lado, me apoiando, calado. Quando terminei, o silêncio pareceu pesado e opressivo.

– Ainda que seja a última coisa que eu faça – falei, a voz rouca –, vou deter Mamá.

Meu tio se levantou, vacilante, e se afastou cambaleando. Ouvi seu rosnado baixo, mas não era inteiramente feito de fúria. Ele parecia angustiado. O desejo de ir até ele tomou conta de mim. Ele não ia querer meu consolo, mas eu tinha que tentar. Quando ia me levantar, Whit estendeu o braço e me impediu.

– Dê um minuto a ele.

– Mas...

Meu tio chutou a areia. Se fosse uma chaleira, estaria soltando vapor. Ele não era uma chama, era um incêndio que tudo consumia.

– Talvez mais de um minuto – disse Abdullah, virado para onde meu tio estava. – Deixe Ricardo sentir sua raiva. Não vai durar muito. Ele voltará quando estiver pronto.

E meu tio de fato retornou depois de dez minutos, ruborizado, o cabelo grisalho desalinhado. Eu o vira puxando os fios, e temi que pudesse se machucar. Meu tio sentou-se no mesmo lugar de antes, a respiração pesada. Depois, me encarou.

– Ela resolveu me destruir – disse ele, mal conseguindo controlar a voz.

Assenti.

– Me pintar como um ladrão – prosseguiu ele. – Um *assassino*.

Tornei a assentir.

– E você acreditou nela – completou ele.

– Ricardo – cortou Abdullah, brusco. – Precisamos nos concentrar nos artefatos perdidos.

– A esta altura, eles já se foram – disse tio Ricardo em tom sombrio. – Não têm mais salvação. Lourdes já está a caminho do Cairo, e lá ela vai entregar os artefatos ao amante, que fará o necessário para que nunca mais sejam vistos até aparecerem à venda no Pórtico do Mercador.

– E uma vez que estejam nas mãos de colecionadores, em museus ou com historiadores, alguém identificará suas origens – completou Abdullah, devagar. – Será apenas questão de tempo até que as pessoas descubram quem encontramos.

– Mas Mamá vai levar dias para chegar à cidade – argumentei. – Temos tempo para ir atrás dela, para acionar as autoridades competentes. Temos nomes, temos uma localização. Deveríamos fazer as malas e partir, neste exato momento.

– Vamos abrir a tumba hoje – disse Abdullah. – Não podemos deixar Cleópatra sem vigilância, e chegamos longe demais para encobrir nossas pegadas. Gente demais entra e sai de Philae.

Era visível que meu tio estava avaliando a situação, claramente dividido. Dava para ver que queria sair correndo, encontrar minha mãe e recuperar o que foi roubado, mas as palavras de Abdullah faziam sentido. Tentei capturar a atenção de tio Ricardo, mas agora ele se recusava a me olhar. Qualquer avanço que eu tivesse conquistado estava perdido. Sua confiança em mim fora equivocada e a traição o afastara, criando uma distância entre nós.

Era como se estivéssemos separados por um vasto deserto.

– Concordo com você – disse tio Ricardo por fim.

– Vamos abrir a tumba e registrar o que pudermos – decidiu Abdullah.

– Depois disso, Whit e eu vamos descobrir o que pudermos sobre os artefatos perdidos – afirmou tio Ricardo.

– Isso é perder muito tempo – interferi. – Vamos agora e…

– Estamos nesta confusão por causa da sua tolice – interrompeu meu tio, ríspido. – E não tem nenhum *nós*. Assim que a tumba for aberta, você ficará para trás para completar os desenhos.

Minha raiva aflorou.

– Talvez, se o senhor tivesse sido franco desde o começo...

Tio Ricardo me fulminou com os olhos, os músculos do maxilar se contraindo.

Whit puxou a manga do meu vestido, sugerindo em silêncio que eu parasse de falar. Mamá estava escapando por minha causa. Eu não podia ficar sentada ali e não fazer nada. Não podia só desenhar.

– Tio Ricardo, por favor...

– Nem mais uma palavra – cortou ele, voltando a ficar de pé com um pulo. – Não tenho tempo para ouvir mais nenhuma de suas idiotices.

Whit lançou um olhar furioso ao meu tio.

– É a *mãe* dela.

Tio Ricardo emitiu um ruído de desgosto e saiu pisando firme Não tinha dado nem vinte passos quando foi abordado pelo Sr. Fincastle e por Isadora. Eles se aproximaram, observando nossa interação com grande interesse. Meu tio fez um gesto na minha direção e desapareceu de vista. Isadora se aproximou do nosso pequeno grupo enquanto o pai seguia meu tio para onde quer que ele tivesse ido. Ela usava um vestido azul elegante, a cintura estreita apertada por uma faixa larga. Seu cabelo dourado balançava em torno dos ombros.

– Bom dia. – Ela sorriu. – Espero que todos tenham dormido bem...

Ninguém respondeu.

– Vamos abrir a tumba depois do almoço – disse Abdullah. – Vocês todos devem estar prontos até lá. – Ele se levantou, o pesar repuxando os cantos da boca para baixo. – É feriado, não é? *Feliz Navidad.*

Ele se afastou, e meu coração se despedaçou.

Eu havia arruinado tudo. Deveria ter percebido, deveria ter suspeitado. O sofrimento silencioso de Abdullah me doeu profundamente. Seria preferível que ele gritasse comigo, como meu tio fizera. Sua decepção doía mais, porém ele não era igualmente culpado? Suas mentiras e segredos tinham agido contra *todos* nós. Eu queria muito ter...

Whit cutucou meu joelho com o seu.

– Pare com isso.

Tomei um susto.

– O quê?

Ele se inclinou, falando baixinho para que Isadora não pudesse ouvir.

– Eu sei o que você está fazendo. Não tem como mudar o que aconteceu, nem o que fez. Tente não se destruir por causa disso. Sua mãe a traiu. Se há alguém que você não pode perdoar, é ela.

Lágrimas queimavam meus olhos.

– Não sei se consigo fazer isso.

– Tente – disse ele, com delicadeza.

Depois se levantou e estendeu a mão.

– Venha, Olivera. Quero lhe mostrar uma coisa.

– Ainda quer aprender a atirar? – interveio Isadora.

Eu quase tinha esquecido que ela estava ali.

– Posso ensinar agora, se quiser – continuou a jovem. – É meu presente para você.

A testa de Whit se franziu.

– Também posso ensiná-la a atirar.

Fiquei de pé com um salto. De repente, a ideia de explodir algo em mil pedaços pareceu maravilhosa.

– Vamos lá.

– Olivera… – começou Whit.

Isadora arqueou as sobrancelhas ao ouvir o rapaz me chamar pelo sobrenome com familiaridade.

– Se quiser aprender, posso ensinar agora – disse ela.

– Estou em boas mãos – falei para Whit. – Você viu Isadora atirar com a pistola, não viu?

– Venha me procurar quando terminar, então. Quiosque de Trajano. E, pelo amor de Deus, não se machuque.

Isadora me puxou e me levou para longe dos outros, até uma área aberta perto da água, cercada por árvores e grandes rochas. Eu a segui até a elevação da margem, os sapatos se enchendo de areia quente. Algo atravessou deslizando no meu campo de visão, e dei um grito.

Ela se virou, o olhar pousando em algo além do meu ombro.

– Um escorpião. Ainda bem que não picou você.

Estremeci enquanto o inseto se arrastava aclive acima, até parar e se acomodar sobre uma rocha lisa. Eu me virei e fui ao encontro de Isadora, perto da água.

– Acho melhor mirar no rio, por enquanto. Depois, assim que você se acostumar com o coice da arma, vou preparar alvos adequados.

– Obrigada – murmurei, ainda pensando na decepção de tio Ricardo.

Sua expressão furiosa estava gravada na minha mente. Eu nunca a esqueceria, não enquanto vivesse.

– Você está bem? – perguntou Isadora. – Parece pálida.

– Meu tio e eu tivemos uma discussão – respondi. Se pudesse evitar contar mais uma mentira, eu faria. Estava cansada delas. – Cometi um erro. Bem, *muitos* erros.

– Você se desculpou?

Soltei uma risada sombria.

– Não adiantou muito.

Isadora mordeu o lábio.

– Todo mundo comete erros.

– Embora seja verdade, isso não faz com que eu me sinta muito melhor. – Hesitei. – Eu confiei na pessoa errada.

– Você é crédula – concordou ela. – Até demais.

Pisquei, surpresa. A raiva despertou, tomando meu sangue.

– Você não me conhece nem um pouco.

Isadora sacou a arma, reluzente e brilhante sob a luz do sol. Ergueu o revólver e mirou no meu coração. Algo cintilou em seus olhos. Não consegui definir a emoção. O mundo escureceu, afunilando-se até o tamanho do cano da arma.

– Eu sei que você é o tipo de pessoa que deixa a segurança do acampamento com uma quase estranha, mesmo sabendo que ela está armada.

Recuei um passo.

– O que está fazendo? Baixe isso.

Isadora revirou os olhos.

– Agora você está com medo. Um pouco tarde demais, Inez.

Ela se virou, mirando o escorpião na margem do rio. Depois respirou fundo e puxou o gatilho.

A bala desintegrou o animal peçonhento, levantando areia. Silenciosamente, ela me entregou a arma.

– Sua vez.

CAPÍTULO VEINTINUEVE

Segui para o Quiosque de Trajano, o sol alto no céu azul. No Egito Antigo, o deus Rá reinava sobre o sol e o céu, concedendo calor e vida. E, na ilha de Philae, isolada da maioria das conveniências modernas, era fácil imaginar a divindade guiando meus passos enquanto eu descia para o ventre da Cama do Faraó. Minha lição com Isadora tinha transcorrido bem, e, embora eu não fosse ganhar prêmio algum por minha mira, estava razoavelmente orgulhosa dela.

Isadora e sua imprudência. Depois de ter apontado a arma para mim, ela se comportara como normalmente fazia. Observadora e ponderada, alegre e competente, abrindo seu sorriso de covinhas. Agira como se não tivesse me ameaçado com uma pistola, mas talvez fosse aquela a questão.

Será que estava me dizendo para ter mais cuidado?

– Olivera?

Voltei a atenção para o presente. Ouvi o som de passos por perto, e uma luz tremeluzente surgiu na escada, seguida pelo vulto musculoso de Whit.

– Ainda inteira, pelo que estou vendo. – Ele falou em tom de brincadeira, mas detectei certo alívio em sua voz.

– Isadora é uma boa professora.

– O que acha dela? – perguntou ele.

Considerei a pergunta.

– Gosto da garota – respondi devagar. – Ela não se encaixa exatamente nos moldes de uma verdadeira dama inglesa, bem-educada e certinha, mas acho que é esse seu encanto. É engenhosa, estratégica e charmosa... quando quer. Nunca conheci alguém como ela. E você?

– Ela é difícil de interpretar, mais difícil ainda de definir.

– Isadora é como… você.

Pensei que ele ficaria ofendido – mas, para minha surpresa, assentiu.

– Exatamente.

– Então é por isso que você não gosta dela. Ou confia nela.

– Olivera, não posso confiar nem em mim mesmo.

Ele guiou o caminho pelos túneis até entrarmos em uma nova sala, recentemente descoberta a julgar pelo cheiro de poeira e fumaça da explosão de uma banana de dinamite. O teto era bem alto, escuro e ameaçador. Era possível ver pilhas de grandes pedras ao longo da parede irregular. A câmara era estreita e tossi, tentando livrar a garganta do ar enfumaçado. Ele apoiou a vela com segurança entre duas pedras, jogou o casaco esportivo sobre uma rocha alta e se virou para mim.

Havia manchas de poeira em suas bochechas, e o brilho da vela criava cavidades sombrias em seu semblante. Apenas o azul dos seus olhos brilhava intensamente na penumbra.

– O que estamos fazendo aqui?

– Vamos chamar de meu presente de Natal para você – disse ele, abrindo um leve sorriso.

Em seguida, sinalizou para que eu ficasse ao lado de um longo rolo de corda no chão, uma das pontas subindo e desaparecendo na escuridão do teto alto.

– Meu presente de Natal – repeti, enquanto ele amarrava a outra ponta da corda em torno da minha cintura.

Sua respiração roçava minha bochecha enquanto ele trabalhava em silêncio. Ergui o queixo e encarei seu rosto virado para baixo, a atenção focada exclusivamente no nó.

Whit tirou do bolso do colete a sandália encantada do meu tio e a entregou a mim.

– Prenda a fivela – disse ele.

Obedeci, e uma chama azul flamejante surgiu de imediato na ponta do calçado. Sem cerimônia, Whit subiu pelas pedras, cada vez mais alto, até eu o perder de vista na escuridão absoluta da câmara.

– Whit? – chamei.

– Estou aqui – disse ele, a voz ecoando no espaço. – Está pronta?

– Se eu tiver que estar...

Sua risadinha alcançou meus ouvidos.

– Segure na corda com a mão livre, Olivera. Não grite.

– Não... *ah!* – Um puxão brusco me tirou do chão, e fui lançada para o alto.

Whit passou por mim em seu retorno ao solo, e mal consegui captar o lampejo do seu sorriso antes de voar em direção ao teto, sustentada pelo peso do corpo dele descendo. A chama azul iluminava as paredes ásperas da caverna; quanto mais eu subia, mais lisas as paredes se tornavam. Whit desacelerou minha ascensão.

– Está vendo? – perguntou ele lá de baixo.

Pisquei, apoiando as pernas nas paredes para me virar.

– Não. O que eu deveria... *Miércoles!*

Eu estava diante de uma série de pinturas antigas em vários tons de azul, verde e vermelho. Uma mulher feita de estrelas logo após engolir o sol e a lua, que viajariam pelo corpo dela para renascer ao amanhecer.

– É a deusa Nuit – sussurrei.

O suor pingava do meu rosto por causa do calor do fogo, e minhas palmas estavam escorregadias, mas eu não me importava. Olhava para algo tão incrível que roubou minha tristeza por um instante. Eu estava sem peso, com a sensação de flutuar, tendo apenas a corda para me lembrar de que não estava sozinha.

Whit puxou a corda e olhei para baixo. Mal dava para vê-lo. Assobiei e ele me abaixou, devagar e com cuidado. Quando meus pés tocaram o solo, ele afrouxou o nó em volta da minha cintura. Suas mãos eram firmes e seguras, e desejei que elas explorassem meu corpo.

– Isso foi lindo. – Pigarreei, emocionada. – *Gracias.*

Ele sorriu. Era um dos seus sorrisos verdadeiros.

– *Feliz Navidad*, Inez.

Tornei a pigarrear.

– Tenho algo para você também.

– Tem?

Sem olhar em seus olhos, abaixei para pegar minha bolsa e vasculhei seu conteúdo. Tirei dela o bloco de desenho e o folheei até a metade. Uma página única havia sido arrancada com cuidado, e nela havia um esboço de

Whitford Hayes. Mas não o que eu tinha feito em Groppi, tantas semanas antes. Aquele mostrava Whit como eu sempre lembraria dele: o olhar direto, as emoções escondidas sob a superfície.

Sem dizer nada, entreguei o desenho a ele.

Whit limpou as mãos na calça e pegou o papel com cuidado. Em seguida, ergueu os olhos. Sua boca se abriu, mas com a mesma rapidez se fechou. Como se ele não conseguisse se convencer a expor seus pensamentos.

– Obrigado – murmurou, a voz rouca. – Mas você não assinou.

– Ah – falei. – Achei que tivesse assinado. Você tem uma caneta? Um lápis?

Ele assentiu vagamente, a atenção ainda presa ao desenho.

– No bolso do meu casaco.

Fui até onde ele havia deixado a peça e revirei os bolsos. Ele tinha todo tipo de coisas guardadas no casaco. Bicos de pena, um lenço, moedas egípcias, um canivete. Whitford Hayes estava preparado para qualquer situação.

Continuei procurando.

– Para que você tem fósforos?

– Caso precise explodir alguma coisa.

Rindo, continuei a busca. Meus dedos roçaram em algo pequeno e liso. Curiosa, peguei o objeto, surpresa ao reconhecer o botão que achava ter perdido. Estava desaparecido desde aquele dia no cais.

Quando conhecera Whit.

Sem dizer nada, estendi a mão para que ele o visse.

– Por que você estava guardando isso?

Ele ergueu os olhos e imediatamente ficou imóvel. Manchas gêmeas de um vermelho intenso cobriram suas bochechas.

– Eu estava procurando por ele – continuei, preenchendo o silêncio quando ficou claro que a resposta não viria. – Por que você o pegou?

– Estava solto – respondeu ele, um tanto na defensiva.

Aguardei, pressentindo que havia mais.

Ele passou as mãos pelo cabelo e me lançou um olhar levemente irritado.

– Não sei – disse, por fim. – Sua mãe falava muito sobre você, os livros que você leu, as travessuras que aprontava com sua tia e primas. O que você gostava de comer, o quanto amava café. Naquele dia no cais, pensei que ia encontrar alguém que eu já conhecia, mas você ainda conseguiu me surpreender. Minha vontade era rir quando você fugiu de mim, com aquele sorriso atrevido no rosto.

Um calor percorreu meu corpo.

– Não consegui me forçar a jogar o botão fora… – continuou ele. Depois suspirou, acrescentando baixinho: – Ou devolver para você.

Enrubesci, sabendo o quanto lhe custava ser tão vulnerável comigo, revelar qualquer sentimento em relação a mim. Sem pensar, fiz menção de enfiar o botão no bolso, mas Whit estendeu a mão com a palma voltada para cima.

Soltei uma risada incrédula.

– Quer ficar com ele?

Sem dizer nada, Whit assentiu.

Então entreguei o objeto a ele, que enrolou o desenho com todo o cuidado e o colocou junto com o botão no bolso do casaco, as mãos tremendo um pouco.

– Feliz Natal para você também, Whit.

Meus sentimentos por ele haviam mudado, tornando-se mais profundos apesar dos meus esforços para evitá-los. Eu me sentia mal por não ter lhe contado a verdade sobre minhas emoções quando tive a chance. Precisei recorrer a todo o meu controle para não o beijar de novo. A decepção explodiu à minha volta. Agora era tarde demais. Ele tinha noiva. Alguém à sua espera em casa. E, embora meus sentimentos por ele fossem mais profundos, Whit sentia apenas atração por mim.

A atração não chegava nem perto do amor.

Pigarreei, os olhos ardendo e as bochechas em fogo.

– Temos que ir embora.

Mas nenhum dos dois se mexeu. O silêncio aumentou à nossa volta. Era como se fôssemos as duas únicas pessoas em Philae. No mundo todo.

– Estou noivo desde os 10 anos de idade – disse ele, baixinho. – Minha família arranjou o casamento. Nós nos encontramos exatas duas vezes.

– Por que está me contando isso?

Ele abaixou a cabeça, a atenção fixa na ponta das botas gastas. Depois suspirou e me olhou nos olhos.

– Você está certa. Não importa, nunca importou.

O ar deixou o meu corpo em um longo suspiro. Eu deveria me sentir aliviada? Talvez sim.

– Sempre seremos amigos, Olivera – continuou ele.

E, com uma precisão deliberada, pegou a minha mão. Sua palma calosa era áspera contra a minha. Whit entrelaçou seus dedos aos meus e estremeci. Seus olhos se aqueceram enquanto ele lenta, muito lentamente, levava minha mão até sua boca.

E deu um beijo suave e demorado no dorso do meu pulso.

Eu o senti em cada canto escondido do meu corpo. Whit soltou minha mão e me conduziu para fora dos túneis e de volta à luz do sol.

Seu presente só fizera com que eu me sentisse pior.

Juntei-me a todos depois que terminaram suas orações para a refeição do meio-dia; dessa vez, porém, a conversa era esparsa e constrangida. A tripulação parecia sentir a tensão entre mim e meu tio, maior do que a habitual.

O calor impregnava meu vestido de viagem de linho, amassado e manchado com respingos de tinta e sujeira. Aquele era meu traje oficial de trabalho, o que significava que eu o usava quase todos os dias. Tentava da melhor maneira possível limpar o grosso dos resíduos à noite, mas as marcas do deserto não podiam ser facilmente apagadas.

Elvira ficaria *horrorizada*.

A saudade que eu sentia da minha prima era uma dor aguda, meus pensamentos se dirigindo a ela com mais frequência do que eu esperava. Eu sabia como eram os seus dias, mesmo estando a um mundo de distância. Desjejum de manhã cedo – sem café –, seguido pelas aulas. Uma pausa para um almoço leve e depois visitas sociais pelo bairro. Um jantar tardio e, por fim, cama. Mas eu sempre conseguia me livrar da rotina em alguma escapadela, e Elvira me seguia.

Pequenas aventuras com uma sombra risonha no meu encalço.

Queria ter pensado em levar algo dela, mesmo que fosse apenas para poder sentir sua presença por perto. Evocar seu sorriso e o som da sua voz na minha mente.

Quando o almoço terminou, meu tio e Abdullah conferenciaram discretamente com o Sr. Fincastle e Isadora; depois de um tempo, chamaram Whit e a mim para nos juntarmos a eles em uma área um pouco afastada do acampamento.

– Trouxe as suas coisas? – perguntou meu tio com voz neutra quando me juntei a eles.

Apontei para a bolsa, onde estavam o bloco de desenho, lápis de carvão e tintas.

– A tripulação desconfia do que estamos fazendo? – perguntou Whit.

– Era para ser segredo – disse Abdullah. – Então, naturalmente, todos sabem.

– Mande todo mundo embora – soou uma voz ríspida.

O Sr. Fincastle estava entre as colunas que cercavam o pátio, meio escondido nas sombras. Ele se aproximou, armado com uma espingarda, e dirigiu um olhar ansioso para a entrada do templo.

– Vocês não deveriam confiar neles.

O rosto geralmente sorridente de Abdullah endureceu. A tensão se acumulava nos seus ombros.

– E por qual motivo, Sr. Fincastle?

– Não responda – cortou tio Ricardo. – Como já falei repetidas vezes, não me importo com suas opiniões. Eu o contratei para fazer um trabalho determinado e não vou permitir que desrespeite os membros da tripulação. Está claro?

Isadora ficou rígida ao ouvir o tom brusco do meu tio. Sua mão deslizou na direção do bolso. Eu sabia o que ela escondia ali.

– Você está tornando meu trabalho mais difícil – disse o Sr. Fincastle, caminhando até o primeiro pilar com as costas eretas e inabaláveis.

Parecia marchar em direção às linhas de frente, preparado para dar a vida por Deus e pelo país.

Sua devoção me deixava desconfortável.

– Ele nunca falhou em nada – disse Isadora. – É bom no que faz. Vocês deveriam deixar meu pai fazer o trabalho dele.

Ela se afastou com passos deliberados, seguindo o pai. Como se quisesse deixar claro que não estava fugindo de nós.

– Eu nunca deveria ter permitido que você o contratasse, Ricardo – afirmou Abdullah quando teve certeza de que Isadora não podia mais ouvir.

Meu tio olhou para a silhueta do Sr. Fincastle ao longe.

– Você sabe por que insisti nisso.

O olhar de Whit procurou o meu. Por causa da minha mãe, a criminosa e contrabandista, e seu infeliz envolvimento com A Companhia.

Uma onda quente de vergonha subiu pela minha garganta, trazendo um gosto ácido.

Senti, mais do que vi, a testa franzida de tio Ricardo, a desaprovação emanando dele em ondas. Sem dizer uma só palavra, ele avançou e desapareceu dentro do templo, afivelando a tira da sandália enquanto caminhava. Uma faísca subiu e pegou fogo, e as chamas envolveram a ponta do calçado. Nós o seguimos, e ele fez um sinal para que Abdullah descesse as escadas primeiro. Estávamos todos quietos e focados, atravessando em fila única a antecâmara e a câmara do tesouro.

Uma voz jovem soltou um grito agudo.

Quando me virei, o Sr. Fincastle segurava Kareem pela gola da comprida túnica clara. O menino esperneava, tentando dar chutes nas canelas do Sr. Fincastle, mas sua pequena estatura não lhe dava vantagem.

– Solte o garoto – ordenou Abdullah.

– Ele estava seguindo vocês…

– Ele não oferece perigo algum. Solte o menino. – Meu tio deu um passo à frente e apontou para Kareem, que se contorcia violentamente para se soltar do punho de ferro do Sr. Fincastle.

– Onde há um, outros seguirão – disse o Sr. Fincastle, mas largou Kareem sem nenhum cuidado.

Depois lançou um olhar furioso para o meu tio e desapareceu escada acima.

– Ele é uma ameaça – disse Abdullah, indignado. – Venha, Kareem, pode nos acompanhar.

– Mas se comporte – advertiu tio Ricardo. – E, pelo amor de Deus, não quebre nada.

Kareem fez que sim com a cabeça, os cálidos olhos castanhos se iluminando. Ele limpou as mãos na longa *galabiya* e então me dirigiu um sorriso. Whit fez um esforço para se manter sério e indicou, com um gesto, que Kareem fosse na sua frente. Juntos, pressionamos os ladrilhos, e a porta oculta se abriu com um rangido que rompeu o silêncio profundo. À frente, a parede espessa bloqueava nosso caminho, as portas altas trancadas e seladas pela pesada corda que espiralava pelas duas alças de cobre. Um forte sentimento de intromissão se assentou sobre meus ombros. Estávamos perturbando algo que permanecera escondido, e seguro, longe de olhos curiosos.

Deveríamos deixar tudo aquilo intocado e em paz.

Olhei para Abdullah. Ele exibia uma expressão semelhante, de desconforto e inquietação.

– Em que está pensando? – perguntou Ricardo, observando com atenção o cunhado. – Mudou de ideia?

– Já conversamos sobre isso – disse Abdullah com um toque de irritação. – Eu preferiria deixar a tumba intocada, mas sei que haverá outros que não compartilharão da mesma intenção. Temo me arrepender se voltar atrás, sem registrar e estudar o que vimos antes que este lugar sagrado seja destruído. – Abdullah respirou fundo. – Não me faça essa pergunta de novo. Vamos continuar.

Ricardo deu um passo para o lado.

– Então, desenrole a corda.

Abdullah avançou e pôs-se a trabalhar. Whit cutucou meu braço e apontou para as duas estátuas que ladeavam as portas duplas. Eu não as notara antes. Eram mulheres altas, vestidas em túnicas compridas que pareciam mais gregas do que egípcias – pelo menos aos meus olhos inexperientes –, esculpidas em detalhes extraordinários. Imediatamente, pensei em Shakespeare.

– Iras e Charmian? – arrisquei. – As criadas de Cleópatra?

Tio Ricardo assentiu.

– Guardando a mestra mesmo agora, na vida após a morte.

– *"Por vezes, muito cedo votamos ódio ao que nos causa medo"* – citei. – Charmian tem as melhores falas.

– Não é verdade – replicou Whit. – *"Concluí, minha senhora; o dia radioso terminou; agora estamos em plena escuridão."* Lamentei por ambas.

Eu compreendia por que ele se sentia daquela forma. Duas jovens condenadas a morrer com sua rainha, a lealdade as levando ao submundo, a um futuro sem dias claros, com apenas a escuridão duradoura.

Whit me observava, pensativo.

– Você acha que as três morreram por causa de picadas de áspide ou envenenadas?

Pensei em tudo que sabia sobre Cleópatra, com base no que tinha lido das obras do historiador Plutarco e nas lembranças que haviam se infiltrado sob minha pele.

– Ela era uma estrategista renomada e uma planejadora meticulosa. Me parece inconcebível que confiasse seu destino a um animal selvagem. As áspides não são conhecidas por serem criaturas especialmente lentas? – Sacudi a cabeça. – Não, acredito que ela tenha ido preparada para a morte.

– Cicuta, então – disse Whit. – Concordo plenamente, mas você precisa admitir que a áspide dá um tom mais dramático à história, sendo o emblema real do Egito.

A câmara tinha ficado estranhamente silenciosa; quando me virei, esperava encontrar o acesso à outra sala já aberto. Em vez disso, porém, Abdullah e tio Ricardo alternavam o olhar entre mim e Whit, ambos com a expressão perplexa.

– Já terminaram sua discussão mórbida? – perguntou tio Ricardo, seco.

Corei e desviei o olhar de Whit. Abdullah terminou de desamarrar a corda e a entregou a Whit. Depois se virou para meu tio e, juntos, eles empurraram os dois lados da porta, que se abriu para revelar outra câmara imersa em uma penumbra sufocante. O ar quente soprou em torno do meu rosto, repuxando fios de cabelo. Tinha um gosto de coisa antiga, de segredos havia muito enterrados e de salas sombrias cercadas por pedra.

Todas as velas tremularam descontroladamente e se apagaram. A escuridão absoluta nos sufocava. Kareem arquejou, e estendi a mão na direção dele até encontrar seus ombros estreitos. Apertei um deles para que o menino soubesse que não estava sozinho. Mesmo que parecesse estar. Alguém se aproximou de mim, uma presença volumosa com cheiro de suor e couro.

Whit.

Ele roçou os dedos nos meus, e relaxei o maxilar cerrado.

– Nada de pânico – disse Abdullah. – Ricardo, a sandália?

Ouvimos um som abafado quando meu tio se apressou em obedecer. Uma chama azul ganhou vida, e soltei um suspiro de alívio. Os homens riscaram fósforos e reacenderam as velas. Eu me inclinei à frente para olhar Kareem.

– Você está bem?

Ele assentiu e me dirigiu um sorriso envergonhado. Apertei mais uma vez seus ombros magros e todos passamos pela porta, carregando nossas várias formas de iluminação. Minha respiração ficou presa no fundo da garganta, o coração batendo forte contra as costelas. Por dois mil anos, aquela câmara havia permanecido quieta na obscuridade. Sua magnificência escondida sob rocha e areia.

Não mais.

Eu me encontrava onde antigos egípcios haviam estado. Respirava o mesmo ar pesado, sentia a pressão das quatro paredes nos cercando. Pisquei para ajustar a visão, e lentamente a sala foi se assentando diante de mim, os contornos se tornando nítidos e claros. À minha frente, erguia-se um tablado onde um sarcófago repousava acima dos outros dois que o flanqueavam. O gosto de rosas explodiu na minha boca; sem precisar olhar mais de perto, soube quem estava sepultada no centro.

A última faraó do Egito.

Cleópatra.

– Plutarco estava errado. Ele não foi cremado... Marco Antônio está à esquerda – disse tio Ricardo, a voz rouca.

– Cesarião à direita – informou Abdullah.

O sarcófago do filho de Cleópatra com César ostentava várias marcações, e atrás dele havia uma estátua imensa. Acima da cabeça da estátua estava Hórus, na forma de um falcão, as asas abertas como se estivesse em pleno voo.

– Quanta gentileza de Augusto permitir que fossem enterrados juntos – disse Whit, irônico.

– Não foi gentileza – disse tio Ricardo com desdém. – Foi estratégia. Ele não queria que a instabilidade civil varresse o Egito, e Cleópatra era considerada uma deusa em sua época. Não se esqueça de que Augusto ainda tinha os filhos dela para enfrentar.

– Eles estão representados com ela nas paredes – disse Abdullah. – Extraordinário.

Minha sensação era a de não ser capaz de absorver todos os detalhes da sala depressa o suficiente. Lindos escaravelhos decoravam as paredes, as asas bem abertas. Centenas de estátuas cercavam os três sarcófagos, muitas de animais estranhos, e onze remos longos estavam apoiados em uma das paredes.

– Para a barca solar – disse Whit, acompanhando meu olhar. – Que a teria levado com a família para o submundo.

– Olhem isto! – exclamou Kareem.

A um só tempo, todos olhamos em sua direção. O rosto do meu tio se retorceu, horrorizado. Kareem estava ao lado de um jarro, a mão magricela segurando a tampa; com a outra, usava o dedo para pegar o que havia armazenado ali dentro. Um líquido escuro e espesso cobria seu indicador.

Kareem o levou à boca.

– *Não!* – gritou Abdullah.

Tarde demais: Kareem já lambia a substância pegajosa. Sua expressão ficou pensativa, e ele sorriu ao recolocar a tampa no jarro.

– É mel.

– Esse mel tem mais de *dois mil anos* – disse tio Ricardo. – Não acredito que você colocou algo assim na boca.

Kareem deu de ombros.

– O cheiro é bom.

Whit mexeu os pés, virando-se para mim, os olhos se enrugando nos cantos. Não consegui evitar: explodi numa gargalhada. Com uma risadinha, Abdullah bagunçou o cabelo de Kareem.

– Chega de mel para você – disse, em um tom carinhoso. – Vá ajudar a tripulação.

Kareem saiu correndo, as sandálias batendo ruidosamente na pedra.

Tio Ricardo balançou a cabeça, murmurando algo para si mesmo. Depois, voltou a atenção a assuntos mais urgentes. Fiquei ouvindo Abdullah e tio Ricardo apontando para várias representações nas paredes. No limite norte, Cleópatra com a deusa Nuit. Representadas na parede oeste, as doze horas de Amduat; na parede leste, o primeiro feitiço do Livro dos Mortos. Enfim, a parede sul exibia Cleópatra com várias divindades do Egito Antigo: Anúbis, o deus dos mortos, sua cabeça de chacal virada de lado; Ísis e Hator.

Por último, envolvendo o sarcófago, havia uma escultura helenística da Batalha de Áccio, o dia em que a Rainha dos Reis perdera tudo. Cleópatra estava de pé na proa de um navio de guerra hexere enquanto seus soldados remavam, levando-a para a última batalha contra Otaviano. Depois de vencê-la, ele adotou o nome de Augusto.

Tudo dentro da câmara tinha o toque do ouro. Minha mãe iria querer colocar as mãos em tudo e roubar o que pudesse. O tempo estava passando rápido demais, a distância entre nós aumentava sem parar. Eu queria sair correndo da sala e ir atrás dela.

– Inez, você tem muito trabalho pela frente – disse tio Ricardo, olhando para mim com uma expressão astuta, como se adivinhasse meus pensamentos. – É melhor começar agora mesmo.

Ao fim do dia, eu mal conseguia flexionar os dedos da mão direita. Estavam enrijecidos e doloridos, mas eu me sentia razoavelmente orgulhosa do progresso no registro da câmara mortuária. Entrei cambaleando no meu quarto, coberta de poeira, suja e com os olhos embaçados, cansada demais até para comer. Apoiei a vela acesa na pilha de livros ao lado do meu colchonete e segui para a bacia de higiene. Lavei o rosto, o pescoço e as mãos, e me deixei cair sobre as cobertas jurando que não me moveria por horas.

A decisão durou apenas um instante.

A preocupação formava um nó apertado e profundo na minha barriga. Comecei a andar de um lado para o outro do quarto, balançando as mãos, agitada. Eu não podia acreditar que meu tio queria me deixar para trás, mesmo que a culpa fosse toda minha. O desespero para consertar as coisas entre nós quase me sufocava. Eu precisava fazer algo, qualquer coisa, para me distrair. Pensei em ir falar com Whit, mas me forcei a permanecer no quarto.

Eu não podia mais procurá-lo.

Corri os olhos pelo quarto e eles pousaram na carta de tia Lorena, deixada em cima do caixote. Eu realmente não deveria ser tão covarde em relação à missiva. O que ela poderia ter escrito que rivalizasse com o que eu sentira naquele dia?

Com um gemido, peguei o papel. Esperava encontrar várias folhas, mas só havia duas páginas, dobradas de maneira aleatória. Franzindo a testa, eu me sentei, forçando os olhos para enxergar na iluminação fraca, e li a primeira mensagem.

Querida Inez,

Nem sei por onde começar. Você não respondeu à minha última carta, o que me faz pensar que ela deve ter se perdido no meio do caminho. Não há maneira fácil de escrever isso.

Elvira desapareceu.

Estou no meu limite. Não temos notícias, e as autoridades não ajudam em nada. Venha para casa. Eu suplico.

Venha para casa.

Lorena

Os segundos seguintes foram uma névoa, as palavras nadando na minha frente, sem sentido e erradas. Como Elvira poderia ter desaparecido? Minha tia estava equivocada, ela... Pisquei, reprimindo as lágrimas, lembrando da primeira carta que ela escrevera, pouco depois de eu ter chegado ao Egito. Então me lancei em uma busca pelo quarto, jogando livros de um lado para o outro, revirando a bolsa de lona, praguejando o tempo todo. A mensagem permanecia teimosamente escondida de mim. Como eu podia ter sido tão descuidada?

Então me lembrei da segunda folha enfiada no envelope. Com as mãos trêmulas, peguei o papel e li até a última linha.

Inez,

Minha irmã nunca teria sido tão imprudente, não fosse por sua influência. Eu avisei a você que sair furtivamente de Buenos Aires só traria problemas. Agora, ela não voltou para casa e é culpa sua por ter lhe mostrado o caminho. Tememos que ela tenha sido sequestrada – ou pior.

Se algo acontecer a Elvira, eu nunca vou perdoar você.

E pode ter certeza de que vou atormentá-la pelo resto da vida.

Amaranta

– Droga! – gritei.

– Céus! – exclamou Whit atrás de mim. – Que diabos está acontecendo agora?

Fiz meia-volta, frenética. Ele puxou a cortina para o lado, o cenho franzido.

– Whit! Preciso encontrar meu tio.

O rapaz entrou no meu quarto.

– O que aconteceu? Você está branca.

– Cadê meu tio?

Ele me puxou suavemente para o círculo de seus braços e me contorci para escapar dele, desesperada para encontrar tio Ricardo. Todos tinham acabado de fazer a refeição noturna, então ele certamente ainda estaria acordado.

– Eu preciso ir!

– Calma, Inez – murmurou Whit de encontro ao meu cabelo. – Ir para onde?

– Buenos Aires!

Ele ficou tenso e se afastou para me olhar, a preocupação estampada no rosto bonito.

– Você vai... – Ele se detém, os lábios entreabertos. – Você vai embora do Egito?

Respirei fundo e lutei contra o terror que me bicava como abutres famintos.

– Minha prima Elvira desapareceu. Minha tia tentou me dizer isso duas vezes e, tola que fui, ignorei suas cartas.

– Espere. É possível que isso seja um ardil?

Pisquei.

– Um o quê?

– Sua tia mentiria para você? Talvez seja uma estratégia para fazer você voltar para casa.

O pensamento não havia me ocorrido; assim que registrei as palavras, porém, eu já estava balançando a cabeça.

– Ela não faria nada assim. Não depois do que passei ao saber sobre meus pais. Ela tampouco inventaria algo dessa natureza a respeito de Elvira. – Fechei os olhos com força. Embora tivesse dito as frases, mal acreditava nelas.

Whit me levou com delicadeza para fora do quarto estreito. Quando encontramos meu tio, lendo em seu colchonete, eu estava tremendo outra vez e lágrimas escorriam pelo meu rosto.

Ele jogou o livro para o lado e se pôs de pé em um pulo.

– *¿Qué pasó?* O que aconteceu?

– É a Elvira – comecei.

As linhas ao redor de sua boca ficaram tensas enquanto eu dava todos os detalhes e entregava a ele a carta amassada.

Meu tio me olhou, sério, um sulco profundo entre as sobrancelhas escuras, e leu a carta uma vez, depois duas. O terror se apoderou de mim. E se ele não acreditasse que a mensagem fosse da minha tia? E se não acreditasse em *mim*?

Eu havia mentido para ele. Eu o traíra.

Tio Ricardo poderia se recusar a me deixar ir com ele. Poderia me chamar de mentirosa, de tola. Ambas as coisas seriam verdadeiras.

A tensão serpenteava entre nós enquanto eu prendia a respiração e esperava.

– Vou levar você de volta para o Cairo – disse ele, baixinho. – Arrume suas coisas.

WHIT

Inez deixou o quarto, a saia rodopiando ao redor dos tornozelos. Dirigi a atenção para Ricardo. Com a partida deles para o Cairo, era o momento perfeito para abordar um assunto que fervilhava em na minha mente. Eu não queria trazer o tópico à tona, mas era preciso. Já tinha passado muito da hora.

Ricardo passou a mão pelo rosto num gesto cansado.

– Que confusão.

– Nem me diga.

Ricardo se curvou sobre o caderno onde eu vinha mantendo um registro cuidadoso de todos os artefatos. Franziu a testa para a página repleta de marcações. Suas coisas estavam espalhadas por todos os lados no quarto estreito, fazendo uma bagunça. Ele gostava de jogar coisas quando não podia gritar.

– Estava bem aqui o tempo todo – disse ele.

– O quê?

– O desfalque de Inez – respondeu ele, batendo com o indicador na folha. – Ela tomou o cuidado de pegar cópias, mas nem sempre. A serpente azul sumiu. Vai valer uma fortuna, uma miniatura perfeita da áspide que matou Cleópatra. A única cobra em todo o túmulo dela.

– O senhor ainda está com raiva de Inez.

– Não haverá um só dia em que eu não vá estar – disse ele, cansado. – Por que você não está furioso?

Eu me recostei na parede, cruzei os tornozelos e dei de ombros.

– Até que ponto acha que ela conhecia a própria mãe?

– Não é desculpa.

– Eu acho que é – falei baixinho. – Lourdes se tornou uma estranha para a própria filha. Inez não sabia que a mãe estava levando outra vida aqui; não sabia o quanto ela era mentirosa. E não se esqueça: Inez acreditava que a mãe estava morta. Pensamos o mesmo depois de semanas sem conseguir encontrá-la. O senhor teria feito qualquer coisa por ela; lembra quando pensou que outros Curadores a tinham assassinado?

– Isso foi antes de eu saber como ela havia me traído – disse Ricardo, fechando o caderno com violência. – O que você quer?

– Chegou a hora de eu ir para casa – falei.

Ele se virou para me encarar, o queixo caindo.

– *Agora?*

Eu tinha procurado o pergaminho novamente mais cedo, mas não havia rastro algum dele. Eu não podia mais ignorar minha família – não sem uma razão, e eu não tinha uma.

– Muitas cartas estão chegando de casa. Não posso fingir que não existem.

Ele ficou em silêncio, refletindo.

– Isso não tem nada a ver com Inez estar indo embora do Egito?

– Nada – falei.

Eu ia mesmo partir, de uma forma ou de outra. Ainda que tivesse encontrado o que procurava.

– Seu contrato comigo vai demorar um tempo para expirar.

Assenti. Eu esperava que ele mencionasse aquilo.

– O senhor me trouxe de volta aos vivos, Ricardo. Sempre vou lhe dever isso. Mas não posso ficar mais tempo. Minha irmã precisa de mim.

– Tudo bem – disse ele, a voz fria. – Vou procurar um substituto para você quando chegarmos ao Cairo.

Cerrei os dentes. Ele sabia que eu preferia ficar.

– Tudo bem.

– Tudo bem.

Eu me virei para ir, as costas eretas, aquele poço imenso se aprofundando na minha barriga. Eu não estava pronto para que o meu tempo ali terminasse. Não estava pronto para o que viria a seguir. Eu seria o marido de uma estranha. Teria *filhos* com ela.

– Whitford.

Eu me detive e virei parcialmente o corpo. Ricardo se aproximou, pousando a mão no meu ombro.

– Você fez um bom trabalho para mim – continuou. – Fico feliz por ter mudado sua vida.

– Na verdade, não é minha vida de fato, é?

Ricardo me ofereceu um sorriso compadecido.

– Você ainda tem escolha.

– Não, não tenho.

Ele suspirou e apertou meu braço.

– Sei que você começou a gostar da Inez. Obrigado por deixar minha sobrinha em paz.

Saí antes que tivesse que contar outra mentira.

PARTE QUATRO

PERDIDA ENTRE MIL MINARETES

CAPÍTULO TREINTA

Fiel à sua palavra, meu tio se preparou para partirmos com os primeiros raios de sol na manhã seguinte. Passei uma noite terrível, revirando-me na cama, rezando para que Elvira tivesse sido encontrada. A certa altura, Whit apareceu à minha porta, como se eu o tivesse chamado. Sem dizer nada, ele me ofereceu uma canequinha de estanho cheia de conhaque.

Aceitei, consciente da fina camisola que flutuava suavemente ao redor do meu corpo. Nem uma só vez ele deixou de olhar meus olhos para ver o corpo. Tomei um gole, e o líquido abriu um caminho de fogo até o estômago.

– Eu ouvi você – disse ele baixinho. – Agitada. Achei que isso poderia ajudar.

Tomei outro gole e devolvi a caneca para ele.

– Não gosto de álcool.

Ele olhou admirado para a caneca, muito pequena comparada à sua mão.

– Eu também não. Não mais.

– Você não sente falta?

– Eu só precisava disso para esquecer – disse ele, após uma pausa. – Mas não posso mais fugir. Fique com ela e beba. Vai ajudar a dormir, Olivera.

Whit se foi antes mesmo que eu pudesse responder o que fosse. Havia tanto que eu gostaria de dizer... Mas mordi a língua e voltei para a cama. O conhaque me acalmou o suficiente para pensar com lógica sobre a situação. A correspondência levava várias semanas para completar a jornada da América do Sul até a África. Tia Lorena devia ter escrito as duas cartas uma após a outra. Até onde eu sabia, Elvira já poderia estar em casa, em segurança.

Por que tia Lorena não escrevera outra carta, então?

Era possível que simplesmente ainda não tivesse sido entregue. Talvez, quando chegássemos ao Shepheard's, houvesse outra missiva à minha espera.

O pensamento me animou consideravelmente.

Kareem veio me ajudar com meus pertences, e quando saí do quarto – possivelmente pela última vez – avistei Whit ajudando meu tio com a bagagem. Ele olhou para mim, parecendo tão desgrenhado quanto eu me sentia, e avaliou meu rosto. Seu olhar foi dos meus olhos cansados para minha boca curvada para baixo, e ele franziu a testa. Parado perto do Quiosque de Trajano, meu tio chamou Whit, que se virou para ajudá-lo.

Eu me despedi da tripulação, de Abdullah e depois até do Sr. Fincastle, cujo rude adeus confirmou minha desfavorável opinião inicial sobre o homem. Isadora me surpreendeu ao me dar um abraço apertado.

– Lembre-se de não confiar tanto nas pessoas – sussurrou ela. – Não estarei sempre aqui para ensiná-la a atirar. Você se lembra do que fazer, não é?

– Dificilmente esquecerei aquela aula – observei com ironia.

– Escreva para mim – disse a garota. – Você sabe onde me encontrar.

Prometi que o faria. Antes que alguém pudesse me chamar, corri até o Templo de Ísis, as botas levantando areia quente atrás de mim. Dentro do templo, tudo parecia igual, ao passo que eu tinha a sensação de que minhas entranhas estavam sendo torcidas e postas para secar. Aquela seria minha última chance de ver o local do descanso final de Cleópatra antes que ele fosse descoberto pelo restante do mundo. Aquele momento era só meu e dela, o gosto de rosas na minha boca, a magia rugindo sob minha pele.

Quando enfim cheguei à câmara mortuária, as lágrimas ferroavam os cantos dos meus olhos. Os objetos e artefatos reluziam dourados à luz da suave chama da minha vela. Eu não queria esquecer nenhum detalhe. Mais importante – não queria esquecer a sensação de tê-la encontrado.

Sentia-me feliz de saber que Cleópatra repousava com sua família. Feliz, também, de saber que tudo que fora providenciado para sua jornada pelo submundo estava contabilizado e registrado. Anos depois, os registros cuidadosos de Abdullah seriam um guia para aqueles que quisessem estudar o último suspiro da sua vida na Terra. O tempo passou, e me forcei a me afastar do sarcófago de Cleópatra. Meu olhar se demorou na câmara do tesouro, desejando poder devolver o anel ao seu lugar.

O anel fora o começo de tudo.

Papá o enviara a mim por um motivo. Talvez eu nunca soubesse qual, e o pensamento quase me matava. Era como se eu estivesse me despedindo do meu pai novamente. O que havia acontecido com ele?

Eu queria muito ter a resposta.

Meus pensamentos retornaram a Elvira, e soube que era hora de partir. Passei por Kareem no caminho de volta ao acampamento, chamando o garoto com um aceno rápido.

– Estou indo embora e queria me despedir. Foi maravilhoso conhecer você.

Ele sorriu.

– Não fique triste, *sitti*. A senhorita vai voltar.

Pisquei para afastar as lágrimas. Esperava que fosse verdade, mas aquilo dependia do que havia acontecido com Elvira. Também dependia do meu tio.

– *Ma' es-salama* – acrescentou ele.

Segui até a água, onde o *Elephantine* aguardava. Todos os nossos pertences se encontravam reunidos na margem, e tio Ricardo e Whit estavam conversando, absortos. O primeiro parecia sério; o segundo, frustrado. Em seguida, meu tio embarcou no *dahabeeyah* enquanto eu ia ao encontro de Whit na margem. Ele estava desarrumado como sempre, a camisa amarrotada para fora da calça, botas gastas e arranhadas além de qualquer conserto, o cabelo desalinhado caindo sobre a testa.

Encaramos um ao outro, as mãos de Whit enfiadas nos bolsos, e as minhas, no meu nervosismo, unidas às costas.

– O que vocês dois estavam discutindo? – perguntei por fim.

Não me parecera uma conversa amigável.

Ele me olhou de cima.

– Nunca quis que você sentisse alguma coisa por mim – disse ele. – Lamento que isso tenha acontecido.

– Eu não lamento – repliquei.

– Vou com vocês para o Cairo.

Meu coração se elevou, praticamente voando como um pássaro, as asas esticadas. Mas Whit leu a alegria aparente no meu rosto e balançou a cabeça.

– Preciso voltar para a Inglaterra.

Despenquei de novo dos céus até me chocar com o chão.

– Está voltando para casa?

– Depois do Exército, mergulhei no caos. Talvez partes de mim ainda estejam lá. Mas Ricardo me deu um emprego, um propósito. Direção. Isso ajudou a me firmar um pouco. Mas não posso continuar ignorando minhas responsabilidades. Meus pais esperam meu retorno há um ano. Não posso continuar adiando *isso* por mais tempo.

Sendo *isso* seu casamento. Estaríamos a um mundo de distância um do outro, eu na Argentina, ele na Inglaterra. E ele teria uma *esposa*. Seus dias no Egito sempre foram contados. O arrependimento me invadiu aos poucos enquanto pensava no nosso tempo juntos naquela ilha. A maneira como trabalhamos lado a lado, catalogando cada descoberta, por menor que fosse. Fomos uma equipe, e agora não seríamos mais nada. Nem mesmo amigos.

– Sinto muito que não tenha encontrado o que procurava – falei baixinho. – O que era?

Ele permaneceu em silêncio por um longo momento, depois deu de ombros.

– Cleópatra tinha uma antepassada, *também* chamada Cleópatra, que era uma renomada alquimista e feiticeira. Eu estava procurando uma folha de pergaminho que ela escreveu antes de morrer.

Uma memória cintilou na minha mente. Esquiva e nebulosa.

– O que ele dizia?

Ele riu sem humor.

– Eu estava perseguindo um rumor, Olivera. Esse artefato provavelmente não existe; ou, se existiu, foi destruído há muito tempo.

– O que ele dizia? – repeti, a memória se tornando mais nítida.

Cleópatra estava preparando algo, lendo um… teria sido um rolo? Ou uma folha? Eu não conseguia lembrar.

– É hora de ir! – gritou tio Ricardo do alto do *dahabeeyah*.

Todos os pensamentos sobre Cleópatra e sua antepassada se dispersaram. Nenhum de nós tocou mais no assunto. Eu não achava que poderia, a decepção nublando minha visão. Whit permaneceu em silêncio também, como se não conseguisse se obrigar a dizer mais nada.

Eu me reuni a ele no convés, a distância entre nós se estendendo, como se ele já tivesse ido embora.

Chegamos ao Cairo numa tarde ensolarada, no último dia de dezembro. O restante da jornada fora lento, e tivemos problemas com o *Elephantine*, o que nos impediu de seguir viagem por alguns dias a mais. As horas eram preenchidas com longas noites passadas sozinha. Meu tio se mantinha reservado, escrevendo cartas que enviou quando paramos em Tebas para comprar comida e outros suprimentos. Whit era amável quando precisávamos estar juntos, mas nunca me procurava para conversar e com frequência se recolhia à sua cabine logo depois do jantar. Eu sabia que era melhor assim, mas meu coração estava partido e minhas emoções oscilavam loucamente. Ansiava por seguir viagem, por ajudar a encontrar Elvira. Estava desesperada para ficar e ajudar meu tio e seu grupo a localizar minha mãe traidora. Prometera a mim mesma que consertaria as coisas, mas agora estava partindo.

Meus pensamentos se contradiziam, deixando meus nervos à flor da pele e exauridos.

– Vou reservar sua passagem para Buenos Aires – avisou tio Ricardo enquanto subíamos os degraus que levavam à entrada do Shepheard's.

O terraço da entrada estava tão lotado quanto no dia em que eu partira pela primeira vez. Viajantes desfrutavam do chá e punham os assuntos em dia com velhos amigos. A rua abaixo fervilhava com sua habitual atividade, coches de aluguel indo de um lado para outro ruidosamente na avenida principal.

Eu sentiria saudade do Cairo, e o pesar me cingia como um vestido muito justo a me apertar as costelas.

Estava tomando a decisão certa. Elvira precisava de mim. Mas não me parecia possível esquecer o quanto eu havia falhado – com *todos*.

– Quer enviar um telegrama? – perguntou tio Ricardo, arrancando-me dos meus devaneios. – É mais rápido do que o correio regular.

– *Sí, por favor* – respondi. Agora que estava partindo para a Argentina, minha mente já havia feito a troca do idioma.

– Quando o senhor acha que posso partir para Alexandria?

– Depende de você – disse ele. – Gostaria de ter notícias da sua tia? É possível que Elvira já tenha sido encontrada.

– Também pensei nisso – repliquei, esperando que meus olhos se ajustassem à iluminação suave do saguão do Shepheard's.

As pessoas circulavam em grupinhos, conversando com animação enquanto outras se acomodavam nos vários sofás dispostos ao longo das paredes. As colunas de granito assomavam altas e imponentes, fazendo com que eu me lembrasse das que encontramos em Philae. Eu já sentia falta da pequena ilha, uma dor que rasgava minha pele, minha respiração, meu coração. Eu não tinha como saber quando veria o lugar novamente.

– Talvez haja uma carta à minha espera.

Corremos para a recepção e fomos recebidos pelo sorriso familiar de Sallam.

– Olá, señor Marqués, señorita Olivera e Sr. Hayes. É maravilhoso revê-los, e bem a tempo para o baile de Ano-Novo.

Ele gesticulou indicando vários atendentes do hotel carregando para o salão de baile vasos cheios de lindas flores. Era uma explosão de cores: vermelhos, rosas e roxos vibrantes. Muito provavelmente eu perderia as festividades da noite, mas retribuí o sorriso com uma versão tênue do meu.

– Sallam, chegou alguma carta para mim?

No mesmo instante, ele começou a vasculhar as gavetas e revirar pilhas de papel e cartas. Depois de olhar tudo, tornou a procurar antes de erguer os olhos para mim.

– Não há nada para a senhorita. Estava esperando alguma coisa?

Meu tio colocou uma mão hesitante no meu ombro. Whit me lançou um olhar cheio de empatia. A preocupação se infiltrava sob minha pele. Eu esperava que houvesse notícias sobre o bem-estar da minha prima. O silêncio dizia tudo: Elvira ainda não havia sido encontrada.

– Inez pode enviar um telegrama? – perguntou Whit.

– Claro – disse Sallam, franzindo de leve a testa. – Señorita Olivera, gostaria de se sentar? Seu rosto está pálido.

– Não, estou bem, por favor, vamos só enviar a mensagem, e...

– Inez! – chamou alguém atrás de mim.

O chão se inclinou sob meus pés e agarrei o balcão da recepção, os joelhos vacilando. Dei meia-volta a tempo de receber o abraço lançado sobre mim. Penas azuis fizeram cócegas no meu nariz, e recuei um passo, os olhos se enchendo de lágrimas.

– *Elvira!* Você está *aqui*...

Minha voz falhou. Ela não estava desaparecida, não estava em perigo.

Eu não havia perdido mais alguém.

Uma pressão quente se acumulou atrás dos meus olhos. Elvira riu e me deu outro abraço, cheirando a orquídeas, como o jardim lá de casa.

– Cheguei faz alguns dias.

Apertei minha prima de volta e me afastei, ao mesmo tempo aliviada e exasperada.

– Recebi um bilhete da sua *mãe*. Ela acha que você desapareceu! Ela enviou duas cartas, Elvira. Está apavorada até a alma. O que passou pela sua cabeça?

– Eu deixei uma carta para ela! – exclamou Elvira. – Igual a *você*. Ela não deve ter encontrado. – Seu rosto se franziu de espanto. – Pelo menos, *acho* que deixei.

– *Por el amor de Dios* – murmurou tio Ricardo.

Ele deu um passo à frente, parecendo aflito e irritado.

– Sua prima, imagino?

Elvira se virou de imediato para tio Ricardo.

– Nós já nos encontramos uma vez antes, *señor*. Não se lembra?

As linhas que partiam dos cantos dos olhos cor de avelã de tio Ricardo se contraíram.

– *Dios* me salve das mulheres rebeldes. Vou reservar uma passagem para vocês duas...

– Não, não faça isso! – exclamei, pensando rápido. – Eu posso ficar e ajudar...

– Sua prima não pode viajar de volta sozinha – disse tio Ricardo. – Você terá que acompanhar a garota na viagem de volta.

O barulho no saguão se transformou em um rugido ensurdecedor, mas tudo o que eu conseguia ouvir eram as palavras do meu tio se repetindo de uma maneira horrível.

– O senhor ainda está me mandando embora. Mesmo depois de... tudo.

– Por causa da sua prima – disse ele devagar, como se estivesse falando com uma criança teimosa. – Agradeça a ela por isso.

Elvira teve o bom senso de parecer envergonhada.

– Receio não ter pensado em nada além de encontrar vocês no Cairo. Com certeza não precisamos ir embora tão rápido.

– Preciso voltar ao meu trabalho – disse tio Ricardo, frio. – Não tenho tempo para cuidar de vocês duas.

A frustração pairava sobre mim, e precisei me esforçar para não começar a tremer. Enquanto eu estava preocupada e angustiada, ele tinha sido gentil e atencioso, determinado a me ajudar. Agora, porém, sua raiva anterior direcionada a mim retornara. Tio Ricardo ainda não havia me perdoado. Em uma frase, ele reduzira tudo que eu fizera – todo o minucioso trabalho artístico e esboços – a nada.

Então aquilo servia como a punição final. Meus olhos encontraram os de tio Ricardo e vi que ele estava me observando. Um toque de desafio espreitava nos seus olhos, confirmando minhas suspeitas.

A atenção de Elvira passara para o homem musculoso que fazia parte do nosso grupo. Ela observou Whit, os olhos verdes brilhando com aprovação. Ele fez uma reverência irônica, a atitude maliciosa idêntica à que eu havia encontrado no cais de Alexandria tantas semanas antes. Era a máscara que ele usava, e eu duvidava de que ele viesse a me mostrar o que havia por baixo dela novamente.

– Preciso encontrar uma acompanhante para vocês – continuou meu tio. – Está perfeitamente claro que não posso confiar em nenhuma das duas para se comportar como jovens damas deveriam.

Meu olho direito começou a espasmar. Como se ele se importasse com regras de etiqueta. A raiva borbulhou, indo à superfície, e precisei fazer um grande esforço para não olhar com fúria para minha prima. Se não fosse por ela, eu ao menos ainda estaria em Philae.

– Vou enviar um telegrama para sua tia – continuou tio Ricardo, ríspido. – Me encontrem aqui embaixo às oito e meia. Vou escoltar as duas para o jantar. Whit, gostaria de dar uma palavra com você.

Ele o levou embora, como se sair dali fosse muito urgente.

Elvira puxou minha manga com impaciência.

– Tenho tanta coisa para te contar…

Mas eu não queria ouvir nada.

– Por que você veio, Elvira?

Seu sorriso murchou ao ver minha expressão.

– Para ficar com você – disse ela. – Eu teria vindo junto, se tivesse me pedido. – Havia uma leve nota de acusação na sua voz. – Está claro que precisa de mim. Olhe o estado da sua roupa!

Olhei para baixo, surpresa. Meu conjunto estava bastante desgastado, a calça de odalisca com manchas permanentes, embora limpa o suficiente para usar, e minha camisa que um dia fora branca já não era tão branca assim. As botas de couro estavam tão surradas quanto as do meu tio, e eu não precisava olhar no espelho para ver que o sol tinha bronzeado minha pele, deixando-a com um tom rosado.

Em contrapartida, Elvira parecia uma verdadeira jovem dama em um vestido diurno resplandecente que combinava com seu cabelo e seus olhos escuros. Seus laços estavam todos amarrados com perfeição, e não havia um só fio de cabelo fora do lugar em seu penteado elaborado.

– Você deixou todos nós preocupados – falei, enfim.

– Eu deixei *você* preocupada?

Ela riu. Como não retribuí, o riso morreu em seus lábios pintados.

– E quanto ao que você fez? – começou ela, a raiva se entrelaçando à sua voz. – Quantas vezes me sentei ao seu lado enquanto você chorava por ter sido deixada para trás? Seus pais morreram e você partiu, sem dizer uma palavra a ninguém. Sem contar para *mim*.

Ela estava certa. Eu havia me comportado de maneira abominável. Era injusto ficar com raiva dela – a garota não sabia que sua chegada tinha virado minha vida de cabeça para baixo.

– Elvira, me desculpe. *Perdóname.*

– Claro que perdoo você. Percorri toda essa distância para que você não ficasse sozinha. – Ela estendeu a mão e segurou a minha. – E tive que fugir, porque minha mãe nunca teria permitido que eu viesse.

Por um segundo, compreendi meu tio. Ele devia ter sentido o mesmo que eu assim que a vi completamente sozinha em uma cidade desconhecida.

– Não consigo acreditar que você viajou até aqui sem acompanhante...

– Eu tive ajuda – disse ela. – Sua criada cuidou de tudo, assim como fez para você. Ela até me vestiu de preto para a viagem. Na verdade, foi bem fácil, porque fingi ser você. Eu ficava me perguntando: "O que Inez faria nesta situação?" – Seus lábios se curvaram em um sorriso astuto. – Aparentemente, muita coisa.

– Você precisa escrever para Amaranta – afirmei. – Ela está furiosa, e me ameaçou com uma vida de tormentos se algo acontecesse com você.

Elvira empalideceu.

– *Dios*, ela é aterrorizante quando está zangada.

– Ah, eu sei bem. Eu costumava me esconder dela embaixo da cama.

Ela riu.

– Você não fazia isso.

– Não – admiti. – Mas pensava em fazer.

Abracei minha prima de novo.

– Então você tem um quarto aqui?

– Bem, mais ou menos – respondeu ela. Pela primeira vez desde que a vira, ela parecia ansiosa. – Quando cheguei, disse ao gentil cavalheiro na recepção que era da família, e que ia esperar você chegar. Ele me colocou no seu quarto... no dos seus pais, suponho. Você se importa?

Fiz que não com a cabeça.

Elvira se apoiou em mim, aliviada.

– Ah, estou tão feliz... Fiquei preocupada que isso fosse aborrecer você.

Ela enlaçou o braço ao meu.

– Bem, vamos subir. Tenho algo que acho que você precisa ver.

– O quê?

Ela mordeu o lábio.

– Uma carta do seu *papá*.

CAPÍTULO TREINTA Y UNO

Elvira tinha sua própria chave e a usou para abrir a porta. Entrei no quarto ao mesmo tempo ansiosa para ler a carta e apavorada com a ideia. Seriam as últimas palavras que meu pai teria dirigido a mim. Elas me destroçariam, independentemente do que dissessem. Minha prima pareceu perceber minha agitação interna, porque, de maneira discreta e eficiente, acendeu as velas espalhadas pelo quarto, deixando tudo banhado em um suave brilho dourado.

Abriu a porta do antigo quarto dos meus pais e arquejei. Elvira havia organizado a suíte; os pertences dos meus pais não estavam mais espalhados por toda parte. Suas malas se encontravam acomodadas lado a lado no sofá, todas as roupas dobradas perfeitamente. Os diários e cartas formavam pilhas na mesa de centro. Ela arrumara a cama e dispusera montes de coisas diversas sobre a colcha, organizadas por categorias.

Minha prima me observava, torcendo as mãos.

– Eu queria ser útil.

Era muito mais do que eu fizera.

– Elvira... – suspirei, emocionada. – *Gracias*.

Ela se sentou delicadamente em uma das cadeiras diante do sofá e sorriu, aliviada. Depois estendeu a mão e pegou a primeira carta da pilha, que entregou para mim. Sentei-me na poltrona ao lado da sua, observando o envelope com cautela, e o peguei de suas mãos.

– A data é de julho. – Ela hesitou. – Quer ficar sozinha?

Considerei a pergunta, mas sua presença era familiar, como uma viagem de volta para casa.

– *No, gracias.*

Respirando fundo, abri o envelope e tirei a mensagem para ler.

Minha querida menina,

Se encontrou esta carta, então é mais minha filha do que eu jamais poderia ter sonhado, e quero que saiba o quanto estou incrivelmente orgulhoso de você. A esta altura, você já deve ter descoberto as maquinações da sua mãe. Se ainda não descobriu, imploro que continue fazendo perguntas, continue buscando a verdade. Sua curiosidade e teimosia vão ajudar na jornada.

Sua mãe é muitas coisas horríveis, mas, acima de tudo, é desleal. Por favor, faça o possível para que ela nunca atraia você para suas armadilhas, como fez comigo. Rezo para que seja mais esperta do que eu nesse aspecto.

Lourdes e eu chegamos ao nosso inevitável fim. Gostaria de ter percebido o que ela era mais cedo. Talvez ambos pudéssemos ter sido poupados, mas agora preciso proteger tudo o que me é mais querido das mãos vis dela. Esse é um dos motivos pelos quais enviei o anel de ouro a você, querida. Por causa dele, consegui fazer uma descoberta em Philae que tentei esconder de todos os outros, especialmente da sua mãe, mas posso ter falhado. Encontrar pessoas de confiança tem sido extremamente difícil, graças a ela.

Preciso encerrar esta carta, mas imploro que faça mais uma coisa por mim.

Por favor, nunca pare de me procurar.

Seu amoroso papá

A carta terminava abruptamente, a caligrafia do meu pai se encerrando em um arco incompatível com o restante. Foi o último garrancho que mais me aterrorizou.

– Onde você encontrou isto? – perguntei.

– Estava lacrada e enfiada no meio da correspondência deles. Deve ter se misturado com as outras coisas e nunca foi enviada. Ou ele pode ter se

esquecido de colocar a missiva em um dos pacotes que enviou para você...
Sei que ele era muito distraído.

Minha mente disparou. Estava claro que Papá havia encontrado a tumba de Cleópatra por causa da magia pulsando entre os dois objetos – o anel e... a *caixinha de madeira*. A mesma coisa acontecera comigo. Ele tinha pegado o anel na antecâmara, sabendo que, se alguém encontrasse a caixinha no bazar, ela talvez conduzisse a pessoa à mesma descoberta magnífica. E, àquela altura, sabendo quem e o que minha mãe era, ele tentara manter Cleópatra longe das suas garras. No entanto, ela dera um jeito de chegar a Philae e me usara para ter acesso aos artefatos.

Um sentimento de amargura profunda se apoderou de mim. Sacudi a cabeça para me livrar dele, apegando-me ao restante da carta e ao que meu pai tentava me dizer.

O que havia acontecido com ele depois? O medo se acumulava sobre meus ombros à medida que eu me dava conta. Talvez minha mãe o tivesse encontrado e agora o mantinha cativo em algum lugar – ou pior, ela poderia tê-lo matado. Mas talvez ele estivesse se escondendo naquele exato momento, esperando que eu o encontrasse. Enrolei a carta na mão, a última linha se gravando na minha mente como uma marca a ferro na pele.

Eu nunca deixaria de procurar Papá.

– Inez? – chamou Elvira. – Está tudo bem?

Entreguei a carta a ela e me levantei de um salto, pensativa. Comecei a andar de um lado para o outro, impaciente, esperando que ela lesse.

Quando terminou, minha prima me olhou com uma expressão intrigada.

– Estou muito confusa.

Rapidamente, expliquei a ela o que havia acontecido desde o meu primeiro dia no Cairo. O anel de ouro roubado pelo desgraçado do Sr. Sterling, a descoberta da caixinha de madeira no Cairo antigo e meu embarque clandestino no *Elephantine*. Contei sobre meu tio, e como a magia me levara aos túneis subterrâneos sob o Quiosque de Trajano e depois à escada oculta no Templo de Ísis. Por último, contei sobre minha mãe e o que ela havia feito. A vergonha queimava minha garganta. A única pessoa que não mencionei foi Whit.

Eu ainda estava sensível demais para pensar nele, quanto mais falar sobre o rapaz.

Ela ouviu tudo sem dizer uma palavra e, quando terminei, recostou-se na cadeira e mordiscou o lábio.

– Então aconteceu um bocado de coisas desde que você saiu de Buenos Aires.

Uma risada lacrimosa escapou de mim.

– Um bocado.

– Precisamos procurar as autoridades – disse Elvira. – Agora mesmo. Vamos esquecer o jantar e...

Balancei a cabeça, e a voz dela morreu.

– Isso está fora de cogitação. Sabe o Sr. Sterling? Ele é um membro proeminente da sociedade e tem conexões em todos os níveis do governo. Não confio nele. Não posso confiar em ninguém, exceto em você e talvez em Whit... – Parei a frase ao meio quando lembrei que não ia mencionar o rapaz.

Elvira naturalmente notou meu deslize.

– Whit? Quem é Whit? Que tipo de nome é Whit?

– O nome dele é Whitford Hayes, e ele trabalha para tio Ricardo – expliquei. – O grandalhão que chegou conosco e para quem você não parava de olhar.

– E você se dirige a ele pelo primeiro nome? Minha mãe ficaria escandalizada. – Ela sorriu. – Adorei. Me conte mais.

– Trabalhamos juntos. – Eu precisava levar a conversa de volta para assuntos sensatos. – Ficamos amigos, então, por favor, não deixe sua imaginação selvagem correr solta. Você não é Emma Woodhouse, apesar do que possa acreditar.

Ela dispensou meu comentário com um gesto displicente da mão.

– Estou dizendo: se ela fosse real, seríamos melhores amigas. É meu objetivo de vida fazer pelo menos um casal se apaixonar. Falando nisso, que tal minha mãe e seu tio?

Fiz uma careta.

– A ideia me choca.

– Eles não são parentes. – Ela beliscou o lábio, piscando rápido. – Acho que minha mãe está muito solitária.

Era difícil imaginar minha tia daquela forma. Ela sempre parecera impenetrável, uma fortaleza que nunca desmoronaria.

– Acho que você deveria escrever suas próprias histórias de amor. Você é uma escritora talentosa, Elvira.

Os olhos dela se arregalaram.

– Como sabe disso?

Pisquei um olho para ela.

– Eu sei onde seu manuscrito está escondido, querida.

Ela girou o corpo, alcançando uma almofada, e a atirou na minha direção, errando por vários metros.

– Como se você não tivesse lido meu diário!

– Não posso *acreditar* que você leu... – Ela se interrompeu, ofegante. – Acha mesmo que sou talentosa?

– Sim – afirmei, atravessando o quarto para lhe dar um abraço apertado. – A mais talentosa. Você precisa terminar a história, Elvira. Prometa.

Seus olhos perderam o foco, como se ela tivesse entrado em um sonho.

– Haveria algo melhor do que ver uma das minhas histórias, encadernada em couro, exposta na prateleira de uma livraria?

– Não consigo pensar em nada melhor – sussurrei. – Você *vai* concluir seu manuscrito.

– Prometo. – Ela se afastou. – *Whit* estará no baile?

Fiz que sim com a cabeça.

– Por favor, tire esse sorriso presunçoso do rosto. Ele tem noiva.

– Mas ainda não está casado – disse ela com um sorriso. – Talvez haja um beijo à meia-noite em seu futuro.

Revirei os olhos. Whit certamente nunca faria aquilo de novo.

– Eu não ficaria tão animada; não fomos convidadas. Meu tio só permitiu que jantássemos com ele. Até onde sei, jantar não significa dançar.

Ela piscou para mim, inocente.

– Tem certeza? Porque, se tiver, vai ter que explicar o convite que tenho em minha posse.

Com um movimento fluido, ela revelou um pequeno cartão em papel grosso, tirado do bolso do vestido de dia. Elvira o apresentou com um floreio.

Mal olhei para ele.

– Você já sabe o que vai vestir, não é?

– Claro – disse ela. – Sou filha da minha mãe. Também escolhi algo para você.

Olhei para minha prima, fascinada e impotente, enquanto revirava o baú que eu havia deixado no hotel e depois o dela. Por fim, ela apresentou um vestido embrulhado em papel de seda, que depositou com cuidado na minha cama.

– Eu não sabia o que trazer, então trouxe dois de tudo – comentou Elvira. – Acho que este vai ficar lindo em você.

Não discordei. Flores douradas costuradas em seda marfim e renda creme cobrindo a bainha em delicadas vinhas, como se estivessem subindo do chão de uma floresta. Os ombros eram acentuados por tule de um rosa suave, criando uma mistura de manga e capa que flutuaria delicadamente sobre meus braços.

– Tem certeza de que não quer usar este?

Elvira abriu um sorriso travesso e desembrulhou seu próprio vestido. Soltei uma gargalhada. Parecia idêntico ao meu; em vez de marfim, porém, a seda era de um levíssimo tom dourado.

– Vamos parecer gêmeas – falei, rindo.

– Você precisa de um banho – disse ela, dirigindo um olhar crítico a mim. – Vou pedir que providenciem um. E recomendo lavar o cabelo duas vezes.

A banheira ficava em uma pequena sala adjacente ao antigo quarto dos meus pais. Assim que foi enchida com água quente, afundei nela, suspirando profundamente. Eu amara cada minuto do tempo passado em Philae, mas não mentiria dizendo que não sentira falta das conveniências modernas. Como minha prima recomendou, lavei o cabelo duas vezes com o sabonete de rosas que ela trouxera da Argentina e, quando saí, estava com o cabelo limpo e a pele radiante – ainda que um pouco queimada de sol.

Então nos arrumamos devagar, uma ajudando a outra com os infernais espartilhos e anquinhas, e as longas caudas dos nossos vestidos. No fim, meu cabelo já estava seco e Elvira o trançou e enrolou no alto da cabeça, prendendo-o com grampos cravejados de pérolas. Eu a ajudei a prender seu cabelo cheio usando uma fita de renda.

Elvira acendeu um fósforo para delinear os olhos com a fuligem da ponta, e fiz o mesmo. Aplicamos creme de rosas na pele, deixando-a macia e fresca, e cera de abelha tingida nos lábios. A rotina me acalmou, lembrando-me dos inúmeros bailes para os quais nos arrumamos juntas. No fim, olhamos o resultado no espelho, e me virei para minha prima.

– Tia Lorena ficaria envergonhada de mim?
– Nem um pouco.
Ela entrelaçou o braço no meu e saímos para encontrar o meu tio.
Minha última noite no Egito.

 ## WHIT

Fechei o baú de couro no instante em que uma batida forte na porta do meu quarto quebrou o silêncio solene, interrompendo a lista que eu fazia mentalmente em preparação para a partida. A passagem de volta para a Inglaterra já havia sido requerida, e eu deixara instruções para queimarem meu uniforme assim que eu deixasse o Shepheard's. Não sabia por que ainda não tinha feito aquilo. Não, era mentira.

Tinha tudo a ver com o general.

Bateram de novo na porta.

– Whit, eu sei que você está aí. Se afogando em bourbon, provavelmente.

Abri a porta e me deparei com Ricardo.

– Faz uma eternidade que não bebo nada.

Ele resmungou e entrou, virando-se para examinar o quarto arrumado. Além do uniforme, eu não estava deixando nada meu para trás.

– Preciso que faça mais uma coisa antes de partir – disse Ricardo. – Quando você embarca?

– Daqui a alguns dias – respondi, fechando a porta. – Tenho algumas coisas para resolver.

A saber, a garantia de que ninguém me seguiria de volta até a Inglaterra. Eu havia feito inimigos no Cairo, e, embora seu alcance talvez não fosse tão amplo a ponto de alcançar a Europa, ainda tinha contas a acertar. Dívidas a pagar.

Ricardo entregou um envelope a mim.

– Isso deve cobrir o trabalho, e um pouco mais.

Pagamento por serviços prestados.

– O que o senhor precisa que eu faça?

– Minha irmã fugiu com centenas de artefatos. Se for esperta, o que nós dois sabemos que é, ela vai querer vender tudo o mais rápido possível.

Quanto mais tempo ficar com aquele tipo de bagagem, mais riscos Lourdes vai correr. Preciso que você descubra se ela está no Cairo.

– Maravilha – respondi, seco. – Ela deve estar escondida, mas posso perguntar por aí.

– Sim, tenho certeza de que seus amigos Curadores na Companhia ficarão felizes em vê-lo – disse ele, indo até a porta.

– Os que não querem me matar, com certeza – murmurei. – Mas minhas perguntas podem levantar suspeitas quanto ao senhor.

– Garanta que isso não ocorra. Use todos os meios necessários. – Ele segurou a maçaneta da porta e se virou parcialmente na minha direção. – Não se perca de novo, Whit.

Não tive coragem de dizer a ele que já estava perdido. No momento em que pisasse de volta na Inglaterra, Whitford praticamente desapareceria e seria substituído pelo meu título. Ricardo saiu, fechando a porta com um clique comedido.

Suspirei. Um último espetáculo.

Eu sempre amara as ruas lotadas do Cairo. Elas eram uma maneira fácil de me tornar invisível, qualidade de que eu precisava para me infiltrar em certo prédio cercado por antros de ópio e bordéis. Aquela parte da cidade oferecia uma infinidade de formas de entretenimento para turistas que desejavam ver algo além de templos e túmulos. Meus próprios gostos seguiam tendências semelhantes antes de Ricardo me encontrar endividado até o pescoço.

Escalei a lateral das ruínas, cravando os dedos nas fendas e, em seguida, icei o corpo através de uma janela aberta. Se bem conhecia Peter, ele estaria escondido na sala dos fundos fumando haxixe, delegando suas tarefas enquanto desfrutava de uma longa pausa no processo de fazer a partilha de artefatos roubados.

O corredor cheirava a suor e ar estagnado, mas aquilo não me retardou quando passei olhando para dentro dos quartos ao longo do corredor. Uma espiral de fumaça revelou o homem que eu procurava. Ele estava sentado, confortavelmente acomodado em um banco baixo, cercado por almofadas empoeiradas e com os pés cruzados sobre um tapete turco surrado e sujo. Havia pilhas altas de caixotes espalhadas pelo quarto; algumas etiquetadas indicavam que a carga seguiria para Bulaque, mas a maioria não. Eu apostaria uma boa quantia que estavam cheias de quinquilharias, à espera de serem enviadas para receptadores.

O Egito atraía todo tipo de oportunista. Peter Yardley, um compatriota meu, trabalhava como oficial de antiguidades e secretário do cônsul geral. Antes de ir para o Egito, porém, havia trabalhado como mercenário, negociando segredos, drogas e antiguidades.

– Quem está aí?

Entrei no quarto e fechei a porta com um chute.

– Olá, Peter.

Uma risadinha suave chegou aos meus ouvidos.

– Ninguém me chama assim, exceto você.

A fumaça se dissipou, revelando a figura franzina de Peter. Cavidades profundas nas bochechas e olhos vermelhos de sono mostravam sua exaustão. As roupas do sujeito não viam uma barra de sabão havia algum tempo, e cheiravam a suor e álcool. Um sentimento desconfortável borbulhava sob minha pele. Não muito tempo antes, eu não estava tão diferente dele.

– Você está péssimo.

Ele sorriu e gesticulou para que eu me sentasse em uma cadeira baixa à sua frente. Permaneci em pé, consciente do barulho vindo do andar de baixo. Contei três, talvez quatro, homens trabalhando.

O sorriso de Peter se desfez e ele recolheu a mão.

– Imagino que esta não seja uma visita puramente social.

Balancei a cabeça. Curadores forneciam bens ilícitos para o Pórtico do Mercador. Peter dirigia um dos leilões e, na época em que costumávamos jogar cartas, ele me contou que conhecia alguém que conhecia outro alguém que tinha ligações com uma mulher que com frequência receptava artefatos roubados. Eu havia transmitido a informação a Ricardo e, na ocasião, ficamos nos perguntando se não seria Lourdes.

– Você ouviu falar de algum grande carregamento chegando ao Cairo recentemente?

Ele se recostou numa almofada, os olhos escuros se estreitando.

– Sempre há carregamentos chegando. Vai se sentar?

– Não.

– Então por que não me conta onde esteve nesses últimos meses? Não vejo mais você à mesa, Whit.

Porque eu não suportava jogar cartas, embora fosse a melhor maneira de ouvir coisas.

– Minha sorte acabou. – Tirei o envelope do fundo do bolso do casaco e o coloquei em uma mesa redonda, ao lado do cotovelo dele. – Aliás, acredito que isso nos deixa quites.

Peter mexeu no canto do envelope.

– Tive uma ideia: por que você não fica com isto e vem trabalhar para mim? Nunca entendi por que não veio antes.

– Estou indo embora do Egito.

– Que pena.

– Tudo tem um fim, um dia. – Virei-me para sair e, quando alcancei a porta, falei por cima do ombro: – Cuidado no armazém em Bulaque, Peter.

– *Pare.*

Fiquei paralisado sob o batente da porta. Devagar, virei-me para encarar o sujeito, que tinha se levantado e agora empunhava uma pistola.

– Como soube sobre os armazéns?

– Baixe a arma.

– Hayes – disse Peter, engatilhando a pistola. – *Como?*

Chutei a pilha de caixotes mais próxima. Garrafas de uísque e rum acomodadas sobre o caixote superior tilintaram ruidosamente, mas apontei para os dois embaixo. Na lateral, estava escrita a localização de um armazém perto das docas.

– Está escrito aqui, idiota.

– Ah, merda. – Peter manteve a arma apontada para o meu peito. – Acho que você vai ter que se sentar, afinal. Precisamos conversar, você e eu.

Sem querer, eu tinha tropeçado em algo que não deveria ter visto.

– Você não vai atirar em mim, vai, Peter? – perguntei em voz baixa.

– Não se fizer o que eu mandar. Você só tem duas opções. Parece que vai trabalhar para mim a partir de agora. A menos que prefira a alternativa, uma opção mais… morta.

Ri e balancei a cabeça.

– Nem pensar.

– Senta logo, porra...

Lancei uma das garrafas de uísque direto nele. Ela girou, e Peter atirou por instinto. O vidro se estilhaçou e o líquido respingou nas paredes, encharcando o tapete. O cheiro pungente fez minha cabeça girar. Peter estava recarregando a arma, gritando, mas eu já tinha empunhado meu próprio revólver, o polegar roçando as iniciais que não eram minhas.

Apontar, mirar, atirar.

A força da bala jogou a cabeça do homem para trás. O sangue escorreu do buraco entre suas sobrancelhas, flanqueando a boca aberta. Ele ia chamar os outros, e não havia chance de eu sair vivo. O que era mais um cadáver para a conta?

Eu tinha visto dezenas.

Saí sem olhar para a bagunça, os gritos vindos do térreo bem no meu encalço.

CAPÍTULO TREINTA Y DOS

Para onde quer que eu olhasse, alguma coisa cintilava. Cortinas douradas brilhavam intensamente à luz das velas, bandeiras de papel com longas rabiolas tremulavam com a brisa fresca que soprava pelas janelas abertas. O hotel estava no auge da sua elegância em preparação para o Ano-Novo. Meu tio nos guiou pela entrada do salão de jantar decorado, e um garçom nos conduziu até nossos lugares em uma mesa coberta com uma toalha prateada. Tapetes persas adornavam os ladrilhos do piso; a mesa exibia as louças e os talheres mais finos e enormes arranjos de flores. Elvira inspecionava tudo com a expressão bem treinada, e somente um levíssimo movimento dos olhos deixou transparecer sua impressão favorável.

Na grande mesa havia vários casais – mulheres em resplandecentes vestidos de noite de seda e cetim que brilhavam sob a iluminação suave e homens em ternos impecavelmente passados e paletós sob medida, os trajes formais escuros e elegantes.

Meu tio apareceu vestindo um terno cinza simples, o rosto impassível, os lábios pressionados em uma linha fina. Ele nem se dera ao trabalho de pentear o cabelo. Se eu não tivesse certo medo dele, teria dito que o estilo lhe caía bem. Ele se destacava em um mar de homens excessivamente engomados, o cabelo penteado para trás com uma quantidade exagerada de pomada. O ar estagnado era dominado por uma mistura de perfume caro, champanhe e flores frescas.

– Esse vestido é da House of Worth – sussurrou Elvira quando uma senhora se sentou à minha frente. – Apostaria todo o meu dinheiro nisso.

– Você não joga, e certamente não tem dinheiro – sussurrei em resposta.

– Mandei avisar sua mãe – interrompeu tio Ricardo, cortando acidamente nossa conversa. – De nada.

Elvira corou de leve e conseguiu dizer um *Gracias* em voz baixa, mas se recuperou depressa e mudou de assunto.

– Señor Marqués, me conte tudo sobre o tempo que passou em Philae.

Chutei minha prima por baixo da mesa enquanto meu tio lhe dirigia um olhar gélido e furioso.

– Oh, céus, o que eu fiz agora? – perguntou Elvira, fazendo careta. – É proibido fazer perguntas?

– Não mencione o trabalho do meu tio... – sibilei.

– O senhor esteve em Philae todo esse tempo? – perguntou um dos homens, sentado à mesa mais adiante. Tinha sotaque francês. – Mas não há nada lá. É um antigo local sagrado que sem dúvida já foi completamente escavado a essa altura.

Meu tio deu de ombros.

– Todos os outros lugares já estavam ocupados.

O homem assentiu com ar sábio, acreditando na indiferença de tio Ricardo.

– É uma pena que meus compatriotas não reconheçam o valor do senhor.

– Trabalhei bem sob a gestão de monsieur Maspero – respondeu meu tio, em tom vago. – Em seguida, ele se virou para mim. – O que achou do cardápio, Inez?

Baixei os olhos e li algumas linhas, traduzindo mentalmente do francês, e minha boca se encheu de água. Como entrada, sopa de cogumelo e cebola seguida de uma salada com legumes assados. Fiquei particularmente interessada no prato principal: cordeiro assado com molho de geleia de menta acompanhado de aspargos na manteiga e purê cremoso de batata.

– Parece maravilhoso – respondi, sabendo muito bem que ele só fizera a pergunta para desviar o assunto de si mesmo.

Quando o garçom chegou, meu tio pediu vinho para nós três e depois começou a conversar com o cavalheiro à sua direita.

Foram as últimas palavras que ele dirigiu a uma de nós duas pelo restante da refeição.

Eu não o culpava por estar com raiva e frustrado por eu ter pensado tão mal dele. Por ter acreditado que ele era capaz de assassinar alguém. Eu estava decepcionada comigo mesma por ter sido enganada pelas mentiras da minha mãe.

Se eu não conseguia me perdoar, então certamente entendia por que meu tio não podia fazer o mesmo.

Mas lamentava que ele ainda quisesse me mandar de volta para a Argentina, tirando-me a chance de consertar as coisas. Parte de mim sabia que eu carregaria aquele remorso pelo resto da vida.

O baile começou logo após o jantar, e, por incrível que pareça, minha prima e eu não ficamos sem par nem por uma só música. Conforme o relógio se aproximava cada vez mais da meia-noite, fui arrebatada para a pista de dança, rodopiando no ritmo da banda que tocava músicas modernas. Elvira dançou com um cavalheiro alto e louro que me pareceu vagamente familiar. Perdi minha prima de vista várias vezes, mas enfim nos encontramos na mesa das bebidas, repleta de jarros de limonada e vinho branco gelado.

– Este último era um chato – disse ela, mancando na minha direção por entre a massa compacta de mulheres que rondavam a pista de dança. – Pisou no meu pé. Duas vezes.

– Meu último parceiro de dança só falava holandês – respondi, solidária. – Achou que você fosse minha irmã gêmea.

Elvira riu entre goles de limonada.

– Já ouvimos isso antes.

Seu olhar percorreu a multidão.

– Há muitos estrangeiros aqui. Pelo menos um americano foi arrogante comigo.

Olhei bem para ela, um sorriso à espera nos meus lábios.

– E o que você fez?

Ela deu de ombros.

– Insultei o sujeito docemente em espanhol e ele pensou que eu o estivesse elogiando.

Eu ri.

– Essa é minha garota.

Elvira arregalou os olhos.

– Ah, até que enfim chegou.

Curiosa, girei o corpo e procurei na multidão a forma alta e familiar e o cabelo escuro desgrenhado do meu tio. Encontrei-o imediatamente, ao lado de um homem de ombros largos, cabelo ruivo e braços musculosos. Vestia preto da cabeça aos pés, o que combinava com ele. Um cavaleiro das trevas com um coração de ouro.

Whit.

– Ele não está com cara de quem acabou de sair vencedor de uma briga de rua? – A voz dela tinha adquirido um tom sonhador.

– Eu não incentivo a violência – repliquei, minhas palavras saindo em tom agudo.

Elvira ergueu uma sobrancelha.

Do outro lado do salão de baile, Whit deu as costas para o meu tio, o cenho visivelmente carregado. Seu olhar azul escaneou o salão até encontrar o meu. Era como se fôssemos as duas únicas pessoas no recinto. Com facilidade, ele abriu caminho em meio à multidão sem desviar os olhos do meu rosto.

– Você está tão encrencada... – disse Elvira, em um tom que era meio sussurro e meio grito.

O rapaz em questão nos alcançou, inclinando a cabeça na minha direção e depois na da minha prima.

– Olá, Whit. Permita-me apresentar adequadamente minha prima, señorita Elvira Montenegro. Elvira, este é Whitford Hayes.

– Lorde – corrigiu ele, com um leve sorriso. – Lorde Whitford Hayes.

– Você é um *lorde*? – perguntei, perplexa.

Ele inclinou a cabeça de novo e depois se dirigiu à minha prima.

– A senhorita foi encontrada. Tive a intenção de lhe dar as felicitações mais cedo.

– Felicitações aceitas – disse Elvira. – É um grande prazer conhecer o senhor, *lorde* Hayes.

Whit fez os olhos azuis encontrarem os meus e os franziu no canto, achando graça. Cruzei os braços sobre o peito, furiosa por ele não ter mencionado que era membro da nobreza. Não era à toa que precisava voltar correndo para casa. Sua futura esposa provavelmente era uma duquesa ou princesa.

– E de onde conhece minha prima? – perguntou Elvira. – Por que ela está se dirigindo ao senhor pelo primeiro nome? Por que não ouvi nada a seu respeito?

Whit olhou para a garota com uma expressão peculiar que demonstrava diversão alternada com irritação e ofensa.

– Trabalhamos juntos – começou ele, seco. – Ela se dirige a mim pelo meu primeiro nome porque conquistou esse direito, e... – Ele me fitou com o semblante zangado. – ... não sei por que ela não falou nada sobre mim. Somos colegas, por assim dizer.

Em circunstância alguma a leve ênfase que ele dera à palavra *colegas* tinha sido coisa da minha imaginação.

– Qual é o seu jogo agora, Whit? – perguntei, incapaz de esconder a raiva na voz.

– Não tem jogo – refutou Whit. – Só estou esclarecendo as coisas. Dance comigo.

– Isso foi uma pergunta? – indagou Elvira. – Sinceramente, não acho que foi. Inez, poderia esclarecer se estamos torcendo pelo sucesso do Sr. Hayes?

Antes que eu pudesse me manifestar, Whit respondeu:

– Estou aqui como amigo. Achei que éramos pelo menos isso.

– Sim, somos – murmurei.

– Que enfadonho – acrescentou Elvira. – Mas acabo de ver seu tio vindo para cá, e ele não parece muito contente. Suponho que *eu* terei que convidar Ricardo para dançar agora. Você pode me agradecer mais tarde com ponche.

Ela desapareceu em uma nuvem de tule e renda, indo na direção dos passos determinados do meu tio.

Whit abaixou a cabeça para me olhar nos olhos.

– Gostaria de dançar, Olivera?

Ele estendeu a mão e eu a aceitei. Não havia a menor possibilidade de eu recusar uma dança com Whit. Ele me puxou para perto, e, pela primeira vez, notei que suas íris tinham um contorno de um azul profundo. Sua pele queimada de sol brilhava, dourada, à luz das velas. A música entrou em um crescendo, e Whit deslizou a mão até a base das minhas costas. Levantei o queixo para fitar o seu rosto, e seu hálito quente dançou em minhas bochechas.

– Quer dizer que você é um lorde, então.

Vi Whit ponderar a resposta antes de se decidir.

– Meu pai é um marquês.

Franzi a testa enquanto ele me conduzia pelo salão, rodopiando com agilidade entre os outros casais. Eu não me importava com o fato de ele ter um título ou vir de uma família de posses, só ficara chateada porque era mais uma parte de si que ele não quisera compartilhar. O homem tinha muitos segredos, e me doía saber que eu nunca descobriria todos.

– Por que nunca me contou? Achei que eu tinha *feito por merecer* sua confiança.

– De que isso importa?

– Transformei minha vida toda em um caos – falei. – Estou vulnerável, constrangida e envergonhada. Minha mãe é uma criminosa, meu pai provavelmente está morto. Você me viu no fundo do poço, e ainda nem sei seu nome.

Seus braços, à minha volta, me apertaram.

– Sabe, sim.

Neguei com a cabeça.

– Não o que acompanha seu título.

– É Somerset – disse ele com suavidade, a respiração roçando meu rosto. – Mas não quero que você me chame assim. Jamais.

Eu me forcei a não relaxar, a não me derreter em seu abraço. Não queria amolecer. Não queria revelar mais do que já tinha revelado. Eu tinha me doado muito, e ainda havia coisas sobre Whit que ele mantinha fora de alcance.

– Inez – disse ele. – Eu estava tentando ficar longe de você. Não queria que você me conhecesse, nem queria conhecer você.

Estreitei os olhos para esconder minha frustração.

– E o que mudou?

Ele colocou minha mão na altura do seu coração. Senti a força constante de seus batimentos sob meus dedos e estremeci.

– Quero ter uma lembrança dançando com você. Uma coisa que seja minha antes de nos separarmos…

A tensão deixou os meus ombros. Ele fixou os olhos azuis nos meus, e senti que me rendia um pouco. Ele me observou com uma ternura infinita, e quase desmoronei ao pensar que ele nunca mais teria a chance de me encarar daquele jeito.

– Uma coisa que eu possa levar para casa comigo – continuou ele em um sussurro.

Engoli em seco, minha resistência desaparecendo, e me aproximei ainda mais.

Seus lábios roçaram minha têmpora.

– Sei que é egoísmo meu, e espero que você possa me perdoar por isso. Era uma lembrança que eu também queria ter.

– Perdoado – sussurrei.

Whit me conduziu rodopiando pela pista de dança, estreitando-me em seus braços, o cheiro de menta e limpeza fazendo minha cabeça dar voltas. Casais giravam ao nosso redor, sussurrando e fofocando, fazendo a contagem regressiva dos minutos até o novo ano. Ele reduziu a pressão dos braços em torno da minha cintura e recuou um passo, afastando-se de mim.

– Obrigado pela dança.

Um rosto conhecido surgiu no meu campo de visão. O sangue fugiu do meu rosto. Um mês havia se passado desde que eu o vira, mas o reconheceria em qualquer lugar.

– Olivera? Qual é o problema, Inez?

O rosto de Whit flutuava no meu campo de visão, mas eu não conseguia desviar a atenção do homem que observava friamente meu tio dançar com Elvira. Ele segurava uma taça de champanhe, e o anel dourado de Cleópatra brilhava em seu dedo mínimo.

– É o Sr. Sterling – sussurrei. – Ele está aqui, olhando para meu tio. E parece furioso.

Whit virou discretamente a cabeça, um gesto casual que não escondia a súbita tensão que o fez cerrar o maxilar.

– Acha que ele faz parte da Companhia? A que negocia no Pórtico do Mercador?

– Suspeitamos que sim – sussurrou ele no meu ouvido. – Estamos tentando traçar um plano para rastrear sua mãe, mas seu tio também quer que eu roube o anel de volta.

Na frente do salão, a banda começou a tocar outra música, alertando a todos que a contagem regressiva para a meia-noite tinha começado.

– Por que meu tio pediu isso a você, sendo que já encontramos Cleó...? – Emudeci quando Whit lançou um olhar contundente em minha direção. Corrigi a frase, continuando em um tom mais moderado: – Por que meu tio quer o anel de volta? Ele não precisa dele para encontrá-la.

Não precisava porque tinha a *mim*.

Whit permaneceu em silêncio, com os braços cruzados sobre o peito.

– Você não consegue mesmo pensar em motivo algum para seu tio querer o anel de volta?

Foi o modo como ele disse aquilo que me fez perceber o que era tão óbvio para o meu tio: o Sr. Sterling podia usar o anel para encontrar a tumba de Cleópatra. Se fazia mesmo parte da Companhia, tinha meios de encontrar Cleópatra. E, caso algum dia encontrasse a tumba, o que seria dela? Permitiriam que sua múmia continuasse no Egito? Seus pertences enfeitariam exposições em países estrangeiros?

Eu não queria nem pensar no resultado mais provável.

– Talvez não faça diferença – falei devagar. – A magia pode ter se transferido para ele de qualquer maneira. Ele não precisaria do anel para encontrar a tumba.

Whit negou com a cabeça.

– Acho que não, porque ele já teria ido para Philae a essa altura. A magia faz esse tipo de transferência dependendo da força do feitiço, ou se ela assim quiser. Pense em quantas pessoas podem ter manuseado o anel desde que o feitiço foi lançado. Podem ter sido dezenas antes que ele enfim acabasse em sua tumba.

– E depois meu pai, eu e, por fim, o Sr. Sterling – listei. – Como você vai roubar o anel, então, enfiado como está no dedo do sujeito?

– Tenho meus métodos.

Meu tio se certificaria de que minha prima e eu estivéssemos no próximo trem disponível para Alexandria; antes disso, porém, eu queria fazer alguma coisa para ajudá-lo depois de tudo que eu havia causado. Papá tinha confiado a mim aquele anel, e o Sr. Sterling o roubara do meu dedo.

– Me deixe ajudar.

Whit balançou a cabeça.

– Tenho contatos na cidade que podem me auxiliar. Você só atrapalharia, Inez. Além disso... você está indo embora.

– Posso fazer alguma coisa antes – afirmei, tomada pelo desespero. – Fiz uma grande besteira e está me matando o fato de vocês dois terem que consertar tudo, sendo que eu nem estarei *aqui*.

Estava me matando também o fato de que eu nunca saberia o destino de Papá. Não queria parar de procurá-lo. Como continuaria a busca estando em outro continente?

Whit olhou para mim com firmeza, parecendo muito cansado. Sombras profundas marcavam a pele sob os olhos azuis.

– Não há nada que você possa fazer. Pense em Elvira. Seria justo passar os últimos poucos dias aqui sem dar atenção para a sua prima? Isso não é mais problema seu, Inez.

Meu olhar saltou para o relógio ornamentado na frente do salão de baile.

– Dois minutos para meia-noite.

– Então é isso – disse ele. – Agora é a hora do adeus.

O ponteiro avançou.

– Mais um minuto – sussurrei.

Whit permaneceu sombrio e sério enquanto todos ao redor aplaudiam e gritavam vivas, os cavalheiros atirando chapéus para o alto, as damas girando lenços no ar. Permaneci totalmente imóvel, presa pelo olhar incendiário de Whit. Devagar, ele se inclinou para a frente e sussurrou:

– Feliz Ano-Novo, Inez.

– *Feliz año nuevo*, Whit.

O barulho ao nosso redor se uniu a um crescendo ensurdecedor quando ele roçou suavemente os lábios no meu rosto. Depois endireitou a postura e se misturou à multidão turbulenta.

CAPÍTULO TREINTA Y TRES

Elvira e eu caminhamos de volta para o quarto, ainda sentindo o gosto do champanhe e a música ecoando nos ouvidos. A cada passo, as rachaduras no meu coração se aprofundavam. Um dia, eu teria que juntar todas as peças de novo.

Naquela noite, porém, não havia como escapar da minha angústia.

Eu nunca mais veria Whitford Hayes.

– Você o beijou?

Pisquei, olhando para Elvira.

– Você não vai me interrogar depois de eu ter bebido tanto, vai?

– Você parece tão triste... – disse ela. – Achei que talvez ele fosse a razão.

– Como eu já disse antes, ele vai se casar. – Pigarreei, a garganta seca. – Eu poderia perguntar se você beijou algum dos homens com quem dançou.

Suas bochechas coraram.

– Vou tomar chá na varanda com um deles amanhã de manhã.

Arqueei as sobrancelhas.

– Vai precisar de uma acompanhante.

– Você não está falando sério – disse ela.

– Elvira.

Minha prima deu de ombros em um gesto delicado.

– Preciso mesmo de uma? Estou em um país diferente...

– Um país cheio de britânicos com regras sociais muito semelhantes às de Buenos Aires. Muitos deles viajam para a Argentina a negócios e lazer, devo acrescentar.

Elvira fechou a boca, que se reduziu a uma linha obstinada.

– Você está falando igual à sua mãe.

Fiquei paralisada, e ela imediatamente cobriu a boca com a mão.

– Minha mãe. Eu quis dizer *minha mãe*. Ah, Inez, me desculpe. *¡Lo siento!* – Ela estendeu a mão para apertar a minha. – Você me perdoa?

– Está tudo bem – falei, apesar do repentino nó no estômago.

Suas palavras foram como um tapa na minha cara. Eu sabia que aquela não tinha sido sua intenção, mas doía do mesmo jeito.

– Por mim, a noite já pode terminar.

Enfim entramos na suíte, ambas de vestido amarrotado e cabelo desalinhado, um par de flores murchas. Elvira se jogou no sofá, dando um imenso bocejo. Lancei um olhar divertido para ela enquanto tirava os grampos, soltando meu cabelo rebelde, e tentei manter um tom leve quando disse:

– Elvira, correndo o risco de parecer a *sua* mãe, prometa que vai me acordar antes do seu encontro. Vou acompanhar você... Não, não faça essa cara. *É* a coisa certa e segura a se fazer.

– Tudo bem, tudo bem.

– Por que isso é tão importante para você?

Elvira mudou de posição no sofá, os olhos arregalados e suplicantes.

– Inez, eu nunca estive por conta própria antes. Só quero tempo para fazer algo que não esteja em um cronograma ou seja aprovado pela minha mãe. Um dia, estarei casada com um completo estranho, muito provavelmente alguém escolhido para mim, mas amanhã passarei um tempo com alguém que *eu* escolhi. Você não consegue entender?

Era incrível como para nós era fácil cair nos padrões de sempre. Elvira me seguiria para qualquer lugar, confiaria em mim para liderar a grande aventura, e era minha responsabilidade cuidar dela. Protegê-la de quaisquer apuros em que eu a tivesse metido – como na ocasião em que ficamos presas em uma árvore quando tínhamos 6 anos, ou quando nos perdemos, por minha causa, no coração do centro comercial de Buenos Aires. Ela confiava em mim para nos levar para casa sãs e salvas.

Mas assim que atracássemos, nossas vidas seriam programadas segundo uma agenda e guiadas para um futuro aprovado pela minha tia. Aqueles eram os últimos momentos de liberdade sem restrições.

– Eu entendo – falei. – Tenha sua manhã com o rapaz. – Em seguida, me abaixei e dei um beijo em sua bochecha. – Mas ainda estarei lá. Não se esqueça de lavar a fuligem do rosto antes de dormir.

Elvira revirou os olhos e depois se levantou, me ajudando a desatar o vestido de noite. Para me livrar dele, puxou os cordões do espartilho com um pouco de força demais e dei um gritinho. Quando já estava de camisola, retribuí o favor, e seguimos ambas para nossos respectivos aposentos na suíte. Sem os pertences dos meus pais, o quarto poderia ser de qualquer um.

Eu não tinha certeza se aquilo fazia ou não com que eu me sentisse melhor.

Acordei com o barulho de batidas fortes na porta. Esfreguei os olhos, sentando-me com cuidado na cama enquanto o barulho aumentava. Emitindo um som incoerente de protesto, afastei o mosquiteiro, levantei da cama, vesti o roupão branco e saí cambaleando do quarto principal da suíte. As batidas continuavam, e abri a porta com um puxão.

Não esperava ver Whit novamente.

Ele estava parado no corredor, o punho erguido. Quando me viu, deixou o braço cair de repente e se apoiou no batente da porta.

– Você está aqui.

Corri os olhos de modo dramático pelo cômodo.

– Onde mais eu estaria?

– Preciso entrar – disse Whit.

Eu me afastei para deixar o rapaz passar e ele fechou a porta. Parecia atipicamente abalado, vestido com a costumeira camisa e calça cáqui e as botas gastas amarradas até a panturrilha; no entanto, havia algo de frenético em sua expressão. O olhar enlouquecido, a respiração saindo em arquejos curtos como se tivesse corrido até meu quarto. Um pensamento me ocorreu de súbito: e se ele tivesse mudado de ideia sobre nós? Passei a língua pelos lábios.

– O que você veio fazer aqui?

– Elvira está?

A princípio, não entendi a pergunta, até que as palavras dele atravessaram a névoa mental deixada pelo meu sono agitado. O pavor se condensou no fundo da minha barriga.

– *Deveria* estar.

Whit estava parado no meio do quarto, as mãos enfiadas nos bolsos, os lábios formando uma linha austera.

– Vá olhar, Inez.

Eu já estava a caminho do quarto adjacente e, quando abri a porta, a cama vazia me encarou zombeteira. Um gemido de exasperação escapou dos meus lábios. Eu tinha dito a ela que me acordasse, que não descesse sem mim. Depois me virei, as mãos voando para os quadris.

– Onde você a viu? – eu quis saber. – Sem dúvida, saboreando uma tortinha na varanda em seu encontro matinal…

– Com quem? – interrompeu Whit.

– O homem com quem ela dançou. Ela não me falou o nome.

Meus lábios se entreabriram; não me ocorrera perguntar. Eu tinha contado com o fato de que iria com ela para o encontro.

Whit estava fazendo um esforço louvável para manter a atenção no meu rosto; quando me movimentei, porém, meu roupão se entreabriu, revelando o babado na bainha da camisola. Ele se virou e se sentou na cadeira disponível, agora sem as malas dos meus pais.

– Eu não a vi pessoalmente – disse ele, a voz grave e séria. – Fui até o saguão para tomar café e o recepcionista comentou que viu alguém que parecia com você entrar em uma carruagem por volta das onze da manhã.

– Ela não faria algo assim – falei. – Elvira não é burra. Deve haver um engano.

– Certo – disse Whit. – Onde ela está?

– Já disse: tomando chá na varanda.

– Eu não a vi por lá – afirmou Whit, em tom gentil.

Um rugido soou nos meus ouvidos.

– Espere eu me vestir.

– Por favor – murmurou Whit.

Fui para o quarto e fechei a porta. Às pressas, escolhi um vestido diurno listrado em verde-claro e creme, e percebi que tinha um problema: a peça só poderia ser usada com espartilho e anquinha; eu era capaz de vestir sozinha esta última, mas o primeiro exigia ajuda. Deixei escapar um gemido. O dia já começava bem ruim. Abri a porta e meti a cabeça para fora.

– Whit, você é meu amigo, não é?

– Sou – veio a resposta impaciente. – Por que, em nome de Deus, você está demorando tanto?

Ninguém sentia a urgência do momento mais do que eu. Minha mente disparava pensando em onde Elvira poderia estar – porque eu *sabia* que ela nunca entraria na carruagem de um estranho.

– Então você não se importaria de apertar meu espartilho, não é?

Whit segurou a cabeça com as mãos.

– Que droga, Olivera.

Permaneci em silêncio.

– Vou procurar alguém para te ajudar – disse ele, um tanto desesperado, ficando de pé.

Balancei a cabeça.

– Vai demorar mais. Você pode, por favor, só amarrar os cordões? Não vai demorar nada, e depois nunca mais falamos sobre isso.

Whit me lançou um olhar furioso, e esperei com paciência que ele visse que havia apenas uma alternativa. O rapaz praguejou de modo quase inaudível e veio até mim, os olhos azuis e gelados fixados apenas no meu rosto.

– Vire de costas – disse ele entre os dentes.

Obedeci em silêncio, pressentindo que, se o antagonizasse ainda mais, ele provavelmente começaria a berrar. Eu estava preocupada com Elvira, mas, por um breve instante, me permiti um sorriso irônico.

O tom de Whit era mortal.

– Pare de sorrir.

– Eu não estava sorrindo.

Ele puxou os cordões com força, me deixando sem ar.

– Você é uma péssima mentirosa.

Whit trabalhou depressa, os dedos roçando de vez na pele das minhas costas.

– Você já fez isso antes – comentei, casual. – Não é algo fácil de deduzir como se faz. A julgar pela sua eficiência…

– Silêncio – cortou Whit.

Meu sorriso retornou.

– Pronto – continuou ele, enfim, a respiração fazendo cócegas em minha nuca. – Vá colocar o vestido…

Eu me virei com um sorriso de desculpas no rosto.

– Ele tem duas dúzias de botõezinhos nas costas. Vou precisar da sua ajuda.

A expressão de Whit assumiu um brilho homicida. O mais rápido possível, coloquei a anquinha e o vestido, passando os braços pelas mangas. Ao voltar, sabiamente, contive o divertimento. A expressão de Whit não havia mudado. Ele deu a volta, ficando atrás de mim, e começou a abotoar minha roupa.

– Este vestido é absolutamente ridículo.

– Concordo. Preferiria usar o que você está vestindo.

Whit soltou um muxoxo.

– A sociedade jamais permitiria que você fosse tão progressista.

– Talvez não agora – afirmei com leveza, uma sensação deliciosa percorrendo minha espinha provocada pelo calor de seus dedos, que eu sentia através do tecido. – Mas um dia.

Precisei lembrar a mim mesma que ele tinha uma noiva.

Whit se afastou de mim como se eu fosse uma chama acesa.

– Pronto. A menos que também queira que eu escove seu cabelo e faça uma trança para você...

– Você sabe como...

– *Não*.

Trancei rapidamente o cabelo e o segui para fora do quarto, tentando acompanhar seus passos acelerados. Chegamos ao saguão, onde demos uma volta rápida, procurando na varanda e nos vários nichos nas salas adjacentes. Elvira não se encontrava no salão de jantar nem no salão de baile. O relógio marcava quase meio-dia.

– Whit – falei devagar, o pânico crescendo em uma onda que me sufocava. – Cadê ela?

– Vamos falar de novo com Sallam – disse ele. – Tente não se preocupar. Ela pode ter encontrado um velho conhecido.

– Ela não conhece ninguém aqui – protestei enquanto ele me levava até o balcão da recepção.

O saguão estava lotado, e era necessário nos desviar das pessoas.

– Não se esqueça de que o Cairo tem um número extraordinário de visitantes nesta época do ano – lembrou ele. – Olhe à sua volta. Ela pode ter visto um velho amigo.

Sallam nos cumprimentou com um sorriso.

– Boa tarde, Sr. Hayes e señorita Olivera. É bom vê-los juntos. O señor Marqués acabou de sair... Foi para uma reunião de negócios. Acredito que também estejam sendo esperados... Devo chamar uma carruagem?

– Por enquanto, não – disse Whit. – Pode nos dizer se viu a señorita Montenegro esta manhã?

Ele piscou e cofiou a barba grisalha.

– Parando para pensar, achei que tinha visto a señorita Olivera entrando em uma carruagem esta manhã, mas estava com um vestido diferente. Deve ter sido sua prima, então.

Fiquei imóvel, recusando-me a acreditar que Elvira pudesse ter sido tão tola.

– Que tipo de carruagem? Viu com quem ela estava?

Sallam balançou a cabeça em uma negativa.

– Receio ter visto muito de passagem, mas parecia seu tio. Alto e de ombros largos. Na verdade, supus que fosse Ricardo.

– Meu tio? Tio Ricardo a levou a algum lugar? – repeti, o medo ferroando meu coração.

Agora eu entendia por que ela havia entrado na carruagem. Ela conhecia seu acompanhante. Virei-me para Whit.

– O que fazemos? Como a encontramos?

Ele pousou a mão delicadamente no meu braço, prestes a me levar dali, mas Sallam disse:

– Uma mensagem chegou esta manhã, señorita Olivera.

O funcionário procurou algo nos escaninhos até encontrar um envelope pequeno e quadrado, que me entregou. A caligrafia parecia vagamente familiar.

Peguei a mensagem e agradeci, seguindo Whit enquanto rasgava o envelope. Havia uma única folha de papel ali dentro, junto com duas passagens: uma para o trem que saía para Alexandria na manhã seguinte, e outra para um vapor com destino à Argentina. Impaciente, puxei o bilhete e li as poucas linhas.

Depois reli, o coração batendo descontrolado contra minhas costelas como se fosse um animal selvagem trancado em uma gaiola. Mal percebi quando Whit parou e pegou o bilhete das minhas mãos.

Ele leu depressa as palavras, e a linha angulosa do seu maxilar travou. Parecia feito de ferro.

– *Merda.*

Minha pulsação trovejava, deixando-me estranhamente tonta. Mal reconheci o caminho enquanto Whit me conduzia de volta pela escada e pelo longo corredor até o interior do quarto que eu compartilhava com minha prima.

Elvira.

Elvira, que tinha sido sequestrada.

– Me dê o bilhete – exigi, encarando Whit. – Deve haver algum engano.

Ele me devolveu o papel em silêncio, a fúria visível nos seus olhos enquanto eu baixava a cabeça e lia de novo as palavras, escritas em uma caligrafia apressada e confusa.

Querida Inez,

Temo ter sido obrigada a tomar medidas muito drásticas para garantir sua segurança. Considere Elvira perdida. E, embora eu tenha certeza de que você nunca vai conseguir me perdoar, espero que me entenda com o tempo. Talvez quando tiver uma filha.

Você precisa ir embora do Cairo esta noite.

Será apenas questão de tempo antes que percebam que pegaram a garota errada e venham atrás de você.

Lourdes

Minhas mãos tremiam, e o bilhete caiu no chão. Minha mãe havia sacrificado Elvira. A irmã que nunca tive. O egoísmo me deixava estarrecida. A única preocupação de Mamá era que nunca encontrassem *o que era mais vulnerável*. Alguém que seus associados poderiam usar contra ela. Uma fraqueza para explorar.

Eu.

Whit se abaixou e pegou a mensagem, uma expressão pensativa no rosto.

– O que foi? – perguntei.

Ele balançou a cabeça.

– Nada, eu...

– Fale.

O pânico cravava as garras afiadas em mim. Eu não conseguia imaginar onde minha prima poderia estar em uma cidade que eu mal conhecia. Parte do meu terror devia estar estampado no rosto, porque Whit flexionou os joelhos para nivelar os olhos azuis com os meus. Não tentei esconder o medo.

Ele estava calado, claramente preocupado com algo.

– Fale – exigi de novo.

– Estou considerando a possibilidade de a terem levado para os armazéns nas docas – disse ele, devagar. – Quando Ricardo me mandou bisbilhotar para ver o que sua mãe estava tramando, fiquei sabendo que há atividades de contrabando lá.

– Whit, preciso encontrar uma carruagem. Vou atrás dela.

Whit raramente gritava; quando o fez, porém, a voz ecoou nos meus ouvidos.

– De jeito nenhum!

– Eles querem a *mim* – falei. – Você não entende? Leia de novo o bilhete. Ela deve ter feito um dos seus associados marcar Elvira de alguma forma. Ontem à noite, usamos vestidos quase idênticos. Qualquer um poderia nos confundir. – Um pensamento horrível me ocorreu. – O homem com quem ela dançou... Ele pode estar trabalhando com minha mãe... – Minha voz falhou.

Agarrei a lapela do casaco de Whit.

– Ela está em perigo, mas deveria ser eu.

– Então você vai tomar o lugar dela? – perguntou Whit. – Você pode morrer.

Neguei com a cabeça.

– Acho que não. Minha mãe vai saber o que aconteceu, e irá atrás de mim. Sou o ponto fraco dela. Olhe só o que ela fez para me avisar.

– Sua *mãe*? Não seja ingênua! – Whit tornou a gritar. – Lourdes deixaria sua prima morrer. Ela provavelmente matou seu pai e mentiu para você sobre isso. Ela é cruel, desonesta e manipuladora. Por que acha que os inimigos dela tiveram que recorrer ao sequestro? Sua mãe deve ter feito algo imperdoável, e agora eles querem o que quer que ela tenha *roubado* em troca da sua vida.

– Você está falando dos artefatos.

Ele cerrou o maxilar.

– Eu apostaria cada libra em minha posse que ela os traiu.

– Minha mãe pode deixar Elvira morrer no meu lugar, mas não posso fazer isso. Eu não sou minha mãe.

Whit segurou meus braços, a expressão furiosa e desesperada.

– Não vou deixar você fazer isso.

– Você não manda em mim.

– Ninguém manda, o que é parte do problema – replicou Whit, ríspido.

– Eu não estava ciente de que tinha problemas.

– É claro que tem; todo mundo tem.

– Quais são os seus, então? – perguntei. – Na verdade, nem se dê ao trabalho. Eu sei quais são.

– Tenho certeza de que sabe – grunhiu ele. – Eu não escondi nenhum de você. – Ele me soltou, frustrado, e passou a mão pelo cabelo despenteado. – Precisamos envolver seu tio nessa história. Ele tem que saber disso.

– Tudo bem – falei, dando um suspiro pesado. – Vá e deixe um bilhete para ele na recepção.

O alívio afrouxou o medo gravado em seu rosto. Ele assentiu e pegou minha mão.

– Prometo que faremos todo o possível para trazer sua prima de volta.

Forcei um sorriso.

– Eu acredito em você.

Whit apertou minha mão e saiu, a porta se fechando atrás dele com um clique suave. Contei até dez e fui atrás, tomando o cuidado de manter distância. Meu tio sem dúvida tentaria ajudar minha prima, mas era a *mim* que os associados da minha mãe queriam. Não havia como contornar aquilo.

Pelo canto do olho, vi Whit se dirigir a passos largos até a recepção. Atravessei depressa o saguão e desci correndo os degraus da varanda da frente, a mão já no ar para chamar uma carruagem.

Whit estava errado. Minha mãe havia comprado passagens para me ajudar a sair do país. Ela não me deixaria morrer, e nenhuma quantia de dinheiro mudaria aquilo. No meu coração, eu sabia que ela se importava comigo o suficiente para eu ser um fator de risco em relação a seus inimigos.

Eu apostaria minha vida nisso.

CAPÍTULO TREINTA Y CUATRO

Quando cheguei às docas, o contorno das pirâmides era uma mancha escura contra o céu que anoitecia. As centenas de faluchos e *dahabeeyahs* balançavam com suavidade no ritmo do rio. Atrás de mim assomava um prédio com fachada de pedra e uma placa pintada que desbotara anos antes. Ratos corriam pelo caminho enquanto eu me aproximava da água que marulhava. Moradores conversavam com turistas, oferecendo seus serviços como pilotos e navegadores do Nilo.

Olhei à minha volta, inquieta. Os armazéns ladeavam as docas, uma extensão conhecida de construções que eu me lembrava de ter visto na última vez que estivera em Bulaque. Eu não tinha como saber em qual deles estava minha prima. Todos pareciam abandonados. Alguns tinham até janelas quebradas. Caminhei até o primeiro armazém, mordendo o lábio inferior. Por causa da multidão, eu me sentia relativamente segura. Quem iria me machucar na frente de todas aquelas pessoas?

Tentei não imaginar o que Whit diria daquilo.

A porta da frente do galpão estava trancada. Conferi a da construção seguinte, que também tinha uma longa corrente barrando visitantes. Passei por mais três entradas e dobrei a esquina, em busca de uma pista de que minha prima estivesse escondida no interior de um dos barracões. Grandes pilhas de caixotes e barris vazios, mais altas do que eu, atravancavam a passagem. O barulho da multidão no cais ia se tornando um ruído suave à medida que eu me afastava da água. Toda porta diante da qual eu passava estava trancada.

Até que, com o canto do olho, vi um movimento. Dois homens vestindo calça e casaco de abotoamento duplo perambulavam na área em frente a um dos prédios. Eram musculosos e falavam baixo; estavam a vários metros de mim, mas a todo momento olhavam ao redor.

Eu estava prestes a chamar a atenção deles quando a mão de um estranho se fechou sobre a minha boca. Outra envolveu minha cintura com força e me puxou para trás contra uma superfície dura. Eu me debati e consegui dar um chute, atingindo a canela do homem.

– Pelo amor de Deus, Inez – sibilou Whit no meu ouvido.

Imediatamente parei de me debater, enquanto ele se abaixava para nos esconder atrás de uma grande pilha de caixotes de transporte.

– Você é o ser humano mais irritante que já tive o desprazer de conhecer – rosnou Whit. – Eu poderia estrangular você com minhas próprias mãos.

– Eu preciso fazer isso – falei. – Você não precisava me seguir.

– Como raios não precisava? – Whit pegou minha mão e tentou me arrastar de volta pelo caminho por onde eu viera, mas resisti.

– Eu não vou voltar!

– E se eu não puder salvar você? – perguntou ele, com olhos enlouquecidos e em pânico total. – Por favor, não faça isso comigo.

– Não posso deixar...

– Vamos, antes que nos vejam. Há homens patrulhando...

O estalo de uma pistola sendo engatilhada soou no silêncio como um tiro de canhão.

– *Whit!*

Um homem tinha se aproximado por trás e apontava o cano de um revólver para a nuca de Whit. Ele sorria, os olhos azuis em chamas, os dentes brilhando ao luar. Whit me soltou e se agachou, girando a perna num arco amplo. O homem desabou no chão e a arma disparou, o som reverberando no meu ouvido. À distância, pessoas gritaram.

Whit saltou sobre o homem e o esmurrou. A arma voou da sua mão, deslizando pelo chão antes de ir parar com um estalido aos meus pés. Por instinto, eu me joguei no chão sujo e a agarrei.

– Corra, Inez! – gritou Whit enquanto os dois homens que eu vira antes o cercavam, os punhos no ar.

Whit se esquivou do primeiro golpe e bloqueou outro com o antebraço. Depois girou com força e acertou a lateral da cabeça de um dos homens, fazendo seus dentes estalarem.

– Inez! – tornou a gritar ele, acertando um chute no segundo homem. – Pensei ter mandado você... – Por muito pouco, Whit conseguiu se desviar do gancho de direita do terceiro homem. – ... correr!

– Cuidado! – gritei, apavorada.

Sem pensar, ergui o braço e atirei para o alto.

Whit nem sequer piscou, aproveitando a distração do homem para desferir outro soco.

O terceiro sujeito se levantou de um salto, sacou um punhal e o lançou na direção de Whit, que deu um passo para o lado no momento certo. O impulso fez a faca dar uma cambalhota no ar antes de se cravar em um dos barris.

Whit sacou o seu revólver e disparou contra o terceiro homem, que por pouco não levou um tiro no estômago. O ruído de uma pistola sendo engatilhada ecoou nos meus ouvidos. Com o canto do olho, vi um pequeno buraco e o brilho nítido do metal prateado apontado para a minha têmpora.

– Largue a arma – rosnou um homem.

Obedeci.

– Chute para longe de você.

Fiz o que ele mandou.

Em seguida, aumentando o tom de voz, meu algoz gritou:

– Fique de pé e pare de lutar contra meus homens ou sua dama morre.

Whit se levantou, com o rosto pálido e o peito arfando. Dois dos homens com quem lutara jaziam inconscientes a seus pés.

– Me levem no lugar dela.

– Whit! *Não.*

Mas ele me ignorou, olhando ferozmente para meu algoz.

– Jogue sua arma para mim – disse o sujeito.

Whit não hesitou. Lançou a arma, que caiu aos nossos pés, as iniciais voltadas para cima. Lágrimas ardiam nos meus olhos. Ele nunca me dissera a quem aquela arma pertencia, mas eu sabia o quanto significava para ele.

– Estou aqui por causa de Elvira. Por favor, solte minha prima – falei depressa. – Vou com vocês sem resistir, mas não a machuque, nem ao meu amigo.

Atrás de mim, uma voz cortou o ar, áspera e familiar:

– Traga os dois a bordo.

O homem que segurava a arma avançou sobre mim, cobrindo meu nariz e minha boca com um pano sujo. O cheiro da substância química me fez engasgar e meus olhos lacrimejaram. Ouvi vagamente Whit soltar um rugido furioso. Então me debati contra as mãos que apertavam minhas costelas como um torno, mas minha visão periférica se turvou.

Pisquei, e o mundo ficou mais escuro.

Fechei os olhos e não vi mais nada.

Eles tinham me colocado em uma tumba.

As paredes eram irregulares, da cor de uma encosta castanho-avermelhada. O lugar era estreito e lotado de caixotes e barris. Uma única vela iluminava uma pequena área do espaço. Tentei me mexer, mas minhas mãos não se moviam; algo áspero arranhou a pele delicada dos meus pulsos. Meus braços estavam amarrados para trás, apertados e desconfortáveis.

– Whit? – chamei.

– Aqui – respondeu ele, contornando os caixotes empilhados um sobre o outro.

Suas mãos também estavam amarradas às costas, e um hematoma se formava no lado direito do seu rosto. O lábio estava sangrando.

– Você está ferido – falei.

Ele se ajoelhou na minha frente.

– Você ficou horas apagada – disse ele, a voz rouca e urgente. – Como está se sentindo?

– Tonta. Com sede. Mas acho que estou bem. O que fizeram comigo?

– Aquele pano estava encharcado de clorofórmio – disse Whit, a voz vibrando de raiva. – *Pingando*. Tive medo de que tivessem exagerado na dose.

– Estou bem – repeti, avançando devagar para que nossos joelhos pudessem se tocar. – Você tem alguma coisa no bolso que possamos usar?

– Eles levaram tudo – disse ele com tristeza. – A arma. Até o botão.

Gemi.

– Por favor, me diga que você tem uma faca escondida em algum lugar.

Melancólico, Whit negou com a cabeça.

– Eles encontraram a que estava na minha bota.

– Criminosos que não têm nada a perder – falei. – Você viu Elvira?

Mais uma vez, ele balançou a cabeça.

– Foi a primeira coisa que fiz depois que nos colocaram aqui. Verifiquei cada canto desta tumba miserável. Nada de Elvira, nem sinal de que ela esteve aqui algum dia.

Um peso se instalou no meu estômago.

– *Dios*, espero que ela esteja… – Calei-me ao som de passos se aproximando.

Quatro homens apareceram na extremidade da tumba, ainda vestidos com roupas escuras e usando máscaras pretas. O do meio me pareceu familiar, mas não consegui identificá-lo. Era alto e tinha quadris estreitos. Os outros três talvez tivessem lutado com Whit nas docas, porque mancavam ligeiramente.

– De pé – disse o homem alto.

Tremendo, eu me levantei sem jeito. Whit fez o mesmo, mas os três homens imediatamente agarraram seus braços, afastando-o de mim.

Whit esperneou e se debateu, e foi recompensado com um soco no rosto. Então se dobrou, ofegante. Eles o cercaram e o chutaram na barriga e nas costelas. Seus grunhidos de dor rugiam nos meus ouvidos. Um deles sacou um punhal e golpeou o braço que Whit dobrara diante do rosto para proteger a cabeça. O sangue jorrou do corte longo e profundo.

– Pare! – gritei. – Pare com isso!

– Para evitar mais confusão, gostaria de saber seu nome – disse o homem alto com toda a calma do mundo.

Sua voz era tão familiar que os fios de cabelo da minha nuca se arrepiaram. Naquela noite em Philae, estava tudo escuro. Era difícil distinguir seu rosto, mas me lembrei do cabelo louro brilhando como prata ao luar. E da sua voz grave.

Minha garganta estava seca. Eu não conseguia me lembrar da última vez que bebera alguma coisa.

– Inez Olivera.

– Entendo – disse ele, num tom cortês, quase como se estivesse perguntando sobre minha saúde.

Os pelos dos meus braços se arrepiaram.

– Então você não é Elvira Montenegro? A outra insiste que esse é o nome *dela*, mas pode estar mentindo.

Balancei a cabeça, me sentindo mal. Desde que chegara ao Egito, tinha dado o nome da minha prima em mais de uma ocasião. Que erro besta, muito besta.

– Eu sou a pessoa que você quer. Por favor, liberte Elvira.

– Onde sua mãe está?

– Não sei.

Ele ergueu a mão e me deu um tapa no rosto. O som reverberou na tumba. Senti gosto de sangue.

Whit usou o cotovelo para acertar o rosto do homem que o segurava. Saltou de pé, os olhos ferozes.

– Toque nela novamente e acabo com a sua vida de merda.

– Você acha que está em posição de fazer ameaças? – perguntou o homem alto em tom suave.

Fez um gesto com a cabeça na direção de um dos seus capangas, que tinha uma arma apontada na altura do meu coração.

Whit parou de se debater, fechando a cara, e os três homens o agarraram de novo.

O sujeito alto voltou a atenção para mim.

– Vou perguntar de novo. Onde sua mãe está?

Passei a língua pelos lábios secos e rachados.

– Não sei.

Ele me golpeou na barriga, e fiquei sem ar. Dobrei o corpo para a frente, os olhos se enchendo de lágrimas. Whit uivou, voltando a se debater.

– Mais uma vez – disse o homem alto, com toda a calma. – Se não me disser onde ela está, vou selar a tumba. Pense bem antes de responder. Onde sua mãe está?

Pensei em mentir. Uma dúzia de locais prováveis estava na ponta da minha língua, e eu só tinha que escolher um bem, bem longe…

– Se eu descobrir que você mentiu para mim, mato sua prima – disse ele na mesma voz calma e aterrorizante. – Cadê sua mãe, Inez?

Eu me aprumei e limpei o sangue da boca usando o tecido que cobria meu ombro.

– Não sei.

Os olhos do homem brilharam à luz das velas. Eram de um castanho quente, da cor de couro gasto.

– Como quiser. Mas saiba de uma coisa: sua prima vai compartilhar seu destino.

– Solte ela! – gritei. – Elvira não sabe de nada, ela acabou de chegar. *Por favor.*

O homem alto me ignorou, e os outros três soltaram Whit. Ele despencou no chão, o rosto todo machucado. O som de pedra arrastando na pedra desceu sobre nós, e o lugar escureceu lentamente, centímetro a centímetro.

E, então, o silêncio.

Estávamos presos.

CAPÍTULO TREINTA Y CINCO

Eu me agachei ao lado de Whit, puxando as cordas que me amarravam, mas elas não cediam. Ele murmurou algo contra o chão de terra batida, deitado de lado, as longas pernas dobradas perto do peito. Devagar, abriu os olhos. Estavam injetados de sangue.

– Está muito ferido?

– Um bocado – ofegou ele.

– Consegue se sentar?

– No momento, não.

Deixei-me cair ao lado de seus joelhos, apoiando o braço na sua coxa. Ele grunhiu como resposta.

– Eles selaram a entrada.

– Eu ouvi – murmurou o rapaz. – Você consegue chegar mais perto?

– Por quê?

– Preciso saber o que fizeram com você.

A voz de Whit tinha um tom letal, e os cabelos na minha nuca se arrepiaram. Inclinei o corpo para a frente e ele me encarou, estreitando os olhos. Seu olhar injetado percorreu cada curva do meu rosto, detendo-se na minha bochecha machucada. A raiva irradiava dele em ondas que se ampliavam, carregando o ar ao nosso redor.

Ele soltou um palavrão muito pesado.

A vela solitária sobre um dos caixotes tremeluzia, agourenta, lançando sombras vacilantes contra a rocha. Se conseguíssemos de alguma forma nos libertar das cordas, talvez encontrássemos algo que nos fosse útil dentro de uma das caixas ou barris. As paredes pareciam se fechar sobre nós. Um punho apertando meus pulmões. Eu sabia que corríamos o risco de ficar sem luz e sem ar, mas não sabia quanto tempo ainda nos restava. A imagem de uma ampulheta se fixou na minha mente. Cada vez que eu piscava, o nível da areia baixava.

– Será que um dos meus alfinetes de chapéu seria útil para furar a corda?

Ele balançou a cabeça e se sentou devagar, gemendo.

– Acho que não. O que mais você esconde no cabelo?

– Receio que mais nada.

Whit olhou para os próprios sapatos.

– Quem dera não tivessem encontrado minha faca...

– O que vamos fazer, Whit? – perguntei, baixinho. – Como sairemos daqui?

– Talvez eu consiga me livrar da corda – disse ele. – Estava acordado quando deram o nó, e mantive os cotovelos afastados quando eles o apertaram.

– Não sei o que isso significa.

– Ficou com alguma folga – explicou o rapaz, os músculos dos braços se avultando enquanto ele movimentava as mãos. – Se eu esticar e puxar a corda movendo os pulsos, consigo liberar parte da tensão.

– É um truque inteligente. Onde aprendeu isso?

Uma sombra de tristeza cruzou seu rosto, como se ele tivesse entrado debaixo de uma nuvem de chuva.

– Um amigo me ensinou para o caso de algum dia eu ser sequestrado.

– E você foi?

Uma mecha de cabelo caiu sobre sua testa. Minha vontade era arrumá-la de volta no lugar.

– Não tinha sido até agora – respondeu ele.

– O que aconteceu com seu amigo?

Whit fez uma breve pausa antes de responder:

– Morreu.

Eu queria saber mais, porém a expressão dele se fechou e o instinto me disse para me calar. Whit ficou em silêncio enquanto continuava a trabalhar na corda, murmurando um palavrão após o outro. Não havia ali nada de sua fachada encantadora; em vez disso, eu estava olhando para alguém acostumado a sobreviver. Um lutador experiente sem nenhuma cortesia do tipo que se encontra em um salão de baile. Estávamos longe das regras da sociedade, das expectativas e do dever. Aquele era o Whit que eu sabia que existia o tempo todo, que ele escondera porque o mostrava em seu estado mais vulnerável. O filho caçula com uma carreira militar fracassada.

– Olivera – sussurrou Whit. – Acho que consegui, graças a Deus.

Ele se levantou, a corda se desenrolando, e depois se curvou para desatar meus nós. Eu estava tonta de alívio.

– *Gracias*.

– Não me agradeça ainda – disse ele, ajudando-me a ficar de pé. – Ainda temos que encontrar uma forma de sair daqui. – Whit olhou para o corte no braço, manchando a camisa de linho. – Mas, primeiro, se você puder sacrificar sua anágua...

Inclinei o torso e rasguei um longo pedaço de tecido. Whit pegou o trapo e, com movimentos hábeis, usou os dentes e a mão esquerda para envolver o ferimento, prendendo o curativo improvisado. Levou menos de um minuto, como se já tivesse cuidado de ferimentos e facadas mil vezes.

Whit apertou a lateral do corpo enquanto caminhava até a entrada. Fui atrás, sabendo que não havia a menor possibilidade de conseguirmos rolar a pedra apenas com a soma da nossa força. Ele devia ter chegado à mesma conclusão, porque se afastou com raiva.

– Desgraçados – rosnou.

– Vamos dar uma olhada nos caixotes – sugeri.

Ele ficou com uma pilha e eu com outra. A primeira tampa que levantei se abriu para o vazio. Minha garganta apertou quando passei para a segunda e depois para a terceira, com os mesmos resultados.

– Nada – disse Whit.

– Nada aqui também.

Olhamos para os barris e, em silêncio, examinamos o interior deles.

Não conseguimos nada.

A magnitude da nossa situação me atingiu em cheio, e meus joelhos cederam. Whit deixou escapar um som agudo e correu na minha direção, jogando-se no chão e me puxando para o seu colo. Eu não sabia que estava chorando até ele secar as lágrimas que escorriam pelo meu queixo.

– Calma, Inez – sussurrou ele. – Eu estou aqui.

Eu me apoiei em Whit, que me abraçou. Respirei seu cheiro, misturado com suor e sangue, e aquilo me pareceu muito real. Ali estava ele, cheio de força, vitalidade e *vida*, e em questão de horas toda aquela energia seria tirada dele. Eu não podia suportar a ideia.

– Acho que estamos condenados – murmurei contra o seu peito. – Chegou à mesma conclusão?

Seus braços me apertaram mais.

Minutos se passaram, e o único barulho na tumba vinha das nossas respirações se misturando na escuridão.

– Uma vez você me perguntou por que fui dispensado desonrosamente.

Levantei a cabeça.

– E você enfim vai me contar, agora que vamos morrer?

– Você quer ouvir ou não, querida?

Tornei a deitar a cabeça, o carinho funcionando como um bálsamo. Whit tirou o grampo do meu cabelo, me livrando do chapéu, que deixou de lado.

– Eu estava estacionado em Cartum, sob o comando do general Charles George Gordon – começou. – Sabe quem é ele?

Balancei a cabeça.

– O dono da arma?

Whit assentiu.

– Os desgraçados a roubaram de mim.

Seus dedos prosseguiram, e ele afastou os cachos do meu rosto.

– Ele tinha uma tarefa impossível – continuou ele. – Os madistas se aproximavam depressa, com a intenção de assumir o controle da cidade, mas Gordon manteve sua posição. A Grã-Bretanha ordenou nossa retirada, mas ele não obedeceu. Enviou mulheres, crianças e doentes para o Egito para que escapassem dos ataques a Cartum. Ao todo, mais de duas mil e quinhentas pessoas foram evacuadas da cidade e colocadas em segurança. Com o tempo, as cidades vizinhas ocupadas pelos britânicos se renderam aos madistas, e Cartum ficou isolada e vulnerável.

Levantei a cabeça e me afastei para poder olhar o rosto de Whit enquanto ele contava a história.

– Gordon continuou a controlar a cidade, recusando-se a sair. Ele me obrigou a ir ao encontro da missão de resgate que sabia que estava chegando e ajudar a guiá-los de volta para a cidade. Eu fui, totalmente contra a minha vontade, e acabei encontrando os oficiais britânicos tentando navegar pelo Nilo. – Sua boca se retorceu de desgosto. – O chefe da força de socorro, Wolesley, decidiu contratar *canadenses* em vez de egípcios para pilotar a embarcação pelo rio, e perdeu *meses* esperando que eles chegassem da *América do Norte*.

Ele cerrou os punhos contra minha coxa.

Eu o instiguei delicadamente a prosseguir, sem querer que se fechasse.

– E o que aconteceu, Whit?

– Falei para eles que iria em frente sozinho – murmurou Whit. – Mas Wolesley recusou e me proibiu de ir defender o general Gordon. Então desobedeci à Coroa e fugi do acampamento. Caminhei até o Nilo sozinho. Passei por onde a luta deixara apenas ossos. De humanos, cavalos, camelos. De todos os tamanhos. Que desperdício de vida... – Sua voz se transformou em um sussurro angustiado. – Andei o mais rápido que pude, mas, no fim, de nada adiantou. Cheguei dois dias atrasado. Os madistas decapitaram o general nas escadas do palácio. Uma semana depois, fui dispensado desonrosamente por deserção.

Ele ergueu a cabeça, os olhos azuis brilhando com uma luz profana.

– Eu tomaria novamente a mesma decisão. Só queria ter ido antes. Talvez pudesse ter ajudado, talvez salvasse o general.

Durante um ano, ele carregara uma culpa que não era sua, que lhe impusera um peso que não lhe cabia. Compreendi por que ele se escondia atrás de uma máscara que tentava convencer a todos de que não se importava com o mundo nem com seu destino. Eu queria levantar aquele peso como se fosse algo tangível, para que Whit ficasse livre e se permitisse *sentir* novamente.

– Ele teria ficado para trás, independentemente de você estar lá ou não, Whit.

– Eu não estava quando ele precisou de mim.

– Você foi buscar ajuda – eu disse. – Ele sabia que você teria feito qualquer coisa para ajudar. Você *fez* tudo o que pôde... em detrimento de si próprio. – Acariciei seu pescoço. Eu sabia o quanto lhe custara revelar algo que o deixava extremamente envergonhado. Algo que ele teria carregado sozinho. – Acho que você é mais decente do que pensa. Quase um herói.

– O juiz militar não achou isso.

– Não me importo com o que ele acha. – Então suavizei a voz: – Obrigada por me contar.

– Bem, eu não teria contado se não fosse quase certo que estamos condenados.

Assenti. Essa foi uma parte do motivo. Talvez eu tivesse acreditado nela antes, mas ele me contara uma história para desacelerar a onda de pânico que ameaçava me engolir inteira.

– Você contou para me confortar.

– Sim. – Ele engoliu em seco. – E eu queria que alguém soubesse a verdade.

– Nunca pensei que terminaria assim – sussurrei. – Whit, em algum momento eles terão que entrar em contato com minha mãe. Quando souber o que fizeram, ela virá correndo.

Ele não respondeu. Não precisava. Eu sabia que não acreditava em mim.

– Minha mãe virá – continuei. – Se não se importasse comigo, não teria me enviado aquelas passagens e me alertado. Sou o ponto fraco dela, lembra? Seu ponto vulnerável.

– Estamos falando de muito dinheiro, Olivera.

– Ela virá. Você vai ver.

Ele me dirigiu um sorriso triste. Meu lábio inferior tremeu e Whit imediatamente estendeu a mão, deslizando com delicadeza o polegar por ele.

– *Não*.

Um calor se espalhou pela minha barriga e, pela primeira vez, tive consciência da nossa proximidade, do meu peso sobre suas longas pernas, da força dos seus braços me envolvendo, do toque sedutor da sua respiração na minha testa. Ficamos ambos imóveis, como se reconhecêssemos o perigo de nos mover, com receio de que o encanto se quebrasse. Minha pulsação disparou quando nossos olhares se encontraram. O dele era doce, um olhar que eu nunca tinha visto, que não achava que ele fosse capaz de oferecer. Cedi ao impulso que vinha refreando e arrumei a mecha em sua testa. Ele fechou os olhos com a carícia, prendendo a respiração.

Quando os abriu em seguida, sua expressão ardia em uma decisão repentina.

– Inez – sussurrou ele, devagar. – Você vai ter que me perdoar pelo que vou fazer agora.

No momento que sua boca cobriu a minha, qualquer pensamento, qualquer preocupação desapareceu da minha mente. Ele me puxou para mais perto, os braços apertando com força a base das minhas costas. Uma das mãos deslizou para cima, segurando minha nuca, entrelaçando os dedos no meu cabelo bagunçado. Ele intensificou o beijo, e me desmanchei colada ao seu corpo. Corri as mãos por seus ombros largos e ele estremeceu sob o meu toque. Whit convenceu minha boca a se abrir ainda mais e envolveu a língua com a sua em um movimento delicioso. Gemi, e ele me segurou com mais força. Senti um ímpeto forte no fundo da barriga, enquanto me aproximava ainda mais dele. Um som de prazer veio do fundo da sua garganta; Whit levou as mãos ao meu traseiro, puxando-me para si.

Arregalei os olhos quando senti o quanto ele me queria.

Whit se afastou para examinar minha expressão, um sorriso terno curvando a boca. Eu estava corada, meu sangue atingindo alturas febris.

– Nunca tive uma amiga como você – disse ele. – Naquele dia no cais, você foi embora, deixando para trás quase tudo que possuía com o sorriso debochado mais insuportável no rosto. Meu Deus, você me surpreendeu demais. – Ele me beijou, mordiscando meu lábio inferior. – Quando me fez correr atrás da sua maldita carruagem, mal pude acreditar na sua ousadia.

Então ele riu e me beijou de novo. Depois me apertou ainda mais e levou a mão ao meu seio, o polegar acariciando a pele sensível por cima da minha camisa. Estremeci.

– Você beija todas as suas amigas assim? – perguntei, sem fôlego.

– Sabia que você tem gosto de rosas? – sussurrou ele junto aos meus lábios.

Balancei a cabeça, tonta com seu toque, com a força dos seus braços ao meu redor. Seu peito rígido fazia com que eu me sentisse segura, como se ele fosse me proteger do que quer que acontecesse em seguida. Beijei Whit, sabendo que não haveria outra chance, e tornei a beijá-lo sabendo que seria a última vez.

A chama da vela se apagou.

Ficamos imóveis, as respirações misturadas no escuro. Whit passou os braços ao meu redor, o peito dele e o meu tão colados que nem um segredo passaria entre nós. Um soluço subiu pela minha garganta, saindo como um arquejo abafado. Lágrimas escorriam pelo meu rosto, e Whit beijou cada uma delas.

– É o fim, Whit? – sussurrei.

Ele me apertou mais e pressionou de leve os lábios contra os meus.

– Se for, é aqui que quero estar.

Ficamos ali fundidos, na total escuridão. Whit deslizava a palma da mão distraidamente para cima e para baixo nas minhas costas, e o único som vinha de nossa respiração e do movimento de algum inseto pela pedra. Trocamos beijos nas sombras profundas, uma distração do terror que se aproximava à medida que as horas se arrastavam, um minuto pesado após o outro. Perdi toda e qualquer noção do tempo. Na minha vida inteira, eu jamais conhecera tamanha escuridão. Era fria e infinita.

Um som abafado veio da entrada.

Virei a cabeça, o sangue pulsando no pescoço.

– Ouviu isso?

Whit nos ergueu do chão, e tateamos até a pedra que fechava a saída.

– Quem está aí? – gritou ele.

Outro grito abafado veio do outro lado. Olhei para Whit e sorri, o alívio penetrando tão fundo nos meus ossos que quase desfaleci.

– É Mamá!

Whit balançou a cabeça, sem acreditar.

– Acho que não.

– Eu sei que é ela. Eu disse que ela viria.

Whit franziu a testa e se aproximou mais da entrada, inclinando a cabeça e escutando com atenção. Tentei avançar, mas ele me conteve para que ficasse atrás. Um barulho alto veio de fora. Whit girou e me abraçou, empurrando-me para o fundo e para trás de uma das pilhas de caixotes.

A explosão nos envolveu.

CAPÍTULO TREINTA Y SEIS

Um zumbido horrível soava em meus ouvidos, persistente como um mosquito. Whit cercava minha cabeça com os braços, seu corpo me protegendo com toda a sua extensão da saraivada de pedras e seixos que se espalhavam à nossa volta. Ele estremeceu e estendi a mão para tocar a lateral do seu rosto. Ele deitou a cabeça nela, os olhos fechados com força.

Cautelosamente, ele se levantou de cima de mim, a mandíbula travada e o rosto contraído.

– Você está bem, Whit?

Ele gemeu.

Eu me sentei e rastejei na sua direção, tentando ver onde ele tinha se machucado. Com delicadeza, coloquei sua cabeça no meu colo. Um vulto se aproximou. As palmas das minhas mãos estavam cobertas de suor, trêmulas. Minha mãe tinha ido me resgatar. Ela havia chegado a tempo.

– ¿*Mamá*? – murmurei. – ¡*Mamá*!

– Não é... – Whit tossiu. – ... sua... – Outra tossida. – ... mãe.

O vulto avançava a passos rápidos. Virei a cabeça e dei de cara com o rosto empoeirado de tio Ricardo. Ele pairava acima de nós, ofegante, arma em punho. Estava coberto de areia da cabeça aos pés e havia perdido o chapéu em algum momento. Meu tio me encarou com uma expressão indecifrável, dura e sem piscar.

Como se não estivesse me vendo de verdade.

Minha mãe não tinha ido ao meu resgate. Um soluço subiu pela minha garganta. Eu não era seu ponto fraco, afinal.

– Inez – sussurrou meu tio. – Inez.

Whit me ajudou a levantar, cambaleando de leve.

Tio Ricardo deu um passo à frente e o ajudou a se firmar com a mão livre. Na outra, segurava uma pistola.

– Você está muito ferido?

– Algumas contusões, acho – respondeu Whit, ofegando e com os olhos lacrimejando. – Nada quebrado. Eu consigo andar... ou correr, se for *realmente* necessário.

– É realmente muito necessário. Eles devem ter ouvido a explosão. Temos que ir agora, antes que retornem.

Nós o seguimos, meu coração batendo loucamente no peito. Corremos por um túnel, as paredes estreitas guardando memórias de séculos passados. Whit se manteve ao meu lado, segurando minha mão e me ajudando a transpor os destroços no chão. Nada no lugar parecia familiar.

– Onde estamos?

– No Vale dos Reis! – gritou tio Ricardo por cima do ombro, atento enquanto passava em meio aos escombros.

Emergimos à luz do sol. Pisquei, esperando meus olhos se readaptarem ao brilho intenso. Tio Ricardo logo começou a descer a colina de pedra, coberta de areia seca e rochas afiadas. Olhei para trás e me surpreendi ao ver um imenso penhasco rochoso se erguendo do chão do deserto. Tínhamos saído de um túnel que levava à tumba, escondida nas profundezas do calcário. Várias cavernas abertas pontilhavam a fachada da montanha; parei e estreitei os olhos. Minha prima devia estar presa em uma das tumbas.

– Depressa! – gritou tio Ricardo.

Ele chegara ao pé da colina. Virou, olhando para onde estávamos, no alto do caminho sinuoso.

– Não! – gritei para baixo. – Não podemos ir sem Elvira. Ela está aqui em algum lugar...

Um tiro ecoou.

Soltei um grito terrível quando meu tio foi arremessado para trás. O sangue brotou no seu braço esquerdo. Disparei pela encosta da colina coberta de seixos, tropeçando na saia comprida do vestido.

Whit surgiu ao meu lado em um instante e me levantou. Eu me livrei dele e continuei, mas caí de novo de joelhos ao lado do meu tio, estirado de bruços no chão.

– Tio!

Ele piscou várias vezes, os olhos atordoados e fora de foco. Rasguei a barra do vestido e pressionei o tecido contra seu ferimento.

– *Merda* – disse Whit, abaixando-se para pegar a pistola do meu tio. – Lá vêm eles.

Quatro homens se aproximavam a cavalo, o som dos cascos se transformando em estrondos no vale. Formaram um semicírculo ao nosso redor, um homem puxando as rédeas do cavalo e olhando para mim com fúria fria. Quase não o reconheci. Ele usava roupas escuras, o cabelo penteado para trás com muita pomada. Tinha tirado do rosto os óculos e o sorriso afetado.

O empresário americano que timidamente me convidou para jantar e procurou por mim com minha correspondência em Philae.

O Sr. Burton.

Seus companheiros, incluindo o louro alto, já empunhavam suas armas, apontadas para cada um de nós.

– Sr. Hayes, por favor, faça a gentileza de baixar sua arma – disse o Sr. Burton. – Ótimo, agora chute-a para longe. Mais algum truque na manga? Facas e coisas do tipo? Não? Ótimo.

Em seguida, voltou a atenção para mim. A força de sua fúria gélida quase me derrubou.

– Fique de pé e se afaste de Ricardo, Inez – ordenou ele, a voz desprovida de qualquer cordialidade.

Ele desmontou pelo lado esquerdo do cavalo. Seus companheiros fizeram o mesmo, as armas ainda apontadas para nós.

Reconheci o homem corpulento, a linha perversa de músculos que encordoavam seus braços. Os outros dois, o louro alto e o de barba espessa, aproximaram-se de Whit. Um deles empunhava o revólver com as iniciais do general entalhadas.

– Se puderem manter as mãos levantadas, ficarei muito grato – disse o Sr. Burton.

Whit obedeceu com uma careta.

– O que está acontecendo aqui? – perguntei.

– De pé, Inez – ordenou novamente o Sr. Burton. – E se afaste do seu tio.

– Mas ele está ferido. Por favor, me deixe ajudar.

– Eu não sabia que você era médica – replicou o Sr. Burton, frio.

Depois sacou a pistola e a apontou para o meu coração.

– Não vou repetir. De pé.

– Fique de pé, Olivera – pediu Whit, o rosto empalidecendo.

Eu já estava me levantando, mas meu tio segurou meu pulso. Seus olhos se arregalaram ligeiramente e baixaram na direção do seu próprio pescoço. Sem parar para pensar, desatei o nó. Só então me levantei, tirando o tecido do pescoço dele, e logo o enfiei no bolso do vestido.

Afastei-me do meu tio, pensando rápido. Não era uma arma, mas já ajudaria.

– Traga a garota – disse o Sr. Burton para o homem corpulento.

Ele passou por mim, batendo no meu ombro. Cambaleei e mal consegui me manter de pé.

Whit se virou, rosnando. O homem corpulento riu e desapareceu em um dos túneis visíveis na superfície rochosa.

– Parece que enterrar a garota viva não foi o suficiente – comentou o Sr. Burton.

– O que você quer? – explodi.

– Quero os artefatos que sua mãe roubou de mim. Quero saber para onde ela foi. Vocês duas agiram juntas em Philae; ela claramente confiava em você.

– Ela me deixou para trás e levou o tesouro. Não sei para onde ela foi. A última pessoa que a viu foi esse cavalheiro alto ao seu lado.

– A vadia nos passou a perna assim que chegamos ao Cairo – cuspiu o louro.

O Sr. Burton engatilhou a arma, e Whit no mesmo instante se colocou na minha frente.

– Abaixe isso – grunhiu. – Ela está dizendo a verdade. Inez não sabe o paradeiro da mãe.

– Ah, *agora sim* eu acredito nela – disse o Sr. Burton. – Mas felizmente meu plano funcionou e nos trouxe a pessoa que sabe a resposta para a minha pergunta.

Ele apontou para o meu tio.

– A bala o atingiu de raspão. Ponham o homem sentado.

Dois dos acompanhantes do Sr. Burton desmontaram, foram até tio Ricardo e o puxaram até ele ficar de joelhos. O sangue manchava sua camisa de algodão, e ele estremeceu com o movimento brusco.

– Vamos esperar um momento até estarmos todos juntos – disse o Sr. Burton.

O olhar de Whit se moveu dele para o restante dos homens que nos cercavam. Seus ombros estavam tensos, os punhos cerrados. O sujeito corpulento apareceu na entrada do túnel, uma silhueta pequena encurvada ao seu lado. Arquejei, comecei a avançar e...

– Não deixe que ela vá a lugar algum, Sr. Hunt, por favor – disse o Sr. Burton.

Um dos homens que seguravam Ricardo saltou na minha direção, mas Whit o interceptou.

– Fique longe dela.

Parei no mesmo instante, temendo por Whit. Eu não gostava da maneira como os capangas o olhavam, como se ele fosse dispensável. O Sr. Burton me observava, astuto, e desviei o olhar, furiosa por ter revelado meus sentimentos por Whit.

O homem corpulento se aproximou, arrastando Elvira pela encosta da colina rochosa. Um hematoma marcava a bochecha dela e seus olhos estavam vermelhos, como se ela tivesse chorado. Alguém a amordaçara com uma corda grossa. O material tinha esfolado sua pele. A fúria borbulhou nas minhas veias, ameaçando transbordar, mas o Sr. Burton ainda tinha a arma apontada diretamente para mim.

– Elvira – falei com a voz rouca.

Nossos olhares se encontraram. No intervalo de vinte e quatro horas, ela havia perdido algo vital: a capacidade de olhar para o mundo e ver promessas. Agora ela olhava para o mundo e ele a assustava. Eu queria poder lhe dizer que tudo ia ficar bem, mas não queria mentir.

– Onde está sua irmã? – O Sr. Burton se virou para o meu tio. – Você a conhece melhor do que ninguém.

As palavras saíram devagar, cada uma delas arrancada de tio Ricardo:

– Não tão bem quanto eu pensava.

– Você desconfiou da participação dela na Companhia – disse o Sr. Burton. – E sei que a seguiu até o armazém, Sr. Hayes. Para onde Lourdes poderia ter ido? Porque no Cairo ela não está.

Meu tio estremeceu. Claramente algo lhe ocorrera.

– Fale – instou o Sr. Burton.

– Direi assim que você libertar minhas sobrinhas e Whit. Eles não têm nada a ver com isso.

O Sr. Burton estreitou o olhar.

– Isso não parece muito provável.

– É a verdade.

Houve uma longa pausa enquanto o Sr. Burton e meu tio se encaravam em silêncio.

– Sabe o que eu acho? – perguntou o Sr. Burton, tranquilo. – Acho que você sabe o quanto pode ganhar guardando todos os tesouros. Você quer o que Lourdes roubou tanto quanto eu.

– Em primeiro lugar, não são tesouros – disse tio Ricardo, de alguma forma conseguindo soar enojado mesmo enquanto ofegava. – São objetos com significado histórico para os egípcios...

O Sr. Burton cortou o ar com a mão.

– Não dou a mínima. Acredite quando digo que é muito melhor para você lidar comigo do que com meu sócio. Ele não vai aceitar sua recusa tão cordialmente quanto eu.

Pisquei diante da revelação.

– Então há outra pessoa?

– Todo mundo trabalha para alguém, minha cara – disse o Sr. Burton. – O local, Ricardo.

– Liberte-os primeiro.

O Sr. Burton tinha um brilho maníaco nos olhos. Ele gesticulou com a arma, primeiro para Elvira e depois para Whit.

– Você vai mesmo deixar todos eles morrerem?

Minha mente ainda não conseguia fazer a conexão entre aquele homem e o cavalheiro amável e gentil que havia entregado nossa correspondência e me convidara para jantar. Não podiam ser a mesma pessoa – mas eram. O Sr. Burton fez um sinal com o indicador para o homem corpulento; Elvira foi arrastada adiante, contorcendo-se.

– Vou atirar nela – disse o Sr. Burton.

– O chefe disse para não ferir a garota – lembrou o homem corpulento, desconfortável.

Elvira se encolheu quando o Sr. Burton acariciou sua bochecha.

– Sim, disse. Mas isso foi antes de saber que estávamos com a reserva.

Arquejei, como se tivesse levado um chute no estômago.

– Thomas – disse tio Ricardo em tom persuasivo. – Vou dizer assim que...

O Sr. Burton levou a arma até a têmpora de Elvira. Ela gritou, o som baixo e abafado, cheio de horror. O tempo pareceu parar enquanto ela virava a cabeça na minha direção, os olhos arregalados de pavor encontrando os meus. Senti um aperto no coração. Em um instante, as lembranças me assaltaram. Uma após a outra.

Elvira no seu aniversário de 17 anos, parada no meio do jardim da minha mãe, para variar quieta e paciente, enquanto eu a pintava escrevendo em seu diário.

Um piscar de olhos e eu tinha 9 anos, à mesa de jantar, e minha prima furtivamente comia as cenouras cozidas do meu prato porque sabia que eu as odiava e ficaria encrencada por não comer tudo.

Outro piscar de olhos e Elvira estava sentada ao meu lado na noite em que eu lera a carta do meu tio pela primeira vez. Ela ficara abraçada comigo enquanto o choro me ninava até o sono vir.

Pisquei de novo e lá estava eu de volta ao deserto, e a visão horrível me assaltou mais uma vez. O cano da arma pressionando um ponto perto de sua têmpora.

Meu tio e eu falamos ao mesmo tempo.

– Espere, *não* – falei. – Por favor, não...

– Pare! Eu direi...

Whit se lançou para a frente.

O Sr. Burton disparou. O som alcançou todas as partes do meu corpo, trazendo tanto desespero que gritei.

E gritei.

E gritei.

Sangue e fragmentos de osso espirraram no meu rosto. Elvira desabou em uma poça vermelha no chão. Lágrimas apunhalavam meus olhos enquanto eu corria para o lado dela, a visão embaçada e tingida de vermelho. A raiva inflamava meu sangue. O lindo rosto de Elvira estava irreconhecível. Destruído em um segundo. Sua vida extinguida de um momento para o outro.

Agarrei o cabelo, incapaz de me manter parada. Incapaz de parar de gritar. A dor não me deixava pensar. Eu não percebia o perigo que corria até sentir o cheiro do perfume caro do Sr. Burton. Ele se ajoelhou ao meu lado, a arma engatilhada e apontada para o meu coração.

A bala o despedaçaria. Não existia chance de eu sobreviver.

Whit virou o rosto angustiado na minha direção. O desespero esculpia linhas profundas em sua testa. Movi a mão, os dedos pairando sobre meu bolso.

– Ricardo – murmurou o Sr. Burton, a atenção voltada para o meu tio. – Ela é a próxima. O local? E é melhor não mentir.

Devagar, puxei o lenço do meu tio. Whit acompanhou meu movimento. Encontrei seu olhar, e ele sutilmente abaixou o queixo.

– Por favor – disse Ricardo, a voz rouca. – Só tenho um palpite.

– Tudo bem – replicou o Sr. Burton. – Vamos ouvir o seu palpite, então.

– Acho que ela pode estar em Amarna – disse meu tio.

– Por quê? – perguntou o Sr. Burton, a voz fria.

– Ela pode estar atrás de uma tumba escondida – explicou ele. Como o Sr. Burton não abaixou a arma, meu tio acrescentou depressa: – Nefertiti.

– Nefertiti – repetiu o Sr. Burton. – Foi ela que…

Sacudi o lenço na direção do rosto do Sr. Burton e a água escaldante atingiu sua testa, as bochechas e os olhos. Ele recuou, gritando e cobrindo o rosto com as mãos. A água fervente caiu no chão, fazendo a areia quente chiar. Sacudi de novo o tecido e mais água voou na direção do sujeito, encharcando sua calça e camisa escuras. Atrás de mim, os sons de luta alcançaram meus ouvidos: punhos se chocando contra carne e osso, grunhidos e xingamentos abafados. Virei-me a tempo de ver Whit desferir um soco em um dos homens.

O corpulento se aproximou de Whit, a arma erguida, e…

– Cuidado! – gritei.

Whit se jogou no chão, e o tiro passou raspando acima da sua cabeça. Ele alcançou o rifle, virou-se de costas e disparou contra a barriga do homem corpulento. O sujeito caiu pesadamente na areia. Minhas pernas ameaçavam vacilar, o cheiro metálico denso no ar. O suor escorria pelas minhas costas. Tentei não olhar para o corpo inerte de Elvira, o vestido amarelo amontoado em torno das coxas.

– Sua vadia – soou uma voz gorgolejante.

O Sr. Burton me puxou para trás, apertando-se contra o peito molhado. Ele tapou minha boca com força. Sua pele estava manchada e vermelha, bolhas feias se formando no braço. Whit pôs-se de pé em um pulo, erguendo o rifle à altura dos olhos, e olhou pela mira. Em um movimento indistinto, deslizou a arma para a frente e para trás e disparou.

O som me ensurdeceu por um longo e aterrorizante momento. Senti uma rajada de vento rente ao rosto.

O Sr. Burton voou para trás.

Eu me virei e me deparei com ele no chão, esparramado, um único buraco aberto entre as sobrancelhas.

– Eu avisei – disse Whit, frio. Depois correu e me puxou para um abraço apertado. – Você está bem?

Eu não sabia como responder àquela pergunta. Minhas palavras saíram abafadas.

– Não estou machucada.

Mas eu não estava nada bem.

CAPÍTULO TREINTA Y SIETE

Eu estava na varanda da suíte dos meus pais, o luar banhando a cidade dos mil minaretes com um brilho prateado. Havia chorado até pegar no sono. Tive um pesadelo e chorei de novo. Acordei e sabia que ainda faltavam horas até o amanhecer.

A dor me negava o sono.

A noite se tornara fria. O inverno se instalara sobre a terra e um calafrio percorreu minha espinha, me fazendo tremer. Virei-me e fechei as portas atrás de mim com as mãos trêmulas. O quarto parecia estar longe demais para mais um passo, então afundei no sofá. A caixinha de madeira repousava em cima da mesa de centro. Distraída, inclinei-me para a frente e a segurei na palma da mão.

Uma lembrança se abateu sobre mim. A pior até o momento.

Os aposentos de Cleópatra revirados pelos soldados romanos. Os ingredientes para seus feitiços destruídos e queimados. Frascos de tônicos esvaziados e lançados pela janela. Seu poder despojado enquanto ela enfrentava o imperador. Suas criadas chorando, horrorizadas.

As emoções me inundaram. Raiva. Desespero. Tristeza por ter perdido tudo.

O desejo de ficar sozinha e em paz com seu amante.

Pisquei e o momento passou, a memória desaparecendo como névoa. O silêncio no quarto trovejava nos meus ouvidos. Eu enfim deixara meu tio com o objetivo de descansar, mas a energia se acumulava sob minha pele.

Eu queria ir à caça da minha mãe.

Onde quer que ela estivesse, eu a encontraria. Ela pagaria pelo que roubara de mim.

Meu tio dormia como os mortos. Tentei deixá-lo confortável, puxando as cobertas até seu queixo, mas ele, agitado, empurrara todas em seu sono febril. Eu havia me acomodado em uma cadeira ao lado de sua cama no Shepheard's. O quarto estava bagunçado e lotado de livros e mapas enrolados, vários baús e roupas amontoadas em pilhas pelo chão.

Minha mente estava cheia de sangue.

Por mais que eu tivesse ficado um longo tempo na banheira naquela manhã, não conseguira me livrar da areia incrustada sob as unhas, enfiada nos meus ouvidos e cabelo. Eu não conseguia me sentir limpa o suficiente. Não conseguia apagar a imagem do rosto ferido de Elvira, que aparecia a todo instante na minha mente. O desespero em seu rosto antes de morrer.

A morte dela tinha sido *minha* culpa.

Ela viera atrás de mim, me seguira, e eu falhara em proteger minha prima. Como poderia me perdoar? Ela nunca deveria ter se envolvido na minha confusão. Elvira confiava em mim para cuidar dela. Eu deveria ter trancado a porta para que ela não saísse do quarto do hotel. Deveria ter acordado antes dela e previsto sua maldita decisão de descer até o saguão.

Deveria ter sabido o que minha mãe era.

Mas eu não soubera, e Elvira se fora.

Pressionei a palma da mão sobre a boca, tentando me impedir de gritar. Eu não queria acordar meu tio. Desabei sobre o assento e tentei manter os olhos abertos. Eu não dormia nem comia havia... Ah, eu não fazia ideia.

Um dia se transformou em outro e, no segundo, meu tio enfim abriu os olhos. Ele fitava o teto, sem piscar, no quarto de iluminação fraca. Whit tinha ido mais cedo até lá e ficara sentado comigo enquanto eu cuidava do meu tio, enxugando sua testa com panos molhados em água fria.

– *Hola*, tio. – Eu me levantei e fui me sentar ao seu lado na cama. – Como está se sentindo?

– O que aconteceu?

– Você foi tratado em Tebas e depois trazido para o hotel no Cairo. As autoridades locais prenderam os homens que nos sequestraram. Whit e eu tivemos que... – minha voz falhou – ... deixar Elvira em um cemitério em Tebas. Eu não sabia o que fazer com... o corpo dela. Eles disseram que posso transferir o caixão a qualquer momento para onde quer que seja necessário. Suponho que isso signifique a Argentina. Minha tia vai querer a filha por perto.

Whit se levantou e pousou a mão no meu ombro, o polegar desenhando círculos.

Meu tio me olhou com uma expressão terna e desolada.

– Eu sinto tanto, Inez... Nunca quis que nada disso acontecesse.

Eu o encarei.

– Quero saber tudo. Eu mereço a verdade.

Ele assentiu, ainda com dificuldade para falar.

– Venho escavando com Abdullah há pouco mais de duas décadas. Sua mãe começou a agir estranhamente ainda no início. Alegava estar entediada nos sítios de escavação, então ficava no Cairo e procurava suas próprias diversões. Ela começou a mentir para mim, tornou-se obcecada em procurar, entre todas as coisas, documentos alquímicos.

Meus olhos se voltaram para Whit, mas sua expressão não revelava nada do que se passava em sua cabeça. Meu tio prosseguiu com o relato:

– Com o passar dos anos, ela foi inventando desculpas para não nos acompanhar em vários sítios. Seu pai começou a ficar preocupado, mas ele amava o que estava fazendo, então fechou os olhos para o comportamento dela. Cayo sempre foi muito passivo quando se tratava da minha irmã.

– Continue – pedi. – O que aconteceu depois?

Meu tio baixou os olhos.

– Durante essa última temporada, seu pai e eu tivemos que voltar para o Cairo inesperadamente. A caminho de uma reunião com Maspero, vi sua mãe com um grupo de homens que eu sabia serem Curadores d'A Companhia, graças às investigações de Whit. Tentei avisar Lourdes, mas ela se recusou a ouvir. Acho que foi quando seu pai passou a suspeitar de que ela estava tendo um caso. Ele começou a agir estranho, escondendo coisas, não confiando em mim.

Whit se afastou e se acomodou na cama ao lado do meu tio. Ele substituiu o pano na testa de tio Ricardo por outro.

– No período em que ele deve ter encontrado a tumba de Cleópatra, ele enviou algo para mim de Philae? – perguntei.

Tio Ricardo assentiu.

– Sim, acho que sim. Havia muitos turistas indo e vindo da ilha. É possível que ele tenha tido a oportunidade.

Assenti.

– Ainda não entendo uma coisa: por que Papá não foi falar com o senhor? Por que estava com raiva dele?

– Eu insisti para que Cayo perdoasse sua mãe pelo caso extraconjugal – disse Ricardo, baixinho. – O escândalo teria destruído Lourdes e eu ainda achava que podia ajudar. Nós discutíamos constantemente, a ponto de ele se tornar paranoico, acreditando que eu estava envolvido nos esquemas dela.

Umedeci os lábios.

– Ele não confiava em você. Foi por isso que me mandou o anel.

– Acredito que sim.

– O que aconteceu depois?

– Seus pais partiram. Provavelmente de volta ao Cairo. Foi a última vez que os vi.

– Quando meu pai *presumivelmente* morreu – falei.

– Por que "presumivelmente"? – perguntou Whit.

– Porque minha mãe é uma mentirosa – rebati.

A última linha da carta dele para mim estava gravada na minha mente. *Por favor, nunca pare de me procurar.* Eu não o decepcionaria.

– E se meu pai estiver vivo por aí? Ele pode estar sendo mantido em algum lugar.

– Olivera... – disse Whit suavemente, os olhos gentis e cheios de empatia.

– Ele pode estar vivo – insisti.

Eu lhe dei as costas, querendo me agarrar à esperança de que meu pai ainda estava vivo. Era tolice. Quase impossível. Mas podia ser verdade.

– Conte o resto, tio.

– Seus pais não voltaram por semanas e minhas cartas não foram respondidas, então saí de Philae e voltei para cá. – Lágrimas se acumularam nos cantos dos olhos dele. – Inez, eu procurei em todos os lugares por eles, mas tinham desaparecido. Ninguém sabia onde seus pais estavam. Eu temia que A Companhia os tivesse assassinado. Depois de semanas de busca, tive que inventar uma história plausível para a ausência deles.

– Foi quando escreveu para mim.

Ele assentiu com tristeza.

– Enquanto isso, minha mãe estava se preparando para incriminar o senhor pelo suposto assassinato do meu pai – continuei. – Ela deixou para trás uma carta para que alguém encontrasse, endereçada a monsieur Maspero, avisando que o senhor era perigoso e estava envolvido com criminosos.

Whit continuou a narrativa:

– Então ela deve ter ido para Philae, esperando que o senhor descobrisse a tumba, já que o marido havia descoberto.

– E eu a levei diretamente até lá – falei com amargura. – Ela pegou o tesouro e depois traiu o Sr. Burton, cujo *sócio* elaborou o plano de me sequestrar em retaliação, esperando fazer uma troca.

– Quem quer que seja esse sócio, deve ter laços estreitos com A Companhia.

– Não é óbvio? – perguntei, ácida. – Deve ser o Sr. Sterling.

Whit balançou a cabeça.

– Também pode ser sir Evelyn. Ele plantou um espião em Philae.

– Que você nunca descobriu quem é – disse meu tio, mal-humorado.

– Questionei todos os suspeitos viáveis – disse Whit, frio. – Discretamente, é claro. Ninguém parecia ser nosso homem.

Estávamos nos afastando do verdadeiro problema. Não estávamos em Philae, e Elvira estava morta. Era só o que me importava.

– A morte de Elvira é minha culpa, tio. O senhor tem alguma ideia de aonde minha mãe possa ter ido? Ela realmente pode estar em Amarna?

– Como poderia saber que Elvira viria atrás de você?

– Porque ela sempre fazia isso – falei. A angústia formava nós em meu estômago. – Ela sempre me imitava, e Mamá a ofereceu em sacrifício no meu lugar. – Inclinei-me para a frente, o olhar fixo no meu tio. – Mas eu vou consertar isso. Vou recuperar os artefatos, vou fazer minha...

– Eu não me importo com os artefatos! – gritou tio Ricardo, a voz demolindo meus pensamentos.

Ele estendeu a mão para a minha, e deixei que a pegasse.

– Inez, você tem que voltar para casa.

– Se o senhor acha que vou embora depois de tudo isso, está muito enganado. – A raiva fervilhava no meu peito, trovejava nos meus ouvidos. – Não vou embora até minha mãe pagar pelo que fez. Elvira *morreu*. Eu não posso... *jamais* vou esquecer isso. Minha mãe sabe a verdade sobre Papá, e nunca desistirei dele. Não enquanto estiver respirando. Mamá precisa ser detida, e sou eu quem vai fazer isso.

– Mas... – começou meu tio.

– O senhor mesmo disse – interrompi, impaciente. – Ela provavelmente está atrás de outra tumba, de mais artefatos. Documentos alquímicos. Quem sabe quantos outros serão feridos por suas ações? Mortos? O senhor quer isso na sua consciência? Porque eu certamente não quero.

– Muito bem, então fique – disse tio Ricardo, recuperando parte de sua frieza costumeira. – Não sei onde você vai morar, mas pode continuar no Egito se desejar.

Pestanejei, confusa.

– Como assim, onde vou morar? Vou permanecer no Shepheard's. Com todos vocês.

– Em qual quarto? Com que dinheiro?

A raiva explodiu no meu sangue.

– Com o *meu* dinheiro. – Minha voz tremia. – Sou uma herdeira, não sou? Devo ter dinheiro suficiente para comprar um reino. Certamente há o bastante para continuar hospedada aqui.

Whit olhou de um para o outro, profundas linhas franzindo sua testa.

– Um *reino*?

– Inez – disse meu tio, o tom letal. – Seu dinheiro é meu até você se casar.

Pisquei, certa de que tinha ouvido mal.

– O senhor se lembra da primeira carta que me enviou?

– Claro que sim – respondeu ele, ríspido.

– O senhor me deu controle sobre minha fortuna. Foram suas próprias palavras, ou estava mentindo para mim novamente?

Seus olhos faiscavam, furiosos.

– Eu disse que você poderia ter uma mesada. Além disso, foi antes de você se intrometer nos meus assuntos e...

– *Me intrometer?*

– Isso foi antes de você colocar sua vida em perigo da forma mais tola possível, antes de eu saber o quanto sua capacidade de julgar o caráter das pessoas é péssima. Você confiou nas pessoas erradas, colocou sua segurança em risco por imprudência, quase se afogou no Nilo. Já me fez passar por muita coisa e já passou por muito também. Vá para casa, Inez.

Respirei fundo.

– Tio...

– Sem dinheiro, você não vai resistir em um país estrangeiro, Inez – disse ele, a voz implacável. – Não vou ajudá-la a destruir sua vida.

WHIT

O telegrama estava me esperando quando voltamos para o Shepheard's. Não era de quem eu esperava. Ela nunca me escrevera antes. Nem uma só vez. Não esperava que ela me cortasse da sua vida, mas ela cortara. Completamente.

Que o diabo me carregasse.

Sentei-me em transe na varanda do meu apertado quarto de hotel, fitando a rua movimentada lá embaixo, mas sem ver nada de fato. O barulho se elevava, familiar porém distante, minha mente já turva pelo álcool. Uísque, eu achava. Observei a garrafa, estreitando os olhos, o rótulo oscilando diante da minha visão.

Isso mesmo. Uísque. Olá, meu velho amigo.

Era fogo descendo pela minha garganta. Seria o inferno quando subisse de volta. Eu não ia parar até encontrar o esquecimento, porque ainda podia ver o rosto de Inez com clareza na minha mente. Ainda me lembrava do seu gosto.

Tinha sido um erro beijá-la.

E se meu plano não funcionasse? O medo agia como ácido no fundo da minha garganta. Corri para o banheiro do quarto e vomitei. Depois de enxaguar a boca, cambaleei de volta até a estreita escrivaninha do quarto, pensando em escolhas e em como eu não tinha nenhuma.

Eu ficara no Egito apenas pela mera ilusão de independência. Em busca de algo que pudesse mudar meu destino. Mas, todo esse tempo, eu estivera olhando no lugar errado. No fundo da minha mente, sabia que havia um prazo. Meus pais estalariam os dedos, esperando obediência, e eu assentiria porque eles conheciam meu ponto fraco.

Meu tempo havia acabado, e agora o dever soava seu sino final.

A folha de papel em branco diante de mim me encarava, nua e impaciente. De novo, pensei no meu plano e em como ele poderia funcionar se eu não o estragasse de alguma forma – o que era uma possibilidade muito real. Peguei a caneta e escrevi uma linha, acrescentando em seguida o endereço da casa da minha família. O suor encharcava minha testa. Eles ficariam encantados ao receber notícias. O filho rebelde cumprindo sua promessa.

Enfiei o bilhete em um envelope e rabisquei o nome do meu irmão, jogando a caneta longe. Ela rolou para fora do meu campo de visão, fazendo barulho ao cair na rua lá embaixo. Ótimo. Alguém ganhara um presente novo.

A batida veio cinco minutos depois. Avancei trôpego pelo quarto, ainda carregando a garrafa de uísque, e pisquei ao olhar à minha volta. Só deveria haver uma cama. Alguém bateu na porta de novo, mais alto, e atendi franzindo a testa.

– O senhor pediu que alguém subisse?

Enfiei o envelope na mão do atendente do hotel. Ele era jovem, e seu sorriso desapareceu ao ver minha expressão. Se eu não estivesse enganado, o nome dele era Ali.

– Entregue isso no escritório de telegramas.

Fiquei surpreso por ainda conseguir falar com coerência. Aquilo não duraria.

– O endereço?

– Você já não sabe? – perguntei, amargo. – Enviei vários desses nos últimos dias.

Ali piscou.

– Não me lembro do endereço, senhor.

– O nono círculo do inferno, Inglaterra.

– Como?

Encostei-me no batente e suspirei.

– Está escrito aí.

– Muito bem, senhor. Será enviado amanhã de manhã, bem cedo.

– Maravilha.

– Mais alguma coisa?

Olhei para a garrafa e neguei com a cabeça. Ainda havia vários centímetros do líquido âmbar. Bastante. Ali disparou pelo corredor.

– *Shokran* – murmurei, e fechei a porta com força.

Tomei um longo gole, mal saboreando o rico aroma da bebida.

Estava feito.

CAPÍTULO TREINTA Y OCHO

Acordei furiosa na manhã seguinte. Meu tio havia efetivamente cortado minha mesada, reduzindo-me a uma pedinte. Minha mãe escaparia impune de um assassinato, e em breve eu teria que enfrentar minha tia e explicar que tudo era minha culpa. Encarei meu rosto pálido no espelho que pendia acima da pia no banheiro. O lenço de Mamá, com suas flores coloridas, parecia zombar de mim. Eu o mantinha como lembrete do que ela havia feito comigo. Estava no meu pescoço como uma bandeira de batalha, e eu não o tiraria até encontrá-la.

Desviei o olhar do meu reflexo, a raiva fervendo nas minhas veias quando bati a porta do banheiro ao sair. Sem cerimônia, abri o baú e comecei a jogar dentro dele todos os meus pertences. Com certeza meu tio reservaria passagem para mim no primeiro barco partindo do Egito que fosse direto para a Argentina.

Uma súbita batida interrompeu meus pensamentos raivosos.

Atravessei o quarto e abri a porta.

– É você.

– Bem observado.

Whit se apoiou no batente da porta quando apareci. Até ver seu rosto, eu não tinha percebido que estava esperando por ele. Não tínhamos falado sobre o nosso tempo na tumba e o que aquilo significava.

– Posso entrar?

Abri mais a porta para deixá-lo passar. Ele entrou, seu cheiro familiar me envolvendo, misturado a algo mais. Franzi o nariz por causa do aroma de uísque no ar. Estava grudado nele como uma segunda pele.

– Você bebeu.

Ele soltou uma risada áspera, nada amigável.

– Você está absolutamente brilhante esta manhã, Olivera.

A decepção pesou nos meus ombros. Suas defesas estavam erguidas e eu não entendia por quê, e minha confusão só fazia meus olhos arderem. Não havia a menor possibilidade *daquele* Whit me chamar de *querida*. Desviei o olhar, sem querer que ele visse como seu comportamento me afetava. A tensão crepitava entre nós.

– Inez – disse ele suavemente. – Olhe para mim.

Tive que me obrigar a levantar o queixo. Ficamos nos encarando, cada um em uma extremidade da sala, as mãos dele enfiadas nos bolsos.

– Por que está aí parado tão longe? – perguntei.

Whit visivelmente ponderou a resposta, a atenção se desviando para meu baú, e perguntou com cautela:

– O que você está fazendo?

Não gostei do aspecto pétreo do seu semblante. Fechado e distante, evocando uma fortaleza. A pessoa que ficara abraçada comigo na escuridão havia desaparecido. Aquela que me confortara, que me beijara desesperadamente, que salvara minha vida.

Aquele rapaz diante de mim era um estranho.

Talvez fosse seu objetivo. Minhas palavras saíram duras:

– O que parece que estou fazendo? Estou arrumando as malas. Meu tio está me mandando embora.

– Você vai desistir fácil assim? – perguntou ele, frio. – Depois do que sua mãe fez com Elvira, com seu pai? Depois do que ela roubou de Abdullah e do seu tio?

Suas perguntas arranhavam minha pele. A culpa e a vergonha me envolveram.

– Você não ouviu o que ele disse? – perguntei, sem me importar em disfarçar o gosto amargo que revestia minha língua. – Não tenho dinheiro. Nada até eu me casar. O que mais posso fazer além de voltar para casa? Preciso ver minha tia, de qualquer forma. E suponho que poderia encontrar alguém com quem me casar. O filho do cônsul. Ernesto. – Soltei uma risada áspera, querendo machucar Whit da mesma forma que ele claramente estava tentando me machucar. – Minha mãe aprovaria.

– É isso que você quer? – perguntou ele.

– O que mais posso fazer?

– Você não pode se casar com ele.

Ele ergueu a mão e esfregou os olhos. Estavam injetados, cansados e vermelhos. Mas, quando os fixou em mim de novo, seu olhar azul queimava.

– Por que não?

– Porque – disse ele em um sussurro rouco – ele não vai beijá-la como eu.

O chão pareceu se mover sob meus pés. Eu não entendia como ele podia dizer aquele tipo de coisa para mim enquanto se mantinha tão distante. Como se aquele momento na tumba nunca tivesse acontecido.

– O que você está dizendo?

– O que estou dizendo é... – começou Whit no mesmo sussurro rouco, que provocava arrepios nos meus braços.

Ele avançou na minha direção, cada passo parecendo rugir nos meus ouvidos. Ele alcançou minha cintura, puxando-me e me colando ao seu corpo. Um arquejo escapou da minha boca. Whit abaixou o queixo, os lábios a poucos centímetros dos meus. Sua respiração sussurrava de encontro à minha bochecha, o cheiro intenso de uísque entre nós.

– Case comigo, e não com ele.

EPÍLOGO

Porter olhou para o mar Mediterrâneo, apertando o telegrama no punho cerrado. O papel estava amassado pelas tantas vezes que fora lido, mas ainda assim ele o segurava como se fosse uma corda que o ligava à vida. Na verdade, supunha que fosse mesmo. Seus companheiros de viagem lotavam o convés, todos ansiosos pelo primeiro vislumbre do porto de Alexandria. Ele leu a mensagem curta pela centésima vez:

INEZ FOI FISGADA.

Tinha sido uma travessia abismal, mas aquilo não tinha mais importância alguma.
Whit havia cumprido sua palavra.
E agora era hora de colher.

NOTA DA AUTORA

Meu primeiro vislumbre desta história, a primeira faísca, foi o de uma jovem numa viagem de navio para o Egito – mas não a turismo. Eu sentia que ela tinha uma história para contar, e estava interessada em explorar a narrativa de uma jovem em posição relativamente privilegiada que, com coragem, se posiciona contra os ideais comuns da época. Inez sabe que não pode – e não deve – enfrentar as forças governantes no Egito, mas tem capacidade de lutar no seu próprio terreno, mesmo que isso signifique lutar contra a própria mãe.

Embora *O que o rio sabe* seja uma fantasia histórica, eu quis ancorá-la com o maior número possível de detalhes do final do século XIX, quando houve um aumento acentuado de turistas do mundo todo no Egito e o Cairo se tornou uma cidade cosmopolita, com novos hotéis surgindo a cada década, acolhendo realeza, dignitários, exploradores, empresários, missionários e incontáveis pessoas de todo o mundo em busca de trabalho e de um novo começo. Foi um período de expansão colonial, domínio imperial e também um momento crucial para a arqueologia.

Depois que a Grã-Bretanha bombardeou Alexandria, muitos egípcios perderam os cargos públicos, sendo substituídos por estrangeiros, e também foram proibidos de estudar sua própria herança e ancestralidade. Só depois de décadas é que assumiriam seu lugar no avanço da arqueologia; enquanto isso, o turismo irrestrito com frequência resultava na profanação e na pilhagem de templos, monumentos e tumbas. Estátuas se tornaram elementos decorativos nos gramados de residências luxuosas. Milhões de artefatos desapareceram, e a maioria o Egito nunca mais tornou a ver.

Em *O que o rio sabe*, incluí dois personagens históricos que desempenharam um papel significativo na década de 1880, com a esperança de que fornecessem um vislumbre das atitudes perturbadoras de não egípcios que ocupavam cargos de poder no Egito. Monsieur Gaston Maspero foi um egiptólogo francês que trabalhou como diretor geral de escavações e antiguidades no governo egípcio. Ele permitiu que duplicatas deixassem o país, apesar da legislação que restringia a saída de artefatos das fronteiras do país desde 1835. Tal sistema, conhecido como *partage*, beneficiou muito museus e instituições educacionais que patrocinaram projetos arqueológicos britânicos, pois pavimentou o caminho para que recebessem inúmeras descobertas arqueológicas. Para muitos egípcios, isso significava que essas descobertas se tornavam inacessíveis – às vezes em caráter permanente. Infelizmente, Maspero instituiu a sala de vendas no Museu Egípcio, permitindo que turistas comprassem artefatos históricos legítimos.

Sir Evelyn Baring, ou lorde Cromer, como passou a ser conhecido, foi controlador-geral no Egito, responsável por supervisionar as finanças e governança do país. Sua política era abominável, sobretudo a crença na superioridade do mundo ocidental sobre o Egito e sua insistência na ideia de que os egípcios não eram capazes de governar a si mesmos. Suas políticas impediram que muitos egípcios recebessem educação superior, tanto homens quanto mulheres. Nesse sentido, ele tentava, em todas as oportunidades, desacreditar profissionais mulheres. Para mim, ele é um vilão, e é como tal que aparece no meu livro. Tomei liberdades em seu diálogo e suas ações na esperança de retratar o espírito de seus argumentos impróprios o mais precisamente possível, com o máximo de cuidado e sensibilidade também.

A experiência de Whit no Exército britânico foi inspirada na tentativa real de resgate do general Charles Gordon em Cartum – mas, por questões de ficção, adiantei os eventos relacionados à sua morte em cerca de três anos. Existem diversas fontes conflitantes sobre seus últimos dias, mas o consenso é de que ele conseguiu evacuar cerca de duas mil mulheres, crianças e soldados doentes ou feridos de Cartum antes de falecer. Em Gordon, criei uma figura paternal mais branda para Whit, enquanto na realidade o homem em si, às vezes romantizado como mártir e santo aos olhos dos britânicos, era complicado. Mas, no contexto desta fantasia histórica, ele se encaixa como um personagem de fundo que se preocupou com Whit.

A década de 1880 foi uma época empolgante para a fotografia, e espero que me perdoem por incluir uma Kodak. Foi a primeira câmera portátil, permitindo que qualquer pessoa tirasse uma foto com um clique de botão, mas seu uso só se generalizou em 1888 – embora a patente tenha sido registrada em 1884!

Minha última observação é sobre a grafia do árabe egípcio coloquial. Não há uma versão romanizada padrão ou uniforme – e, como resultado, a grafia difere de região para região e em diferentes períodos da história. Por exemplo, *shokran*, "obrigado", também pode ser escrito como *shukran*, dependendo de onde a pessoa é. Optei por usar a grafia do árabe egípcio como me foi ensinada por amigos egípcios e egiptólogos.

Curiosamente, o árabe egípcio difere bastante do de outras nações árabes. Dizem que outros países não têm dificuldade em entender o árabe egípcio, que tende a ser mais informal, enquanto um egípcio pode ter dificuldade em entender a língua de outras nações árabes. O motivo é que a maioria dos filmes e programas de TV em árabe são filmados no Egito, por isso o árabe egípcio é amplamente entendido.

AGRADECIMENTOS

Meu fascínio pelo Egito começou quando eu era uma garotinha. Eu devorava livros sobre o assunto, tanto de ficção quanto de não ficção. Por anos, sonhei em visitar e me perder nas ruas da cidade do Cairo, explorar templos antigos e me ver diante das pirâmides. Quando Inez surgiu na minha mente, vestida de preto e fingindo ser uma viúva, eu sabia que ela estava em um navio a caminho do Egito.

O resto, como dizem, é história.

Este livro teria sido impossível sem a orientação, os insights e a ajuda de inúmeras pessoas, e sou incrivelmente grata por tal apoio. A Sarah Landis, muito obrigada por acreditar nesta história e por encontrar o lar perfeito para ela.

Eileen Rothschild, minha maravilhosa editora: fico muito feliz que este livro e eu tenhamos caído em suas mãos atenciosas. Obrigada por ler e reler e ler novamente. Esta história ficou muito mais forte com sua sabedoria e visão. Ainda me lembro de quando contei pela primeira vez sobre a cena de Inez e Whit presos na tumba enquanto eu andava de um lado para outro no estacionamento do supermercado. Você sentiu minha empolgação e meu amor por esta história já naquele momento. Obrigada por me ajudar a dar vida a este livro.

Um enorme obrigado à equipe da Wednesday Books, porque são inúmeras as coisas que acontecem nos bastidores para dar vida a um livro, e sou muito grata por tudo o que vocês fazem. À equipe de marketing: Brant Janeway e Lexi Neuville (que me fez ganhar o dia ao me enviar por e-mail sua reação chocada no final – sinto muito, mas não sinto nada, Lexi!). A Mary

Moates (assessora de imprensa), Melanie Sanders (editora de produção), Devan Norman (diagramador), muito, muito obrigada!! A Kerri Resnick, capista extraordinária, você é um gênio. A Lisa Bonvissuto, infinitamente paciente com todos os meus e-mails e perguntas. Um enorme obrigada a Micaela Alcaino, que ilustrou a capa dos meus sonhos!! Sou muito grata por você e nossa amizade, amiga!

Em outubro de 2021, meu sonho de visitar o Egito se tornou realidade. Tive a incrível oportunidade de ir para lá em uma viagem de pesquisa de três semanas de duração, tomando o cuidado de ver e comer o que meus personagens teriam comido e visto. Sempre que possível, fiquei em hotéis ou fui a restaurantes que existiam em 1884 (um sonho realizado). Estou em dívida com Adel Abuelhagog e o egiptólogo Nabil Reda por sua orientação e paciência ao me responder pergunta atrás de pergunta, levando-me a templo atrás de templo (e aos seus lugares favoritos para comer).

Durante minha viagem, naveguei em um *dahabeeyah* pelo Nilo por seis dias e nunca esquecerei a experiência. Um imenso obrigada à maravilhosa tripulação: *reis* Ahmed, Adam, Hassan, Mahmood, Magarak, Hamdy, Husam, Mahmood, Ramadan, Asmaell, Shiku e Mohammed. Eles me ensinaram a velejar, me convidaram à cozinha e ainda me deram sacos de especiarias e receitas quando nos despedimos. Sou eternamente grata pelas maravilhosas lembranças.

Um sincero agradecimento ao egiptólogo Dr. Chris Naunton, que leu o manuscrito e deu um feedback incrível e valioso. Obrigada por me enviar e-mails cheios de observações, sugestões e fotos de múmias. O insight da classicista Katherine Livingston sobre arqueologia foi fantástico. Obrigada pela leitura e feedback minuciosos e pela recomendação de livro de pesquisa!

Para Kristin Dwyer, mais uma vez me salvando na escrita das emoções, obrigada. Para Mimi Matthews, que leu de uma perspectiva histórica – obrigada por me lembrar que Inez precisaria de botões acessíveis para entrar e sair de seus vestidos. A Alexandra Bracken, um enorme obrigada por ler e pelo seu feedback, especialmente sobre o sistema de magia. Você é tão inspiradora! Obrigada a Natalie Faria e Jordan Gray por serem leitores beta tão maravilhosos. Obrigada a Kerri Maniscalco, que passou uma hora ao telefone comigo para me ajudar a elaborar uma cena particularmente complicada. Um grande obrigada a Adrienne Young, que me ajudou a desemaranhar nós da trama.

Para Rebecca Ross, minha mais fervorosa torcedora, minha primeira leitora, parceira de rascunho e de crítica. Esta história sempre me fará pensar em você. Obrigada por ver a possibilidade desde a primeira frase, por vir comigo ao Egito através das páginas deste livro. Me sinto muito grata por estarmos juntas nisso. E agora somos irmãs de editora/selo! ☺

E para Stephanie Garber, que amou essa ideia desde o começo e sabia o que ela poderia ser: muito obrigada por ler o manuscrito inteiro tão rápido, por me dizer tudo o que fiz certo e, o mais importante, por sua franqueza quando me perdi no caminho. Seu apoio vai sempre significar um mundo. Mal posso esperar para assar mil coisas com sabor de abóbora com você.

A todos os autores maravilhosos que endossaram *O que o rio sabe*: Ava Reid, Elizabeth Lim, Mary E. Pearson, Amélie Wen Zhao, Stephanie Garber, Rebecca Ross, Rachel Griffin, Heather Fawcett, Jodi Picoult e J. Elle. Ler seus efusivos e-mails me deu muita alegria.

Um milhão de agradecimentos a Emily Henry, que ouviu minhas dúvidas desesperadas sobre como lidar com o romance nesta história sei lá quantas vezes. Obrigada por me distrair com uma sessão improvisada de clube de leitura com o livro de Sherry Thomas. Leitor, se você chegou até aqui, por favor, leia *The Luckiest Lady in London*. De nada.

Sou incrivelmente sortuda por ter o apoio maravilhoso da minha família, dos amigos e da comunidade de escritores. Eles me incentivam, celebram minhas vitórias e permanecem ao meu lado nos altos e baixos. Vocês sabem quem são, e amo muito todos vocês.

Aos meus pais, obrigada por cultivar em mim o amor pela leitura desde muito jovem. Por cultivar o amor pelo Egito quando eu era pequena e por não desdenharem quando, aos 7 anos, eu disse que queria ser egiptóloga. Sou uma contadora de histórias por causa de vocês dois.

Rodrigo, leia este. Acho que você vai gostar. ☺

Andrew James Davis, o amor da minha vida. Obrigada por não se surpreender quando falei que queria ir para o Egito. Por três semanas. Em *outubro*. Também conhecido como o mês mais bonito em Asheville, quando todas as folhas se tornam vermelhas e douradas. Quando eu estava apavorada diante da tarefa de escrever este livro, com medo de errar de alguma forma, você me lembrou que eu estava fazendo o melhor que podia e que eu era humana. Obrigada por me recordar que escrevi esta história com o coração. Você estava certo. Foi exatamente o que fiz. E que venham mais outubros em nossa cidade favorita. Eu te amo, te amo, te amo.

E a Jesus, por me amar onde estou.

Para saber mais sobre os títulos e autores da Editora Arqueiro,
visite o nosso site e siga as nossas redes sociais.
Além de informações sobre os próximos lançamentos,
você terá acesso a conteúdos exclusivos
e poderá participar de promoções e sorteios.

editoraarqueiro.com.br